I0649775

# Lathea

*1. kötet*

S. Bardet
2016
Publio kiadó
Minden jog fenntartva!

Ezt a regényt elhunyt nagypapám emlékének ajánlom, aki bizonyosan önmagára ismerne az általam megformált öreg piktor józan életbölcseletében, életszeretetében és odaadó ragaszkodásában azokhoz, akik a szívében lakoznak. Illetve Édesapámnak, akinek a személyében egy kritkus, de mindig odaadó olvasómat és támaszomat is elveszítettem.

# 1938. április - szeptember

# 1.

Amikor az ajtó fölé erősített apró harang megszólalt ékszerdobozokat idéző lágy hangján, Lathea félbehagyta unaloműző rendezkedését a polcok takarásában és előjött a vevő fogadására. A túlzottan is szerény méretű boltban mindenfelé könyvek torlaszolták el az utat, jóformán lépni sem lehetett köztük, ráadásul az ős öreg példányok nehézkes illata csak növelte az amúgy is bántó dohosságot. Annak a több száz antik kiadványnak a szagától, mely kiirthatatlanul beköltözött e falak közé, azóta se tudott szabadulni, hogy fél éve elkezdett az antikváriumban dolgozni. Az eldugott Notting Hill-i utcácska, melyre a szegényes kirakat nézett, nem vonzott idegeneket, ahogyan a bolt sem bonyolított feltűnő forgalmat. Az antikvárium elsősorban azokból élt, akik errefelé laktak, zömüknek ugyanis nem telt friss, ropogós kiadványokra, amennyiben olvasni támadt kedvük. Akadt köztük középosztálybeli hivatalnok ugyanúgy, mint diák, bevándorló vagy zsidó, mindössze lapos pénztárcájuk tekintetében lehetett némi hasonlóságot felfedezni köztük. No, meg abban, milyen elválaszthatatlanul kötődtek ehhez a városrészhez. Notting Hill színes színpadhoz hasonlított, melyen mindenkinek akadt szerep, tovább színesítve a már bennlévők tarkaságát. Errefelé nem vágyott lehetetlenre, aki éppenséggel nevetést akart hallani. Rengeteg futkározó gyerek népesítette be a tereket, meg aztán ott voltak a heti piacon az idős nénikkel, akik elképesztő bokrétákat árultak, hogy illatukkal megtelt a környék.

Egészen más volt minden, mint ahol Lathea lakott, lent a dokkoknál. Ez itt a nyomorúságos gondok dacára is vidám, titkos reményeket éltető világ volt, megfoghatatlan módon mesés. Ezért is szeretett hébehóba céltalanul bolyongani a sikátor-szerű utcákban, megmosolyogta a csetlő-botló gyerekeket, beszimatolt a pékségekbe, miközben elképzelte, egyszer majd talán neki is telik kávéra, ha megkívánja. És most, hogy a tavasz már a küszöbön toporgott, minden még szebb lett.

A kis harang kíméletlenül visszarángatta a valóságba, eszébe juttatva, hogy még jó egy óra van hátra zárásig, addig pedig nem tehet egyebet, az álmodozást munkával kell kiváltania.

- Jó napot, segíthetek valamiben?

A jól begyakorolt, udvarias szavak azonban az ajkára fagytak, amint pillantása az érkezőre esett. Alighanem le kellett hajolnia, hogy egyáltalán beóvakodjon az alacsony ajtón, kalapját a hóna alá illesztve is meghökkentően magasnak látszott. Testmagasságához széles váll, keskeny csípő és nyurga végtagok társultak, a legszebb zongorista ujjakkal, amit valaha látott. A férfi szürke öltönyében, ami természetesen a legfinomabb tavaszi anyagból a legutolsó divat szerint készült, elegánsan festett. Testre szabott nadrágján friss él díszelgett, a zakó takarásában megbújó mellényen aranyóra csüngött. Ahogy előbukkant a szürkeségből, a hófehér ing aranymandzsettáján még a beszökő napfény is megbotlott.

A látványtól megbabonázva emelte tekintetét a jövevény arcára. Meglepte, amiért fiatalos megjelenése dacára halántéka már szembeötlően őszülni kezdett. Nem lehetett negyven se, arcán fiatalemberek markáns vonásaival igazán vonzónak mondható, őt mégis megrémisztette az a lélektelen ridegség, ami a világosbarna szemekből sütött. Ráadásul a gondosan nyírt szőrzettel keretezett vékony ajkakról is valami hasonlót olvasott le. Amikor az illető közelebb lépett, akkor fedezte fel a

sebhelyet, ami bal arcán egészen az állkapcsáig húzódott. Régi, csúnya heg volt, akár kard nyoma is lehetett, mindenesetre furcsa adalékul szolgált maszkszerűen élettelen ábrázatához.
- Jó napot – felelt az érces hang. – Mr. Brockot keresem.
- Máris hívom, uram.
Lathea a hátsó helyiségbe sietett a bolt tulajdonosáért. Frederick Brock pocakos öregemberekhez méltó kényelmességgel bandukolt előre, mialatt kétszer is végigsimított tar koponyáján. – Nahát! – kiáltott fel a vendég láttán, mintha nem hinne a szemének. – Gróf úr! Ez aztán a megtiszteltetés! – az idegen kényszeredetten biccentett. – Jól tette, amiért visszatért az öreg Angliába – buzgólkodott Brock szívélyesen mosolyogva, bár Latheának az a benyomása támadt, az állítólagos grófról lepereg ez az igyekezet. Érdektelen közönnyel figyelte a jelenetet. Amúgy szép szemeiből áradt az üresség, tartása továbbra is feszes maradt, akár egy ugrásra kész nagymacskáé. – A minap érkezett meg a könyv, amit megrendelt nálunk – személytelen 'nagyszerű' volt a válasz. – Ó, ismeri már Miss Trashburnt? – bökött Brock Latheára, aki időközben észrevétlenül a pult mögé húzódott. – Lathea Trashburn számomra igazi kincs, óriási segítség.
A világosbarna szemek visszavándoroltak Latheára. Mintha apró villanás jelezte volna, hogy a jövevény ez alkalommal nemcsak látta, de észre is vette. – Lathea?
- Rendkívül különleges név, nemde? – csapta össze Brock a két tenyerét.
- Lengyel.
Mivel ez az egyetlen szó úgy hangzott, akár valami halálos ítélet, megvető és lenéző hangsúllyal, Lathea okosabbnak látta hallgatni. Még mindig magán érezte a férfi megmagyarázhatatlanul fürkész, szinte

méricskélő tekintetét, bár képtelenség lett volna szavakba önteni, valójában miért tartja a helyzetet már-már fenyegetőnek. Megtörve a hosszú csendet Brock erőltetetten felnevetett. – Lengyel, cseh, mit számít? Annyit beszélünk manapság róluk, de holnapra ripsz-ropsz feledésbe is merülnek majd.

Az idegen a cserfes tulajdonosra sandítva rezzenéstelen arccal megjegyezte: – Kétlem, uram. Nos, beszélhetnénk négyszemközt?

- Természetesen, csak tessék, tessék – intett Brock a hátsó fertály irányába és sürgölődve odébb taszított egy halom könyvet, melyek szanaszét omolva hullottak a padlóra.

A vendég furcsa grimasszal konstatálta a könyveket ért sérelmet, majd jelentéktelen fejbiccentéssel Lathea felé előrement.

- Tegyen végre rendet, kisasszony – adta ki az utasítást Brock fontoskodva, Lathea pedig gondolatban lemondott a várva várt sétáról.

A Royal Court Hotelban dolgozni olyan kiváltságokat jelentett, melyeket Lathea egyébként semmiképpen nem szerezhetett volna meg magának. Nem mintha a szakadatlan és a hátát kikezdő vasalás bármiféle sikerélményt jelentett volna, de nem volt rosszabb a Mr. Brock dohos antikváriumában való egész napos szaladgálásnál se. Ám azt a kiváltságot, hogy néhanapján hús került a tányérjára, mindennél előbbre valóbbnak találta. Természetesen aligha magának köszönhette, inkább Erwin Cowannek, aki a konyhán dolgozott kisegítőként. Ha tehette, félretett neki a maradékból egy-egy szeletet. Szintén Erwinnek tartozott hálával a szendvicsekért, melyeket, ha szombaton kellett munkába állnia, ebédidőben kicsempészett a konyhából. Lathea arra a tizenöt nyúlfarknyi percre szívesen menekült ki a szabadba.

Átszaladt a Park Lane túloldalára és a Hyde Park egyik félreeső padjára telepedve fogyasztotta el, amit Erwin összecsomagolt. Közben örömmel nézegette az elegáns hölgyeket és urakat, akik a parkban kart karba öltve andalogtak. Megcsodálta a nők előkelő harisnyáit, finom anyagból készült alkalmi ruháit, melyek megfigyelései alapján évről-évre kurtábbak lettek. Egy a szállodában elejtett divatlapban olvasta, hogy valamelyik divattervező jóslata szerint a női szoknyák már a térd fölé csúsznak, mire elérkezik az 1940-es évtized. Ugyanilyen elragadtatással szemlélte a kalapokat is. Némelyik elképesztően bohókásra sikeredett, ám a gondosan besütött női fürtökön mégis magabiztosan megült.

A másik tagadhatatlan előny, ami a Royal Courtban vállalt állással együtt hullott az ölébe, az éppen Erwin társasága volt. Noha gyerekkoruk óta ismerték egymást, Cowanék is az Eastern Docks környékén tengették életüket, ezt a kapcsolatot valójában mégis újsütetűnek lehetett nevezni. Barátság volt, valamiféle fonák pajtási viszony, ami azonban mindkettejüket kielégítette. Lathea szerette, hogy a férfi esténként hazakíséri, mert az úton könyvekről, soha meg nem valósuló utazásokról és kalandokról beszélgettek. Erwin győzte meg arról, hogy a konyháról elcsent ételt még ott fogyassza el, különben az apja az utolsó morzsáig magába tömné, és ő ezt az előrelátó gondoskodást is boldogan vette.

Erwin két évvel járt előtte, így februárban betöltötte a huszonnyolcat. Nem volt különösebben jóképű, a szemében élő el nem lobbanó tűztől és határozott vonásaitól ennek ellenére fel kellett rá figyelni. Miután gyakorlatilag az édesapjával, illetve az egyik testvérével karöltve tartotta el nyolctagú családját, évek óta amatőr versenyeken öklözött, ahol csekélyke nyeremény reményében bármely forróvérű alak szorítóba állhatott. Ebből következően aztán Erwin nem pusztán egészséges öntudatra tett szert, de egyben súlyos izomkötegekre is. Amúgy a megfontoltabb fajtához tartozott, akit jóformán minden érdekelt, legyen szó irodalomról, zenéről, vagy politikáról. Lathea éppen mostanság ébredt rá, hogy alighanem ő az egyetlen ismerőse, aki tisztán átlátja azt a politikai káoszt, ami Németországot felforgatta.

Ő mindenesetre a férfi barátságából nem egyszer merített erőt a nehéz napokban. Erre a plusz bátorságra már csak azért is szüksége volt, mert három esztendeje megözvegyült apját egyre kevésbé lehetett elviselni. Eleinte minden részegséget, meg az erőszakos jeleneteket a gyász számlájára írta, ám annak réges-rég lejárt az ideje. Erwin egy ízben össze is verekedett az öreggel, alaposan helybenhagyta, így azóta neki legalább attól nem kellett tartania, hogy lerészegedett apja minden este kezet emel rá. Ettől azonban még egész nap otthon henyélt, mindenbe belekötött és az összes pénzüket, miután a lakásból már minden értéket elkótyavetyélt, alkoholra herdálta. Odavolt az ezüst étkészlet, a mama öröksége, de a két aprócska festmény ugyanúgy, meg a faragott falióra és néhány bútor a lengyel, kézi szövésű szőnyeggel egyetemben. Minden lecsúszott a torkán, míg ő értelmetlen szélmalomharcban vergődött, hiszen minél többet robotolt, az a kereset is menthetetlenül a korábbiak sorsára jutott.

Hiába is álmodozott bármiről, a valóság túlságosan szürke képet mutatott. Szürkét és kilátástalant. Így azután önámítás lett volna boldogságról, esetleg szerelemről ábrándozni, jól tudta, hogy soha nem valósulhat meg. Jó ideje már az utóbbiban sem reménykedett; túl nyomorult és szegény volt ahhoz, bárki feleségül kérje, márpedig hercegek fehér lovon nincsenek. Ehhez a csodához az sem lett volna elegendő, hogy egyébként arányosan telt alakjára a meglevő jellegtelen daraboknál valamelyest szemrevalóbb öltözéket húzzon, vagy kifesse az arcát. A kor divatja megkövetelte, hogy legalább a szemét kihúzza, modern arcfestésre, illetve gondosan besütött frizurára viszont tényleg nem tellett. Ezért sem bánta, amiért érdekesen vöröses szőke haját rövidre nyírva viselte. Mindent összevetve a férfiak csinosnak találták, ám a szerelem messze elkerülte. Kilátásait fontolgatva egyre jobban elfogta a nyugtalanság. Az évek gyorsan peregtek, mialatt egyre magányosabb és elhagyatottabb lett, küszködött önmagával, az elérhetetlen ábrándokkal, meg azzal az elkeserítő valósággal, amivel nap nap után szembesülni kényszerült. Talán a gondolatait elborító depressziónak, vagy egy sor keserű véletlen összejátszásának köszönhette, mert másfél évvel korábban engedett a pillanatnak és rossz nő lett belőle. Furcsa módon mégsem érezte ennek a rosszaságnak a súlyát. Azóta az éjszaka óta, nehéz lenne szavakba önteni, de valami örökre megváltozott. Lehet, hogy ő maga? Erwin karjában, megszabadulva agyonhordott ruháitól boldogabb lehetett. Boldogabb, mert a férfi vonzónak találta és örömét lelte benne. Ahogyan ő is a föld felett járt ilyenkor, jóllehet maga az aktus cseppnyi örömet sem okozott neki, jóval inkább az az érzés, hogy valaki átöleli és mellette van. Ha ettől a morzsányi boldogságtól rossz nő, hát legyen! Erwint sokkal inkább gyötörte a bűntudat és bár soha egyetlen szóval sem említette, Lathea tudta, hogy így van. A nehéz körülmények ellenére kéthavonta, amikor csak összekuporgattak valamennyit egy olcsó motelszobára, újra bűnbe estek. Erwin tüzes szerető volt, együttléteikből Lathea mégis hiányolta a szerelem érzését és a maga örömét. Ábrándos lelke mélyén azt hitte, akkor bizonyára minden sokkal szebb lehetne. Amúgy megmaradt nekik az esti séta hazafelé, a közös nevetések, meg egy-egy ellopott csók a sötétben.

A külváros felé zötyögő buszon, késői óra lévén, egy idős páron meg az álmos kalauzon kívül más nem is utazott. Erwin az egyik üres padhoz irányította Latheát és amint leült, melléje ereszkedett.

– Fáradtnak látszol, de holnap végre vasárnap – Lathea bágyadtan mosolygott. – Egész nap arra vártam, végre elújságolhassak neked valamit – kezdte a férfi rövid szünetet követően.

– Mi lenne az?

– A konyhafőnöktől hallottam, hogy az egyik szobalány kilép az állásából. Esetleg jelentkezhetnél a helyére, szívem.

– Én? Még sosem csináltam ilyet!

– Igen, tudom, de hamar beletanulnál. Mellesleg számtalan előnye is lenne. Otthagyhatnád a vén Brockot meg a büdös boltját.

Lathea mindössze egyetlen színes képre tudott gondolni, amit Notting Hillről magában őrzött. Romantikus kis utcák, kávézók, tarkabarka virágok, különféle emberek látványos kavalkádja. – Szeretem Notting Hillt – súgta letörten.

– Ne légy bolond, Lat. Jobb lenne, ha csak a szállodában dolgoznál. Kevesebb futkosás és több pénz. A szobalányok magasabb fizetést kapnak, mint amit összevasalhatsz, a vendégek borravalót adnak, és ne felejtsd el, hogy ez már egy biztos állás. Ráadásul ehetnél a konyhában. Hát, nem csábító lehetőség?

– De igen, Erwin, nagyon is.

A férfi atyáskodóan mosolygott. – Aludj rá egyet, bár már jeleztem Mr. Loggermannek, hogy esetleg tudnék valakit. Így senki nem előzhet meg.

– Köszönöm.

– Okos légy, kislány.

Lathea álmosan a széles vállra ejtette a fejét, mit sem törődve azzal, ez a bizalmaskodás milyen benyomást kelthet másokban. Feltehetően a majdnem üres busznak köszönhetően Erwin, aki egyébként kínosan ügyelt a látszatra, nem is tiltakozott. – Nem hiszem, hogy elég okos vagyok – dünnyögte szinte érezve a férfi meleg, simogató mosolyát.

- Túlságosan is az álmaidban élsz, szívem.
- Kelts fel, ha hazaértünk.

Az utolsó, amit látott, az a St. Paul katedrális impozánsan kivilágított kupolája volt, majd lehunyta a szemét és nem kellett hozzá sok, elnyomta az álom.

Mr. Loggerman, mint a Royal Court személyzeti főnöke, pozíciójához méltó pocakot eresztett, továbbá vaskos bajuszt növesztett, mely alacsony termetén és kerek, kopaszodó fején egyszerre keltett meglepő és mulatságos látványt. Minderre fittyet hányva mégis erőteljes személyiségnek számított, aki ellenállhatatlanul sugározta magából a megkérdőjelezhetetlen hatalmat. Jellegzetes, kissé orrhangú felvidéki tájszólása további gúnyolódásokra adhatott volna okot, ha akad olyan, aki ki meri nevetni. Lathea mindenesetre nem tartozott közéjük, inkább megfélemlítve és a küszöbön álló döntéstől tartva szobrozott az iroda közepén, míg Mr. Loggerman ráérősen húzogatta a bajszát.

- Nos, Miss Trashburn, elégedett vagyok magával, alighanem megfelel szobalánynak is. Ám soha nem feledkezhetünk meg arról, a Royal Court London egyik méltán legpatinásabb intézménye. Nálunk fejedelmek, főméltóságok és államfők fordulnak meg, így nem engedhetünk meg magunknak semmiféle kétbalkezes mutatványt vagy tiszteletlenséget. A legjobb sem elég jó, ért engem, kisasszony?

- Tökéletesen, uram.

- Nagyon helyes. Ezért az javaslom, átmeneti két hétvégi napra felveszem kisegítőnek, és ha elég szemfüles, azonnal be is dobhatjuk a mélyvízbe. Amennyiben nem történik egetverő katasztrófa a keze nyomán, megkapja a teljes állást.

- Köszönöm, uram.

Lathea torkában dobogó szívvel szaladt le a hátsó lépcsőn. Arra számított, Erwint a konyhában találja, ám tévedett. Az ebéd utolsó rohama után az üstök körül elcsendesedett az élet, így a személyzet vagy a hosszú asztalnál fogyasztotta megérdemelt ebédjét, vagy rövid időre eltűnt a konyha melegéből. Erwin is valami ilyesmire gondolhatott, mert a lépcső alján szerény csomaggal felszerelkezve várakozott.

- Szívjunk friss levegőt – vetette fel és a lányra segítve a kabátot, máris kiperdültek az ajtón.

A személyzeti bejárótól meg kellett kerülniük az egész épülettömböt, mígnem kijutottak a Park Lane-re, aztán átszelve az úttestet bevetették magukat a parkba. A késő áprilisi napsütés, a zöldjüket próbálgató fák meg a csiripelő madarak újra életre keltették a természetet. A kora délutánban kellemes meleg lett, egyáltalán nem csoda, amiért a parkot egyre többen jöttek felfedezni. Erwin így is rábukkant egy félreeső padra, ahol jóformán kettesben maradhattak. Mielőtt kicsomagolta a magával hozott falatokat, Latheához hajolt és megérintette az ajkát. Lustán ízlelgette a csókot, belefeledkezve a varázsba, amit végül saját korgó gyomra tört meg. Szótlanul megsimogatta a lány kipirult arcát, majd az ebédért nyúlt. Nem volt mit beszélni a dologról, Lathea vonzó, fiatal nő volt és ő megkívánta, csakhogy vágyai meg a lehetőségek ritkán estek egybe. Ezért okosabbnak látta nem feszegetni a kérdést, ez amolyan hallgatólagos megegyezéssé vált köztük, amit nem volt érdemes felrúgni.

Átadta az egyik szendvicset, amibe maradék marhahúst rejtett egy kis salátával, a másikba pedig éhesen beleharapott. – Na, halljuk! Mi volt Mr. Loggermannel?

- Azt hiszem, győztem. Megteríttetett velem egy asztalt, fel kellett szolgálnom a teát és bevetnem egy ágyat, de ragaszkodik egy hétvégényi próbaidőhöz.

- És azután?

- Azt mondta, enyém az állás.

- Ez nagyszerű. Gratulálok.

- Addig viszont maradok Mr. Brocknál.

Erwin oldalról lesett a lányra. – És mi van, ha újfent hétvégén hív be dolgozni?

- Megmondom, hogy nem mehetek. De ha a szállodában valami mégis balul ütne ki, még mindig ott marad az antikvárium. Vagy túl borúlátó vagyok?

- Legyen így, úgyis hamar lefut a dolog. És mi van az apáddal? Tegnap láttam részegen dülöngélni az utcán.

Lathea félrenézett. – A szokásos műsor. Néha el se tudom hinni, hogy ugyanaz az ember, aki gyerekként a térdén lovagoltatott, elvitt és felült velem a körhintára. Annyira megváltozott.

Erre nem volt mit mondani, így Erwin mélyen hallgatott. Némán falatoztak a napsütésben, miközben azon merengett, előrukkoljon-e azzal, amivel már legalább egy hete próbálkozott. Hiába is telt el azonban annyi idő, mióta barátságuk más jelleget öltött, még mindig nehezére esett olyasmire csábítania a lányt, ami vele szemben egyetlen percig sem lehetett tisztességes. Jóllehet gyanította, hogy Lathea nem mondana nemet, ugyanakkor azzal is tisztában volt, számára kevés örömet okoznak szeretkezéseik. Sokkal jobban szeretett csak odabújni hozzá, megsimogatni és pár órát együtt aludni.

Ahogy ismét a jobbjára sandított, a lányt kimerültnek és gondterheltnek látta. Gondjai, no meg általában kiismerhetetlen gondolatai most is teljesen lefoglalták.

Gépiesen evett, mialatt lélekben ki tudja, merre kószált, ami megint csak nem teremtett alkalmas hangulatot egy légyott megbeszélésére. Lathea különös teremtés volt, megfoghatatlan egyvelege ábrándozásnak meg illúzióknak, huszonhat éve ellenére még mindig kislány, aki egyszerűen nem vesz tudomást a kiábrándító valóságról, amiben él. Ez azonban csalóka kép, hiszen saját kemény életének tántoríthatatlan hősnője volt. Szakadatlanul dolgozott, azt a kevés pénzt, amit az apja elől megmentett, okosan használta, józan volt és előrelátó. Az élet sivársága, a bizonytalan holnapok talán éppen azért nem rémiszthették meg, mert ilyenkor titkon mindig az álmaiba menekült.

Erwin lágyan megérintette a karját, hogy a vészesen elbarangolt barna tekintetet magára vonja. – Szombaton elmehetnénk Fred mozijába.

- Mit játszanak?

- A címére nem emlékszem, de Fred azt mesélte, komédia sok tánccal és zenével, és persze Fred Astaire-rel.

A táncos színész neve felvillanyozta a lányt, éppen ahogy Erwin várta. – Odaérünk munka után?

- Persze, csak fél tizenegykor kezdődik. Bőven odaérünk, mit gondolsz?

- Jól van, menjünk.

- Helyes – ekkor Erwin előkotorta ütött-kopott zsebóráját, amit valamikor az apjától kapott, hogy megünnepeljék felnőtté érését. Felcsapva a fedelét a mutatókra nézett. – Ideje visszamenni.

Összekapkodták a szalvétákat, majd az ösvényen a kerítés felé iramodtak.

Mr. Brock egyáltalán nem volt elragadtatva a bejelentéstől. Szinte ellenséges kifejezéssel a szája körül dobolt az asztalon, mialatt Lathea egyik lábáról a másikra állt. Sejtette, hogy nem lesz könnyű előállni a felmondás hírével, de akkor sem mondhatott le a szállodai állásról e miatt a szeszélyes és kisstílű öregember miatt, aki ráadásul alig fizetett neki a munkájáért. Erwinnek megint csak igaza volt, néhány szentimentális érzés miatt, amiről azt hiszi, Notting Hillhez fűzi, nem veszítheti el annyira a józan eszét, hogy eldobjon magától egy ritka lehetőséget.

Az antikvárium gazdájából kiszakadt gorombaságokat azonban nem követték újabbak, mivel a külső helyiségben megcsendült az érkezőt jelző harangocska. Máskor Lathea ugrott volna a figyelmeztető hangra, ám ezúttal meg se moccant. Mr. Brock valósággal felnyársalta vasvilla tekintetének hegyére, de ő már nem akart engedelmeskedni. A férfi némi késlekedéssel durván rá is mordult. – Elhanyagolja a munkáját, kisasszony? Ma még az én alkalmazottam, és ha nem dolgozik meg a pénzéért, kénytelen leszek megbüntetni.

Lathea egyszerre lett haragos a nyilvánvaló erőfitogtatás miatt és szégyenkezett, ezért fürgén sarkon fordult. Ám az irodát a bolthelyiségtől elválasztó függöny mögül előlépő alakra aligha számíthatott, így nem sok hiányzott ahhoz, egyenesen belerobogjon.

- Kisasszony? – kapta el az idegen a könyökét.

A rideg, személytelen hangra felkapta a fejét. Abba a világos szempárba nézett, amit néhány héttel korábban ugyanebben a boltban láthatott. Már akkor is fázni kezdett a gondolattól, miként lehet valakinek halott a szeme, pedig így volt. Hiába a legjobb szabású öltöny, a gondosan nyírt haj, illetve arcszőrzet, vagy a bódító arcszesz, ami a férfihoz ilyen közel állva megcsapta az orrát, ha valaki élőhalott.

- Ó, gróf úr! – pattant fel Mr. Brock nyájas mosollyal az arcán és előre tört az asztala mögül. – Fáradjon beljebb.

A langaléta alak engedelmeskedett, bár valódi jólneveltségre vallott, mert Lathea jelenlétében nem akart leülni a felkínált rozoga székre. Ő ugyan kételkedett benne, vajon igazi gróf-e, kimértsége és eleganciája alapján azonban akár az is lehetett.

– Elmehetek, uram? – fordult a főnökéhez, aki erre hirtelen a zsebéhez kapott.

– Menjen csak, és ne is lássam többé – morogta a foga között, aprót szórva Lathea tenyerébe.

A közönségességbe fajult jelenet annyira meghökkentette, hogy ösztönösen megérezte, ez nem az a pillanat, amikor szemérmességnek helye lenne. Amíg az állítólagos gróf tapintatosan félrenézett, megszámolta a fizetséget.

– Ez kevesebb, uram.

– Maga arcátlan! Tessék!

A kezébe zuhanó érméket Lathea végül a zsebébe süllyesztette.

– Menjen már! – sürgette a férfi visszafojtott indulattal és kifelé intett.

– Viszontlátásra.

További bíztatásra nem várva kiballagott a kabátjáért, majd egyszerűen kisétált a nyílt utcára. Mélyen beszívta a tavaszi levegőt és élve a szabad délutánnal, elhatározta, ma felfedezi Notting Hillt.

# 2.

Betty mindig valami remek ötlettel rukkolt elő. Néha az embernek az a benyomása támadt, sorban állnak a fejében a tervek, hogy alkalomadtán rögvest előhozakodjon valamelyikkel. Ezért nem is meglepő, mert pénteken reggel azzal állt elő, ruccanjanak ki a Victoria Parkba. Bár Hackney nem volt éppen a szomszédban, egy buszjeggyel meg lehetett oldani az utat oda, eggyel meg vissza. A kirándulás azért is megérte, mert a parkban bárki úgy érezhette, mintha kiszabadulva a városból vidéken kóborolna. A hatalmas, mesterséges kertet dúsan belakták a fák és bokrok, itt-ott virágágyások tarkították a gyepet, hogy milliónyi színben pompázó szirmukkal megőrjítsék a zöldet. A négy mesterséges tó, elszórtan díszítve a parkot, igazi látványosságnak is beillett, hattyúkkal meg kacsákkal télen-nyáron. A madarak olyan szelíden kóboroltak a látogatók között, mintha lételemük lenne.

Ilyen szép májusi napokon mennyei élvezetet jelentett a fűre heveredni, napozgatni vagy elnézni, ahogy a napsugarak a tavon táncolnak. Betty még a pulóverét is levette, így a tó túlsó partján a bőrt rúgó fél tucat fiatalember rögvest érdeklődő pillantásokat küldött feléjük. Amúgy hétköznap lévén aránylag kevesen ténferegtek a szabadban, ők is kizárólag azért engedhették meg ezt a fényűzést, mert ezen a héten Betty éjszakás nővér volt a kórházban, Latheának meg éppen erre a napra esett a heti szabadnapja.

- El tudnám viselni ezt az életet – nyújtózkodott Betty a takarón. Szőkére festett tincsei akár valami glória folytak szét a feje körül.

- Én is. Isteni a napfény – Lathea lehunyta a szemét. –
Hova utazzunk?
- Franciaország?
- Vagy Olaszország?
- Nem jó, Erwin szerint ott túl sok a fasiszta.
Lathea elnevette magát. – És lelopják a napot az
égről? Rendben. Mit szólsz Afrikához?
- Ó, igen! És fekete szolgák hangtalanul surrannak be,
hogy minden óhajunkat teljesítsék – az elégedett sóhaj
ismételten megnevettette Latheát. – Mégis milyenek
azok a gazdagok, Lat? – könyökölt fel Betty. –
Mások, mint mi?
- Persze, önteltek és válogatósak – vágta rá Lathea, de
azután komolyan nézett a barátnőjére. – Miért
lennének mások? Mindössze tele a zsebük.
- Mennyire irigylem őket!
- Én nem.
Betty meg se hallotta a tiltakozást. – Szabadon
élhetnek, utazhatnak. Luxusszállodában laknak és
kaviárt esznek.
- Fújj! Borzalmas! – takarta el Lathea az arcát,
ahogyan jókedvű borzongással kacagott.
- Honnan tudod?
- Brrr! Erwin elcsent egy keveset a konyháról, de…
förtelmes volt, Betty. Förtelmes!
Betty huncut tekintete azonban elfelhősödött. –
Mennyire csodállak, Lat, te igazi modern nő vagy.
- Micsoda? Én? Honnan veszed ezt a butaságot?
- Pedig így van, ne szerénykedj! Amit a bátyámmal
csináltok, szerintem nagyszerű dolog, bárcsak én
találnék valakit, aki ennyire szeret!
Lathea kényszeredetten hallgatott. Kételkedett benne,
hogy bármiféle csodálat megilletné egy bűnös
viszonyért, ilyesmit csakis olyan csitrik mondhatnak,
mint Betty. Ráadásul az egésznek szégyentelenül
kevés köze volt a szerelemhez, ám ezt semmi pénzért
nem vallotta volna be. Ha mégis másként lenne,

Erwinnel akkor sem tudtak volna egybekelni. Amíg külön-külön is alig tengették az életüket, miként is vágyhattak volna többre?

Betty saját eszmefuttatásával elfoglalva folytatta. – Nézd meg! Maholnap 1940-et írunk, felvilágosult, modern korban élünk, ahol a nők dolgoznak és szavaznak...

- Mutogatják a lábukat... – bökött Lathea a barátnője felcsúszott szoknyájára.

- Igen, a lábukat is mutogathatják, én meg elmúltam huszonnégy és még soha egy srác se csókolt meg.

- Rettenetes.

Betty megbántódott az együttérzés nyilvánvaló hiányán. – Te könnyen beszélsz olyan lovaggal, mint Erwin.

- Hadd mondjak neked valamit. A modernség nem lehet egyenlő az erkölcsi léhasággal. Kérdezted, milyenek a gazdagok... olyan asszonyok szállnak meg a hotelban, akik nyíltan flörtölnek náluk fiatalabb férfiakkal, házas emberekkel, velük alszanak, kérkednek saját romlottságukkal. Csakhogy őket megvédi a vagyonuk meg a rangjuk. Mi viszont... te, én meg a többiek Stepney-ben hasonló esetben bukott nők vagyunk, semmi egyéb. Érted, mit akarok mondani?

- Igazságtalanság.

- Az, de mit lehet tenni? Ezért is vagyok annyira hálás, mert neked köszönhetően nem kell vállalnom ezt a sorsot. Attól még, mert hiába is vágyom házasságra, szeretnék boldog lenni... nélküled pedig nem menne.

Betty vonakodva visszamosolygott rá, ám minden továbbit megakadályozott, amikor a futballozók közül egy fiatalember lépett hozzájuk és a takaró szélénél leguggolt. – Üdvözletem, kisasszonyok.

Mindketten a jókötésű, ragyogó mosolyú legényre pillantottak.

- Jó napot.
- Engedelmükkel Tivy Rogers. A barátaimmal
ebédelni készülünk a kioszkhoz – mutatott a sétány
kanyarulata felé. – De egy falat se menne le a
torkunkon, ha nem ül két gyönyörű lány is az
asztalunknál.
Betty elragadtatottan kacagott. – Ez ám a fondorlatos
meghívás, Tivy Rogers!
A férfi észbontó mosolyt villantott rá. – Elegendő, ha
egyetlen szócskát adnak válaszul.
- Igen.
- Köszönöm
Tivy felállt és jobbját Latheának, balját Bettynek
nyújtva mindkettejüket talpra segítette. A következő
mozdulattal felcsavarta a takarójukat és máris a
többiek felé indultak.
- Engem Latheának hívnak, és a barátnőm Betty.
- Betty és Lathea – hajolt meg a fiatalember
színpadiasan. –, pompás ebédünk lesz.
A jóslat tökéletesen valóra vált. A kioszk teraszán
Tivy bemutatta őket öt barátjának, majd sűrű hahoták
közepette laktató pikniket fogyasztottak el. A dúsan
megpakolt szendvicsek meg a sör igazán remek
körítésül szolgáltak a felszabadult, tréfákkal tarkított
társalgáshoz. Menetközben a fiúk elárulták, hogy a
két közeli kórház, a Mile End meg a Bethnal Green
különböző osztályain dolgoznak. Akadt köztük
gyakornok ápolótól egyetemista orvos-tanoncig
mindenki. A közös szakmának köszönhetően Betty
azonnal számtalan azonos érdeklődési pontra lelt
velük, mialatt Lathea élvezettel fülelte a szócsatát.
- És ön, Lathea? – fordult közben Tivy hozzá. – Mivel
foglalkozik?
- A Royal Court Hotelban vagyok állásban.
- A Park Lane-en? Ó, a kutyafáját! Az aztán a
szálloda, nem igaz?

Lathea tanácstalanul mosolygott. – Korábban egy antikváriumban alkalmaztak, azt nagyon szerettem. A férfi elmerengve szavalni kezdett1. –

*Földmíves volt az én apám a carricki*

*határban,*

*gonddal nevelt, példát adott a*

*tisztességtudásban.*

*Meghagyta: tűrjem férfiként, ha fillér sincs a*

*zsebben,*

*mert férfinak, ha szíve nincs, nem jár még*

*tisztelet sem.*

- Robert Burns.
Vidám biccentés igazolta a válasz helyességét. – Tehát szeret olvasni, Lathea?
- A könyvek sokért kárpótolják az embert.
- Egyetértek.
- És ön szereti a pályát, amit választott?
Tivy meghúzta a sör maradékát. – Orvosnak lenni felfoghatatlan hatalmat jelent. Az ember élet és halál felett dönthet, jól vagy rosszul. Ha lassú vagy bizonytalan, több kárt okoz, mint amennyit segít. A délután észrevétlenül röppent el, sok nevetéssel, játékkal, önfeledt vitákkal. Hazafelé a buszon Betty lankadatlan szóáradattal mesélt Kester Frostról, egy magas, atléta alkatú vörös fiúról, aki műtő segédként dolgozott és vasárnap randevúra hívta. Lathea szemében nem lehetett kétséges, hogy a vonzalom ösztönös és a legmesszemenőbbekig kölcsönös.
- Micsoda egy alak, az ember halálra neveti rajta magát. A betegeket egyszerűen csak húsnak hívja, brrr, hát, nem borzasztó?

---

1 *Részlet: Robert Burns: Földmíves volt az én apám*

- Az – mulatott Lathea a morbid viccen.

- Ó, milyen csodálatos, hogy kimentünk a parkba – dőlt hátra Betty a kényelmetlen ülésen és szája körül jókedvű kis mosollyal kifelé bámészkodott az ablakon. Hazafelé többet egyetlen szót sem szólt.

Lathea józan eszével azt feltételezte, a meleg és a nyár közeledtével a Royal Court valamelyest elcsendesedik, hiszen a társasági emberek vidékre utaznak, elsősorban a közkedvelt tengerparti üdülőhelyekre, mint Brighton, Dover vagy Margate. Májusban ez a sejtése beigazolódni látszott. Számos prominens személyiség hagyta el lakosztályát, nem egy folyosói pletyka szerint Franciaországba készültek, mások Svájcba. Ő mindössze a feltűnő hurcolkodásnak lehetett szemtanúja, majd egy úri dáma mellett segédkezett az előkészületekben. A felfordulás két hét alatt le is csengett, az egész személyzet fellélegzett, mígnem június derekán a helyzet megint csak megváltozott.

A hónap közepén népes társaság érkezett Párizsból. Főleg oroszok, de temérdek francia és magát világpolgárnak minősítő amerikai is csatlakozott hozzájuk. Az oroszok különösen kellemetlen, kötekedő vendégseregnek bizonyultak. Akadékoskodásuk a hölgyek toalettjeitől, a felszolgált ételekig mindenre kiterjedt, nem tetszett nekik, ahogy az ágyakat vetették meg, a makulátlanul tiszta kristálypoharakat egy ital után a földhöz csapkodták, a férfiak előszeretettel itták le magukat és olyankor előfordult, hogy mindent összehánytak maguk körül. Márpedig bizonyos mérték után már semmilyen nagylelkűség nem kárpótolhatta a személyzetet a többletmunkáért.

Általában senki előtt nem volt titok, hogy a harminckét évvel korábban a forradalom elől menekülő orosz arisztokrácia színe-java érthető okokból Párizsban telepedett le. Kimenekített vagyonukból Krőzusként éltek, semmiféle fényűzés nem lehetett nekik elég drága, és mialatt egyesek lecsúsztak, mások zavartalanul folytatták extravagáns, költekező életmódjukat. Így fordulhatott elő, hogy a személyzet asztalánál elszegényedett nemesek is étkeztek, akiket azonban a végletekig összetartó emigráció saját berkeiben tartott és komornyikként, vagy sofőrként juttatott keresethez.

Az oroszok és társaságuk tehát ellepték a Royal Court összes zegzugát és attól a naptól kezdve estéről estére folyt a pezsgő, ment a dínomdánom, elképesztő mennyiségű kaviár fogyott, míg hajnalban a magukat félholtra evő és ivó embereket úgy kellett lakosztályaikba cipelni. E tekintetben teljesen rendhagyó módon, a szolgasorba süllyedt grófi és egyéb ivadékok együtt mulattak gáláns, hasonszőrű gazdáikkal, így nem ritkán ők is hathatós segítségre szorultak. A bálozás és mulatozás a személyzet minden tagjára plusz terheket rótt. A konyhában jóformán éjjel-nappal rotyogott valami, a pincérek roskadásig pakolt tálcákkal jártak-keltek, a mosoda huszonnégy órában dolgozott, a szobalányok pedig számtalan csillogni vágyó hölgy körül tüsténkedtek. Mr. Loggerman, miután felfedezte, hogy Lathea milyen ügyesen varr, felmentette a vasalás alól. Így attól kezdve, ha valamelyik vendégnek szüksége volt rá, azonnal ugornia kellett. Őt azonban kevéssé tette elégedetté a bizalom, mellyel a személyzeti főnök kitüntette, inkább békében vasalt volna, minthogy házsártos, érthetetlen nyelven perlekedő nagyságok előtt kuporogva öltögessen, a döntést azonban késő lett volna befolyásolni.

Szombat estére pazar bált szerveztek a földszinti Tükörteremben. Latheában pusztán akkor tudatosult, ténylegesen milyen grandiózus eseményről van szó, amikor a konyhai előkészületeket meglátta. Az asztalokat valósággal ellepték a nyersanyagok, Erwin pedig elképedve morogta, hogy a főszakács még a szabadnapján is berángatta. A báltermet két napja húsz pár kéz csinosította, a padlót újra polírozták, ahogyan a tükröket meg a négy hatalmas kristálycsillárt is megpucolták. Szombat délután százhúsz főre terítették a fehér damaszttal letakart asztalokat, amit ő nem is láthatott, mert szobáról szobára futkosva igyekezett minden hölgy báli ruháját kiigazítani.

Fél nyolcra már merevek voltak az ujjai, alig tudta a varrótűt megfogni, ráadásul a leírhatatlanul szép, olasz contessa ide-oda ficánkolt, miközben ő a ruhája leszakadt alsó szegélyét próbálta megjavítani. A férjével vívott szócsatának is ő itta meg a levét, mert a feldühödött asszony háromszor is felrúgta a dobozt, amiben a szükséges eszközöket tartotta. Az indulatos olasz kifakadásokból egyetlen szót sem értett, de jobb is volt így.

A vitát határozott kopogás szakította félbe, mire a vicomte erélyesen behívta az érkezőt. Akárki is jött, Mischának szólította és meleg hanghordozása arra utalt, boldog, amiért az illető megszabadította a felesége szemrehányásaitól. Lathea fellélegezve az átmeneti csöndtől serényen öltögetett, minél előbb ott akarta hagyni a puskaporos levegőjű csatateret. Már az utolsó öltéseknél járt, amikor az asszony egy lelkes: 'Mon Dieu, Mischa!' felkiáltással odábblépett. Lathea kevés híján orra bukott, ráadásul saját ujjába szúrta a tűt, amitől kövér cseppben kiserkent a vére. Szemét fátyol mögé vonta az önkéntelenül odatolakodó könny, ő mégis legszívesebben hangosan káromkodott volna. Szerencsére a cérna elszakadt, mintha az ő kedvét keresné, ezért vége lett a kínlódásnak. Az olasz nő ismét megszólalt, bár ezúttal nem volt szükség nyelvtudásra ahhoz, ő is ráébredjen, hogy a ruhája miatt sopánkodik, saját ostobasága

helyett. A ruhával azonban semmi nem történt, ezt ő is megkönnyebbüléssel állapította meg, amikor fürkészőn felemelte a kényes anyagot. Összesöpörve a doboz tartalmát felegyenesedett. Ekkor figyelt fel arra a méregető szempárra, mely feltehetően minden mozdulatát ragadozók éberségével követte. Az antikváriumban látott férfi nem adta jelét, hogy felismerte volna, mégsem férhetett hozzá kétség. Szmokingban és csokornyakkendőben pazarul elegánsan mutatott, a mellényére fűzve ismét ott himbálódzott az arany zsebóra. Le sem véve pillantását Latheáról, a zsebébe süllyesztette bal kezét, majd anélkül, hogy megolvasta volna, mennyire nagyvonalú, aprót szórt a tenyerébe
- Köszönjük, kisasszony – mondta angolul. – Most elmehet.
Lathea kötelezően pukedlizett, majd amilyen gyorsan csak tudott kimenekült az ajtón. Zsebkendőt borított vérző ujjára azt kívánva, bárcsak már a moziban ülhetne Erwinnel. Ennyi kóstoló neki bőségesen megtette ebből a bolondok házából.

A kora délutáni napsugár elálmosította. Pulóverét a földre terítve üldögélt, lustán nézegette a játszadozó gyerekeket, mialatt hátát vaskos fa törzsének vetette. Tulajdonképpen haza is mehetett volna, ezzel azonban kitette volna magát az apja szekálásának. Szívesebben ücsörgött a parkban, a meleg napsütésben, élvezve a nyári szellő zamatát. Az ölében heverő olvasmány felett egyszer már elszenderedett, de amint ismét belemélyedt, szeme megint csak ellenállhatatlanul lecsukódott. Zavaros képek üldözték álmában, együttesen semmi értelmük nem volt.
Amikor felébredt, a gyerekek már elmentek, a nap is alacsonyabb íven vándorolt. Csüggedten, még félálomban meredt maga elé, majd kisöpörte a homlokába merészkedő szőke fürtöket.

- Gyönyörű, amikor alszik – a simogató szavak annyira közelről érkeztek, ösztönösen összerezzent. Oldalra kapva a fejét Tivy Rogers arcába nézett. A férfi kedélyesen somolygott, vállával ugyanannak a fának támaszkodott, mint ő. – Jó napot, Lathea.
- Micsoda meglepetés, Tivy.
- Őriztem az álmát. Legalább szépeket álmodott? Lathea zavartan elnevette magát. – Sajnos semmi izgalmasat. Partvis, cérna meg tű. A férfi zöld szeme bekötözött jobb kezére tévedt. – Baleset érte?
- Apróság – hazudta Lathea, pedig az apja által ejtett mély vágás napokig embert próbáló fájdalmat okozott. Ennél azonban nagyobb gondot jelentett, hogy ismét összeverekedtek a szállodában kapott borravalóért és azóta sérült kezével alig tudott fogni. Átmenetileg vissza is parancsolták a vasalóhoz, amely beteg tenyerének ugyancsak túl nehéz megpróbáltatást jelentett.
- Megnézhetem?
- Nincs miért, Tivy.
- Ne feledje, a gyakornok buzgalma szól belőlem. Ragaszkodom hozzá, hogy ne hátráltassa a szakmai előmenetelemet egy eltitkolt esettel.
- Eset?
- Csak nem feltételezi, hogy inkább szorongatom egy szép nő kezét, mint hódolok a gyógyításnak? Az őszinteséggel ható, de mégiscsak megjátszott felháborodás kipukkasztotta Latheából a nevetést. – A szorongatásról boldogan lemondok. Tivy kinyújtotta a kezét, ő pedig további huzakodás nélkül belefektette a sajátját. Az ügyes ujjak imponáló gyakorlattal fejtették le a kötést, míg fel nem tárult a tenyerében vöröslő jó két inches, haránt irányú vágás.
- Begyulladt. Kapott rá valamit?
- Nem.
- Mikor szerezte?

- Négy napja.

Tivy nem feszegette tovább a kérdést, hanem körültekintő gyengédséggel visszahelyezte a védelmező kötést. Mialatt dolgozott, szelíden megjegyezte: – Amúgy is meg akartam hívni egy esti piknikre. Ez alkalommal csak maga meg én. Mi lenne, ha útközben benéznénk a kórházba? – végigsimított Lathea csuklóján. – Bizonyára fáj, adok rá valamit, ami gyorsan meggyógyítja.

A tapintat, amiért nem hozta szóba a különben nyilvánvaló tényt, hogy egyszerűen anyagi megfontolásból nem ment orvoshoz, megindította Latheát. A szálloda gyorspatikájából Mr. Loggerman ugyan juttatott neki egy-két fájdalomcsillapítót, a sebet is valamelyest kitisztította, ez azonban sehogy sem illett be szakszerű ellátásnak. Mialatt a buszmegálló felé sétáltak, Tivy a kórházban átvirrasztott éjszakáról mesélt. A szórakoztató történeteken nem lehetett nem nevetni. Az idős férfin, aki meg akart szökni, ám balszerencséjére lopakodó léptei nyomán egy műszerekkel teli kocsi csörömpölve felborult és ezzel mindenkit legszebb álmából riasztott fel. Azután a mandula műtétre váró kisfiún, aki eltűnt a műtőből. Tivy maga is láthatóan remekül mulatott a történteken. A buszon bár nem volt ülőhely, Lathea bekötözött kezét látva egy középkorú férfi átadta a helyét, Tivy pedig nyár lévén a használaton kívül helyezett fűtőtestre ereszkedett, nehogy hangulatos beszélgetésüket az utazás alatt fel kelljen függeszteni.

Lathea az apjával vívott közelharc óta első ízben feledkezett meg nyomorúságos gondjairól, arcára visszalopódzott a nevetés, amit a kés ugyanúgy elmetszett, akár a húsát. Belefeledkezett a szellemes fiatalember jókedvébe, így nem kellett örökösen saját ballépésein elmélkednie. Azután a meleg kéz megragadta az övét és a Whitechapel Road meg a

Cambridge Heath kereszteződésében az utolsó pillanatban ugrottak le a már mozgásba lendülő járműről.

- Minden rendben? – tudakolta Tivy a járda biztonságába húzódva.

Lathea derűsen bólintott. Az egész századmásodpercek alatt zajlott le, mégis szüksége volt erre az izgalomra, hogy felrázza. Tivy átfonta bal karját a sajátján és máris gyalog indultak tovább. Az egyik középület homlokzatán az óra ötöt mutatott, ám a csodálatos nyári nap meg a lanyha szellő elfeledtette vele az idő múlását. Merthogy cseppet sem számított. A Bethnal Green kórházban makulátlan rend és tisztaság uralkodott. Lathea széles folyosók és átjárók labirintusában elfogódottan követte vezetőjét, egyúttal pedig a lehetőséget is kihasználta, hogy gyorsan felmérje, hova is került. Utoljára akkor fordult meg hasonló helyen, amikor az édesanyja haldoklott, jóllehet az egy jóval szerényebben felszerelt intézmény volt a dokkok tőszomszédságában. Még akkor is borús emlékein rágódott, amikor Tivy az egyik félreeső rendelőben leültette. Az üveges szekrényből tálcát vett elő, majd számára ismeretlen poharakat és üvegcséket készített oda. Alapos kézmosást követően ült le vele szemben egy magasított székre. Ismét lefejtette a kötést, hogy a sérülést tüzetesebben megvizsgálja. Már kezdett összenőni, a terjedő vörös folt azonban gyulladást jelzett.

- Kicsit fájni fog, de fel kell, hogy szakítsam.

Lathea összeszorított foggal tűrte a kínzó fájdalmat. Valójában bátrabbnak mutatta magát, mint amilyen volt, és ugyan Tivy tőle telhetően óvatosan dolgozott, mégis könnybe lábadt a szeme, amikor a gyulladt sebhez ért.

- Sejtem, hogy pokolian fáj – mondta Tivy együtt érzően feléje nyújtva egy zsebkendőt, amivel letörölhette a kicsorduló könnycseppeket. A kezelés alig húsz perc alatt megvolt és az injekció tompító hatása jótékonyan szétáradt Latheában.

- Fél óra és jobban lesz – hangzott az orvosi jóslat, de akkor ők már a Regent's Park irányába gyalogoltak. – Karoljon belém – Lathea habozása láttán Tivy játékosan kacsintott. – Persze csak azért, hogy ne lógjon a keze.

A metróból felbukkanva először egy szomszédos utcába tartottak. Az önmagát hatalmas kirakattal reklámozó csemegeboltból a férfi megpakolt piknik kosárral tért vissza és egyenesen a parkot vette célba. Lathea időközben ismét kezdett magára találni, szokatlan bágyadtsága fokozatosan illant el.

- Járt erre mostanában? – tudakolta Tivy megnyerő közvetlenséggel, válaszra azonban nem hagyott időt. – Amióta beköszöntött a jó idő, jóformán minden este rendeznek valami hacacárét. Tegnap remek jazz-est volt, ha kicsit is szerencsések vagyunk, ma táncolhatunk is. Szeret táncolni? Biztos vagyok benne, hogy remek táncos.

- Csak ritkán adódik alkalom, úgyhogy nem vagyok a parkett ördöge.

A tó északi nyúlványánál táboroztak le, ahonnan Tivy szerint éppen szemmel tudták tartani a túlparton folyó előkészületeket. Szembetűnő nyüzsgés utalt a nagy eseményre, egyelőre azonban semmi közelebbit nem lehetett látni.

Tivy az órájára sandított. – Negyed óra múlva már ihat velem a borból, remélem, addig nem hal éhen. Vagy, ha mégis, közvetlenül előtte szóljon bátran.

Lathea felderülve az ugratáson keresztbe tett ujjakkal nevetett meghívójára, aki bal oldalán elnyúlva, bokánál egymásra vetett lábakkal és könyökére támaszkodva hevert végig a pléden. – Hogyhogy nincs a kórházban?

- Mint említettem, reggel fejeztem be a műszakot. Utána rendszerint alszom néhány órát, majd kalandra fel.

- Hány órát?

- Jobb esetben ötöt-hatot. Soha nem voltam jó alvó. Lathea maga alá húzta a lábait, és rájuk borította a szoknyáját. Bettyvel ellentétben nem szívesen mutogatta magát, a férfi orvos szeme elől így is biztosra vette, hogy semmit nem lehet elrejteni. Egyszer azt olvasta valahol, talán valami újság lehetett, hogy az orvosoknál szakmai ártalom, mert mindenkinek a végtagjait és testi adottságait méricskélik. Ez a gondolat most különösen zavarba hozta, társa azonban félreértette mozdulatait.

- Fázik?

- Nem, viszont kezd kitisztulni a fejem. Tivy elbűvölő vigyorával fordult feléje. Csodás hangja harangra emlékeztetett, öblös és szívből fakadóan erőteljes volt. – Nem úgy a cimborámnak. Kester teljesen belehabarodott Betty Cowanbe. Álló nap képes a hajáról, a kacagásáról, a kezéről fecserészni – a kritika azonban jó baráthoz illően él nélküli maradt. – Ez a szerelem biztos jele, nem gondolja?

Mivel Lathea még sosem érzett ehhez foghatót, tanácstalanul somolygott. – Azt hiszem.

- És mi a helyzet a szállodában?

- Ó, borzasztó, vagy még annál is rosszabb.

A kíváncsi zöld megvillant. – Mi történt?

- Mindenki azt remélte, a nyár könnyebb lesz, de akkor elárasztottak minket az orosz meg francia vendégek. A nap huszonnégy órájában zajlik nálunk az élet, mulatnak, esznek-isznak… mi pedig nem tudunk lépést tartani velük.

- Már értem a vágást is.

- Baleset volt – hazudta Lathea a friss kötésre lesve. – Előfordul.
- És milyenek az oroszok?
- Sokat isznak.
Tivy szívből hahotázott. – A hírük különben is megelőzi őket. Akárcsak Edward herceget a nőügyei. Apám szerint senki ne várjon kiemelkedőt olyan ifjúságtól, amelyik a példát Edwardról veszi.
- Ez egy kis túlzás, nem? A trónörökös lelkiismeretesen teljesítette a feladatait. Vagy tévedek?
- Nem, tökéletesen igaza van. Meglátásom szerint is ez a döntő. Sőt, azután is így lett volna, ha elveszi az amerikai nőt.
- Ráadásul nagyon jóképű, ideje lett volna, hogy a mackós nagyapókat valaki más váltsa fel.
Az öblös nevetés ismét felharsant. – Tipikus női logika. És mit szól akkor György királyhoz?
- A legmegfelelőbb személy.
- Helyes. Akkor lássuk, miből élünk.
A kosárból finomságok kerültek elő, úgy, mint frissen sült cipó, sonka, sajt, gyümölcs, no meg a beígért ízletes bor. Míg mindennek a végére jártak, csapongó társalgás kötötte le őket, amit Lathea elsősorban azért élvezett annyira, mert a feléje áramló kérdések egyáltalán nem voltak tolakodóak vagy személyeskedőek. Tivy Rogers pontosan tisztában volt azzal, mit kérdezhet meg egy majdnem csak bimbózó ismeretségben és mit nem. Amikor történetesen kifogytak a mondanivalóból, hallgattak. Ez a csend mégsem vibrált feszültségtől, vagy elhallgatott válaszoktól, egészséges szünet volt, melynek talajáról töretlenül folytathatták a beszélgetést. Utólag mintha egyetlen percre sem fordultak volna magukba, az egész este összefolyt egy teljes egésszé. Közben besötétedett és a tó kanyarulatán túl felállított színpad körül színes

lampionok gyulladtak fel. Fél kilenc után hangolni kezdett a zenekar, a vendégek pedig lassan szállingóztak a mulatság helyszínére. Kilencre azt is biztosan tudni lehetett, hogy a zenészek táncdalokkal készültek és az elegáns társaság akár hajnalig megállás nélkül rophatja majd.

Tivy a hátán feküdt, olykor mindkét alkarjára feltámaszkodott. Lathea ezzel szemben a csillagok titokzatos világába kirándult, néhány alakzatnál többet azonban nem sikerült felfedeznie. A meleg este, a laktató falatok, meg a kellemes társaság együttesen döbbentették rá, hogy az élet még rengeteg boldogságot őrizget számára, éppen csak annyit kér cserébe, hogy ne engedjen a szüntelenül körülötte ólálkodó csüggedésnek.

– Mindjárt elalszik – somolygott a férfi. Zöld szeme vakított a sötétben.

– Nem, épp ellenkezőleg – Lathea hirtelen vágytól elragadva pattant talpra és táncra felkészülve megállt a pléd mellett, kitárt karjaival azt imitálva, mintha máris táncolna valakivel. – Ígéretet tett, hogy gyakorol velem, Tivy. Ideje leverni a port szegényes tánctudásomról.

A férfi, akár egy kecses párduc, felemelkedett fektéből és a karjai közé bújt. Szótlanul, a túlparton felcsendülő zene dallamára lépkedtek a füvön. Lassú, szerelmes andalgás volt, melyhez festői háttérként szolgált a vízen tükröződő ezernyi színes égő. Tivy illedelmesen, noha a tánciskolában megengedettnél szorosabban tartotta, ő pedig a kezdeti bukdácsolás után egyre határozottabban élvezte a pörgést-forgást. Tivy még a cipőjét is lerúgta, és ő a példáját követve mezítláb repült vele a nyáresti ritmusra. Ugyan nem koccintottak pezsgővel, mint a túlparti előkelő társaság, ám ezek a külsőségek mit sem ronthattak a hangulatukon.

- Még nem is kérdeztem, hogyan talált rám délután – törte meg a csendet Lathea, miután a sokadik táncot is befejezték.
- Egy kicsit keresnem kellett.
- Ó.
- A szállodában igazítottak útba.
- Milyen szerencse.

Tivy újra mosolygott, most szerényen, kicsit titokzatosan. Azután Lathea szemébe fúrva tekintetét megszólalt. – A készséges segítők között azonban akadt egy tagbaszakadt legény, aki kevésbé örült a felbukkanásomnak. Ki ő, Lathea? A maga életében ki?

Lathea nyíltan viszonozta a pillantást. Hogy mekkora jelentőséggel bír a válasz, elárulta a zöld pillantás. Ösztönösen megálltak és egy végtelen percig megbabonázva fürkészték egymást. Benne feltartóztathatatlanul peregtek az est képei, az a felszabadult boldogság pedig, amit Tivy Rogers társaságában érez, mintha megszázszorozódott volna.

- Az attól függ, akarunk-e még találkozni – felelte végül talányosan.
- Akarunk, hogy is ne akarnánk? – emelte Tivy az ajkához egészséges kezét. Csókja alig érezhető melegséggel hullott a kézfejére, mialatt varázslatos tekintete fogva tartotta. A következő másodpercben ismét átkarolta a derekát és egy romantikus dallamra táncba ringatta magukat.

Lathea elbűvölve és alig tudva magáról a széles vállra hajtotta az arcát, lehunyta a szemét és azt kívánta, ez az este soha ne érjen véget.

# 3.

Erwin hozzáállására nem lehetett panasz, két hét után mégis előállt a feltartóztathatatlan kérdésekkel. Semmi sértő nem volt abban, mert Tivy Rogers felbukkanása kapcsán bizonyos részleteket tisztázni kívánt, Lathea ennek ellenére tartott a beszélgetéstől. Akármennyire is közel állt hozzá, sőt, tagadhatatlan testi és lelki vonzalmat táplált iránta, ez a kapcsolat elsősorban a magányból táplálkozott. Szükségük volt egymásra, nehogy végérvényesen elszigeteljék magukat a valóságtól, legyen valaki az életükben, akit a maguk módján szerethetnek, aki elűzi a nyomasztó, lélekölő ürességet. Ennél sokkal többet azonban eddig nem jelentett, pusztán egyfajta oltalmat, de nem szerelmet és nem is szenvedélyt.

Az önmagában tisztázott egyenesek a való életben érthetetlen okokból görbületet mutattak, legalábbis így érezte, amikor őszintén akart beszélni a férfival. Eleinte azt gondolta, botladozó szavait annak a mérhetetlen igyekezetnek köszönheti, amivel minden megbántott pillantást, vagy sértődést el akart kerülni, ám hamarosan önmaga előtt is be kellett ismernie, ez mekkora tévedés. Tivy Rogers felbukkanása dacára is vágyott Erwin gondoskodó szeretetére, na meg az ölelésére, ami oly sok nehéz percen segítette már át. Belenézett a szemébe és jóformán elátkozta azt a másikat, mert az életébe furakodott. Furakodott egyáltalán? Vagy ő invitálta beljebb, miután bekopogott? Ki tudja. A Regent's Park-i este óta még csak nem is hallatott magáról, talán ez jelentette a legnagyobb fájdalmat.

Ahogy azonban a meleg nyáréjszaka békéjében, két fa áldásos takarásában Erwin magához húzta és megcsókolta, a tőle kapott biztonságérzet tetőtől-talpig elárasztotta. Szerette, ahogyan belecsókolt a nyakába, ahogy felébredt benne a szenvedély, a kényelmetlen fapadon magához öleli, simogató ujjai pedig a vékony nyári szoknya alatt a térdére vándorolnak.

- Ha így csókolsz, nem kéne túlzott jelentőséget tulajdonítani annak az alaknak – a grimaszt Erwin elsődlegesen önmagának szánhatta, Lathea azonban annyira lehangolónak találta, ösztönösen megérintette az arcát.

- Magam is tanácstalan vagyok.

- De tetszik neked, ugye?

- Nem hozzám való. Módos családi háttérrel...

Erwin elhúzta a száját. – Rendületlenül ezzel hozakodsz elő, holott saját magadból kiindulva tudhatnád, vannak emberek, akiknek nem a pénz körül forog az életük.

- Az enyém sajnos igen, amíg az apám képes a véremet venni pár nyomorult pennyért.

Erwin felemelte a gyógyuló kezet, melyet mostanra már csak egy apró géz fedett, hamarosan pedig azt is el lehet majd dobni. – Hazakísért, meggyógyított...

Lathea felnézett. – Jelent ez valamit?

- Elszeret tőlem – dünnyögte Erwin boldogtalanul. – Nem sejtettem, hogy ez ennyire fáj majd.

- Soha nem akartad... hogy a tiéd legyek.

Feszült hallgatás lopakodott közéjük. Erwin a hüvelykujjával apró köröket rajzolt Lathea tenyerébe.

- Azt hiszem, bennünk van a hiba. Én nem tudok mire családot alapítani, míg te folyton a mesebeli hercegről álmodozol.

- Nincsenek mesebeli hercegek. Stepney-ben főleg nem.

- Pedig káprázatos hercegnő lennél.

Lathea nekipirulva mosolygott. – A herceg elvinne a kacsalábon forgó palotájába, persze fehér hintón, amit három almásderes húz.

- Kipróbálnád?
- Micsodát?
- Milyen körülrajongott hercegnőnek lenni. Mondjuk egyetlen -éjszakára?

Latheát kissé meglepte saját válasza. – Igen, miért is ne?

- Okosan tennéd, úgyis olyan ritkán nézhetünk szembe az álmainkkal.

Későre járt, amikor végre felugrottak a buszra. Az álmos utasok mindössze négy padot foglaltak el, ezért ők a leghátsó sort választották. Erwin előhúzott a zsebéből egy piros almát, amit egész este a lánynak tartogatott. Nem kellett csalódnia, mert az élvezettel el is ropogtatta, mialatt ő kibámult az üveg előtt elvonuló kivilágított városra.

- Mi jár a fejedben? – tudakolta Lathea a csutkát zsebkendőjébe rejtve.
- Semmi olyasmi, amit szívesen hallanál.
- Ejha! Tényleg?

A szinte vidám kérdés hallatán Erwin oldalra fordult és belenézett a barna szemekbe. – Szeretnék veled lenni, Lat, de nem tudnám elviselni, hogy másra gondolj közben.

- Nem fújod fel egy kicsit ezt a dolgot? Tivy egyetlen egyszer meghívott piknikezni, utána meg táncolt velem. Azóta viszont a hírét se hallottuk.

Erwint elbizonytalanította a szavakból kicsendülő magabiztosság. – Várjunk még, hátha felbukkan.

- Várjunk?
- Nem akarom később azt hallani, hogy miattam...
- Rendben, szólj, ha már eleget vártunk.

Lathea tüntetően hátat fordított. Valójában nem értette, miért sértődött meg. A férfi által tanúsított túlzott előzékenységen, vagy saját könnyűszívvel

i

kiejtett szavain. Fájdalmas önvallomás volt, mégis ráébresztette, hogy ez az érzelemmentesnek induló, felszínes kis viszony már-már túl sokat jelent. Sokat neki és ugyanúgy sokat Erwinnek. Talán éppen ez ijesztette meg őket annyira. A lelkesen hangoztatott függetlenség álcája és szólamai mögött titokzatos módon, de összetartoztak. Tivy Rogers feltűnéséig nem is tudták, valójában mennyire.

Júliusra az oroszok elmentek. Egy hétvége alatt kihurcolkodtak a Royal Courtból, amit titokban ugyan, de a személyzet egyöntetű megkönnyebbüléssel fogadott. A busás borravalók valamelyest kárpótlásul szolgáltak a számtalan átvirrasztott éjszakáért, a szemrehányásokért és minden egyébért, no és persze a feledés lehetőségét is megolajozták. Mint hónapok óta, tulajdonképpen az őszi szezon kezdetétől, nem volt ilyen nyugalmas az élet errefelé. Most már valóban érvényesülhetett a könnyedebb nyári üzletmenet és ennek köszönhetően az időszerű javítgatásokra is szelídebb tempóban kerülhetett sor. Amúgy is elkelt a nagytakarítás a nem mindennapi roham után.

Lathea továbbra is főleg vasalt, ami a rengeteg ágyneműhúzást tekintve végeláthatatlan munkát jelentett. Ennek megvolt az a tagadhatatlan előnye, hogy legalább kimaradt a szobák alapos takarításából, felmosásból, porszívózásból, estére azonban így is alig bírta a hátát kiegyenesíteni. Mindezt pedig annak az egyszerű ténynek köszönhette, hogy legutóbb sikerrel küzdött az apjával szemben, hiszen két kék folttal megúszta a részeg ámokfutást, felvágott keze viszont az elkerülhetetlen mosogatástól ismét begyulladt. A riadalom szerencsére ez alkalommal nagyobb volt az indokoltnál, így a gyógyulás is különösebb beavatkozás nélkül beindult. Az apja napokkal azelőtt eltűnt, ő pedig a biztonságos kötéssel a kezén valamelyest fellélegzett.

Szó nélkül vasalta az ágyneműhegyeket és mivel Mr. Loggerman elégedettnek látszott, nem tett megjegyzéseket amiatt, mert átmenetileg elveszítette az egyik szobalányát. Jelenleg, mivel a Royal Court jóformán üresen tátongott, különben is kevesebb lányra volt szükség. Ezért hatkor rendszerint letette a vasalót és nem törődve semmivel kiült a parkba, hogy megvárja, amíg Erwin is befejezi a konyhai munkát. Éppen az elenyésző számú vendég miatt legtöbbször alig egy órácskát, ha várnia kellett, utána pedig a Hyde Park Cornernél randevúztak.

1938 nyarán a simogató melegben megszokott, kíváncsi érdeklődés fogadta az önkéntes szónokokat, akik kedvük szerint szidták a kenyér minőségét, az angol vizeken garázdálkodó francia halászokat, vagy éppen a szakszervezetek tehetetlen ripacsait. Ám akadtak merészebb szájúak, akik még mindig nem tudtak napirendre térni a márciusi német lépés felett, minek következtében a német hadsereg órák alatt lerohanta Ausztriát, és rögvest Németországhoz csatolta. A jóformán vér nélkül lezajlott események sokkolták a világot és ez a döbbenet négy hónappal később is sötét árnyként lebegett a sziporkázó nyárban. Ahogyan mindaz a politikai zűrzavar, ami egyre érthetetlenebb és követhetetlenebb sakkjátszma benyomását keltette, jóllehet a partikból egyelőre rendre Adolf Hitler került ki győztesként. Nevét az elmúlt évek fanyalgó viccei és gúnyosan lenéző megjegyzései után már felsőbb körökben is kezdték komolyan venni. Elsősorban mióta Csehszlovákiában akkora port kavart a cseh területen élő németek hangos igénye, hogy a Szudéta-vidéket vissza kell csatolni Németországhoz. Persze nem lehetett kérdéses, ki tüzelte fel a hirtelen fellobbant nacionalista törekvések élharcosait, egy azonban biztos, Csehszlovákia neve a semmiből egy csapásra a köztudatba robbant.

A heves vérmérsékletű Hyde Park-i szónokok pipogya fráternek címezték a miniszterelnököt, aki, akárcsak francia kollégája, szerintük a maga 'mosom a kezeim' politikájával gyurma volt Hitler kezében. A hangos kifakadások dacára nyilvánvaló volt, hogy a kormányzat szíve szerint inkább a szőnyeg alá söpörné a problémákat. Az újabb hátborzongató hírek, illetve néhány kirobbanó önkéntes szónok hallatán Erwin komolyan megállapította.

- Ne legyen igazam, de egy éven belül az a Hitler nevű pasas háborúba kergeti Európát.

És nemcsak ő gondolkodott így, hanem a sajtó, a közemberek, gyakorlatilag a többség, kivéve a nagypolitikát. Az újságok hemzsegtek az optimista kijelentésektől, melyek mellett ellentétes sugallatú szerkesztőségi vélemények virítottak, így a semmitmondó nyilatkozatok nem téveszthették meg a közvéleményt. De történt egy másik érdekes dolog is. A hírhedt angol elszigetelődés, ami kihatott az elmúlt évszázadok politikájára, mintha elolvadni látszott volna. Bár ép ésszel senki nem kívánta vissza az alig húsz éve lezárult, ám még nem feledett pokoli vérontást, sokak mégsem tűrhették szó nélkül, amiért megalomániás őrültek fenyegetik a nehezen megteremtett, bizonytalan békét. Akármilyen messzi is, az európai vészterhes levegőt Londonban is érezni lehetett.

- Lőporos hordón kucorgunk, Hitler pedig bármelyik pillanatban meggyújthatja a kanócot – szavalta egy temperamentumos férfi, a szavai nyomán a levegőbe sújtó karok pedig azt jelezték, hallgatósága egyetért. A helyeslés, valamint a nyílt beszéd mégis új színt hozott a palettára, hiszen Antony Eden távozása a külügyminisztériumból döbbentett rá sokakat arra, hogy Chamberlain elképesztő higgadtsága és bizalma az egyre követelődzőbb német diktátor iránt tökéletesen megalapozatlan. Nem csoda, mert a parlamenti viták, melyeket Winston Churchill egymás után robbantott ki, lassacskán kiszabadultak az utcára és ez a közhangulatra maradandóan rányomta bélyegét.

- Miss Trashburn.

Lathea látatlanban is ráismert volna Mr. Loggerman szokatlan, kelepelő hangjára, ám erre semmi szükség nem volt, mivel a férfi teljes életnagyságában állt meg előtte. Pusztán a küszöbig merészkedett, mert különben a kellemetlen, mesterséges fényben úszó helyiséget belepték a vasalásra váró, illetve azon már túlesett ágyhuzatok és terítők. – Igen, uram.

- Hagyja ezt félbe és menjen fel a 412-esbe. Gróf Kupolyev ruhatárát kell megrendeznie. A gróf úr két napja érkezett Franciaországból és szeretné ránc nélkül látni az öltönyeit. Menjen, vigye a deszkát meg a vasalót, máris!

- Hiszen itt szoktuk…

- Ne akadékoskodjon, a gróf úr nem szeretné, ha ide-oda hurcolnánk a személyes holmijait. Úgyhogy induljon, ezt majd később folytatja.

Nem volt mit tenni, Lathea a hóna alá szorította a kisebbik deszkát, másik kezében pedig a vasalóval a hátsó lépcső felé baktatott. A szálloda két liftjét kizárólag vendégek vehették igénybe, ezért gyalog kellett megmásznia a négy emeletet. Ezalatt a deszka többször kicsúszott a karja alól, és a vasalót is szorgalmasan lóbálta, hogy kihűljön. Némán átkozta magában a grófot, amiért nem lehet a nyavalyás ingeit lent kivasalni, az anyagnak mindenesetre nem számít a negyedik emeleti magaslati levegő. Nem úgy neki. Kifulladva támolygott végig a folyosón, ahol a szolgálatban levő szobalány várta. Segítőkészen elvette a vasalót, ahogyan besorjáztak a lakosztályba.

- Ó, ezek az önkényurak! Ez is egy basa. Mondtam neki, hogy akár az utolsó nyakkendőig, szívesen leviszem a ruháit, de nem! Ő nem! Még egy pár zokni se sétálhat ki azon az ajtón.

A belső helyiségben, mely egybenyílt a hálószobával, már ott hevert a temérdek nadrág, mellény, meg ing.

- Egek ura! Ezt mind! – képedt el Lathea. Anne részvéttel ingatta a fejét. – Hol járt az az ember?

- És tudod, mi a különös? Téged akart, hogy te vasald ki őket.

Lathea, ha lehetett, még jobban eltátotta a száját. – Én? Még soha nem hallottam erről a Gróf Akárkiről.

- Dehogynem – hangzott fel az ajtó mögül és a következő másodpercben egy ismerős, nyúlánk alak bukkant elő. Makulátlanul elegáns, mint mindig, haja hátrafésülve magas homlokából, szemében pedig ugyanaz a vérfagyasztó ridegség. – Csak akkor még nem tudhatta, hogy hívnak. Az Akárki helyett jobban szeretem a Kupolyevet.

A flegma kioktatás kikergette a vért Lathea arcából. Az idegen Anne-re sandítva felvonta a szemöldökét. – Köszönöm a segítségét, most elmehet.

Anne azonnal engedelmeskedett. Mivel a férfi szó nélkül eltűnt a szomszéd szobában, Lathea kénytelen-kelletlen felállította az állványt, majd a vasalót a fenekére támasztva a halom ruhához lépett.

Többségükről első pillantásra megállapíthatta, hogy egészen addig, míg a szekrényből ki nem hajigálták, egyetlen ránc nem sok, de annyi se lehetett rajta. Bosszúsan kutatott legalább egy olyan darab után, amit érdemes kezelésbe venni.

- Hagyja azokat – érkezett vissza a férfi.

- Miért nem akasztja fel őket, uram? A végén még valóban vasalni kell mindet – bukott ki Latheából a duzzogás, amit rögvest meg is bánt.

Az idegen meglepő vidámsággal elvigyorodott. – Nem azért lakom méregdrága szállodában, hogy magam akasztgassam fel őket.

- Leszórni mégis volt ereje?

- Hűha! Nem csodálkozom, amiért Frederick Brock kitette a szűrét, alaposan felvágták a nyelvét. Lathea kényszeredetten nyelt egyet. – Most, ugye, bocsánatot kell kérnem?

- Lemondok róla, ha ezeket tüstént rendbe hozza – hangzott a kedélyes felelet. – Este szükségem lesz rájuk.

Lathea a sötét öltönyre lesett. A legfinomabb anyagból készült, amit valaha tapintott, és valóban ráfért némi gondoskodás. Amint munkához látott, a férfi szokatlan szelídséggel kérdezte: – Mi érte a kezét?

- Apró baleset.

- Menjen orvoshoz.

A lakosztály legnagyobb helyisége felől kopogás, majd francia köszönés hallatszott. A férfi sarkon fordult és távozott. Lathea szótlanul dolgozott, keze gyors és magabiztos mozdulatokkal kezelte a vasalót. Gondolatai viszont kaotikus összevisszaságban zakatoltak. Először is nem számított rá, hogy valaha viszontlátja ezt az ismeretlent, aki minden valószínűség és pecsétgyűrűje szerint alighanem mégiscsak született nemesember. Ráadásul orosz, nem francia, amint azt Mr. Brock állította. Mindez persze semmiféle magyarázattal nem szolgált arra nézve, miért pakolta elő ezt a hegynyi állítólagos vasalandót, ahogyan azt sem értette, miért mondta Anne, hogy a férfi ragaszkodott az ő személyéhez. Erélyes léptek riasztották fel merengéseiből. A gróf megállt a deszka előtt. – Sajnos a dolgok nem alakulnak kedvemre. Most el kell mennem, ezért, ha végzett, tegye az öltönyt a hálószobába, mert este felveszem.

- És azok, uram? – bökött Lathea a háta mögé.
- Akassza be őket a helyükre. Ennyivel azonban nincs vége, feltétlenül beszélnem kell magával.
- Velem?
- Igen – hangzott a megingathatatlan válasz. – Vasárnap visszautazom Párizsba, addig bőven lesz rá idő.
- De hát miről szándékozik velem beszélni?
- Várja ki, Miss Trashburn. Most azonban jó éjt! – ezzel a nyurga alak késlekedés nélkül tovairamodott.

A beszélgetésre mégsem került sor. Lathea pénteken, illetve szombaton délutántól hajnalig hadakozott az ágyneműkkel, vasárnap pedig Mr. Loggerman kiadta a szabadnapját. Hosszú idő óta először Erwin is ugyanakkor mentesült a konyhai robot alól, így a hét egyetlen pihenőnapját együtt töltötték. Csodálatos nap volt, rengeteg nevetéssel, finom ebéddel, majd egy szerelmes éjszakával, amit valószínűleg titkon mindketten rettenetesen vártak már. Furcsa módon Latheát örömmel töltötte el, amiért a parki piknik óta Tivy nem mutatkozott. Akkor este szinte beleszeretett és egy önámító pillanatig azt hitte, rálelt álmai lovagjára. Ugyanakkor azzal szembesülve, így mekkora szenvedést okoz Erwinnek, sőt akár el is veszítheti, minden a visszájára fordult. A vasárnap boldogsága csupán megerősítette azt a megérzését, hogy nem érdemes Tivy miatt könnyeket ontania. Hétfőn az Erwin készítette szendvicset majszolva még mindig az előző napon morfondírozott. Azon, mekkora őrültség olyan apró örömöknek túlzott jelentőséget tulajdonítani, mint az az egy szál virág, amit Erwintől kapott, vagy néhány ölelés. Akár őrültség, akár nem, tudta, hogy az együtt töltött percek boldoggá tették a férfit és akkor is szeretik egymást, ha történetesen egyikőjük sem nevezi szerelemnek.

- Megmondtam, hogy nem szökhet meg előlem.

Felkapta a fejét a szemrehányó szavakra. Gróf Kupolyev tornyosult előtte hibátlanul szabott krémszínű öltönyben, példásan megkötött nyakkendővel és fényesre suvickolt cipőben. Lathea kénytelen-kelletlen megállapította, hogy a belőle sugárzó megfoghatatlan keménység és visszautasító fensőbbségesség ellenére is jóvágású. Most, hogy nem először látta, valahogy az arcát elcsúfító heg sem tűnt annyira visszataszítónak. Mindez azonban mit sem segített ellenszenves fellépésén, mely egyfelől riasztó hatást keltett, másrészről viszont dacos ellenállásra késztette.

- Nem utazott el?

- Amint látja, Miss Trashburn, nem. Méghozzá maga miatt. Mire számított, meddig bujdokolhat előlem?

A támadó hang felébresztette benne a harci szellemet, hogy még arról is megfeledkezett, pimaszságáért a férfi könnyűszerrel ki is rúgathatja az állásából. – Miért kéne bujkálnom?

- Hol volt tegnap? Megmondtam, hogy beszélnem kell magával.

- Tegnap nem dolgoztam, uram, és nem látom be, mégis mit akarhat tőlem, amiért ráadásul elvárná...

- Álljon meg a menet. Tudok róla, milyen éles a nyelve, ne bizonygassa állandóan. Beszéljünk okosan – vágott Kupolyev a szavába. – Égető szükségem van egy könyvre, ezért szeretném, ha segítene.

- Már nem dolgozom az antikváriumban.

- Nem felejtettem el – érkezett az ingerült válasz. – Mint említettem, egy könyv után kutatok, de hiába jártam végig az összes valamirevaló helyet, egy helyben topogok. Frederick Brock ígéretet tett nekem, ám a jelek szerint az is füstbe ment.

- Akkor győzze meg, gróf úr, a pénz csodákat tesz nála.

Kupolyev sötét szeme haragosan megvillant. – Ne ugrasson, Miss Trashburn, Brock maga nélkül lemetszett kezű zsebtolvaj. Semmit nem ér. Akármiért is penderítette ki, annyit azért megtudtam tőle, hogy rövid életű pályafutása során, maga sikeresen tevékenykedett a könyvszakmában. Olyan kiadványokat is megszerzett, melyeket másnak nem sikerült.

– Én szobalány vagyok, uram.

– Mindössze annyit várok magától, adjon nekem egy-két tanácsot, semmi többet. És természetesen nem leszek hálátlan.

Latheában ez az utolsó mondat érzékeny húrokat pendített meg. Az ajánlatnál azonban jóval inkább zavarta a mód, ahogyan a férfi előadta kérését. A kérését? Hiszen úgy hangzott, akár egy parancs, neki pedig nem hagyott lehetőséget visszautasításra.

Kupolyev mintha megérezte volna, miféle lázadó gondolatokat szövöget, mert megszólalt: – Nézze, botrányosan kitartó vagyok, és nem mellesleg rendkívül tehetős. Ha okos, kihasználja szorult helyzetemet és hasznot húz belőle.

Lathea sértetten felpattant, megfeledkezve félbehagyott ebédjéről, ami most a fűbe zuhant a lába elé. Megszakadó szívvel kapott utána, de már elkésett. A szendvics a porba hullt, és ahogy felemelte, látta, hogy Erwin finomságait késő megmenteni. Mérgesen a szemetesbe hajította a maradékot, mielőtt a férfira dörrent.

– Nem vetem a szemére, mert azt gondolja, természetes dolog mások balsorsából hasznot húzni, nyilván a maga köreiben, gróf úr, ha valóban az, ez megszokott eljárás. Én viszont...

Megfoghatatlan módon Kupolyev mosolygott. – Valóban gróf vagyok, noha ezt a címet elsősorban azok szajkózzák előszeretettel, akik ezzel hízelegni akarnak a hiúságomnak. Miss Trashburn, elég ebből a

huzavonából, segítsen nekem, és ha nem most,
bármikor viszonzom a szívességét, legyen szó pénzről
vagy bármi másról – a váratlanul megenyhült
hangnem valamennyire Lathea indulatait is
lecsillapította. – Életbevágó megtalálnom a szóban
forgó kiadványt. Meglehetősen régen jelent meg,
legfrissebb értesüléseim szerint utoljára 1926-ban. A
kommunista Oroszország új államberendezkedését,
törvényhozását, efféléket elemezget. Egy Vladimir
Mouskov nevű szerző jegyzi.
- Hiszen Mr. Brock utasított ennek a könyvnek a
felhajtására.
- Igen? Na, és?
A bejelentés keltette nyilvánvaló izgalmat látva,
Lathea meghökkent. A mindig higgadt és merev férfi
e pillanatban egészen emberinek látszott. – Egyedül
orosz nyelven létezik.
- Miss Trashburn, én orosz vagyok, ez nem okoz
gondot.
- Csakhogy Mr. Brock feltétlenül francia kiadást
hajtott és az oroszt visszaküldte oda, ahonnan
megkaptuk.
- Az ökör! – szakadt ki Kupolyevből, de a
továbbiakban már franciául átkozódott az orra alatt.
Tett egy lassú kört a pad előtt, mígnem valamelyest
ismét régi önmaga lett. – Hol találta meg?
- Egy dublini antikváriumban.
- Szóval, Dublinban? És Brock oda küldte vissza?
Nos, ha megadja a pontos címet, magam megyek
utána. Amíg távol vagyok, törje a fejét, esetleg hol
másutt próbálkozhatnék.
- A pontos címre nem emlékszem, de a Conolly
Streeten van, valahol a harmincas számoknál.
A férfi bólintott. – Megtalálom, ha egy név is lenne?
Lathea a memóriájában böngészve meredt a cipőjére.
Egyetlen alkalommal látta leírva azt a nevet, az is

hónapokkal korábban volt. – O'Hara, O'Hailey...
valami ilyesmi.

- Jól van, holnap rögvest Dublinba utazom, ám
amennyiben nem járok szerencsével, sem adom fel.
Még egyszer mondom, számítok a segítségére, akár a
föld alól is elő kell kerítenem azt a nyomorult
könyvet.

Lathea lehengerelve bólintott, nem is tehetett egyebet,
a férfi magától értetődőnek vette, hogy támogatja
ebben a kalandban. Azután meglepő kedvességgel
megkérdezte: – Meghívhatom ebédelni? Tönkrement
a szendvicse.

- Persze maga miatt, de ne is törődjön vele, gr...
- Nehogy gróf urazni kezdjen engem! Ha nem fogadja
el a meghívást...
- Grófok nem szoktak cselédeket...
Kupolyev rosszallóan ingatta a fejét. – A büszkeség
rossz tanácsadó lehet.
- Valószínűleg, csakhogy nekem a büszkeségemen
kívül egyebem sincsen. Ha lenne, nem merne se
maga, se más ilyen hangnemben beszélni velem és
mulatni a viselkedésemen. Jó napot, gróf úr! – ezzel
Lathea kikerülve a férfit kisétált a parkból.

Augusztusban jóval szerényebb társaság múlatta az
idejét a Royal Courtban. Az egy hónapja befutott
Boston névre hallgató luxus-óceánjáró dúsgazdag
amerikai utasai az öt emeletből hármat színültig
benépesítettek. Rengeteg csomaggal és utazóládával
érkeztek, de nem pusztán ez árulkodott arról, bizony
hosszabb tartózkodásra készülnek. Némelyikük
kifejezetten nyíltan beszélt arról, hogy a fiatal, csinos
hölgyek rangos partit keresnek az angol arisztokrácia
köreiben. Ez a szókimondás egyébként nagyon is
jellemezte őket. Leplezetlenül ujjongtak azon, ami
elnyerte tetszésüket, így például a régimódi, ahogy ők
nevezték: történelem-illatú berendezésen, a pazar

aranyozású báltermen meg a Wedgewood porcelánon, ugyanakkor hasonló lendülettel szólták le a tejes teát, az európai távolságtartó modort és a keresztnevek helyett a hivatalos megszólítások előnyben részesítését. Különleges csodabogarak voltak, akik nem csináltak titkot abból, hogy fenékig ki akarják élvezni a lehetőségeiket. Sűrű társasági életükből se a tánc, a fényűző vacsorák, utazások, se a szerencsejáték nem hiányzott. A Royal Courtban mégis kisebb felfordulást okoztak, mint a nyár korábbi vendégei. Mellesleg pedig nyelvi korlátok sem léteztek, így a személyzet is könnyebben boldogult velük. A hátsó traktusban persze folyton kinevették az amerikaiak ballépéseit. A szállodában kifejezetten módos, többségükben arisztokrata hölgyek és urak fordultak meg, akik nemzetiségtől függetlenül mind kiváló neveltetésben részesültek és az 1940-es évforduló hajnalán ebben a modern felfogású világban is makacsul tartották magukat az etikett bizonyos előírásaihoz. Vagy legalábbis a nyilvánosság előtt mindent elkövettek ezért a fedhetetlen képért. Ezzel szemben az amerikaiak néha már-már pogányok benyomását keltették, elefántként csatangoltak a porcelánboltban. Az előkelő arisztokráciához kívántak csapódni, miközben elmulasztották észrevenni, hogy az európai értelemben vett jó modorról fogalmuk sincsen. A szalonképes viselkedést, illetve társalgást sokuk semmibe se vette, amivel gyakorlatilag kizárták magukat a legexkluzívabb körökből.
- Nem úgy az oroszok – sóhajtott Anne, ahogy Latheával egy álcázott ajtó rejtekéből leskelődtek a bálterembe. A kicsinosított hölgyek a keringő lágy dallamára fantasztikus ruhakölteményekben pörögtek-forogtak, míg a férfiak frakkban feszítettek. A kristálycsillárok vakító fényárjának ölelésében mesebeli jelenetnek tűnt.

Lathea hallotta ugyan a másik lány szavait, ám a csodálatos tánc annyira lekötötte a figyelmét, vissza kellett kérdeznie. – Mi van az oroszokkal?

- Azok az igazi urak, ugye? Annyira magam elé tudom képzelni, ahogy a pompás palotáikban csak táncolnak, táncolnak.

- Talán éppen emiatt sikerült kipenderíteni őket a hatalomból – jegyezte meg Lathea józanul. Egyre határozottabban érezte magán Erwin ez irányú hatását. Jól értesültségéből és körültekintő gondolkodásmódjából a nélkül tanulta meg a józanságot, hogy ez valaha is tudatosult volna benne.

- Odanézz! – kiáltott fel ekkor Anne és a terem közepére mutatott. – Nézd, ki van ott!

- Kicsoda? – meresztette a szemét Lathea, mivel Anne kézmozdulatából nem derült ki, pontosan hova is kell néznie.

- Gróf Kupolyev. Nem is tudtam, hogy visszajött.

Lathea még nyelni is elfelejtett. Zaklatottan kereste tekintetével a férfit, és amikor azt mondta volna, nem látja, egyszer csak ott termett. A Miss Spencer-Brown nevű szőke szépséggel a karján éppen a tükörajtó túloldalán illant tova, hogy ők mindketten ösztönösen hátrahőköltek, noha jól tudták, senki nem láthat be ide.

- A barátai Mischának szólítják – csiripelte Anne kamaszlányok rajongásával.

Lathea ábrándozva követte pillantásával a szembeötlően szép párt. A férfi láthatóan jobb táncosnak bizonyult partnerénél, ezért visszafogottan lépkedett a parketten, ez azonban menthetetlenül megmutatta, mennyire nem illenek össze. Az amerikai nő ugyanakkor, mit sem törődve a kínos részletekkel, elbűvölően mosolygott lovagjára. Hol lesütötte a szemét, hol kacérkodott vele, jól láthatóan az orosz bűvkörébe kerülve.

- Micsoda dalia! – sóhajtozott Anne kissé elalélva.

Lathea kelletlenül ismerte el, hogy ebben a megállapításban bizony sok igazság van. Mihail Kupolyev valószerűtlenül mutatós férfi, jóképű, magas és büszke tartású. Ő mégis képtelen volt szabadulni annak az első találkozásnak az emlékétől, amikor belenézett a rideg, fölényes tekintetbe. Hátborzongató emlék, melynek folyományaképpen nem is tudott elfogultság nélkül ítélkezni. Volt ebben az alakban valami megfoghatatlan titokzatosság, valami, ami őt a nélkül is a végtelen feketére, feneketlen mélységekre emlékeztette, hogy bármi konkrét oka lett volna ezt gondolni. Legutolsó találkozásuk a parkban ráébresztette arra, hogy a férfi alighanem fiatalabb annál, mint amennyit enyhén őszülő halántéka és az arcába vésődött két éles ránc sejtet, egyben viszont az úri modor mögött félelmetes és hatalmas.

- Ezt el se hiszem! – Anne őszinte felháborodása Latheát is visszarántotta a valóságba. – Miss Spercer-Brown rögvest befűzi!

A csábító pillantásoknak meg apró érintéseknek a zene drámai befejezése vetett véget. Kupolyev gálánsan kezet csókolt partnerének, majd visszakísérte a társasághoz.

- Nekem mennem kell – kapott észbe Lathea, amikor a hátuk mögött léptek koppantak.

- Menj csak, holnap találkozunk.

Gyors búcsú után végigszaladt a félhomályba burkolózó folyosón, a végén pedig Erwin karjába repült. Az a kezébe adta a retiküljét és máris kiperdültek a szabadba.

Mr. Loggerman az egyik hátsó raktárba hívta össze a személyzetet. A hirtelenjében megszervezett találkozó azonban még így sem előzhette meg a futótűzként terjedő pletykákat. Mindenki tudta, miről lesz szó, ezért a gyűlést szorongó várakozás előzte meg. Az egész csapatot megrázta a hír, hogy főnökük hat embert tett utcára figyelmeztetés nélkül. Ötöt eltussolt lopásokért, melyeket a raktárkészlet kárára követtek el. A bűnlajstromban éppúgy szerepelt ágynemű, mint mosópor vagy evőeszközök. A hatodik egyént pedig magatartásbeli hiányosságokért érte utol a veszte.

A korábbi elbocsátások következtében ez az újabb hat fő már komoly érvágást jelentett, legalábbis a maradóknak, hiszen ugyanannyi munkára kevesebb kéz jutott. Ezért mindenki lázasan találgatott, vajon a szálloda vezetése felvesz-e új munkaerőt a megüresedett helyekre, vagy szétosztják a feladatokat a már úgyis alaposan megterhelt munkaerő között. Mr. Loggerman bejelentésétől nagyon is sok függött, nem csoda hát, hogy az érintettek mind a gyűlés helyszínén toporogtak, mire a személyzeti főnök megérkezett.

- Nem érdemes köntörfalazni – kezdte a pocakját kidüllesztő férfi. – Mostanra tizenegy személlyel kevesebben vagyunk. A héten nyolc munkatárs felvételére kaptam megbízást, köztük keresünk pincéreket az étterembe, londinert és recepcióst. Természetesen szívesen veszem, ha önök ajánlanak megfelelő embert, de azonnal közölnöm kell, még e héten jelentkezzenek. Addig is változtatásra lesz szükség, hogy minden gördülékenyen menjen – Mr. Loggerman fehér ív papírt húzott elő kabátja belső zsebéből és arról kezdte a felolvasást. – Mr. Aurell a délutáni műszakra foglaljon helyet a recepción, Miss Myall és Miss Trashburn rögvest menjenek és segítsenek ki a reggelinél. Ebédidőben Miss Ryeford és Miss Strawn váltja le önöket. Két órától este nyolcig Mr. Cowan lesz szíves felvállalni a londiner szerepét, utána pedig Mr. Bocan átveszi a posztját. Köszönöm a figyelmüket, most azonban munkára fel. Három percen belül mindenki legyen a helyén.

Mr. Loggerman távozását követően szempillantás alatt feloszlott a társaság. Három perc nem volt éppen bőkezű, de azért annyira elegendő, hogy útközben megvitassák a fordulatot.

– Erwin – húzta félre Lathea a férfit az elnéptelenedő sarokba.

– Még nem is láttalak – Erwin egy lopott pillanatra megölelte a lányt. – Mondd, visszajött az apád? Ragyog az arcod, mi történt?

- El is ment.

- Micsoda?

- Megjött, összegyűjtötte az összes pénzünket és el is ment. Azt mondta, őszig nem jön haza.

- Egek, tehát végre békét hagy neked! Ugye, nem bántott?

Lathea szokatlan könnyedséggel felkacagott. – Eszemben se volt tengelyt akasztani vele. Odaadtam az utolsó pennyt is, csak menjen.

Erwin magához húzta egy csókra. – Ez volt a legokosabb, szívem.

- Erwin.

- Hm?

- Töltsd nálunk az… az éjszakát – Lathea feltűnően belepirult a kérésbe. Maga se tudta volna megmondani, mi ütött belé, hogy ilyen szégyentelen ajánlatot tesz, de tegnap óta megszállta a kisördög. Vágyott Erwin társaságára, a karjaiban meglelt békére, miért is hazudott volna? Önmagát úgysem csaphatja be.

Az ötlet amilyen logikusan hangzott, annyira váratlanul érte a címzettet. Tanácstalanul viszonozta a pillantását. – Nem vagyok biz.…

- Ez nemet jelent? Mindig azt akartad, hogy egyszer végre ne neked kelljen szóba hoznod – bátortalanodott el Lathea megbántva.

- Ez igaz, de biztosan ezt akarod?

- Igen, ezt. Gondolkodsz rajta?

Erwin lágyan megcirógatta az arcát, szája sarkában ott játszott híres, meleg varázsú mosolya. – Min gondolkodjak? Nyolckor lelépünk, amint elszabadulok a bőröndöktől. A megkönnyebbülés elöntötte Latheát. Elszégyellve magát a tenyerébe rejtette égő arcát. – Úgy féltem, mit fogsz mondani, vagy, ami még rosszabb, mit fogsz gondolni rólam. Erwin átkarolta a vállát, ahogy messze utolsóként kifelé indultak. – Boldog vagyok, ezt mondom és ezt is gondolom.

A késői reggelizők tizenegy előtt jóformán üres asztaloktól körülvéve fogyaszthatták a tányérjukra került falatokat. Sőt, amikor az utolsó vendégek is távoztak, halotti csend borult a helyiségre, ahol az imént még halk szó duruzsolt és evőeszközök csörögtek. De megszűnt a hangjuk, ahogyan a poharak koccanása is, nem maradtak szófoszlányok se a különböző sarkokban folyó beszélgetések összecsengéséből. Egyidejűleg a cigarettafüstöt is kiszellőztették. A kihalt teremben pusztán két asztalnál maradt érintetlen teríték, a többiről eltüntettek mindent, csakis a fehér damaszt maradt mutatóba.

Lathea lehuppant egy székre és karjait oldalra lökve az asztal lapjára hasalt. Linda Myall a szomszédos széken ücsörögve ugyanúgy hahotázott, vidámságuk visszhangzott az üres térben. – Egyetlen tányért se törtünk össze – kuncogott Linda kinyújtóztatva elcsigázott lábait.

- El se hiszem. Emlékszel, mit mondott Mark a konyhában? – pukkadt ki Latheából a nevetés. – Hát, én is azt mondom: az az istenverte enyveskezű banda! Linda öntelten kidüllesztette a mellét. – Na, de mit nekünk egy kihívással több? Szobalány, pincérnő vagy mosogató? Mindegy mi, bízzák csak ide!

- És mi legyen a pénzzel?
- Az is jöhet.

Lathea felugrott ültéből és Linda csilingelő kacajaitól kísérve, Charlie Chaplin szögletes mozgását utánozva ugrabugrált az asztalok között. Meg-meghajolt, mintha nemcsak képzelt vendégeknek produkálná magát. – Grófnő! Igenis, hercegnő. Ó, bocsánat, ön a király? Egek! És minek a királya? Timbuktué, vagy Banánföldé? Linda nem bírt a jókedvével. – Angliáé, maga pimasz! Erre Lathea lassan a feje búbját vakarta, amihez gondterhelt grimaszt társított. – Anglia? Sose hallottam róla. Afrikában van? Vagy az Óperencián túl? Fantáziaföld uralkodójával... a trón... non... – utolsó szavai elhaltak az ajkán, mert megfordulva Gróf Kupolyevet pillantotta meg az ajtóban.

Összefont karral álldogált, akár valami fenyegető óriás. Barna szemében meglepő módon mégis valami derűféle csillogott, amitől ő a füle tövéig vörösödött. Ez a goromba, karót nyelt alak mindent hallott, szívta a fogát dühösen, de most már nem volt mit tenni.

Linda mindenesetre előbb nyerte vissza lélekjelenlétét és tisztelettelesen megszólította. – Mit tehetünk önért, gróf úr?

- Reggelizni szeretnék. Ha jól tudom, tizenegy óráig ennek semmi akadálya – Kupolyeven látszott, hogy alig tudja elfojtani jókedvét, amikor Lathea bosszúsan a faliórára sandított. Öt perc múlva tizenegy. – Vagy későn jöttem? – ingerkedett.

- Ó, nem – tüsténkedett Linda. Mr. Loggerman harapós szónoklata óta, amiben aprólékosan részletezte, miféle udvariasságot vár a személyzettől, nem mert ellenszegülni. A jelenlegi puskaporos hangulatban bárki egyetlen baklövésért az utcán köthetett ki. – Foglaljon helyet, máris hozom az étlapot.

- Szükségtelen. Két kemény tojást, pirítóst, vajat, dzsemet és teát kérek. Cukor nélkül friss citrommal. A tea és a tojás is háromperces legyen.

Az egy szuszra leadott rendelés zavarba ejtette Lindát, de mivel Lathea a hátsó asztaloknál kezdett rendezkedni, gépiesen bólintott, majd elszaladt a konyhába. Kupolyev árgus szemekkel leste Latheát. A kínossá váló csendben azután kötekedően rákérdezett: – Terítéket nem kapok, Miss Trashburn?

Lindának híre-hamva se volt, Lathea gyanította, hogy egy darabig még nem is lesz, ezért otthagyta hirtelenjében lelt elfoglaltságát. A későn érkezett vendég kihívóan egy már leszedett asztalhoz telepedett, és hosszú ujjaival ráérősen kopogott a lapon. Mintha az ő gondolataiba látna, rosszul leplezett vidámsággal szólalt meg: – Ne gyűlöljön ennyire.

Lathea a ragyogó barna szemekbe nézett. Kupolyev leplezetlenül mulatott rajta. Ha a magatartása nem bosszantja annyira, talán észrevette volna, hogy a jókedvű kifejezés, mely a tekintetéből sugárzott, egészen új emberré változtatta.

- Fogalmam sincs, miről beszél, gróf úr.

- Nem csap be, bár remek színész. A maga Chaplinje még az eredetin is túltesz.

- Köszönöm.

Lathea kénytelen volt a szomszéd asztalról áthordani a terítéket. Közben a férfi rendületlenül mosolygott és kritikusan leste minden mozdulatát. – Maga aztán tényleg sokoldalú teremtés, Miss Trashburn – törte meg a beálló csendet. – Kiváló könyvügynök, szobalány, pincérnő, vasal…milyen szerepben látom legközelebb?

- Munkanélküli volt-szobalányéban.

- Ó, ne mondja! Itt hagyja a szállodát?

- Nem önszántamból, gróf úr, de ha sokáig ugrat engem...
- Én cukkolnám? Ezeknek az angoloknak szemernyi humoruk sincs, na, de magának? A legjobb vicceket a lengyelek ismerik, nemde, Miss Ternovsky? Latheának elfelhősödött a tekintete, ami aligha kerülte el a férfi vizsla figyelmét. Ám túlságosan is megrázta a lelepleződés ahhoz, hogy szólni tudott volna. Húsz éves kora óta az édesanyja angol vezetéknevét használta, ezért nem volt kétsége afelől, Kupolyev honnan szerezhette értesüléseit. Nyomoznia kellett Stepney-ben, és ezt nyilván meg is tette. De milyen jogon és főleg mi céllal? Mielőtt azonban egyetlen mukkot is kipréselhetett volna magából, Linda jelent meg a reggelitől súlyos tálcával. Ő pedig rögvest kihasználta volna az alkalmat és eltűnik az orosszal alakuló következő érthetetlen szópárbaj elől, ám az könnyűszerrel átlátott a terven.
- Majd Miss Trashburn kezelésbe vesz, elmehet – nézett Lindára, aki a fagyos pillantástól elbátortalanodva távozott.
Kegyesen bólintott Lathea irányába, úgyhogy nem tehetett egyebet lepakolta elé a kért ételt, kitöltötte a teát és a pirítóst is odakészítette.
- Miért bujkál álnév mögött?
Az egyenes kérdésre Lathea kérdéssel válaszolt. – Milyen alapon avatkozik az életembe? Segítettem önnek, hogy megszerezze azt a könyvet, nyilván meg is találta Írországban.
- Még nincs a kezemben, de magának hála a nyomára akadtam.
- Akkor meg mit akar tőlem?
- Miért nem használja a valódi nevét, Miss Ternovsky?
- Nem akarok tiszteletlen lenni...
A férfi öntelten vigyorgott. – Csak rajta, ha ezzel kiszedem magából, amire kíváncsi vagyok.

- Ó, maga nem könnyű eset, mi?
A derűs hahota nem illett ehhez az emberhez. –
Mégsem olyan nagyszerű színésznő, hiszen izzik a
szeme a megvetéstől.
- Bizonyára megvan rá az okom.
- Ugyan, az oroszok meg a lengyelek majdnem egy
tőről fakadnak. Szlávok vagyunk mindannyian, maga
is, én is.
Lathea kezdte elveszíteni a türelmét, látva, hogy a
férfi úgy játszik vele, akár macska az egérrel. –
Azokról az oroszokról beszél, akik a lengyeleket
minden adandó alkalommal leigázták, hm?
- Én nem voltam köztük, higgye el. Á, talán egy
elvarázsolt lengyel hercegnőt tisztelhetek kegyedben?
- Nem, uram, soha életemben nem jártam
Lengyelországban.
- A nyelvet sem beszéli?
- Gróf Kupolyev, én angol vagyok.
- És az apja?
Lathea felháborodott a szüntelen faggatózáson. – Nem
értem, önnek mi köze a családi viszonyaimhoz. Jó
étvágyat!
Mielőtt azonban elsurranhatott volna, az erélyes hang
megállította. – Csak ne olyan hevesen. Alkut
kötöttünk és ön, Miss Trashburn, nevezzük tehát így,
teljesítette a maga vállalását. Most rajtam a sor.
Megmondtam, bármit kérhet tőlem.
Lathea, hogy önmagát megnyugtassa, nagy levegőt
vett. – Igazán megtisztel a nagylelkűségével, gróf úr.
- Hagyja már ezt az örökös grófozást, nem elég az
amerikaiaktól hallanom álló nap! Egyébként szó sincs
nagylelkűségről.
- Akkor sem élek vele. A véleményem mit sem
változott időközben.
Kupolyev szórakozottan méregette egy darabig,
azután a zakója zsebébe nyúlt és egy fényesen
aranyozott tollat vett elő, azt, amelyik manapság

újdonságnak számított. Sokan golyóstollnak hívták. Az egyik szalvétát maga elé kapva lendületes betűkkel firkantott rá két sort, mielőtt átnyújtotta. – Vegye el.

Lathea engedelmeskedett. A fehér papíron az állt: Pótolhatatlan szívességért vagyok adósa, bármikor is kéri az árát. Kupolyev. A párizsi cím adott hitelt a leírtaknak, amit a férfi a sarokba firkantott.

- Ez a tojás alighanem időközben kihűlt. Lathea diadalittasan a faliórára mutatott. – Sajnálom, gróf úr, elmúlt tizenegy. Amikor megütötte a fülét a fesztelen nevetés, ébredt rá, hogy a férfi a tréfa kedvéért ugratta, ő pedig bedőlt neki. – Ez esetben megelégszem ezzel, különben maga hagyna éhen halni – Lathea nem tudta, erre mit mondhatna. – Most menjen, kisasszony, nyugodtan szeretnék reggelizni. Nem is várt további bíztatásra. Megfordult és kisétált a teremből, de a férfi már nem is figyelt rá, hanem éhesen nekiállt az ételnek.

Az orosz által adott cédula két napig égette Lathea zsebét, amíg azon őrlődött, mit kezdjen vele. Legszívesebben gyorsan megszabadult volna tőle, valami mégis visszatartotta ettől. Nehéz lett volna szavakba önteni, különösen, mert a férfival kapcsolatban csupa meghatározhatatlan érzés kavargott benne. Először is riasztotta az az üresség, gyakran bántó közöny, amit magatartása és pillantása sugalltak, és ami megingathatatlan udvariasságból, illetve józanságból fakadt. Éppen ezért az ellenszenv, valamint a közelében érzett riadtság ellenére sem tudott napirendre térni a felett, tulajdonképpen mi készteti azokra a tiszteletlen kifakadásokra, amit rendszerint puszta jelenlétével kivált belőle. Általában nem lehetett azt mondani, ne adná meg az elvárható tiszteletet azoknak, akiknek kijárt, márpedig Mihail

Kupolyev nemcsak arisztokrata születése folytán állt felette, de ráadásul a Royal Court törzsvendége is volt, így a legkisebb vétségért kénye-kedve szerint kidobathatta volna az állásából. Ám hiába igyekezett ezt észben tartani, vele szemben mindig elragadta a hév. Volt valami ebben az alakban, ami a legrosszabbat, vagy legalábbis a legkevésbé előnyös tulajdonságait hozta felszínre.

De hogyan is ne veszítené el a fejét, amikor kiderül, hogy egy idegen szaglászik utána. Akárhogyan is jutott a férfi az apja nyomára, ehhez el kellett mennie a dokkokhoz és körbefaggatóznia. Neki, vagy egy fizetett embernek, teljesen mindegy, de beleavatkozott valamibe, amihez semmi köze. Ő mégsem értette, miért tette. Túl hatalmas és befolyásos ember volt ahhoz, olyan jelentéktelen cseléd, mint Lathea Ternovsky, a látókörébe kerüljön. Nem beszélve arról, hogy pusztán addig lehetett szüksége erre az ismeretségre, amíg a keresett könyvet fel nem kutatta. Miután azonban megkapta, vajon milyen céllal hozta szóba a szívességet, melyet korábban felajánlott? Ahelyett, hogy számon kérné, mert ő nem élt vele, el kellene felejtenie, hogy egyáltalán elhangzott. Hiába is törte a fejét, olyan rejtvény volt ez, amit sehogy se tudott kibogozni. Okosabbnak találta hát távol tartani magát a férfitól és erőt véve elemi késztetésein a legszemélytelenebb udvariassággal a rendelkezésére állni, amikor az étteremben kiszolgálta, vagy az emeleten teljesítette kötelességét. Kupolyev egyetlen megjegyzést sem tett, mintha tökéletesen meg is feledkezett volna minden előzményről. Úgy látszott, ez az állapot neki is megfelel. Azután egy nap Anne letörten újságolta a nem várt hírt.

- Az én rejtélyes grófom útra kel.

Latheának nagyot dobbant a szíve, de kolléganőjével ellentétben a megkönnyebbüléstől. – Tényleg?

- Most mondd meg! Ráadásul Amerikába megy azzal
az óriási német léghajóval, a...
- A Hindenburggal?
- Ó, ezek az idétlen nevek! – dohogott Anne, bár
nyilvánvalóan a név bántotta a legkevésbé.
Egészen belebolondult az oroszba, amit Lathea
képtelen volt megérteni. A férfi tagadhatatlanul
elegáns és jóvágású, nyers keménysége őt mégis
minduntalan elriasztotta. Ugyanakkor a kalandos út
hallatán a fantáziája tüstént meglódult. Már előre
irigyelte, amiért átrepülhet az óceán felett. Micsoda
páratlan élmény lehet! Így két nappal később, amikor
a 412-es lakosztályba rendelték, hogy a
csomagolásnál segédkezzen, ismét feltámadt benne az
ostoba irigység. Noha temérdek ember leszólta a
repülést, veszélyesnek, sőt önpusztítónak és
természetellenesnek bélyegezték, ő mindenesetre
rögvest kipróbálta volna, ha teheti.
- Ezeket tegye külön – utasította Kupolyev három
öltönyt fektetve végig az ágyon. Lathea az ő
helyzetében és vagyonával szokatlannak találta, mert
látható gondossággal felügyelte a ruhatárát, személyes
holmijához pedig senki nem nyúlhatott. Zárkózott
természete a körültekintő figyelem és bizalmatlanság
furcsa egyvelegét rejtette.
A legméretesebb utazóládába számtalan ing és nyári
öltözék költözött be. Lathea minden darabot
egyesével hajtogatott össze, majd helyezett el, így is
félő volt, hogy a végén nem jut mindennek hely.
Amíg az ágy elé térdelve munkálkodott, a férfi ki-be
sétált, az apróságokat szedegette össze, ezt az egyik
bőröndbe dugva, azt a másikba, mígnem a korábban
belakott szobák bántóan személytelenek és csupaszok
lettek.
- Azt a kupac nyakkendőt is ide csomagolja.
Lathea engedelmeskedett. Az utazóládában
előrelátóan kialakított két pántra fűzte a divatos

kiegészítőket. Mialatt szorgalmasan igazgatta az utolsó darabokat, Kupolyev megállt az ablaknál. Pohár itallal a kezében nézte a jelenetet.

– Nem gondolta meg magát?

Lathea felnézett rá. – Nem, uram.

–Nos, fel sem tudja mérni, milyen sokat jelentett nekem a segítsége. Amennyiben tehát bármikor behajtaná rajtam az adósságomat, jelentkezzen a párizsi címemen. Ugyanis jó darabig nem szándékozom visszatérni az önök országába.

– Nem hiszem, hogy erre sor kerülne, de... köszönöm.

– Sose tudhatja, mit hoz a sors – Kupolyev közelebb araszolt, amint Lathea végezve a feladattal felegyenesedett. – Jól van.

– Ez minden, gróf úr?

– Igen, hagyja csak, majd én lecsukom őket. De ne felejtse el, ez a kettő Párizsba megy, rajtuk lesz a jelzés.

– Természetesen.

– Akkor isten vele, Miss Trashburn.

Lathea a kötelező apró meghajlást követően távozott a lakosztályból. Még a kilincsen volt a keze, amikor Anne-t pillantotta meg a folyosón és elképesztő módon átfutott az agyán, hogy Mihail Kupolyev tényleg zavarba ejtően daliás.

Az érzékelhetően rövidülő napok dacára még nyár volt, ezért senki nem foglalkozott a közelgő ősszel. Az élesedő nemzetközi politikai helyzet amúgy is sok egyébről elterelte a figyelmet. Az emberek széltében-hosszában Winston Churchill és elvi szimpatizánsainak túlfűtött beszédeit tárgyalták. Amióta Adolf Hitler nyíltan védelmébe vette a Szudétanémetek nacionalista törekvéseit, mindenki egyre csak háborút jósolt. Nem lehetett kétséges, hogy Hitler akár fegyverrel is kész érvényt szerezni a legújabb, általa jogosnak nevezett területi követelésnek, jóllehet se Nagy-Britannia, se Franciaország nem hajlott háborúzni emiatt. Az újságok nap nap után beszámoltak arról, Neville Chamberlain miként igyekszik a kényes politikai feszültséget kezelni, ám idejekorán az is világossá vált, hogy homályos, majd egyre jobban hangoztatott terveivel gyakorlatilag a csehszlovák kormányt szerette volna rávenni a németek felé való behódolásra. Akárcsak Édouard Daladier, akit a tavasszal neveztek ki Párizsban az ország miniszterelnökévé. Londonban kevéssé lehetett képet alkotni arról, a franciák miként vélekednek erről a kötélhúzásról, főleg, mert számukra Hitler agresszív, fasiszta Németországa ott terült el a szomszédban. Mindenesetre Nagy-Britanniában a nyári hónapok vége jóformán háborús hisztériát eredményezett. A felszín alatti erők, a politikai nyilatkozatháború meg az újságok kotnyeles, gyakran szenzációhajhász megnyilatkozásai nem egyszer azt a benyomást keltették, hogy maholnap a férfiak ismét mundérba bújhatnak és masírozhatnak át a kontinensre. Pedig egy éve még a közvélemény java azt sem tudta, hol fekszik a Csehszlovákia nevű ország, nemhogy valaha is hallottak volna a Szudétanémetekről. Olyan ködös messzeségben volt, távol Nagy-Britanniától és a belügyektől, de talán még a francia politikacsinálóktól is. Azután jött Hitler és provokatív fellépésével felkavarta az állóvizet. A felbujtott közhangulatot pedig még az a magabiztos miniszterelnöki bejelentés sem törte le, melyben Neville Chamberlain hivatalosan tudatta, hogy szeptember 29-én Édouard Daladier-vel az oldalán Münchenbe utazik, hogy Hitlerrel megnyugtató módon rendezzék a vitás területi kérdést. Az ígéret szerint biztos kézben voltak az európai ügyek, ebben a kijelentésben azonban sokak kételkedtek. Talán azért, mert Chamberlain túlzott optimizmusról tett tanúbizonyságot, vagy

Hitler ilyen távolságból is erőszakosabb, célratörőbb ember benyomását keltette. Mindenesetre az egyre közelgő katasztrófa csúnya fellegeit mintha átmenetileg az égboltra szögezték volna, míg ki tudja, mi fog történni Münchenben szeptember utolsó napjaiban.

Mivel Erwin később végzett a Royal Court konyháján, Lathea kihasználta azt a szabad két órát egy kis csavargásra. Csodálatos verőfény fogadta, az Oxford Street úszott a sárgás napsugarak kényeztető fürdőjében, miközben az úttesten kocsik meg buszok torlódtak össze, a gyalogosok közöttük surrantak egyik oldalról a másikra. A türelmetlenebbje a dudát nyomta, egyesek sértő jó tanácsokat vágtak mások fejéhez, ekképpen valahogy az egész jelenet kevéssé idézte a híres angol hidegvért. Lathea mégis kedvtelve nézegetett körbe, meg-megtorpant a hivalkodó kirakatok előtt, nem zavarta se a tömeg, se a zaj. Megtévesztően hétköznapi kép tárult elé, mely szemernyit sem emlékeztetett a riadalomra, ami a rádióból meg az újságokból áradt. A mindenfelől felharsanó kacajok, vidám hangok, párok andalogtak összefont karral, aki megengedhette magának, a pazar üzletekben költekezett. Mintha minden visszatért volna a megszokott kerékvágásba és ez általános elégedettséget keltett.

Még ugyan nem látta az Oxford Circust, de a forgalom természetes zaja felett is hallani lehetett, hogy a kereszteződés irányából vidám zene szűrődik. Arrafelé tartva a nézelődők és a sétáló emberek sűrűbb blokádjába ütközött, a muzsika láthatóan tömegeket mozgósított. Közelebb jutva az attrakcióhoz látta, hogy a középső járdaszigetre szorulva körülbelül tizenöt zenész muzsikál. Ágaskodva egy kicsit elolvashatta a dobra festett feliratot: Harry Roy Band. A város legnépszerűbb zenekarát a többség csak a rádió esti műsoraiból ismerte, ezért ő is kíváncsian találgatta, a férfiak közül melyik is lehet Harry Roy.

A felharsanó tapsvihart még a színen rendőri felügyelet alatt átsuhanó menetrendszerinti buszok se nyomták el. Azután újabb dal akkordjai csendültek fel, amit a szakértő közönség vad éljenzéssel üdvözölt. Az 'In the Mood' című slágert jóformán egész London kívülről fújta, így az önkéntes kórus azonnal át is vette az irányítást és diktálta a tempót. A zenészek élvezettel iramodtak a dalnokok nyomába. Ahol Lathea álldogált, két idősebb férfi lelkesen harsogta a szöveget, jóllehet közvetlen környezetük jókat derült a visszatérő szóhibákon. Ők egészen másképp ismerték a versszakokat. Az utolsó strófa lecsengését követően az emberek önmagukat kezdték ünnepelni. Volt ebben egyfajta közösségi szellem, pajtásiasság a vadidegenek között, olyasfajta bensőségesség, amit oly ritkán lehet tapasztalni. Az általános lelkesedésben osztozva ugyan, de nem várva meg a végét, Lathea átpréselődött két kisebb csoporton, hogy folytathassa útját. Azonban nem jutott messzire, mert az egyik pékség előtt elhaladva ínycsiklandó illatok ejtették rabul. Visszalépett néhány yardot, hogy megvendégelje magát egy mazsolás süteménnyel. Mielőtt besurranhatott volna a komoly forgalmat bonyolító üzletbe, ismerős alak vált ki a nézelődők közül és egyenesen rámosolygott. Noha ezúttal nem a régi, ragyogóan felszabadult mosolyát mutatta, ő akkor is felismerte benne az elhessegetett álmot. A meleg pillantás jószerével megcirógatta, mialatt a látomás közelebb tolakodott. Kinyújtotta feléje a kezét, ő pedig elbűvölve fogadta a gesztust.

- Üdvözlöm, Lathea.
- Tivy, ez aztán a nem várt meglepetés!

- Már kerestem a Royal Courtban, de nem jártam szerencsével.

Lathea bűnbánóan félrenézett. Amióta a Regent's Park-i estén a szívét megmagyarázhatatlan, rajongó érzés kerítette hatalmába, nem szabadult ennek a lehengerlően kedves és szórakoztató barátnak az emlékétől, hiába is próbálta száműzni a lelkéből. Boldoggá tette volna, ha Tivy következő randevúra hívja, ha megint megérinti azzal a kivételes varázzsal, ehelyett azonban eltűnt és ő azóta egyszer sem hallott felőle. Elhitette magával, hogy tulajdonképpen nem is vágyott arra a második találkára, ami felboríthatta volna megszokott életét, beleértve az Erwinnel való kényelmes viszonyt is, és egészen mostanáig ezt el is hitte. Ugyanakkor amint Tivy Rogersre tekintett, kételkedni kezdett mindabban, amivel ez ideig győzködte magát.

Tivy a pékségre sandított. – Meghívhatnám valamire? Jómagam is megéheztem.

- Köszönöm, egy mazsolás kelyhet kérnék.

Amíg a férfi kiállta a sort, Lathea meglehetősen felbolydított hangulatban elemezgette létező és eddig elnyomott érzelmeit. Május óta látszólag alig változott valami, a lelke mélyén mégis tudta, hogy ez nem igaz. Amikor a Regent's Park-i randevút követően Erwin lovagiasan arra várt, hogy Tivy Rogers felbukkanása véget vet-e a jelenlegi helyzetnek, kész lett volna félreállni. Lathea az első ijedtség után ezért is határozott úgy, ha házasságról nem is álmodhatnak, de a köztük levő köteléket ideje lenne komolyabban venni. Elvégre is Erwin bebizonyította, hogy számára mit jelent ez a barátság. Mivel Tivyről többé nem hallottak, így neki is könnyebbé vált lekötelezni magát. Ez az elkötelezettség természetesen csakis néma fogadalom képében létezett, ennek ellenére meghatározta az életét. Úgy döntött, ha felszínesen is, eskük vagy ígéretek nélkül, de Erwinhez akar tartozni, mivel sokat jelentett számára. Tivy újbóli megjelenése azonban követ vetett a tó tükörsima vízébe, és akármit is kívánt mondani, mindegy miért jött, jelenléte elegendőnek bizonyult, hogy a május óta titkon hol dédelgetett, hol letagadott ábrándok előtörjenek. Időközben a zenekar a világhírű 'Alexander's Ragtime Band'-et kezdte játszani, ami hangos ovációt váltott ki. Tivy ekkor tért vissza és adta oda neki az egyik megszerzett süteményt.

- Ezt a dalt nagyon szeretem, hallgassuk meg – kérte valamilyen oknál fogva természetesnek véve, hogy az útjukat együtt folytatják, bármerre is vigyen.

Tivy somolyogva biccentett, miközben éhesen falatozni kezdett. A magával ragadó sikert látva, a zenészek kétszer is megismételték a híres refrént, amihez újfent csatlakozott az önjelölt kórus. Már egy új, de legalább annyira népszerű sláger töltötte be a teret, amikor ők keresztülpréselődve az ácsorgókon megszöktek. Tivy a Regent Street felé terelte, mígnem átvergődtek a legzsúfoltabb szakaszon. Később belopakodtak egy elhagyatottabb utcába, ahol már egymás mellett kényelmesen sétálhattak tovább.

- Röstellem, amiért se szó, se beszéd eltűntem, Lathea.

- Feltehetően megvolt rá az oka.

- Valóban.

Lathea oldalról óvatosan a férfira sandított. Arcvonásait boldogtalan kifejezés uralta, mély hallgatását pedig betetőzte, ahogyan makacsul félrenézett. Kétsaroknyi utat is megtettek, mire a kezére pillantott, ahogy átfűzte a karján.

- Látom, szépen meggyógyult a tenyere.

- Szerencsére. Rettenetesen zavart a munkában.

- Elhiszem. És sokat kell a kékvérűek körül ugrálni?

Lathea elhúzta a száját. – Előfordul.

Megvárták, míg két kocsi elhaladt előttük, majd átkelve az úttesten besétáltak a Grosvenor Square-re.

A parkban kismamák felügyeltek csemetéikre, egy apa a fiával futballozott, egy másik férfi pedig fagylaltot árult. Azonban a nyugodalmas, már-már idilli kép sem oszlatta el a közéjük furakodó feszült hangulatot. Tivy elhagyatott padhoz irányította és mindketten helyet foglaltak.

- Rosszkedvűnek látom – próbálta Lathea továűzni a hallgatás egyre kínosabb perceit.

Tivy hirtelen feléje fordult és kifejező szemeivel rabul ejtette. Így csak most figyelt fel rá, hogy az állán megvágta magát a borotvával, de az nem pusztán gyógyulófélben levő sebhely volt, hanem nyomott kedvének megtestesítője, vele együtt egész testtartása is, amiben ültében feszengett és ujjait bizonytalanul összefűzte.

- Nem szeretném, ha rosszat gondolna felőlem, Lathea, de szándékosan nem kerestem fel. Az a helyzet, hogy néhány napon belül áthajózom az óceánon és Bostonban fogok dolgozni.

Latheának a szava is elállt. A lelke mélyén, ha bízott is valamiben, ez a bejelentés csírájában fojtotta el gyerekes reményeit. Azt mindenesetre furcsának találta, amiért az egyébként jó hír a férfit sem tette boldoggá.

- Bostonban?

Tivy gondterhesen sóhajtott. – Igen. A kötelező gyakorlati évemet letudtam, ezért bárhol praktizálhatok.

- Mintha cseppet sem lenne lelkes, vagy tévedek?

A bátortalan megállapítás keserű félmosolyt eredményezett. – Nem. Őszintén szólva nem szívesen megyek, de Európában háború lesz. Ma vagy holnap, de lesz, én meg nem akarok néhány forrófejű helyi csetepatéja miatt a frontra vonulni. Huszonöt leszek és a családom szerint is felesleges áldozat lenne a véremet ontanom olyan népek meg földrajzi területek kedvéért, amelyekről tavaly ilyenkor még csak azt se tudtuk, hogy léteznek.

- Ennyire biztos benne, hogy háború lesz?

Tivy hátradőlt a padon és elbámult a távolba. – A jelen helyzet legalábbis ezt sugallja. Kérdés, hogy az öreg Neville mit áldoz fel Münchenben. Ha odadobja a koncot, amibe Hitler belemélyesztette a fogát, esetleg ideig-óráig fenntarthatja a békét.

- És amennyiben ez nem lesz elegendő?

- Ez igencsak jogos kérdés. A minap a Times már azt feszegette, nem akarnak-e a németek teljes revíziót? Márpedig ha néhány kemény szó meg szűkölés visszaszerzi nekik a Szudéta-vidéket, miért ne tartanának igényt további területekre is? Ha pedig ellenállunk, Hitler, biztos vagyok benne, hogy kész fegyverrel elvenni, amit a magáénak hisz.

Lathea elmerengett a szomorú kilátásokon. Egy következő háború, még ha Nagy-Britannia földjétől távol is, lesújtó hatással lehet az emberek életére, és a gyász visszaköltözhet a mindennapokba, hiszen rengeteg férfinak kellene a harctérre mennie. Ebből a szemszögből nézve tökéletesen megértette Tivy Rogers döntését. Ki akar huszonévesen meghalni, holott élhetne is? Kényelemben, jólétben, sikeresen.

- Elítél engem, Lathea? Lehet, hogy gyávaság megfutamodni.

- Ó, nem. Hiszen azért tanult és lett orvos, hogy végre magára is gondoljon. Talán nem is lesz háború, ki tudhatja? Nem engedhet ki a kezéből egy ilyen nagyszerű lehetőséget.

A zöld szemek Lathea arcára vándoroltak, de nehéz lett volna bármit is kiolvasni a zárkózottság mögül. Azután habozva megint elfordult. – Biztos forrásból hallottam, hogy a müncheni találkozót követően felállítják az első sorozóbizottságokat. A hadsereg már most orvosokat keres – Tivy, mint aki maga se hisz a szavaiban, a fejét ingatta. – Meg se várják, mi lesz az értekezlet vége, sorozni kezdenek. Elképesztő! A hír megrázó módon biztosította Latheát afelől, hogy a háború egyes hatalmi körök szótárában többé nem puszta jóslat, hanem jóval több annál. – Nagyon biztosak lehetnek a dolgukban.

- Sajnos, átkozottul – Lathea ekkor ismét szembetalálta magát a különös pillantással. – Mindenképpen el akartam búcsúzni. Az a páratlan este legalább ennyit megkövetelt tőlem.

Lathea magára erőszakolt mosollyal felelt. – Remélem, minden álmát valóra tudja váltani Bostonban, Tivy.

- Köszönöm, maga pedig nagyon vigyázzon... – egy kacsintással felmutatta a tenyerét. – a kezére. Egyetlen előkelőség sem érdemli meg a gyönyörű, piros vérét.

Mit lehet erre mondani? Amíg a férfi visszakísérte a Park Lane-ig, szinte alig váltottak egy-két szót, azt is közömbös semmiségekről. Mintha soha nem is létezett volna köztük az a rögvest meglelt őszinte, felszabadult hang, amit májusban annyira élveztek. Lathea megbeszélt randevújánál alig tíz perccel korábban értek a szállodához, így Tivy tétovázva egy keveset, de elbúcsúzott. Szavak helyett bánatos félmosoly játszott a szája körül, majd egy utolsó kézfogással elfordult és a buszmegálló felé iramodott. Lathea még látta, amint felugrik a jármű platójára, az ablak mögül pedig fásultan kiinteget, miközben a busz komótosan elhúz a Wellington Arch felé. Felemelve a kezét viszonozta a gesztust, de ekkor menthetetlenül ráébredt, hogy éppen Tivy Rogers az a férfi, noha jószerével alig ismeri, akit szavak nélkül is megért, érzi a gondolatait, fizikai jelenlététől pedig hevesebben kezd verni a szíve. Ő az a férfi, akibe első látásra beleszeretett. Vajon sikerül valaha is elfelejtenie?

# 1938. október - december

# 4.

- Mintha legalábbis háborút nyertünk volna –
dünnyögte Erwin maga elé a reggeli lap főcímeit
böngészve. Természetesen minden írás, főleg a címlapon,
Münchenről szólt. Neville Chamberlain és Édouard
Daladier egy csapásra nemzetközi hősökké váltak,
amiért elhárították Európa feje fölül a viharfelhőket és
e percben egyelőre senki nem vitatta, ezért mekkora
árat kellett fizetni. Az ügy, illetve akár alkunak is
lehetne nevezni, dúskált mocskos adok-kapokban,
noha a részletek csak fokozatosan váltak ismertté. A
francia meg az angol államfő gyakorlatilag
odahajították Csehszlovákia egy darabját és azzal az
erősen kétségbe vonható, jóllehet őszinte hangzású
ígérettel távoztak Németországból, hogy teletömték a
német bendőt
- Végül is nekik semmibe se kerül feláldozni valamit,
ami nem az övék – ejtette Erwin az újságot a padlóra.
Felnézve Latheában gyönyörködhetett. Éppen
megfürdött a napi robot után, ledobta a ruháit,
mindössze azt a hálóinget viselte, amit történetesen
tőle kapott ajándékba a születésnapjára. Szőke fürtjei
félig megszáradtak, mégis friss virágillatot
árasztottak. Odahúzta magához, hogy a térdére
ültesse. – Annyira hiányoztál – simított végig dús
keblén. – Belepusztulok, ha az apád előkerül, és
megint elkezdhetünk motelszobákra spórolni.
- Márpedig az az érzésem, nem kell sokáig várni rá.
- Én is ettől tartok.
Lathea átkarolta a vállát és száját felkínálta egy
csókra. Erwin nem is kérette magát. Levegőt se véve
csókolta, majd anélkül, hogy akár egyetlen

másodpercre is elengedte volna, az ágy matracára döntötte. Feljebb bűvészkedte a hálóinget, hogy megérinthesse a lábát. Lathea azonban összerándult, amint az ujjai a két combja közé siklottak.

- Szeretném, ha neked is jó lenne – súgta Erwin elfojtva saját szenvedélyét.

A lány ugyan bátor mosollyal nézett vissza rá, ő ennek ellenére, minden egyes alkalommal tisztában volt vele, hogy soha nem az igazi. Kielégíteni, olyan élménnyel megajándékozni, amiért érdemes élni, egyszer sem tudta. Talán azért, mert Lathea lélekben sose volt vele. Vagy azért, mert az ölelések nem szerelemből fakadtak, legalábbis Lathea részéről biztosan nem. Vagy azért, mert ő egész egyszerűen nem a neki teremtett férfi. Akármi is volt mögötte, a megtisztító gyönyör helyett gyakran kénytelen-kelletlen beérték az izgalmas előjátékkal meg a forró csókokkal, ez amúgy is közelebb állt Lathea boldogságához.

Az ablakon túlról a dokkok rothadó szagát hozta a szél, kissé meglobogtatva az útját álló függönyöket. Ahogy Erwin magukra borította a paplant, a lány végre odabújt hozzá. Fejét a vállára hajtotta, tenyerével végigsimított a mellén. Izgató érzés lett volna, ha utána egy tomboló szeretkezés következik, erre azonban semmi esély nem maradt. Sokszor eltűnődött azon, miért tart ki mégis emellett az arctalan és tisztázatlan kapcsolat mellett. Hosszan kutatott a válasz után, mígnem a nyáron rájött a magyarázatra: szereti Latheát. Talán nem perzselő szerelemmel, nem is falakat meg akadályokat ledöntő szenvedéllyel, de szorosan az életéhez tartozik. Szerette a gondolkodását, szorgalmát és belső tartását, azt a fajta keménységet, ami túlsegítette a vészhelyzeteken. Rég megbékélt ábrándos lelkével is, néha túlzott jóhiszeműségével és hatalmas szívével. Erőt merített kislányos ártatlanságából és

kedvességéből, amit ott őrzött a harcos, szinte
tántoríthatatlan, modern nő álarca mögött. Ezért
bizony kétségbe ejtette a gondolat, hogy egy másik
férfi elrabolhatja tőle ezt a kincset. Hetekig várt, leste
a jeleket, imádkozott, mire végül megnyugodhatott,
mert a semmiből kerekedett veszély elmúlni látszott.
Egészen addig el tudta hitetni magával, hogy a
barátság mellett ez a lány mindössze csak a szeretője,
nem több és nem is kevesebb annál. A nyár riadalma
viszont ráébresztette, mekkora tévedésben él. Végtére
is ki tartana olyan szeretőt, akivel nem szerezheti meg
saját kielégülését sem, akire mindenkor tekintettel kell
lenni, és aki képtelen megszabadulni a gátlásaitól? Ő
mégis ragaszkodott Latheához, márpedig erre
egyetlen elfogadható magyarázatot ismert: szereti. Ezt
a felfedezést azonban nem osztotta meg a vele,
jelenlegi helyzet amúgy sem engedte volna, hogy oltár
elé vezesse. Akkor meg mi értelme megbolygatni a
dolgokat? Lathea soha nem beszélt érzelmekről,
nyilvánvaló ragaszkodása dacára se, ezért ő sem
bonyolódott ilyesmibe.
- Mire gondolsz?
Erwin a gyér fénynél Lathea szemét kereste. – Semmi
határozottra.
- Mondd csak, Betty tényleg férjhez megy?
- Nagyon úgy tűnik. Ez a Kester rendes fickónak
látszik.
- Boldogok lesznek.
- Boldogok? Remélem.
Lathea megcsókolta a vállát. – Fázom. Nem akarsz
átölelni?
Erwin elnyomta a csikket, majd a hamutálcát a
padlóra állította. – Dehogynem! – bújt mélyebbre a
paplan alá és magára húzta a lányt.

Betty alaposan lekéste a randevút és a hűvösre fordult
őszben Lathea ezerszer is megbánta, amiért a

szabadban beszéltek meg találkát. A Mile End Park nyáron valóban felséges pihenőhelynek számított, most azonban az erős, októberi szélben és olykor szemerkélő esőben meglehetősen barátságtalan arcát mutatta. Mellesleg pedig egy ócska szendvicses bódén kívül egyetlen hely sem akadt, ahol fedezékbe húzódhatott volna. Nem csoda, hogy mire Betty röstelkedve és, csekély vigasz, de kifulladva felbukkant, már semmi másra nem vágyott, mint fedélre a feje fölé meg egy csésze forró teára. Hamarosan mindkét kívánsága teljesült, jóllehet a kellemesen befűtött külvárosi kávéházban is csak lassan kezdett felengedni. Közben Bettynek be se állt a szája. Ragyogott a boldogságtól és ő némi irigységgel állapította meg, hogy a szerelem csodát tett vele. – Az esküvőt már meg is beszéltük Adams tiszteletessel. November 12-én lesz.

- Szép, borús, szeles napon – mondta Lathea, de a barátnője nem hagyta magát, csak derűsen legyintett.

- Mit számít! Felőlem a mennybolt is leszakadhat.

Lathea mégis egy kis kétkedéssel hallgatta a tervezgetést. – Nem akarok ünneprontó lenni, tudod, mennyire örülök a boldogságodnak.

Betty lelkesen megragadta a kezét, hogy a tea is kiloccsant. – Ó, te mindig a legkedvesebb barátnőm voltál, Lat, mindig.

- Akkor nem bántalak meg, ha megkérdezem, nem túl gyors-e ez a tempó? Kester Frostról tavasszal hallottál először, amikor egész nap azon keseregtél, hogy még senki nem csapta neked a szelet. Most meg férjhez mész?

- Szeretjük egymást és minden olyan csodálatos.

- Minden? – kapott a szón Lathea gyanakodva. – Alig ismered.

Betty váratlanul elkomolyodott. – A közeljövőben úgyis egybekelnénk.

- Akkor minek így elkapkodni?

- Kesternek szüksége van arra a biztonságra, amit ez a házasság jelenthet... méghozzá most és nem hónapok múlva.
- Ezt megmagyaráznád?

Betty zavartan kavargatta a teáját. – Heteken belül felállnak a sorozóbizottságok, Lat. Már most toborozzák az orvosokat meg a szakképzett egészségügyeseket. Egyelőre azonban kizárólag fiatal férfiakat, akik nem családosak, de még csak nem is házasok.

- Sorozás? Hiszen minden lap tele volt azzal, hogy a parlamenti felszólalása után épp csak nem nevették ki Winston Churchillt.

- Lehet, ám a vénembernek, Kester rendületlenül így hívja, valami igaza mégiscsak lehetett. Az év végéig kialakítják a sorozóbizottságokat, márpedig azokat az orvosokat és ápolókat, akiket szolgálatra hívnak, azonnal bele is bújtatják a mundérba. Én nem akarom, hogy Kester harcoljon. Főleg nem olyasmiért, amihez Angliának semmi köze.

Különösen ez az utolsó kemény, öntudatos kijelentés döbbentette rá Latheát arra, hogy a kislányos, olykor hebehurgya Bettyt elnyelte a múlt. Helyette olyan fiatal nőt látott, akin bár még férjhez se ment, a párja hatása máris érzékelhető. Többé nem fogja a térdét mutogatni a parkban, nem álmodozik első csókokról a fűben elterülve, és nem vihorászik akár valami bakfis, amikor egy férfi észreveszi, mennyire bájos.

- Kester azt mondja, háború lesz – szólalt meg Betty hosszú hallgatást törve meg. – És nemcsak ő, de sokan így gondolják. Chamberlain hiába állítja be Hitlert szavahihető embernek, aki megígérte, hogy nem tart igényt egyéb területekre. Tegnap Kester egyik ismerősével vacsoráztunk. Két hete jött haza Németországból, rémséges dolgokat mesélt.

- Miféle rémségeket?

- Hogy a külföldieket lépten-nyomon igazoltatják, zaklatják vagy követik. A németek pedig munkán kívül nem hajlandóak szóba állni velük, nehogy megüssék a bokájukat.

Lathea elképedt rémülettel tolta el magától az üres csészét. – Mi a bűn abban, ha szóba állnak velük?

- Fogalmam sincs, tényleg nincs. De Kester barátja egy évig dolgozott ott és azt állítja, vannak emberek, akik egyik napról a másikra eltűnnek.

- Hova tűnnek?

- Senki se tudja. Hétfőn még ott vannak, kedden meg vadidegenek laknak a lakásukban, az ő bútoraik között, de az ajtón már új névtábla áll.

Lathea az egész történetet hátborzongatónak és a legteljesebb mértékben hihetetlennek találta. Ugyanakkor azt el kellett ismernie, hogy Adolf Hitler ilyen távolságból, pusztán mozi-híradókból és újságokból is félelmetes embernek látszott, aki a semmiből felbukkanva néhány év alatt lett Németország tejhatalmú ura. Lehetséges, hogy mérhetetlen hatalmának éppen a tömeges megfélemlítés az alapja? De akkor is, ki hallott már hasonlóról, hogy embereknek nyoma vesszen! – Ez képtelenség, Betty.

- Én is annak tartottam, Kester barátja szájából mégis dermesztően igazul csengett. Az volt az érzésem, ő maga is a dolgok hatása alá került. Ám a legdöbbenetesebb, hogy azt mesélte, a német hivatalok tételes listát vezetnek arról, ki milyen származású, vallású, és még a felmenőket is nyilvántartják. A zsidókat egyszerűen kiközösítik.

- Micsoda? – Latheát kirázta a hideg. – Ne is mondd tovább, hallani se akarok ilyen borzalmakról. Akár igaz, akár nem.

Nyolc óra felé járt, amikor otthon leszálltak a buszról. Hazafelé ballagva Betty az esküvőről regélt, meg arról, hogy nászútra Walesbe szeretnének utazni. –

Kesternek rokonai élnek északon, hozzájuk
mehetnénk.
- Biztos csodás lesz.
- Ez még nem biztos, de akárhova is megyünk, már
rettenetesen várom – lelkendezett a boldog
menyasszony. – Jut eszembe, Erwin szólt már neked a
vacsoráról?
- Miféle vacsoráról?
- Óóóó, agyoncsapom. Úgy gondoltuk, szombaton
elugorhatnánk valahova enni, azután a 'Vad Gőzös'-
ben táncmulatság is lesz. Négyesben nagyszerű móka
lenne, te amúgy is alig ismered Kestert. Ugye,
eljössz?
- Miért is ne?
- Hahoóó, lányok!
A sötétben egyszerre fordultak hátra. A kiáltást még
kétszer hallották, bár beletelt némi időbe, míg
megtestesült és Erwin beérte őket. Szakadozó
légzéséből egyértelműen kiderült, hogy jócskán
utánuk kellett szaladnia. Üdvözölte a húgát, majd
semmitől sem zavartatva magát megcsókolta Latheát.
– Szervusz, szívem.
- Valami baj van?
- Beszélni szeretnék veled.
- Most?
- Azonnal – karolta át Lathea vállát. – Ugye, Betty,
hazatalálsz?
- Persze, miattam ne aggódj. Különben most
kérdeztem Latet a szombatról. Te szörnyeteg, pedig
rád bíztam ezt a feladatot.
A férfi bűnbánó képet vágott. – Kiment a fejemből,
sajnálom.
- Nincs jelentősége, Lat igent mondott.
- Remek.
Miután Betty elsietett, Erwin a két tenyerébe fogta
Lathea arcát és még egyszer, ezúttal ráérősen
megízlelte a száját.

- Beszélgettünk. Betty borzalmakat mesélt Németországról, de az első szótól az utolsóig képtelenségnek hangzik.
Erwin mosolya megnyugtatta. – Nem is kell elhinned, neked ott vannak a saját ábrándjaid, hogy boldog lehess.
- Már megint kinevetsz.
- Sose tennék ilyet!
- Hiszen most is ezt teszed!
Erwin kiengesztelésül megölelte. – Ugyan, szeretem, hogy a magad álomvilágában mindannyiszor megtalálod a gyógyírt az elszenvedett sérelmekért. De most hallgass ide, szívem, mennyi pénz van nálad?
A kérdés alaposan meglepte a címzettet. – Alig valami, miért?
- Akkor dobjuk össze, amink van, vagy aludj nálunk.
- Ezt az egészet nem értem.
- Pedig pofonegyszerű, az apádat húsz perce láttam hazatántorogni. Részeg, mint a csap. Viszont ettől függetlenül tudni fogja, hogy aki dolgozik, az mostanában kapta meg a bérét. Vagyis újabb csetepaté elébe nézel, Lat.
Lathea összeszoruló szívvel nézett oldalra, hogy a férfi ne láthassa a szemében égő fájdalmat. Annak ellenére, hogy az események szinte elkerülhetetlenül ismételték önmagukat, rendületlenül hitt a csodában, hátha egyszer minden másképp lesz. A józan eszével persze felmérte, hogy ez puszta önámítás és mennyire hiábavaló, ám még így is túlságosan fájt tudomásul venni a valóságot. Valamikor régen szerette az apját, ezért nem akarta elfogadni a tényt, miféle iszákos gazember vált belőle. Ha ezt valaha is megtenné, soha többé nem lenne képes egy fedél alatt élni vele, tűrni a megaláztatásokat meg az ütéseket.
- Hazakísérlek – fordította Erwin maga felé.
- Nem, nem akarom.
- Pedig nem tehetsz ellene semmit.

- Dehogynem. Megkérlek, hogy tartsd távol tőle magadat. Meg tudom védeni magamat, ha kell.
- Hogy is tudnád? Az olyan szentimentális bolondok, mint te, tökéletes alanyok az apád-féle gengsztereknek. Latheát sértette a jelző. – Tehát szentimentális bolondnak tartasz?
- És szeretem, mert az vagy, az öreged viszont tönkretesz.
- Szerinted mégis mit tehetnék ellene? Végtére is az apám.

Válasz helyett Erwin nem törődve semmivel forrón megcsókolta.

Az ajtó mögött, melyen ákombákom betűkkel ott díszelgett a Ternovsky név, egészen más világ húzódott. A Dockland Crescent 12-ben a családok csendes beletörődéssel tűrték saját hányatott sorsukat, a szegénységet, a gyakori munkanélküliséget, ami idáig juttatta őket. Telente gyakran fáztak a huzatos épületekben, melyek akkor is jószerével kifűthetetlenek maradtak volna, ha történetesen van bőven mivel táplálni a kályhát. Nyaranta viszont a folyó felől érkező rothadás-szag keserítette az életüket, melybe a közeli halüzem melléktermékeinek erőteljes bűze keveredett. A gyerekeknek mindössze apró tér maradt az önfeledt játékra, azt is a lakók együttes erőfeszítése tartotta életben.

Az élet nem volt könnyű, errefelé senki nem dicsekedhetett azzal, a sors bármiféle kiváltsággal ajándékozta volna meg. Ennek ellenére az emberek nem veszítették el emberi arcukat. Amennyire Lathea vissza tudott emlékezni a gyerekkorára, Smith néni akkor is koldulásból tengődött, Lewis-Johns meg a felesége átmeneti munkákból nevelték három gyermeküket, az alsó lakó, Ronald Stewart, ugyanúgy csapnivaló színész volt, de valahogy mégis boldogultak és a felszínen tudták tartani magukat. Békében, a napi küzdelmekbe sokszor belefáradva hajtották magukat, és ebben volt valami határozottan tiszteletre méltó.

Gyakorlatilag ők voltak az egyetlenek, ahol azonban minden másként működött, legalábbis amióta Lathea édesanyja meghalt. Korábban ők is igazi családban éltek, ahol az összetartozás és a szeretet a legválságosabb időszakokon is átlendítette őket. Bár a szülei nem voltak nagykeresetű emberek, azért mindig akadt annyi ennivaló, amire szükség lehetett, sőt időnként még közös programokra is futotta. Apró kislányként havonta kétszer vasárnap a szülei elvitték a vidámparkba, hogy felülhessen a nagykerékre, vagy meglátogathassa az elvarázsolt kastélyt. Utána fagylaltot nyaltak, vagy a fűben hancúroztak. Visszatekintve minden olyan csodálatosnak tűnt, akár egy elhessegetett álomban.

Pedig akkoriban se volt könnyebb. Az édesanyja gazdag családoknál varrónőként robotolt és bár ügyes keze miatt rendszeresen kapott munkát, keresete nem nyújtott segítséget anyagi biztonságuk megteremtéséhez. Különösen, mert Lathea apját jóformán soha nem látták. Az egyik vándorcirkusz légi-akrobatájaként dolgozott, majd amikor kezdett kiöregedni a veszélyes ugrásokból, a társulat erősembereként folytatta pályafutását. Ez a vándorélet viszont magától értetődően végtelen távollétekkel járt, távol Angliát ól és persze távol a családtól. Ám annál boldogabb volt a viszontlátás, ajándékokkal, nevetéssel, sok-sok puszival. Lathea imádta ezeket a mókákat, a közös játékokat, hiszen olyan ritkán adódott rá alkalom.

Csakhogy négy éve minden drámaian megváltozott. Még alig tért magához a gyászból, az apja holtrészegen jött haza a kocsmából. Ráadásul a cimboráinak kellett hazacipelniük, mert ő maga nem tudott megállni a lábán. Amikor másnap reggel szóvá tette a gyalázatos jelenetet, otromba és agresszív választ kapott.

- Milko Ternovsky vagyok, nem magatehetetlen vénkisasszony! Ha arra szottyan kedvem, hogy leigyam magam, megteszem, és senki nem akadályozhat meg benne!

Attól kezdve vált pokollá az életük, hogy az alkohol átvette az irányítást. Miután két gyanús baleset is történt a cirkusznál, odalett az állás, másik pedig nem akadt. Az egykor jó nevű Milko Ternovsky menthetetlenül kiégett és kiöregedett a szakmából, az alkohol pedig jó hírét is aláásta. Egy olyan szűk világban, mint ahol addig élt, nem lehetett efféle botlásokat takargatni. Állástalanul, ellustulva és az ital mámorában nem tehetett egyebet, minthogy onnan szerez pénzt, ahol, ha szűkén is, de azért akadt. Latheától.

Idővel egyre többet sajátított ki magának a szerény fizetésből, amit ő hetente kézhez vehetett. Eleinte olyan átlátszó módon igyekezett gátat vetni ennek az önpusztításnak, hogy nem adta át a követelt összegeket, ám akkor elcsattant az első pofon. Méghozzá attól az embertől, aki korábban soha nem bántalmazta, egyetlen egyszer se. A követelések fokozatosan nőttek és a valamikori erőbajnoktól az ütések az első vonakodó szóra rendre megérkeztek. Lathea igazságtalanul kapta a homokzsák hálátlan szerepét, mégis bízott benne, hogy a dolgok egyszer megváltoznak.

Ez be is következett, jóllehet fordított előjellel, ami az ő számára tartogatta a legnagyobb megdöbbenést. Egy nap visszaütött. Visszaütött és nem hagyta magát zokszó nélkül kifosztani. A küzdelemben egyre-másra alulmaradt, erőfeszítései mégsem vesztek kárba. A csalódás felett, hogy az alkohollal szemben gyakorlatilag elveszítette az apját, legalább némi vigaszt jelentett, hogy önmagát ellenben megtalálta. Azt a nőt, aki minden ábrándossága és jóhiszeműsége mellett nem ostobán naiv, vagy a végletekig kihasználható rongybábu. Az elkeserítő háború egyik fordulópontját az a nap jelentette, amikor Erwin ököllel is kiállt mellette és csúnyán helybenhagyta a nagy Ternovskyt.

- Minden lila foltért, amit a lányán látok, hasonló köszönetre számítson!

A fenyegetés csak részben váltotta be a hozzá fűzött reményeket. Lathea némi védelmet élvezett, mivel az apja a megalázó vereség fényében jó ideig nem mert kezet emelni rá, ám az is igaz, hogy ő sem huzakodott vele minden penny felett. Idővel azonban ismét fellángoltak a torzsalkodások, az ütéseket akkor már olyan testrészeken szenvedte el, amit hajadon lévén férfi elvileg nem láthatott. És a gyakorlatban sem lepleződött le, mivel elővigyázatosan csakis olyan szerelmi légyottokra bólintott rá, amikor biztos lehetett abban, semmilyen kellemetlen jel nem virít a testén. Belegondolni se mert, mi lenne a következménye, ha egyszer Erwin úgy istenigazából nekiesne az öregnek. A végén még egymás vérét vennék.

Amióta Milko Ternovsky két hete előkerült valahonnan, valamelyest összeszedettebben viselkedett. Ez természetesen nem jelentette, hogy elmaradtak volna az éjszakai kocsmázások, de legalább nem volt otthon erőszakos. Latheát ennek ellenére puszta jelenlétével is dühítette, hiszen amíg távol volt, az élete gyökeresen megváltozott. Ez alatt Erwinnel jóformán házasokként éltek együtt. Hazajöttek a Royal Courtból, főztek valami meleget vacsorára, vagy elfogyasztották a szállodából magukkal hozott falatokat, az éjszakákat pedig összebújva aludták át. Csak akkor szerelmeskedtek, ha Erwinnek kedve volt hozzá. Őt inkább az tette boldoggá, hogy a karjaiban alhatott el, majd ébredhetett fel. Emberemlékezet óta nem pihent ennyit éjszakánként. Nem is tehette volna, miközben nem lehetett tudni, a ház lerészegedett ura mikor támolyog haza, egyedül érkezik vagy díszkísérettel, hangoskodva és az egész házat felverve, vagy magába roskadva az önsajnálattól. Erwinnel azonban minden máshogy volt, bárcsak örökké tarthatott volna.

- Ennyi?

A durva, felháborodott kiáltás visszarángatta a jelenbe. – Ennyi.

Milko Lathea felé bökött kinyújtott tenyerével, benne a megkaparintott pénzzel. – Ne akard velem elhitetni, hogy egy ilyen puccos hotelban ez minden, amit össze tudtál kaparni.

- Az igazgatót nyilván bőkezűbben fizetik, de én csak lepedőket vasalok, tehát ez minden.

- Márpedig ez nem elég!

- Talán kereshetnél magadnak munkát.

Alig hangzott el az utolsó szó, a hatalmas lapáttenyér már ott égett Lathea arcán. Milko szinte felnyársalta gyilkos tekintetével. – Tanulj egy kis tiszteletet végre! Elég sokáig eltartottalak és kényeztettelek ahhoz, most végre visszafizess belőle valamit.

- Ott van a kezedben, mit akarsz még?

- Szíjat hasítok a hátadból, ha megtudom, hogy becsapsz vagy bármit is dugdosol előlem. És ne hidd, hogy viccelek!

Lathea azonban nem ijedt meg. – Ez minden, ezek után legfeljebb magamat adhatnám el.

- Nem is rossz ötlet.

Lathea sarkon fordult és bevonult a szobájába. Haragosan vágta be az ajtót maga után.

Tulajdonképpen boldoggá tehette volna az apró győzelem, ám a végtelen kiábrándultságon túl semmit nem érzett. Sokáig gubbasztott a kényelmetlen fotelban, mígnem meghallotta a külső ajtó csapódását, ami arról árulkodott, hogy egyedül maradt. Még fülelt egy darabig, majd óvatosan körülkémlelt a lakásban. Megbizonyosodva sejtése igazáról, fellélegezve vonult ki a konyhából leválasztott kis helyiségbe, ahol mosakodtak. Nem volt lehetőség forró vízre, hanem a kopott lavórba eresztett langymelegben mosakodtak, ő mégis szerette azt a felszabadító tisztaságot, amit ilyenkor érzett. Magára öltötte a fürdőköpenyt, amit az édesanyjától örökölt. Már rojtos volt az alja, puha melege viszont a leghidegebb éjszakákon is felolvasztotta elgémberedett tagjait. Kifésülte összekócolódott fürtjeit, mielőtt kilépett volna a bemelegedett helyiségből. Élvezetes némaság vette körül, amint átvágott a nappalinak használt szegényes szobán. Innen nyílt az az ajtó, ami mögött immár huszonöt éve az ő kis birodalma lapult. A magabiztos mozdulat, amivel lenyomta a kilincset, aztán ijedt sikolyba fulladt.

- Ó, Erwin. A mindenségit, megállt bennem az ütő!

A férfi felült az ágy szélén és vidáman vigyorgott. – Hiába kopogtam, te megfeledkezve a világról lubickoltál.

- Erre bemásztál az ablakon?

- Ez mindig beválik. Ugyan már!

- Akkor is halálra rémisztettél.

Erwin közelebb húzta. – Jól leplezed az örömödet, mert láthatsz – ezzel a térdére vonta, majd hanyatt döntötte az ágyon. – Hogyan engesztelhetnélek ki?

- Egy csók jólesne.

- Nekem is.

Mint máskor is oly gyakran, kifulladásig elvesztek a csókban. Szorosan ölelték egymást, mígnem Lathea megérezte a párjában feltámadó vágyat, ezért sokat jelentően eltolta magától. – Tulajdonképpen mit keresel itt?

- Biztos akartam lenni abban, hogy nem esett bajod.
- Mondtam már neked: nincs szükségem testőrre.
- Önkéntesre se?

Lathea végigsimított Erwin arcélén. – Pórul járhattál volna, ha az apám még itt van.

- Láttam elmenni. Mikor jön vissza?
- Sejtelmem sincs. Hajnalban vagy holnap, mikor hogy.
- Szeretnéd, ha veled maradnék?

Lathea habozva fogadta az ajánlatot. Elegendő volt a sóvárgó tekintetbe mélyednie, hogy meghátráljon. Igen, szeretett volna megint Erwin mellett elaludni, a többihez ugyanakkor nem érzett elég elszántságot. Márpedig amennyiben tettetésre került sor, mindannyiszor kudarcot vallott. – Bajba kerülsz miattam. Már így is mit gondolhatnak a szüleid, hova tűnsz minden éjszaka.

A derűs grimasz beragyogta a szobát. – Anyám meg van győződve róla, hogy egy rossznőhöz járok.
- És rossznőhöz jársz?
- A legrosszabbhoz, ugye?

Az első felkavaró érintés Lathea száját borította lángba, majd az ismerősen forró tenyér a kinyíló köpeny alá surrant. Erwin gyakorlott ujjakkal feljebb tornázta a hálóinget, hogy megérinthesse.

- Nem akarom, ma nem – súgta Lathea a fülébe erőtlenül.
- Tudom, szívem, legalább hadd simogassalak egy kicsit, kérlek.

A kedveskedő csókok és a gyengéd cirógatások ellen tulajdonképpen neki sem lehetett kifogása, nagyon is kedvét lelte a kényeztető udvarlásban, inkább az aggasztotta, mi lesz azután. Az utóbbi időben két bántó kudarc is nyomta a lelkét, amit a férfi vigasztalásai sem tudtak továűzni. Hiába állította, hogy nem számít, természetesen számított, és ő egyre csak azt érezte, valami nincs rendjén ezzel a kapcsolattal. Minden csodálatosan alakult, amíg csak beszélgettek, ugratták egymást, ám amikor a szavak helyét a szenvedélynek kellett volna átvennie, egy csapásra minden tönkrement. És bár soha érzelmekről nem beszéltek, gyanította, hogy ez inkább őszintétlenségüknek köszönhető, mintsem annak, mert nem léteznek. Létezniük kellett, máskülönben Erwin régen keresett volna egy forróvérű nőt, aki nem utasítja folyton vissza.

– Óvatosabbnak kellene lennünk – próbálkozott lehűtve a férfi vágyát. Szavai azonban kétértelműen csenghettek, mert Erwin félre is értette őket.

– A te módszerednél nincs biztosabb.

Lathea legszívesebben megsimogatta volna, de sejtette, hogy ezzel aligha űzhetné el keserűségét. – Az érzéseinkre gondoltam.

Erwin komolyan nézett rá, ám pillantása ez alkalommal idegenül üres maradt. Zavartan igazgatni kezdte a köpenyét, hogy elrejtse meztelenségét, végül pedig a köpeny övét is szigorúan meghúzta a derekán.

– Ahhoz már késő.

– Ezt hogy érted?

– Nem érdekes.

– Ha tudnád, milyen bántó a viselkedésed! – Lathea sértetten felugrott volna, ám az erős kar visszanyomta a matracra és szorosan magához bilincselte. – Ez fáj.

– Ne haragudj, szívem – egy bűnbánó arckifejezés kíséretében a szorítás meglazult.

– Az utóbbi napokban nagyon furcsán viselkedsz, mi van veled?

Nehéz sóhaj. – Már többször el akartam mondani, de sose volt rá megfelelő alkalom.

– Hát, most itt van.

– Szóval, jelentkeztem a seregbe.

Egy végtelen percig Lathea azt sem tudta eldönteni, ténylegesen hallotta-e ezt a négy szót, vagy pusztán a képzelete játszik vele. Szíve fájóan dübörgött, szinte szét akarta vetni a ketrecet, amibe bezárták. Érezte, ahogy a vér dobol fülében és szája is kiszáradt. Hitetlenkedve meredt a férfira, aki hasonlóan zárkózott, letört pillantással viszonozta az övét.

- Hiszen... hiszen nincs is háború.

- Még nincs, de könnyen lehet.

- És te szét akarod lövetni a fejed néhány tébolyult agyrémeiért, akik ezer mérföldre élnek innen? A könnyeit nyeldekelve félrefordította a fejét. Nem akart többet Erwinre nézni, látni, milyen erős és fiatal, közben pedig arra gondolni, hogy esetleg megsebesülhet vagy meghalhat.

- Ó, szívem, ne sírj, kérlek, ne sírj már.

- Minden okom megvan rá.

- Egyáltalán nem – Erwin beletúrt Lathea szőke fürtjeibe, hogy maga felé fordítsa az arcát. – Talán nem is lesz háború ebből a csetepatéból, vagy egyszerűen azt mondják: semmi szükségünk Erwin Cowanre. Beadtam ugyan egy jelentkezési lapot, ez azonban még semmit nem jelent. Lat, drágám, nem tudom elviselni a könnyeidet.

- Azért csináltad, mert velem nem...?

Erwin gyengéden betapasztotta a száját. – Azért csináltam, mert helyes lépésnek tűnt és többet fizetnek, mint a Royal Courtban valaha is összegyűjthetek.

- Az életedért nem fizethetnek eleget. Istenem, hát, nem érted?

Erwin elmélyülten cirógatta álmai asszonyát, hol a haját, hol az arcát, belecsókolt a nyakába, majd a füle mögé. – Bárcsak halott lennék, akkor nem kívánnálak ennyire.

A vallomás hallatán Latheának újfent összeszorult a szíve. Mereven a plafonra nézve azt motyogta: – Most már tényleg nem menne. Mintha nyakon öntöttél volna egy vödör hidegvízzel.

- Elhiszem, de tudnod kell róla.

- Boldog lehetsz, most már tudok.

Erwin egy hosszú, lélekölő percre tétovázott, ám mivel Lathea makacsul kerülte a pillantását, lassan feltápászkodott mellőle. Végtelen letargia kerítette hatalmába, olyasféle érzés, amit nem először fedezett fel magában és nem először volt képtelen legyűrni. – Bárcsak tudnám, miért neheztelsz rám ennyire.

- Miért? Mert ostobán el akarod dobni az életedet! – ült fel Lathea is és ő előzékenyen felsegítette. – Bárkire dühös lennék, aki ilyen felelőtlen.

- Olyasmiről csevegünk, ami talán be se következik.

- Te magad erősködtél, hogy háború lesz, bár azt egyetlen szóval sem említetted, hogy harcolni akarsz. Erwin gondterhelten kefélte hátra a haját. – A férfiak harcolnak, ha kell, és ennek semmi köze ahhoz, én mit akarok.

- Szó nélkül döntöttél az én életemről is. Ehhez nem volt jogod.

- Sajnálom. Jobb, ha most elmegyek, de ezzel még nem zártuk le a témát, Lat.

Lathea fagyos elutasítással összefűzte maga előtt a karjait. – Pedig szerintem mindent elmondtunk, amit erről a kérdésről lehet.

- Ha kérhetlek, ne mondj le rólam ilyen könnyen – vette Erwin kifelé az irányt. – Ja, és még valami. Egyelőre csak te tudsz róla, maradjon így egy darabig, rendben? Jó éjt, holnap látjuk egymást.

Amikor elhagyta a szűk lányszobát, Lathea ugyanott szobrozott, vak tekintettel bámulva utána, de még csak búcsút sem intett. Úgy lépett ki a lakásból, hogy a fülében ott visszhangzott a lány keserves sírása, amit a zárt ajtók se tudtak elnyomni.

Richard Adams egy cseppet sem irigylésre méltó városrészben lehetett az Úr földi tisztartója. Szegény, nyomorult sorsú emberek között, akik gyakran éheztek, gyermekeiket nem tudták tisztességes körülmények közt nevelni és élelmezni, ahol a betegségekbe sokan belehaltak, mert a drága gyógyszerkészítményekre nem futotta. Stepney-ben, ami a köztudat szerint a Docklands részét képezte, így az egyház is ugyanolyan szerencsétlen helyzetben tengette életét, mint istápoltjai, ő mégsem panaszkodhatott. Bár nem hitte, hogy a Mindenható keze lenne a dologban, azért minden egyes nap hálát adott neki, amiért a templom az utóbbi két évben több juttatást kapott, mint azelőtt hosszú ideig. Először is átépítették a már siralmas állapotba süllyedt főhajót meg a padsorokat. A fennmaradó összegből pedig a szószék kapott új karfát, illetve a hittanórákhoz vásároltak új bibliákat. Az Arbour Street felé néző kis kertet is sikerült néhány új növénnyel gazdagítani, amit a környékbeli hívők saját kezűleg el is ültettek. A végeredmény önmagáért beszélt.

Adams tiszteletes huszonkét éve élt ezen a néhány négyzetmérföldön, szinte mindent és mindenkit jól ismert, azokat a családokat is, akik elvétve is alig fordultak meg isten házában. Rendszeresen foglalkozott a másképpen csellengővé váló gyerekekkel, a templom kevéske vagyonából támogatta a legelesettebbeket, és természetesen mindenki számára ott volt a szükségben. Itteni szolgálata hajnalán rá kellett ébrednie, hogy egy-egy emberséges megnyilatkozással vagy gesztussal többet elérhet, mintha vallási dogmákkal fenyegetőzne, esetleg téveszméket zúdítana hívei fejére. Az eltelt idő bebizonyította ennek az elméletének a helyességét, ennél nagyobb elismerésre pedig nem is vágyott.

Kora este azt hallva, hogy valaki betér a templomba, kíváncsian kukucskált be, ki lehet az. Noha a kaput későig nyitva tartotta, ilyen tájban már nemigen akadt látogatója, hacsak nem egy rászoruló lélek. Ezért is hökkentette meg, amikor Lathea Ternovskyt meglátta. Kimért, távolról habozónak látszó léptekkel sétált az oltárig, majd mozdulatlanul ott maradt az oltárképre szegezett tekintettel. Eltelt néhány perc, míg helyet foglalt a negyedik sor szélén. Jól ismerte Ternovskyékat is, az életüket és a nehézségeiket. Pár évvel korábban ő temette az asszonyt és a lánya azóta is hozzá menekült a gondjaival. Különleges teremtés volt, legalábbis ő annak tartotta. Az édesanyja lelki erejének és az apja sérülékeny, ingatag érzékenységének valamiféle keveréke volt, amit saját adományként nem mindennapi bájjal övezett. Egyébként is vonzó, fiatal nő vált belőle, olyasvalaki, akin számos férfi pillantása megakadt. Egyetlen mosoly gyönyörűvé varázsolta, bár túlságosan is ritkán adott az élet okot számára, hogy nevessen. Megvolt benne az a fajta nehezen körülírható tartás, amit büszkesége, egészséges józansága és ritka szerénysége kovácsolt össze. A szorgalom, mellyel eltartotta önmagát, valamint iszákos apját, őt mindig elképesztette. A látszatra törékeny lányról nagyon is jól tudta, valójában micsoda színes álomvilágban él, ami az ő szemében összeegyeztethetetlen maradt az élet rideg valóságával.

Latheát, noha a lelke mélyén hitt az embernél magasabb rendű hatalomban, nem lehetett vallásosnak mondani. Nem járt templomba, nem forgatta a Bibliát, igaz legtöbbször ezt nem is engedhette meg magának.

- Az én gondjaim itt vannak a földön, tiszteletes – közölte egyszer gyakorlatiasan.

Más lelkipásztor talán ragaszkodott volna hozzá, hogy meggyőzze az ellenkezőjéről, rávegye a templom odaadóbb látogatására, ő azonban semmi ilyesmivel nem próbálkozott. Ahogyan akkor sem folyamodott ilyen eszközökhöz, amikor tudomására jutott a lány intim kapcsolata Erwin Cowannel. Átok vagy fenyegetőzések helyett inkább elkísérte egy nőgyógyász orvoshoz, aki abban a helyzetben több segítséget nyújthatott az Úrnál. Lathea Ternovskyt azon emberek közé sorolta, akiket nem a vallás számára kell megmenteni, hanem önmaguk kedvéért. Nyomorúságuk elől, nehogy elveszítsék a hitet és hagyják magukat a nehézségektől legyűrni. Ami rajta múlt, azt meg is tette, hogy lelki támaszt nyújtson neki.

- Jó estét, tiszteletes – köszönt rá Lathea, amikor félórai őrlődést követően úgy határozott, csatlakozik hozzá.

- Jó estét, mi szél hozta erre, lányom?

- Megígértem, hogy visszajövök, de ez ideig sajnos nem tudtam. Ugyanis előkerült az apám.

Richard Adams leült a harmadik sorban. – Hallottam felőle. Hogy mennek a dolgok otthon?

A néma fejmozdulat meg az azt követő bánatos sóhaj igen sokat elárult. – Pocsékul, mondhatnám, változatlanul.

- Sajnálattal hallom. És értesült már kedves barátnője, Miss Cowan esküvőjéről? – terelte a szót vidámabb téma felé.

Lathea valamelyest felélénkült. – A részletekről még nem mesélt, de ezek szerint itt lesz a szertartás.

- Igazi örömünnep ez számomra. Cowanék mindig is ebbe a nagycsaládba tartoztak. Én kereszteltem néhány gyereket is, Bettyt például totyogós kora óta ismerem. Elhozta a vőlegényét. Jóravaló fiatalembernek látszik.

- Örülök, amiért ezt mondja. Betty a legjobbat érdemli.

- A legjobbat? Ki nem?

Lathea elpirulva nyelt egyet. – Én nem.

- Ugyan, mi ez a csacskaság? Erwin derék ember, szereti magát.

- Szeret? Hmm, akárhogyan is van, nem boldog velem. Nem értem, mi ez az érzés – tenyerét a szívére borította. –, eddig nem éreztem, holott kellett volna.

Képtelen vagyok megadni neki azt a boldogságot, amit a férfiak elvárnak egy nőtől.

- Én ezt nem hiszem.

- Pedig így van.

- Ha így is van, eközben olyasmit ad neki, amit más asszonytól nem remélhetne. Bizalmat, szeretetet, az együvé tartozás érzését, márpedig csak ez számít.

- Nemcsak ez számít.

Lathea szomorúan elnézett mellette és egy darabig mélyen hallgatott. Nehéz lett volna kitalálni, mi jár a fejében, zárkózott arckifejezése is arra törekedett, hogy ettől mindenkit eltántorítson. – Elmegy katonának – vallotta be végül letörten. Adams megdöbbent. – Elmegy, mert boldogtalan velem.

- Ó, ezt én nem hiszem. Inkább arról lehet szó, hogy Erwin mindig a szívén viselte a nemes ügyeket. Meg aztán ez a háború is olyan képlékeny ötlet még.

- Ha nem lennének biztosak felőle, miért alakítanának ugrásra kész sorozókat? Miért, tiszteletes? Az orvosokat és ápolókat becsalogatják a hadseregbe, de miért, ha nem kell komolyan venni a fenyegetést?

- Nem tudom, Lathea, ugyanakkor ismerem az emberi természetet. Valaki kitalál egy rémhírt, ami futótűzként terjed tovább és kiváltja a hisztériát, ha van alapja, ha nincs.

Nem kapott választ. A lány feszült testtartásban szorongott a kemény padon, kabátja gombjaival játszott. Lehajtott fejjel szólalt meg legközelebb. – Nevezhet önzőnek, akár érzéketlennek is, engem azonban csakis az érdekel, hogy az egyetlen ember, akit szeretek, aki jelent nekem valamit, ne tegye kockára az életét idegenek őrült eszméiért.

Amikor felemelte a fejét, könnycseppek táncoltak a szemében. – Nagyon is átérzem ezt, lányom, és higgye el, mindannyiunkat elsősorban saját és szeretteink boldogulása érdekel. Ebben nem látok semmi önzést.

A lassú bólintást szögletes mozdulat követte. Lathea fehér zsebkendőt bújtatott elő a zsebéből. – Megőrzi ezt nekem?

- Kérdeznie sem kell.

Adams még akkor is a zsebkendőbe bugyolált pennyket szorongatta, amikor látogatója léptei már elhaltak, alakját elrejtette a becsukódó templomajtó. Bezárta éjszakára a reteszt, mielőtt visszasétált volna a szállásául szolgáló apró házba, ami alig ötvenyardnyira állt az északi hajótól. Éhes volt és kimerült az újabb nehéz nap után, első dolga mégis a pénz volt. Akkoriban vállalta fel ezt a tiszteletre méltó feladatot, amikor tájt Erwin Cowan és Lathea Ternovsky szeretők lettek. Határozott befolyásra a lány kezdett egy kicsit magára is gondolni, valamelyest megszabadulni attól a rontástól, ami iszákos apja képében bélyeget ütött rá. A sok munkával, fáradtsággal megkeresett kis jövedelmét, ha kellett, az apa akár erőszakkal is kiverte belőle, ezért a lecsípett maradékot a lány kérésére ő őrizgette. Szívesen tett eleget a kérésnek, így legalább abban is biztos lehetett, hogy hetente vagy kéthetente egyszer úgyis találkoznak és néhány beszélgetés révén talán egy kicsit hasznossá teheti magát. Az aprót tehát a szerény tokba rejtette, majd vissza arra helyre, ahol a kíváncsiskodóktól biztonságban tudhatta.

A falióra tanúsága szerint kilencre járt, ideje volt tehát saját szükségleteire gondolni. Első útja a konyhába vitte és cseppnyi lelkiismeret-furdalás sem gyötörte, amiért a falánkság bűnének engedve megtömte korgó gyomrát.

Bettynek rettenetesen fontos volt az a bizonyos vacsora. A vőlegény sikeres otthoni bemutatását követően jóformán másról sem tudott beszélni, mint arról, a szülei mit szóltak a fiatalemberhez.

Amennyire Lathea arról a távoli napról a parkban

emlékezett barátnője jövendőbelijére, el nem tudott olyan jellemhibát képzelni, ami Cowanékat már elsőre visszariaszthatta volna. Kester bár nem volt kiugróan jóképű, se bőbeszédű, azonban annál kellemesebb társaság, és amennyire benne élt a régi piknik emléke, fanyar humora egészen rendkívüli.

A hónap során Bettyre is hasonló próbatétel várt Frostéknál, mint amin Kester keresztülment. A huszadikai dátum halálos ítéletként lebegett a feje felett, másról sem esett szó, mint a nagy eseményről. Ideges volt és láthatóan bizonyítani akart. Ráadásul nyomta a vállát annak terhe, hogy jövőbeni apósa orvosként jobb társadalmi és anyagi helyzetnek örvend, mint a Stepney-beli Cowanék. Valójában Kester is orvostanhallgató volt valamikor, azonban egy az apjával vívott háborúnak köszönhetően kimaradt a negyedik évfolyamból és merő dacból ápolóként helyezkedett el. Betty szerint ez azonban mit sem változtatott azon, hogy nagy jövő állt előtte. Egy biztos, jólszituált család pedig a háta mögött.

Az izgatott várakozásból Lathea is kivette a részét. Először is azzal, hogy rendíthetetlen nyugalommal hallgatta végig barátnője belső vívódásait, majd igyekezett lelket önteni belé, ahányszor kételkedni kezdett azokban a döntésekben, amelyek egész életére kihatással lesznek. Jóval hathatósabb szerepet akkor kapott, amikor a Frostéknál esedékes vacsorához Betty toalettjét kezdték összeállítani. A nélkül kellett alkalmas öltözéket találni, hogy a hivalkodó vagy kacér lenne, mégis kellően ünnepélyes és az alkalomhoz illően elegáns. Mr. Cowan lovagiasan állta a számlát, ám az eredetileg egyszerűnek ígérkező feladat fárasztó utánajárást követelt, a kiválasztott ruha pedig még akkor is hagyott kívánnivalót maga után.

- Nem túl bő, drágaságom? – tudakolta Judith Cowan kétkedve, amint Betty otthon magára öltötte az új szerzeményt. – Nem mutatja meg eléggé azt a bájos kis alakod.

Lathea eltöprengve méricskélte Bettyt, elölről és hátulról is alaposan megvizsgálva a ruhát.

Édesanyjával ellentétben nem volt szakavatott varrónő, bár sokat dolgozott tűvel és cérnával, tudott szabni is.

- Talán kezdhetnénk vele valamit – javasolta végül, rögvest betűzve az anyagot, mely karcsúbbra véve előnyösebben kiemelte viselője természetes karcsúságát. – A hosszát is úgy két inch-csel megkurtíthatjuk, és még akkor sem lesz rövid, de nagyon csinos.

Mrs. Cowan közelebb lépett a lányához. – Lathea drágám, ezzel a nyakkivágással is csinálhatnál valamit. Olyan zárt, akár valami zárdaszűz lebernyege.

Betty némileg szerény adottságait gyakorlatilag elnyelte a gallér. – Igen, így kivágom egy kicsit.

Adjunk Kesternek mézesmadzagot – kacsintott Bettyre, aki az ugratásért duzzogva a vállára csapott.

Különben Betty tagadhatatlanul az édesanyjától örökölte külsejét. Sötét haját és sötétszürke szemét, hosszú, egyenes orrát, nem beszélve vékony ajkairól.

A maga nemében kecses volt és légies, inkább fiús, mint nőies, mégis annyira bájos hosszú végtagjaival, akár egy gazella. Lendülete és állandó jókedve tette igazán vonzóvá, volt benne valami örökmozgó inger, amitől sose pihenhetett.

Lathea egy hetet kapott az átalakításra, mivel október huszadika fenyegetően közeledett. A ruhát hazavitte, ugyanis az igényelt igazításokat az édesanyja mostanában kihasználatlanul porosodó varrógépe nélkül nem tudta volna megoldani. Így elsősorban esténként dolgozott, akkor senki nem zavarta a munkában.

Aznap este is egyedül tartózkodott otthon, amikor tíz óra után valaki megkocogtatta a szoba ablakát. Riadtan kapta fel a fejét és mivel háttal ült az üvegnek, abbahagyta a munkát. Nem is lehetett volna más, mint Erwin. Nehéz szívvel tápászkodott fel a gép mellől és engedett neki utat a szokásos, titkos érkezéshez. Amióta előhozakodott a terveivel, kapcsolatuk hűvössé és bántóan személytelenné vált. Noha munka után továbbra is együtt utaztak hazafelé, alig beszélgettek, akkor is érdektelen dolgokról. A korábbi meghittség nyomtalanul elillant. Lathea gyakorta úgy találta, ez a színtelen tettetés kigúnyolása mindannak, ami azelőtt összefűzte őket. A felelősség rá eső részét nem háríthatta el és nem is akarta, ugyanakkor továbbra is ott bujkált a szívében az a neheztelés, amit Erwin elhamarkodott katonai jelentkezésével okozott.

- Zavarok? – csukta ki Erwin az októberi éjszakát.
- Még van rajta egy kevés tennivaló – sandított Lathea a ruha irányába. – Történt valami?

Erwin zsebre vágott kézzel szobrozott tőle két lépésre. Arcára volt írva, hogy valami vallomás-félére készül, hosszasan merengett, mialatt cipője orrára szegezte tekintetét. – Tudod, milyen nap van?

- Igen, holnap van Betty mindent eldöntő fellépése.
- Három napra rá meg az az átkozott vacsora, amit négyünknek összetrombitált.
- Na, és?

Erwin gondterhelten vakargatta az állát. – Nem vonulhatunk oda úgy, hogy jóformán alig vagyunk beszélő viszonyban. A húgom cseppet sem buta és vaktában lefogadom, rég elkotyogta Kesternek, mi van köztünk – Lathea várt. – Azért jöttem, mert szeretnék véget vetni ennek az ellenségeskedésnek. Lehet róla szó?

- Tehetségtelen színész vagyok.

- Nem az ő kedvükért vagyok itt, hanem érted és értem. Hiányzol nekem, Lat, ez a színtiszta igazság. A nevetéseink, a szerelmeskedések, hogy velem és ne a közelemben legyél.

Az őszinte vallomás, már-már zavarba ejtően is az, kényelmetlen helyzetbe hozta Latheát. Hiszen a tisztesség nevében nem tehetett egyebet, mintsem ő is színt vall. – Hazudnék azzal, ha azt mondanám, könnyű megemészteni a döntésedet, Erwin.

- A döntésemet, vagy amiért kihagytalak belőle? Lathea védekezően összefonta a karjait maga előtt. – Mindkettőt.

- Lebeszéltél volna.

- Önös érdekből, igen.

- Mesélj róluk.

- Úgyis tudod, mit mondanék.

- Mégis jobban szeretném a te szádból hallani – araszolt Erwin közelebb és, nem hallva tiltakozást, megérintette Lathea arcát.

- Szeretlek és már a gondolat is, hogy elveszíthetlek, elviselhetetlen. Ezt akartad hallani?

Erwin azzal a fantasztikus, melegséget árasztó mosolyával ingatta a fejét. – Mennyire szeretlek, Lathea Ternovsky! Keresztülkorbácsoltál a poklon, mert azt hittem, soha többé nem kapom vissza az én csodálatos szerelmesemet.

Lathea megkönnyebbült sóhajjal bújt a széles ölelésbe, ami szelíden kalickába zárta. A férfi nyakához préselte az arcát és megpróbálta visszaparancsolni feltörni kész örömkönnyeit. Túl egyszerűen ment. Szeretik egymást, ezt a lelke mélyén régen gyanította, ez azonban még messze nem oldotta meg a problémákat. – Hogyan lesz most? A meleg tenyér végigszaladt a hátán. – Kigondoltam valamit, bár fogalmam sincs, mit fogsz szólni hozzá.

- Tegyél próbára.

Erwin váratlanul elengedte és két tenyere közé zárva az arcát a szemébe nézett. – Amennyiben nem reagálnak a jelentkezési kérelmemre, elvennélek feleségül, mit gondolsz?

- Feleségül?

- Igen, Lat, feleségül. Megtisztelsz vele, hogy igent mondasz?

- Ó, Erwin! – Lathea alig akart hinni a fülének. Még néhány perccel korábban sem feltételezte volna, hogy ez az ajánlat ilyen boldoggá teheti, és lám! A szíve tombolva kalapált, gombóc nőtt a torkában és még egy halovány, bizakodó félmosolyra is telt tőle.

- Ez az 'Ó, Erwin' igent vagy nemet jelent?

- Igent.

- Álmaim asszonya – vonta magához a férfi és ajka rögvest elrabolta az első csókot.

Amint Lathea levette a lábát a pedálról és a varrógép motorja elhallgatott, teljes csend lett a szobában. A válla felett a háta mögé lesett. Erwin ruhátlanul elnyújtózva lustálkodott az ágyon, a takaró épp csak elfedte a csípőjét és vele együtt az egyik combját. Jobb karját a feje fölé ejtve hevert, alvás helyett a plafont méricskélve. Megérezhette, hogy őt nézi, mert pillantásuk azonnal egymásba fonódott.

- Azt gondoltam, elaludtál – somolygott Lathea. Példátlan boldogság szállta meg. A leánykérés, és mert ezúttal nem okozott a férfinak csalódást, együttesen a felhők fölé emelték.

- Rólad álmodozom. Mikor fejezed végre be?

- Egy perc.

- Fél.

- Legyen fél – kacagott Lathea az utolsó öltéseket is elvarrva. Felállt a géptől és eloltotta a falra szerelt lámpát.

Erwin türelmetlenül odahúzta magához, és ahogy összepréselődve feküdtek az ágyon, Lathea bedugta hideg lábait a takaró rejtekébe. Az ismerős ujjak a hajával játszottak, hébe-hóba kapott egy ártalmatlan puszit, lágy cirógatást. Erwin pontosan tudta, hogy erre a jelentéktelen, szenvedély nélküli kényeztetésre vágyik a leginkább. És meg is kapta tőle. – Szívem.

– Hm?

– Nem akarok kétszínű lenni, vagy olyan ígérteket tenni, amit később nem tarthatok meg. Szeretném, ha a feleségem lennél.

– És én igent is mondtam. Erwin komótosan biccentett. – De ha mégis behívnának, szó sem lehet esküvőről.

Hosszú hallgatás. – Miért?

– Mert ha egy olyan pancser szakácsra is szükség lenne, mint én, az kizárólag azt jelentheti, hogy háborúba készülünk. Márpedig ha harcolni kell, bármi megtörténhet, és én nem akarlak ilyen bizonytalan helyzetbe hozni, esetleg özvegyen hagyni.

Az egyenes, köntörfalazás nélküli érveléstől Latheát kirázta a hideg. Erwin megérezhette amint összerándult, mert szerelmesen kényeztetni kezdte. – Amit adhatok neked, azt eddig is megkaptad, de elborzaszt a gondolat, hogy netán feketébe kelljen bújnod, ha történik velem valami. Úgy helyes, ha szabad maradsz, így egyedül dönthetsz, mihez kezdesz.

– Szeretlek, márpedig ez azt jelenti, hogy többé nem lehetek szabad.

– Valójában nem is akarom, hogy az legyél – Erwin oldalsó pillantást vetett a polcon ketyegő vekkerre. – Mindjárt éjfél, lassan indulnom kell.

– Maradj, amíg elalszom, kérlek.

– Hát persze, bújj ide, Mrs. Cowan.

– Mrs. Cowan – mosolygott Lathea maga elé szorosan átkarolva szerelmesét. – Pompásan hangzik – dünnyögte a szemét lehunyva.

- Betty egyetlen mosolyával levette a lábáról az öregemet – mulatott Kester Frost ravaszul oldalra vigyorogva.

Bár sportos alkatú, nem túlzottan magas fiatalember volt, inkább kedves és nyílt természete, illetve lehengerlő jókedve nyerte meg számára mások szimpátiáját, nem a nyers vonzerő, amit sok nő férfias kelléknek tekint. A maga módján persze vonzó volt, kölyökképét ragyogó szemek díszítették, dús, vöröses hajához pedig elválaszthatatlan szeplők társultak. Jelleméről azonban mindenekfelett őszinte, barátságos mosolya árulkodott.

Nem is tudom, miért féltünk annyira ettől a vacsorától.

Betty nem tiltakozott, amikor lelkesedő párja átkarolta a vállát, jóllehet józanul megjegyezte: – Jellemző, hogy előtte nem ezt mondtad.

- Okom se lett volna derűlátásra.
- És most mi a helyzet otthon, Kester? – tette le Erwin a poharát.
- Nagyon érdekesen alakulnak a dolgok. Ugyanis az utóbbi két évben az öregem jóformán nem is állt velem szóba. Előfordult, hogy ugyanannál az asztalnál még étkezni se volt hajlandó velem. Ezért számítottam a makacs ellenállására, amikor bejelentettem, ha törik, ha szakad, elveszem Bettyt.
- És?
- Megrágta a szivarját és sok boldogságot kívánt. Betty Kester kezére borította a sajátját. – Azért azt az ígéretet csak kicsikarta belőled, hogy minél előbb visszairatkozol az egyetemre.
- No, igen, könnyíteni szeretne a lelkiismeretén, hiszen miatta adtam fel a tanulást.
- És nem bánod?

Kester Latheára kacsintott. – Dehogyisnem! Ha kevesebb dac lobogna a buta fejemben, már régen folytattam volna. Mellesleg apám arra játszik, hogy ha megnősülök és családot alapítok, már csak az orvosi fizetés is elég kecsegtető célként fog a szemem előtt lebegni.

- Okos.

- A fenébe is, igaza lesz! – nevetett Kester.

A szerény étterem, ahol vacsoráztak, igazából átjáróházként elhíresült hely volt, ahol a vendégek jöttek-mentek, ám nemigen ültek le, hogy ráérősen fogyasszanak ebédet vagy vacsorát. Ami pedig önmagában megérdemelt volna ennyi hódolatot, mivel a környéken Fred főztje volt a legízletesebb. Az olcsó árak dacára az étlapon nem szerepeltek silány ételek, hanem csupa laktató finomság. Errefelé a Vad Gőzös igazi különlegességként vonult be a köztudatba, mely szombatonként az egyetlen táncos hellyé avanzsált. Ilyenkor többen is elidőztek és számosan kilenc után tértek be, hogy táncolhassanak.

Erwin rögvest a második dalra felkérte a húgát, azután sokáig Latheával táncolt. Egy alkalommal még Fred is odaintett nekik, miután törzsvendégként jól ismerte őket. Később a lányok elvonultak a mosdóba, így visszatelepedett az asztalhoz, hogy egy újabb kör ital mellett Kesternek szentelje minden figyelmét.

- Bűbájos lány ez a te Latheád.

- Kösz, pajtás.

Mire a két lány megjelent, már fülig merültek a politikába.

- Állítom, hogy az a fickó, Hitler, meg van húzatva – fejtegette Kester. – Mindenféle felsőbbrendű német fajról kántál, de hol vannak azok a szuperhősök, hm? Én csak azokról tudok, akiket 1918-ban a földbe döngöltünk.

- A hozzá hasonló fanatikusok a legveszedelmesebbek. Mintha egy láda dinamiton csücsülnél...

Ekkor érkezett meg a társaság másik fele és lerogytak a két padra. Erwin Latheára sandított a félhomályban, az asztal takarásában pedig megszorította a kezét.

- Megint politizáltok? – duzzogott Betty, mire Kester megadta magát.

- Már be is fejeztük. Mit csináltatok odakint húsz percig? Világéletemben izgatott, mit művelnek a nők annyi ideig a mosdóban.

- A fantáziádra bízom – kacagott Betty. Rettenetesen boldognak látszott.

- Te se szánsz meg, Lathea?

- Sajnálom, tudod, a női szolidaritás.

- Marad neked a kulcslyuk, barátom – emelte fel Erwin a poharát. – Azért egészségedre – a koccintás után már azt tudakolta: – Jut eszembe, ez az esküvő valóban megment a besorozástól?

Kester komolyan bólintott. – Az utolsó percben, bár félre ne értsd, Bettyt amúgy sem engedném át másnak.

- Sejtelmem sincs, mi benne olyan különleges – Betty bedőlve a bátyja ugratásának feléje legyintett.

- Sajnos azonban az öregfiú ott Németországban rendesen ráijesztett a kontinensre – folytatta Kester. – Ez módosít valamelyest a terveinken. És a te ügyed? Hanyag vállrándítás felelt. – Alighanem meg is feledkeztek rólam. Talán nem is baj.

- Az egészben az a legkülönösebb, hogy alig egy hónap alatt mintha átértékelődött volna mindaz, ami Münchenben történt. Akkor folyton azzal riogattak minket, hogy már akár holnap kirobbanhat a háború. Most meg Chamberlain igazi hősként tündököl.

- Merő hazugság. Olcsó ígéretekért eladta magát, mint egy szaj… bocsánat, kislányok.

Betty elmerengve nézett a bátyjára. – Szerintem minden eszköz jogos, ami meg tud akadályozni egy vérontást.

- Eeej, húgocskám! Az öreg pusztán elkergette a
füstöt, miközben bármiben lefogadom, hogy az a
német nem nyugszik, amíg ég a kanóc és nem képes
minden állítólagos sérelemért revánsot venni.
- Állítólagos?
- Mi tagadás, 18-ban és 19-ben Németország pórul
járt, de végtére is elveszítettek egy maratoni háborút,
nem? Valakinek meg kellett fizetnie azért a
szégyentelen öldöklésért. Kester a torkát köszörülte. – Én mindenesetre, hacsak
egy mód van rá, igyekszem kimaradni a
visszavágóból.
- Kétséges, sógor, ha őszinte akarok lenni, az én
szememben München csúnya fiaskó – jelentette ki
Erwin eltökélten. – Hitler próbára tette Európa
önkéntes kinevezésű urait és homokot szórt a
szemükbe. Ne legyen igazam, de erősebbek nálunk,
ezért egyszerűen elveszi majd, amire gusztusa támad.
- A frenchyk egy percig se izgatják magukat.
- Rosszul teszik, Kester. Ostoba ember, aki hébe-hóba
nem les át a kerítés felett, eh?
Lathea szomorúan felsóhajtott. – Uraim,
elfeledkeznek az alkalomról. Ünnepelni jöttünk, vagy
nem?
- Milyen igaz – ugrott fel Kester minden átmenet
nélkül. – Gyere, Betty, hadd pörgesselek meg.
A címzett kinyújtott tenyerébe ejtette a kezét és szinte
azonnal el is vesztek a parketten. Lathea mosolyogva
nézett utánuk, míg Erwin ugyanazzal az élvezettel
benne gyönyörködött. Amikor véletlenül összeakadt a
tekintetük, átkarolta a vállát. – Van kedved táncolni,
szívem?
Ő azonban nemlegesen ingatta a fejét. – Inkább csak
üldögéljünk – kérte újra Bettyt meg Kestert kutatva a
tömegben.

# 5.

A november fagyos éjszakákon és váratlanul téliesre
fordult időjáráson kívül hatalmas bálokat, társasági
eseményeket is hozott. Az újságok tele voltak
élménybeszámolókkal, előkelőségek táncestélyeivel,
London pedig amerikaiakkal, franciákkal, oroszokkal.
A Royal Courtban bárki sokatmondó benyomást
szerezhetett arról, hogyan is élnek a felső körök. A
vidéki nemesség jó része a báli szezon kezdetére
felutazott a fővárosba, mielőtt a hónap végi
vadászidény kezdetét veszi. A szálloda halljában
szüntelenül utazótáskák sorakoztak, nap mint nap
vendégek hurcolkodtak ki és be. Ugyanígy állandóan
megtelt az étterem, melyben reggelente olyan sokan
óhajtottak étkezni, nem is volt baj, mert a
legkényesebbek inkább lakosztályaikat részesítették
előnyben. Az esték már kevésbé okoztak gondot,
mivel számos szállóvendég látogatta a temérdek
színházat, mulatót, és bálokat, melyeket London
kínált. Szerencsejátékot űztek, esetleg egyszerűen
csak elmentek a Selfridge's-be, vagy a Ritzbe egy jó
vacsora kedvéért.
Ám akár maradtak, akár máshol töltötték az estéjüket,
a személyzetnek így is, úgy is égett a munka a keze
alatt. Lathea néha elátkozta a napot, amikor
szobalánynak szegődött, mivel az összes hóbortot
kielégíteni bizony kötélidegeket kívánt.
Legegyszerűbb feladatai mellett nem ritkán be kellett
szárítania a hölgyek frizuráját, néhány öltéssel
igazítani az estélyi ruhákon, vagy az utolsó percben
kitalált viselethez kivasalni ezt-azt. Egyesek elvárták
volna, hogy kizárólag nekik szentelje minden idejét és

cseppet sem érdekelte őket, hogy másnak is szüksége lehet rá.

A Royal Courtban teltház volt és ezért olybá tűnt, hogy minden a feje tetején áll. Valójában viszont jobb volt a helyzet, mint nyáron, hiszen Mr. Loggerman ígérete szerint felvette a szükséges kisegítőket. Ezért az egy emberre háruló terhelés valamelyest csökkent, még akkor is, ha akadtak napok, hogy ezt egyáltalán nem érzékelték. Ez a megállapítás főleg akkor nem állta meg a helyét, amikor az éjszakába, sőt, hajnalba nyúló vigasságokat követően ugyanúgy körbe kellett ugrálni a lefekvéshez készülődő hölgyeket és urakat. Így előfordult, hogy a szobalányok a szállodában töltötték az éjszakát, hiszen a műszakok elválaszthatatlanul összefolytak. Ilyenkor a legfelső szinten kialakított rohamszobákban húzták meg magukat és próbáltak pihenni egy keveset. Mire egy-egy nap után Lathea hazakeveredett, már nem is vágyott másra, minthogy a saját ágyába zuhanva akár tíz órát is aludjon egy huzamban, míg ismét magára talál.

Legmélyebb álmából szokatlan zaj verte fel. Nem is annyira zaj, mint óvatos neszezés. Még nem egészen magánál nyitogatta a szemét és igyekezett felébredni elűzött álmából. Tagjait olyan elnyűttnek és mázsásnak érezte, mintha átkelt volna a sivatagon. Mégis úrrá lett gyengeségén, hogy lassan felnézzen. Időközben feltehetően esteledni kezdett, mert a szobában félhomály terpeszkedett. A gyér fények ellenére azonban tisztán látta, amint az apja sorban kiforgatja levetett ruhájának zsebeit. Egyiket a másik után. Bár igyekezete szerint elővigyázatosan mozgott, őt mégis felzavarta. A döbbenetes jelenet felháborodott kiáltást szakított ki belőle.

- Mit művelsz a szobámban? – véreres szemek vándoroltak feléje. – Szégyelld magadat, a holmim között szimatolsz! Milko Ternovsky a földhöz vágta a ruhát. – Te kényszerítesz rá! Itt az újabb hét és egyetlen pennyt se láttam tőled! Ettől a vádaskodástól Lathea rögvest felébredt, a harag elűzte tompultságát is, úgy ugrott ki az ágyból.

– Hogy mire kényszerítelek?

- Hol van a béred?

- Talán én kényszerítelek arra is, hogy minden áldott nap leidd magadat a sárga földig?

- Ne merészelj ilyen hangon beszélni az apáddal! – üvöltötte a ház ura mérhetetlen dühvel.

- Az apám egy részeges tolvaj!

Az egykor halálos biztonsággal végrehajtott akrobata mutatványokra edzett ököl Lathea arcába sújtott. – Te szemét kis lotyó! A második ütéstől megtántorodott, majd tehetetlenül az éjjeliszekrénynek zuhant. A díszes fogantyú végighasította a felkarját, a szivárgó vörös vérre azonban fel se figyelt, miközben a padlóra zuhant.

- Hol van a pénz!– követelte az apja, de ő nem felelt.

A következő ütés elől elhajlott, hogy minden erejét latba vetve szembeszálljon támadójával. Összeverekedtek, ahogyan az utóbbi években nem először. Sikerült megkarmolnia a petyhüdt arcot, kifacsarnia az izmos kart is. Átmeneti diadalai ugyanakkor semmiképpen nem biztosítottak akkora előnyt, ami elegendő lett volna a győzelemhez. Amikor magához tért, félig az ágy alá gurulva hevert. Percekig a plafont bámulva mozdulatlan maradt, úgy igyekezett feltérképezni környezetét. Semmi zajt nem hallott, ráadásul a vaksötétből következtetve jó ideig feküdhetett eszméletlenül. A testére összpontosítva gyorsan megállapította, hogy valószínűleg súlyos verést szenvedett el. Szinte mindene sajgott, hasogatott vagy fájt, a feje lüktetett, az arca pedig úgy megbénult, nem is érzékelte. Fel akart ülni, tagjai azonban ellenszegültek, így újra a hátára hanyatlott. Lassan lélegzett, mígnem újabb próbálkozásba foghatott, de az is kudarccal végződött. Várt. Hallgatta a csendet. Benne pedig saját kihagyó lélegzetét. Fájt az ütések nyoma, a megalázottság, miközben azt is biztosra vette, hogy az apja széthajigálva a ruháit végül megkaparintotta azt a jelentéktelen összeget, amit borravalókból szedett össze. Elkeseredetten sóhajtott. Lehunyta a szemét, feltörő könnyei mégis utat találtak maguknak. Hosszan kínlódott, hátha legalább az ágyra fel tudná küzdeni magát, de nem járt sikerrel. Sokadik kísérlete után is visszaomlott a szőnyegre, mígnem ismerős hangra lett figyelmes. Közvetlenül azután kattant az ajtó.

- Betty! Betty! – kiáltotta nem érzékelve, mennyi erő maradt a hangjában.

De balsejtelmeivel ellentétben mégis kapott választ. – Hol vagy? – eltelt néhány másodperc, mire a hang tulajdonosa ott termett a küszöbön. – Egek, Lat, mi történt? – Betty felkattintotta a lámpát, mielőtt lehajolt hozzá, a látványhoz pedig többé nem kért magyarázatot.

- Megvert az a szemét – hüppögte Lathea elgyötörten, mire Betty félrekotorta a homlokába hulló tincseket és a könnyeit is letörölte.

- Gyere, segítek neked.

Az elszenvedett ütésektől elkínzottan és Betty hathatós segítségével mégiscsak felült az ágy szélére.

– Uram isten, mennyire fáj – lihegett tenyerét az oldalára tapasztva.

- Nyúlj el, megnézem, eltört-e valamid.

Engedelmeskedett. Betty tapasztalt nővérek magabiztos kíméletességével tapogatta végig. – Úgy tűnik, nem törtél darabokra, de azért csúnyán elbánt veled az az ördög.

– A józan eszem azt súgta, adjam oda azt az átkozott pénzt – ült fel Lathea némi segítséggel. –, de torkig vagyok azzal, hogy én fizessem az italt, és rajtam élősködjön.

Betty részvéttel figyelte látható kínszenvedéseit. – Egy mosakodás jót tenne neked, utána meg valami fájdalomcsillapító. Kester majd segít.

– Ne! Nem akarom.

– Ugyan, miért?

– Mert elmondaná Erwinnek.

– Te is tudod, hogy Erwin a hétvégi öklözés óta az ágyat nyomja. Még beletelik pár napba, míg talpra áll, addig Kester téged is feltámaszthatna. Kezeskedem róla, hogy otthon ki se nyitja a száját. Így rendben lesz?

Latheát nem győzték meg az érvek. – Nem is tudom.

– Ne butáskodj, hogyan fogsz így munkába állni? A végén még az állásod is elveszítheted.

– Legalább nem lesz mit elrabolnia tőlem.

Betty akarata végül győzedelmeskedett. Teleengedte a lavórt a legmelegebb vízzel, ami a csapból folyt, és lemosdatta Latheát.

– Megtöröllek – ajánlotta, ő pedig meg se próbált tiltakozni. A kényeztetés nagyon jólesett.

Amikor visszabandukoltak a szobájába, Kester már az ágyán üldögélt, vele volt egy jellegzetes orvosi táska is. Azonnal felugrott, amint megpillantotta őket. – Jó estét.

– Sajnálom, mert iderángattunk – szabadkozott Lathea. – Mára nyilván elég elesett embert láttál már.

Kester elhárítóan intett. – Szívesen segítek, ha tudok, bízd rám magadat.

A rögtönzött vizsgálat nem vett igénybe sok időt. Lathea kapott egy fájdalomcsillapítót, azután a férfi ellátta a sebeit, elsősorban a karján ejtett vágásra fordítva nagy gondot. Letisztítva és fertőtlenítve már nem látszott annyira veszélyesnek, összevarrni se kellett. – Beletelik némi időbe, de remélhetőleg nem marad nyoma. Van egy borogatásom az arcodra. Gyorsan lelohasztja a duzzanatot. Jöhet? Lathea megadóan bólintott, mire Kester Bettyt utasításokkal ellátva a konyhába küldte. Amíg a növényi oldat készült, az ő fülének szokatlan javaslattal állt elő. Bár jól tudta, hogy a tehetős emberek, így a Royal Court vendégei is, gyakran hívtak masszőrt, mégis megrökönyödött, amiért saját segítője is ezt a gyógymódot ajánlotta ütött-kopott tagjainak. – Ne izgulj, tudom, mit csinálok. A bíztató mosoly meg a tény, hogy gyenge volt bármiféle ellenálláshoz, alaposan lecsendesítette. Végighevert az ágyon, majd a férfi csípőig letolta róla a köpenyt. Gyakorlott ujjai hol engedékenyen, hol könyörtelenül járták végig sajgó porcikáit. Felfelnyögött a szokatlan érzésektől, de hamarosan el kellett ismernie, milyen jótékony hatással van rá Kester varázslata. A határozott kezek nyomán bódító álmosság szállta meg, el is aludt volna, ha Betty nem tartja szóval.

- Hahó, álomszuszék! – Kelletlenül kinyitotta a szemét. Barátnője közvetlenül mellette üldögélt, együtt érző mosoly játszott a szája sarkában. – Élsz még?

- Alig.

Kester neheztelő hangsúlya ellenére Latheának az a megérzése támadt, valójában ő is mosolyog. – Kíváncsi lennék, az apád hogy fest, mert benned mindent összevetve azért nem tett túl nagy kárt.

- Nem vicces – intette Betty szigorúan.

- Bocsánat. Nos, ezzel végeztünk. Kimegyek, hogy felöltözhess. Hova tetted a csodakrémet, Betty?

Bár Lathea sokkal jobban érezte magát, Betty segítsége nélkül körülményes lett volna felülnie. –

Hogy van Erwin? – tudakolta rendbe szedve ruházatát.

- A csuklóját meg a bordáit rendesen meggyötörték. Mondhatnám, rettenetesen elpáholták. A szállodában nagyon hiányolják?

- Mr. Loggerman már előre közölte, hogy egyetlen pennyt se fizet neki, amíg lazsál. Nem mondtam el, mi történt, de ha Erwin péntekig nem áll munkába, még képes kitenni a szűrét. Kester visszatért. Tenyerében nem mindennapos kis tégelyt hozott. Tüzetesen megvizsgálta Lathea arcsérüléseit és elégedettnek látszott. – Bekenlek ezzel.

- Mi ez?

Titokzatoskodó vigyor. – Olyasmi, amiről a gyógyszertárak még nem hallottak. Növényi készítmény és egyben jól bevált családi recept. A bőröd kicsit érzékenyebb lesz a szokásosnál, de legalább nyomtalanul eltünteti a pofonok nyomát.

- Bárcsak meg tudnám hálálni neked, Kester.

A férfi felemelte Lathea állát, hogy óvatos, szisztematikus mozdulatokkal a bőrébe dörgölje az illatos masszát. Közben pajkosan kacsintott. – Ami azt illeti, meg tudnád.

- Talán már készültél az ajánlatomra?

- Nos, átszaladt az agyamon, hátha megemlíted.

- Ezt nevezem. És mi lenne az?

- Most akarod hallani? Vagy várjak vele néhány napot?

Latheának kevés hiányzott, hogy elnevesse magát ezen az alkudozáson. – Ki vele!

- A múltkor istennőt faragtál Bettyből. Varrj neki egy fehér ruhát az esküvőre is.

Az érintett megrökönyödve kiáltott fel. – Kester!

- Szívesen megteszem, miért is ne? Ahhoz viszont meg kell vennetek az anyagot.

- Amiatt ne aggódj. Megmondod, mennyi kell és idehozom neked.

Betty összevont szemöldökkel fixírozta jövendőbelijét. – Te a jelenlétemben beszélsz rólam, mintha itt se lennék?

- Mivel neked semmi hasznodat nem veszem, amíg a nevemet hajtogatod – ugratta Kester, majd kiengesztelésül átölelte. – A legszebb menyasszony lesz belőled, Betty Cowan.

Tíz felé járt, mire Lathea ágyba került. Mereven feküdt a paplan alatt, arcán érezte a krémet, erős illata belengte a szobát. Szemére nem jött álom, ezért a fekete plafonra szegezte tekintetét. Gondolatait erőszakkal terelte Betty és Kester esküvője felé. Próbálta kitalálni, milyen ruhát készítsen, ami egyszerre álomszép és mentes a felesleges hivalkodástól. Persze Betty bírt annyi vonzerővel, hogy senkinek ne kelljen varázst hintenie rá. Éppen fordítottan, olyan lány volt, aki légies alkatával és finom arcát keretező barna fürtjeivel a férfiak érdeklődését minduntalan felkeltette. Ugyanakkor az örömteli feladat sem tudta távol tartani tőle a borús gondolatokat. Alattomban lopakodtak elő, hogy arra kényszerítsék, ismét a délután megalázó emlékén rágódjon, felidézze a mázsás ütéseket meg a szégyenteljes összecsapást. Hiába is akart erős lenni, nem volt az. Az elkeseredés könnyeket csalt a szemébe, mígnem tehetetlenül felzokogott. Még ahhoz se maradt ereje, hogy letörölje a kilátástalanság árulkodó cseppjeit, csak feküdt az éjszakában önmagát sajnálva. Sajnálva és siratva.

A rengeteg tennivaló sokszor megakadályozta, hogy a személyzet akárcsak pár falathoz is hozzájusson. Olyan kiszámíthatatlanná vált minden, nem volt ember, aki előre jósolni tudott volna, vajon mire jut idő és mire nem. Ezért is csodálkozott Lathea annyira,

mert valamivel dél után a személyzeti lépcsőn
leszaladva Erwin várta két szendviccsel.
– Ó, de jó! Farkaséhes vagyok.
– Ez még két farkasnak is bőven elegendő lesz.
– Vedd a kabátodat, szökjünk ki a parkba.
– A park stimmel, de nem velem, szívem. Betty vár
rád, én sajnos elmozdulni se tudok. Mr.
Loggerman árgus szemekkel lesi minden lépésemet.
Erwin odatartotta neki a kabátját, Lathea pedig
engedelmesen belebújt. – Neked is jár néhány perc
pihenő – jelentette ki végül.
– Emiatt ne aggódj, de most menj, különben Betty
összefagy odakinn.
Az év tizenegyedik hónapja télies gyorsasággal hozta
meg a hideget, gyakorlatilag átmenet nélkül kérkedve
goromba arcával. A Hyde Park, legalábbis azok
számára, akik jól ismerték, érzékletes bizonyítékul
szolgálhatott, mert minden ízében mutatta a drámai
változást. A nemrég még zöldellő gyepet beborította a
fákról hulló levéltömeg, amit a láthatatlan kezek hiába
is próbáltak összegyűjteni, mintha kiskanállal merték
volna a tenger vizét. Az uralkodó zöld bódító
árnyalatait felváltották a sárgák, barnák, varázslatos
pirosak, míg a Serpentine vizén a kacsák és hattyúk
lassú tétovasággal múlatták az időt.
Minden megváltozott. A nyári lombsusogás helyett
zord szelek szárnyán zörögtek az elszáradt levelek, a
napfény is bántóan kemény lett. Ezért Betty körbe-
körbe járt-kelt, mialatt várakozott. Végül meglátta
sietve közelgő barátnőjét és örömmel szaladt elébe,
addig sem fázott annyira. Kibontakozva az első
ölelésből derűsen megjegyezte: – A régi vagy, Lat.
A bók hallatán Lathea keserűen mosolygott. – Kívül
talán igen – és így is érezte. Két hét telt el az utolsó
tragikus jelenet óta, néha örökkévalóságnak tűnt. Az
apjával nem is volt beszélő viszonyban, amit nagyobb
részben az indokolt, hogy a férfi egyre sűrűbben már

napközben is az üveg fenekére nézett. Sértegetéseit és erőszakos fellépését Lathea minden nappal kevésbé volt képes eltűrni, ahogyan a hajlandósága is rohamosan apadt.

Az egyik padon Erwin fantasztikus szendvicsét majszolva Betty se vége se hossza hallgatást tört meg kérdésével. – Tulajdonképpen... őszintén, Lat, szereted te a bátyámat? – a nyílt, előzmény nélküli felvetés váratlanul érte Latheát. Kérdőn oldalra sandított. – Nem felelsz?

- Miért kérded?

- Erwin tegnap anyuéknak is elárulta, hogy jelentkezett katonának. Te is tudsz róla? – Lathea némán helyeselt. – És mégis mit gondolsz erről? Számomra érthetetlen lépés – Betty merengve nézett a távolba. – Persze Erwint világéletében érdekelte a politika, vérbeli hazafi, de... szerintem okosabb lenne megnősülnie a buta hősködés helyett. Szeret téged.

- Én is szeretem őt.

- Hát, akkor?

Lathea megköszörülte a torkát. – Véleményem szerint nem kéne belemennünk ebbe a kérdésbe.

- Miért?

- Mert a bátyádról van szó, én pedig semmiképpen nem szeretném, ha olyasmi csúszna ki a számon, ami esetleg sérthet téged.

- Hiszen a legjobb barátnőd vagyok!

Bár a heves reakcióval Lathea egyetértett, nem könnyítette meg a helyzetét. – Szeretem őt, Betty, mert megbízható, önzetlen, kedves, de ez nem igazi szerelem.

- Honnan lehetsz ilyen biztos ebben?

- Nagyon egyszerű, egyikünkben sem lobog az a tűz, ami benned és Kesterben igen. Ne haragudj, túl őszinte voltam.

Betty eltűnődve tiltakozott. – Nem, nem! Örülök, amiért elmondtad.

- Nem szeretném, ha félreértenél. Nem vagyok azért olyan menthetetlen álmodozó, amilyennek a bátyád tart. Tudom, hogy sok ember soha nem találkozik az igazival, vagy éppenséggel el is veszíti, mielőtt megbizonyosodhatna az érzelmei felől. Betty érdeklődve kapta fel a fejét. – És te vajon melyik csoporthoz tartozol?

A választ rövid csend előzte meg. – A másodikhoz.

- Ó, és ki ő?

- Tivy Rogers. Emlékszel rá?

- Kester barátja a kórházból? – Lathea csak a fejével intett, mire Betty rá nem jellemző keménységgel leszögezte: – De ő elment és nem jön vissza.

- Tisztában vagyok vele.

- És Erwin? Ő nem tervez semmit? Ha elvenne téged, letenne erről a katonásdiról.

Lathea megvonta a vállát, hogy a hazugság hihető közönyt kapjon. – Erről még nem beszéltünk. De először is azt kell megvárnunk, milyen választ kap a jelentkezésére.

- Ha megkérné a kezed, igent mondanál?

- Azt hiszem.

Betty sikertelenül próbálta leplezni elégedettségét. – Noha nem vagy szerelmes?

- Néha az az érzésem, gyáva is lennék ehhez a nagy lángoláshoz. Csak a percnyi boldogságnak élni, hmm... ezt még meg kell tanulnom.

Betty válasz helyett bólintott. Időközben elfogytak a szendvicsek, ezért Lathea felállt a hideg padról. – Vissza kell mennem és még nem is mondtad, mit intéztetek a templomban.

Közben a Park Lane felé sétáltak. – Kester szüleinek nincs kifogásuk Adams tiszteletes ellen, ezért ő ad össze minket. Lat, ha nincs időd megvarrni a ruhát, nyugodtan szóljál. Amúgy is ostoba ötlet volt Kestertől téged megkérni.

- Dehogyis, készen lesz. Mikor ugrasz fel egy próbára?
- Esetleg holnap?
Lathea gyorsan számolni kezdett. – Gyere csütörtökön, aznap nem dolgozom.
- Jól van, reggel átmegyek.
- Várlak.
Még egyszer búcsúzóul átölelték egymást, majd Lathea átiramodott a forgalmas úttesten. Betty ugyanott szobrozott, amikor visszaintett neki a túloldalról, azután megkerülve a szálloda tömbjét bemenekült a melegre.

Adams tiszteletes a templom kapujánál vigasztalt egy idős asszonyt. Szokásához híven inkább csak hallgatott, az asszony kézmozdulataiból ítélve egy újabb panaszáradatot. Hébe-hóba rámosolygott az elkeseredett nőre, megértően megszorította a kezét. Mindkettő meleg, megható reakció volt. Azután a zsebéből aprót ejtett a látogató hidegtől elgémberedő kezébe, mire az hálálkodva lassan kihátrált az ajtón. Richard Adams kortalan férfinak látszott, noha gyaníthatóan hatvan felé járhatott. Haja időtlen-idők óta fehérre őszült, arca viszont alig mutatta korát, az öregség egyetlen kézzelfogható nyomot se hagyott rajta. Ahogyan fiatalos lendülete sem tanúskodott hat évtizedről. Különös szerzet volt, mindenki bizalmas barátja, miközben nem jellemezte az egyházi emberek merev, ájtatos magatartása. Számára a reverenda eszközül szolgált, hogy eljuthasson mindenki szívéhez és ezt józan, kiismerhető magatartásával el is érte.
Az asszony távoztával elindult a padok között, vissza az oltárhoz, ahol Lathea türelmesen várta. Feltűnően imbolygó járását egy valamikori lovasbalesethez vezette vissza, amikor a jobb térde eltört. A szokatlan látvány azonban elválaszthatatlanul hozzá tartozott, mit sem csorbítva a róla kialakult képet. – Elnézést,

kérek – telepedett oda, ahonnan korábban felállt és egykedvűen mosolygott. – A tél mérhetetlen megpróbáltatása immáron az ajtónkon kopogtat. Na, de beszéljünk másról. Örömmel látom, hogy felépült. – A test csúf játékot űz velünk, nemde? A gúnyos megjegyzés értő fülekre lelt. – Mert gondosan eltakarja a lélek sebeit? Sajnos, mégis azt hiszem, nem túl bölcs dolog az apját provokálni. Indulatos ember és gyorsan eljár a keze. Lathea lankadatlan gyűrögette a kesztyűjét. – Szófogadatlan vagyok, igaz? Mióta mondogatja már ezt, én mégsem hallgatok a jó szóra.

- Biztosra veszem, hogy megvan rá a jó oka.
- Ó, igen, csak ettől nem leszek erősebb.

Adams a padra támaszkodva Latheára szegezte élénk tekintetét.

- Legutóbb rájöttem valamire, tiszteletes. Illetve már régen rájöttem, csak próbáltam úgy tenni, mintha nem így lenne – halk nyögés. – Anyám halála után ezer mentséget eszeltem ki, hogy az apám viselkedését mentegessem. Nem is volt nehéz, hiszen mindketten szenvedtünk. Ám többé már nem tudom becsapni magamat. Ahogyan szeretni vagy tisztelni se tudom, hiába az apám. Nem önmaga többé.

- Az embert olykor elviselhetetlen gyötrelmeken hurcolja keresztül az élet.

A csitító megállapítás azonban ellenkező hatást váltott ki. Latheának úgy kellett magát emlékeztetnie, hogy hol van, nehogy kiabálni kezdjen.

- És az én gyötrelmeim? Azokkal ki törődik? Szó nélkül viseljem el, hogy kezet emel rám? Elrabolja azt a keveset is, amit megkeresek! Isten látja lelkemet, évekig elnéztem, amiért mindenünket elissza, eladja vagy elkótyavetyéli, de elég volt! Senki nem kívánhatja, hogy a végtelenségig tétlenül nézzem. És nem is teszem, gyűlölöm őt!

Az utolsó szavakat jószerével elnyelte a feltörő zokogás, mely menthetetlenül legyűrte. Homlokát a tenyerébe temetve sírt, keservesen, mint aki az egész világért ontja a könnyeket. Hosszú ideje zárta magába a sérelmeit, de mostanra már megfojtották. Hiába is akart erős lenni, nem érezte magában a szükséges erőt. Igaz, a külső sérülések hamar eltűntek, a szívén viszont vérző seb éktelenkedett, amelyre nem létezett gyógyír.

- Hoztam ágyneműt meg fát, hogy begyújtsunk. Cudar idő van odakint.

- Köszönöm önnek.

Lathea még sosem járt Adams szerény házában, ezért némi ámulattal fedezte fel, hogy a puritán benyomást keltő lak mennyire otthonos. A hátsó szoba, ahol egy éjszakára menedéket talált, kicsi volt, mégis békés, meleg fészek. Az egyetlen ágy hívogató, a kandalló pedig ősrégi darab.

- Segíthetek?

- Megcsinálom – vette át az ágyneműt a tiszteletestől. Némán dolgoztak. Míg ígéretéhez híven Adams meleget varázsolt és a fa barátságosan ropogni kezdett, Lathea felhúzta az ágyat.

- Nos, ezzel meglennénk – egyenesedett fel a tiszteletes, a védőrácsot a tűz elé helyezte. – Ajánlhatok valami kis harapnivalót?

- Nem tudnék enni, de nagyon köszönöm. És azt is, amiért ma éjjel megtűr a házában. Attól tartok, nagyon ostobán viselkedtem a templomban.

- Szó sincs róla. Egyébként is, isten háza azért épült, hogy az ember odavihesse örömét vagy bánatát. Erre nem lehetett egyéb válasz, mint egy hálás mosoly. – Különben – szólalt meg Adams újra. azon töprengtem, mit lehetne tenni és arra jutottam, hogy esetleg elköltözhetne az apjától. A minap említette, hogy egyre kiállhatatlanabb dührohamokat kap és most már nem pusztán egy-egy pofonról van szó, ezt a múltkori eset is bizonyítja.

Az ötlet nem várt visszhangot keltett Latheában, azonban kicsírázó öröme gyorsan el is halt. – Hova mehetnék?

– Gondolkodom rajta, mégis azt hiszem, ez lenne a helyes megoldás. Bizonyára akad valami megnyugtató kiút. Jó éjt, lányom.

– Jó éjt.

Lathea csodálatos éjszakát töltött a paplakban. Amint befészkelte magát a paplan melegébe, rögvest el is nyomta a buzgóság, hogy az egész éjszakát zavartalanul, békítően álomtalanul vészelje át. Már nem is emlékezett az utolsó alkalomra, hogy hasonló élményben lehetett része. Nem fázott, nem kísértették kellemetlen rémképek, nem forgolódott a végkimerülésig, egyszerűen csak aludt. Reggel pedig az első dolog, amit a valóságból észlelt, egy jólesően gyengéd csók a nyakán. – Ébredj, szívem.

Erwin hangját anélkül is felismerte, hogy kinyitotta volna a szemét, mégis felpillantott. Tekintetük találkozott, hogy egy végtelen percig a férfi nevető szemébe meredjen. Azután Erwin a szájára hajolt és ráérős, bensőséges csókkal üdvözölte.

– Hogy találtál rám? – tudakolta Lathea bágyadtan.

– Nem volt éppen egyszerű, de az imént beszéltem a tiszteletessel. Ő mondta, hogy olyan későn már nem akart elengedni – a féligazság láthatóan megfelelt magyarázatnak. – Gyere, drágám, öltözz fel, reggeli után indulnunk kell, nehogy elkéssünk.

Mire megjelent a terített asztalnál, a két férfit élénk társalgásba merülve találta, miközben pirított kenyeret ettek teával leöblítve. Richard Adams az utolsó falatokat nyelte le, amikor az ajtó megnyikordult.

– Jó reggelt, lányom, hogy aludt?

– Pompásan.

- Remélem, nem fázott meg, azt nem venném a lelkemre.
- Ó, dehogy, emiatt ne aggódjon, kérem.

A tiszteletes kihúzott neki egy széket, majd kedélyes mosolyával kijelentette: – Erwinnek éppen elmagyaráztam, miként rekedt itt éjszakára – tekintete a másik vendégre kalandozott. – Előfordul, hogy az ember ki se fogy a szóból.
- Más körülmények között mardosna a féltékenység – mulatott Erwin csalafinta vigyorral. – Egy ilyen reggelit követően azonban jogosan háborogna a hálátlanságomon.

Adams derűsen nevetett, a vidámság jelei még akkor is az arcán ültek, amikor egy megrakott tányérral visszatért. Gondosan Lathea elé helyezte és a keze ügyébe tolta az előkészített evőeszközöket. – Lakjon jól, mielőtt belevág egy újabb napba. Sajnos, engem máris szólít a kötelesség. Miss Rueford majd kiengedi magukat.
- Mindent köszönök.

Adams elhárítóan intett, majd Erwintől is búcsút vett. Már az ajtóból nézett vissza. – Vasárnap találkozunk az esküvőn.

Sűrű csend maradt utána, amolyan zavartalan, mégsem ellenséges fajta. Lathea éhesen nekiállt a tojásnak, Erwin pedig végezve mindazzal, ami a tányérján volt, elkészítette neki a teát. Fel se emelve a fejét, gondolatai a tegnap keserűségén időztek, így észre sem vette, párja milyen behatóan fürkészi.
- Pirosak a szemeid, csak nem sírtál?
- Talán egy kicsit.
- Miért?
- Nem volt különösebb oka, valószínűleg csak a kimerültség.

Erwin a fejét ingatta. – Nem hazudsz valami ügyesen, Lat.
- Szerinted hazudok?

- Hmm, legalábbis csínján bánsz az igazsággal. Aggódtam érted, nem szokásod eltűnni.

Lathea ezúttal felemelte a fejét, hogy egyenesen a vallató tekintetbe fúrja a sajátját. – A tiszteletes elmondta az okát. Beszélgettünk és azután már nagyon késő lett. Erwin ezen nem vitázott, inkább felállt és szó nélkül odatelepedett mellé. – Fontos lett volna beszélnem veled.

Ezt olyan vészjósló komorsággal mondta, Lathea összerezzent tőle. – Most már késő?

- Tulajdonképpen nem, így se, úgy se repesnél az örömtől – Erwin egy hosszú perc erejéig a terítőre meredt, mielőtt folytatta volna. – Elvisznek katonának.

Még ki sem mondta a sorsfordító két szót, Lathea máris tudta, mi következik. Megdöbbenve tudatosult benne, milyen némán és rezignáltan ül, ahelyett hogy a bejelentés bármilyen szenvedélyes reakciót gerjesztene benne. Még csak a szíve sem vert hevesebben. Nehezen értelmezhető ürességgel a lelkében szótlanul méricskélte Erwint önmagának is csalódást okozva, amiért ennyire nyugodt és hidegfejű tudott maradni. Félt, rettegett ettől e perctől, a hír ennek ellenére végül hatástalan maradt.

Erwint is sérthette ez a meglepő nyugalom, mert megkérdezte: – Semmit nem mondasz?

- Mit mondhatnék? Te bizonyára örülsz neki.

- Mielőtt igent mondtál, talán örültem volna, de most? El foglak veszíteni, csak ez jár a fejemben. A tetejébe nem is egy másik pasas miatt, hanem egy egész háború tolakodik közénk.

Újfent hallgatagon ücsörögtek egymás mellett. Erwin futólag megszorította a kezét, máskülönben elnézett a szoba távoli sarka felé. Arcára volt írva, milyen nyomorultul érzi magát.

- Mikor... mikor vonulsz be? – vett erőt magán
Lathea, hogy eloszlassa a kellemetlen dermedtséget.
- Január harmadikán. Ahhoz képest, hogy nincs is
háború, átkozottul sürgős nekik, nem? Lathea felemelkedett ültéből és a férfi mögé lépve
lehajolt, hogy megcsókolja. – Köszönöm, amiért
elmondtad.
Erwin is felállt. – Azt vártam, hogy valahogy másként
reagálsz majd.
- Tényleg? Hogyan?
- Nem is tudom, máshogy.
- Ha előre sejtem, miben sántikálsz, lebeszéltelek
volna róla. Te viszont nem is szóltál nekem, igaz?
- Ostobaság volt.
Szomorú mosoly bukkant fel Lathea arcán. – Nem
tehetünk egyebet, mint tudomásul vesszük a jelen
helyzetet. A te döntésed volt, én csak igyekszem jó
képet vágni hozzá.

Az esküvőt megelőző éjszaka Cowanéknál senki nem
aludt, ahogyan a környező lakásokban élőket is
megakadályozták ebben. Minden a kora délutáni
ruhapróbával kezdődött. Mialatt a tükör előtt Betty
gyönyörű fehérben páváskodott, Lathea pedig
eredménytelenül próbálta nyugalomra inteni, sorban
megérkeztek a lánybúcsúztatóra hívott barátnők. A
társaság java mindössze néhány emelet megtételére
kényszerült, jóllehet a többiek se tettek meg két
lépcsőháznyinál kimerítőbb utat. Amíg az utolsó
öltések is megszülettek, a tucatnyi vendég megszállta
a lányszobát. Vidáman iszogattak Mrs. Cowan híres
limonádéjából, mellé aprósüteményt rágcsáltak. Betty
ezer kritikát kapott, megállás nélkül heccelték,
jósolgatták, milyen lesz az élete Kesterrel, ő azonban
talpraesetten vágta ki magát. A féktelen derű
lassacskán leküzdhetetlen, hisztériás nevetésbe

torkollt, bakfisokra jellemző visongásba, amiből pedig a baráti kör életkoránál fogva régen kinőtt. A ruha bemutatója után a menyasszonyi öltözék a fogasra került. Hagyományos, földig érő álom volt karcsúsított derékrésszel, bő szoknyával és elegáns dekoltázzsal. Hogy végül is ilyen lett, egyértelműen Kester érdeme, aki csodálatos minőségű anyagot vásárolt, abból is bőségesen, hogy teljen erre a varázslatra. Lathea mindenesetre büszkén vállalta a végeredményt, amiben Betty élete legszebb napján ragyogóan szép menyasszony lesz. A gyors átöltözést váratlanul betetőzte egy spontán párnacsata. Munícióként az a temérdek párna szolgált, amit az ünnepelt élete folyamán megszállottan összegyűjtött. A páratlan gyűjteményben akadt kicsi és nagy, kemény díszpárna meg pihe-puha alvópárna egyaránt, és természetesen mindegyik más színben tündökölt. Mivel a kilőtt lövedékek nem robbantak, a landolás után újabb kézből más röppályán szálltak tovább. A hangos éljenzések, és a menekülők sikolya fémjelezték a csatában elért találatokat. Volt, aki az ágyról leesve bemenekült a lábak oltalmába, más pedig a szekrény védelméből tüzelt. A kezdeti csetepaté hamarosan háborúvá szélesedett, mígnem a hadat viselők ki nem dőltek a sorból és feladták a csatateret túlélő társaik javára.

- Megadom magamat – tartotta fel a kezét Rolanda, de túl későn, mert abban a másodpercben telibe találta egy súlyos löket. Megbillent az ágy peremén és hangos koppanással a szőnyegre omlott.

A többiek kárörvendő nevetése megrázta a szobát.

- Egek ura! – tápászkodott fel a szenvedő alany a hátsóját dörgölve.

A panaszos grimasza újabb kacajt fakasztott és néhány párna ismét útra kelt. Betty tökéletes célzását látva Lathea fanyarul megkockáztatta: – Szegény,

Kester. Már előre látom balsorsát, ha ujjat mer húzni veled.

- Végül is mindenhol szükség van egy vezérre, nem? A hahotát az ajtó mögül felbukkanó Tim Cowan lohasztotta le. Elkapta az irányába zúduló egyik párnát, majd a fékevesztett társaságra vigyorgott. – Lehetne egy kicsit halkabban? Miss Cartridge megint zsémbeskedik. A ház hírhedt vénkisasszonyának említése nem hozta meg a kívánt hatást. Tim éppen csak behúzhatta az ajtót, különben máris tucatnyi lövedék terítette volna le.

- Hagyjátok szegényt – állt ki Betty a fivére mellett. – Még nem is ért férfikorba.

- Tim. Timmy!

A szenvedélyes kiáltásokra a tizenhét éves fiú megint bedugta a fejét. – Az ilyen huligánok az utcára valók.

- Igaza van! – lelkesedett Anne. – Ugorjunk le a Stepney Greenre, a héten ott táborozik a vidámpark. Némi habozást követően a lányok egyöntetűen felszökkentek és kiperdültek a szobából. Kisebb csatatér maradt utánuk, a párnák széthajigálva, a szekrényajtók tárva-nyitva.

- Vandálok – vigyorgott Tim az elébe táruló látványon, mire az utolsóként távozó Lathea barátságosan vállon veregette.

A vidámparki kaland az estébe nyúlt. A lányok addig hallani sem akartak a távozásról, míg minden látványosságot ki nem próbáltak. Felültek a mozgókerékre, célba lőttek, egy kis műtóban primitív pecabottal halakat üldöztek, az elvarázsolt kastélyban pedig reménytelenül elvesztek.

- Maggie-ért vissza kellett menni, mert egyedül soha nem vergődött volna ki – mesélte Lathea vidáman, miután Erwinnel lerogytak Cowanék nappalijában.

A zajos délután után jólesett a békés nyugalom, a rádióból halkan duruzsoló jazz, és amiért egy kimerítő nap alkonyán feltehette a lábait. Cowanék egy rokonnál töltötték az estét, míg Tim és Joe a lányok után masíroztak a parkba. Sue éjszakai ügyeletet teljesített a kórházban, Nick pedig a konyhában vacsorázott. Teherautósofőrként rendszerint ilyen késői órán kiéhezve és elnyűtten keveredett haza.

– Milyen volt? – nyújtotta ki Erwin a karját Lathea válla felett.

– Pokolian hangos.

A simogatás, amit kapott, boldoggá tette. – Gyönyörű vagy, ha nevetsz.

– Köszönöm.

– Amíg az a farkas odakint falatozik, talán megcsókolhatnál – kötekedett Erwin kigombolva a legfelső gombot a lány blúzán. – Olyan meleg van itt, nem érzed?

– Hmm, éppenséggel megcsókolhatnálak, ha lenne rá valamilyen nyomós okom.

– Szeretlek, ez megfelelő ok?

Lathea válasz helyett átkarolta kedvese nyakát és átengedte magát a szédítő csóknak. Erwin ki volt éhezve a szerelemre, elárulta szenvedélyessége, az, ahogyan átfogva a csípőjét magához préselte. A bódulatot egy távoli, cinkos hang zavarta meg.

– Jók legyetek. Ha nem hallom a hangotokat, gyanakodni kezdek!

Erwin felszabadultan vigyorogva engedte el. A kanapé támlájára ejtve a fejét üzent vissza a testvérének. – Áspiskígyó!

– Szeretlek – bújt oda hozzá Lathea, hogy a nyakába fúrja az arcát.

– Lat.

– Hm?

– Decemberben elmehetnénk valahová kettesben. Csak te meg én – Lathea bizonytalan pillantással

nézett fel rá, de Erwin fittyet hányva a néma üzenetre
folytatta. – Utána, ki tudja, mi lesz? Talán nagyon
sokáig nem lehetünk megint együtt – nem jött válasz.
– Legalább gondolkozz rajta. Rendben? – egyetlen
fejmozdulat volt a beleegyezés.
- Mi ez az összeesküvés? – jelent meg a küszöbön
Nick. Fancsali vigyora amolyan mindent tudok
gesztus volt, miközben ráérősen szürcsölt egy csésze
forró teát. – Azért megtűrtök néhány percre?
- Halvány fogalmam sincs, mire célozgatsz.
- Na, persze, bátyus!
Erwin Lathea csípőjére eresztette a kezét, ahogy
magához ölelte. – Hamar meguntad azt a sok eszét
vesztett libát.
- Kicsit hangosak nekem.
Nick beszédesen forgatta a szemét. – Nem csodálom.
Az a kevés, amit láttam belőlük, bőségesen elegendő
volt. Bár soha nem gondoltam volna, hogy Betty ilyen
tébolyult banda közepe lesz.
- Ne légy szőrösszívű vele.
- Ó, ezek a nők! Mindig összetartanak.
- És ez számodra meglepetés? – kötözködött Erwin.
- Minden alkalommal az.
Miután Nick visszavonult az Erwinnel és Joe-val
megosztott szobájukba, ismét magukra maradtak.
Erwin vágyakozva cirógatta Latheát, belecsókolt a
nyaka hajlatába, összefűzte ujjaikat, máskülönben
hallgatagon üldögéltek. Békesség telepedett közéjük.
- Anyám azt mondta, ma éjjel itt alszol.
- Aludni? – nevetett Lathea. – Szerintem Betty egész
éjjel szóval fog tartani.
- Ha tudnád, milyen kínzó érzés tudni, hogy ilyen
közel vagy hozzám, noha távolabb nem is lehetnél.
Mint máskor is, a szerelmesen szenvedélyes szavak
meglágyították Lathea szívét. – Mesélj róla, mit
tervezel decemberre?

A tervekre azonban utólag alig emlékezett, mivel a széles vállra ejtett fejjel hamarosan elszunnyadt. Bár pihenése nem tartott sokáig, mégis valamelyest frissebben tápászkodott fel, amikor tizenegy óra tájékán Betty a két testvérével hazatért. Kicsattanó jókedvük egyszeriben megtöltötte a csendet. Egymás szavába vágva mesélték élményeiket, nevették ki egymást, vagy éppen a társaság szétszéledt tagjait. Az est zárásaként Joe felbontotta azt az üveg pezsgőt, amit célba dobással nyert, a Cowan házaspár pedig idejében érkezett a koccintáshoz. Carl Cowan a megindultságtól elhomályosult szemekkel nézett kisebbik lányára és egy végtelen perc erejéig a karjába zárta.

- Legyél nagyon-nagyon boldog, édesem.

A megható jelenet az ünnepelt szemébe is könnyeket kergetett, de hősiesen visszanyelte őket.

- Szánalmasnak érzem magam ettől a sírás-rívástól – vallotta be Latheának lefekvés után a sötétben.

Órákon keresztül diskuráltak, Lathea ismét végighallgatta Kester Frost dicshimnuszát, mígnem hosszas küszködést követően Bettynél mégiscsak eltört a mécses.

- Ugyan, miért? Én megértelek.

- Tényleg? – Betty fakón felnevetett. – Könnyeket ontok, holott boldog vagyok. Csak éppen megrémiszt, amiért le kell mondanom mindarról, ami ez idáig a legtöbbet jelentette. Ez az utolsó éjszakám ebben az ágyban, nem terítenek nekem többé vacsoránál se. Szentimentális vagyok, mi?

Lathea saját sorsán merengve a barátnőjét kivételesen szerencsésnek tartotta, ezért bátorítóan megszorította a kezét. Többet nem is nagyon beszéltek. Betty még szipogott egy darabig, majd a fáradtságtól letaglózva elszenderedett. Ő is a másik oldalára fordult, hogy kibámuljon az ablakon túli hajnalba. Üres tekintettel, üres szívvel, valamilyen tompa, nehezen meghatározható kifosztottságtól elborítva hátha sikerül álmot lelnie.

Az eredetileg visszafogottan szerényre tervezett szertartást az a rengeteg ember tette grandiózussá, akik jelenlétükkel megtisztelték Cowanékat. Az esketés alkalmával Adams tiszteletes temploma jószerével dugig telt, akár a karácsonyi misén. Stepney apraja-nagyja megjelent, a ház lakói, a környékbeli ismerősök, boltosok, Cowanék barátai, szóval mindenki, aki élt és mozgott. Így Adams alkalomhoz illő, magasztos szavait a templomba gyűlt népes hallgatóság szívta magába, lélegzetvisszafojtva lesve az elhangzó esküket, majd meleg ölelésekkel és kézfogásokkal üdvözölte az ifjú párt. Mr. Frost jóvoltából az Arbour Square parányi ivójában büfé várta a társaságot. A mintegy ötven főre csappant násznép kedvére ünnepelte a friss házasokat, koccinthatott az egészségükre, vagy rophatott a zenekar által szolgáltatott dallamokra. A hangos mulatság és jókedv belenyúlt az éjszakába, mígnem az est főhősei észrevétlenül el nem osontak.

- Végül is Stroodban töltünk egy hetet – mesélte Kester Latheának egy utolsó forduló alkalmával. – Bettynek biztosan tetszeni fog, csendes, senki-földje falucska egy főutcával, egy kocsmával meg egy autóbusszal, ami hetente kétszer közlekedik.

A búcsúzásnál Betty ismét csak a könnyeivel küszködött, míg megölelte a szüleit, majd a testvéreit, jóllehet a tagadhatatlan boldogság mindvégig ott ült a szemében. Az esküvő után átöltözött az utazáshoz, de elegáns frizurája még a nagy kapkodást is átvészelte. Az ajtóban Latheát is hosszasan a kajába zárta, mielőtt Kester nevetve sürgetni kezdte. Az ivó ajtaja finoman hajlott a helyére mögöttük, hogy Lathea saját kedvese zárkózott pillantásával találja magát szemközt. Őt figyelte, alighanem már jó ideje.

Tekintetében titokzatos, már-már bánatos fény villant, amint elfordult, hogy Kester apjának utolsó megjegyzésére megfeleljen.

A közös hétvégének már az ötlete is a pokolban fogant. A közelgő karácsony miatt a Royal Courtban mindenki keze alatt égett a munka. Lélegzetvételnyi idő sem maradt lazításra, vagy szusszanásra. Az előkelőségek gyakorlatilag egymásnak adták a kilincset, az ünnepek előtt számos vendég csomagolt és ruccant át Párizsba, de a folyosói pletyka szerint egy jelentős amerikai társaság Rómába készült. Német arisztokraták érkeztek a fasiszta blokkból, ám ezekben a felfokozott készülődéssel telített napokban kevesen és keveset foglalkoztak politikával, háborúval, vagy fajelmélettel, így a merev és majdhogynem katonás németek se keltettek a kívánatosnál nagyobb feltűnést.

A szálloda egymást követő rangos eseményekkel igyekezett kiszolgálni vendégeit. A listán a párizsi balett fellépése ugyanúgy előkelő helyen szerepelt, akár a fényes bálok. A temérdek teendő sűrűjében nem csoda, mert Mr. Loggerman közel állt az agyvérzéshez attól, hogy Erwin a különleges körülményekre hivatkozva egy nap plusz szabadságért folyamodott a maga és Lathea számára. A személyzeti főnök vöröslő ábrázattal ugrott talpra a székéből.

- Mégis mit gondol, fiam, hol van? A kiscserkészek jutalom-táborában? Ez itt London legpatinásabb intézményeinek egyike telis-tele főméltóságokkal, ráadásul nyakunkon az ünnep.

- Természetesen, igaza van, uram.

- Halassza későbbre, Cowan, akármi is olyan sürgős.

- Nem tehetem, uram. Január harmadikával besoroztak, így...

A hír hallatán Mr. Loggerman kidülledt szemekkel bámult rá, szinte felnyársalta sötét pillantásával. A

fojtott csendet azután vészjósló hangja kergette szét. –
A mindenségit, ember! A hadsereget választja a Royal
Court helyett?

- Úgy tűnik, uram.

Érdektelen legyintés vágta el a továbbiakat. – Elment
az esze, vagy mi? Ehhez ugyan kevés közöm van, de
mégis mikor akart értesíteni?

- Számomra is hirtelen jött a behívás, Mr. Loggerman,
és most az emberségére hagyatkozom – az idősödő
férfi durván az asztal lapjára sújtott az öklével. –,
hiszen Miss Trashburn a menyasszonyom, akit talán
hónapokig nem is láthatok.

- Ne akarjon meghatni! Magát nem, de a barátnőjét
könnyen kipenderíthetném ezért az arcátlanságért.

- A menyasszonyom, uram, és az én merészségemért
büntetné.

Erwin húszpercnyi hősies helytállást követően remegő
térdekkel masírozott ki Mr. Loggerman irodájából.
Szíve a torkában dobogott, torka fájdalmasan száraz
lett. Jóllehet kipréselte az öregből, amit akart, de
vajon milyen áron? Kevés hiányzott, hogy Lathea
elveszítse az állását. Ezt valószínűleg semmilyen
szóvirág nem magyarázhatta volna ki, ha
bekövetkezik. Mindenesetre ezzel mégsem kellett
szembenéznie, mert a kőszívű főnök péntekre és
szombatra csak elengedte őket, igaz, egy napi bérük
bánta.

Jó előre kigondolta, hogyan szeretné a rendelkezésre
álló negyvennyolc órát tölteni, távol a családjától és
távol a lány részeges árnyékától. Egy ismerősétől
értesült arról, hogy Bexhillben télidőben milyen
olcsón lehet szobához jutni. Vonattal nem is jelentett
különösebb távolságot, ezért Lathea beleegyezésével
rögvest lefoglalt maguknak egy szobát. Nem
kérdezősködött, hogy milyen, vagy hol található,
egyetlen dolog érdekelte: végre kettesben lehessenek,

mielőtt az ünnepekre visszatérnek Londonba, majd januárban északra utazna a kötelező kiképzésre. A hétvégét azonban beárnyékolta a kísértetiesen közeli elválás. Felemás arcát mutatta, mialatt mindketten kínosan igyekeztek a legtöbbet kihozni belőle. Vonakodtak szembenézni a valósággal, kerülgették az összes témát, mely nem kívánt irányba terelhette volna a figyelmüket. Ugyanakkor ez az önámítás nem működött éppen sikeresen, hiszen nevetéseik és jókedvük nem szívből fakadt. Hamis felhangok vegyültek a valamikor tiszta dallamba. Neki külön csalódást jelentett, amiért a lányból egyetlen szót sem tudott kicsalni arról, vajon hogyan képzeli el a további sorsukat. Nem beszélt se a januárról, se arról, miként legyen azután. Egyszer azt állította, igyekszik elfogadni a helyzetet, ennél többet viszont nem is tett. Ilyen körülmények között a hétvége, amiről előzetesen azt remélte, érzelmeiket és az őket összefűző kapcsolatot elmélyítheti, nyomasztó szürkeséggel ért véget. Úgy tapasztalta, mintha a lány meg akarná büntetni és tapintható eltávolodásával bizonyos tekintetben már most lezárná a múltat. Pusztán azt nem tudta eldönteni, vajon már ő is a múltjához tartozik-e?

Az, hogy ez a két nap mi mindent írt át, csak otthon derült ki, visszatérve a hétköznapokba. A szürkeséget és egyhangúságot idáig eloszlatta a meghittség, a viccek, apró csókok és érintések. Ez azonban mostanra jóformán maradéktalanul elröppent, helyébe nehezen körvonalazható idegenkedés lépett, mely visszafordíthatatlanul eltávolítani látszott őket. Lathea megváltozott, ezt Erwin minden percben érzékelte és a bizonyítékok elől nem is térhetett ki. Már nem bújt oda hozzá hazafelé a buszon, nem ugratta incselkedve és a gondolataiból is kizárta. Arra nem maradt ideje, hogy türelmesen kivárja, míg a dolgok maguktól is rendbe jönnek, ugyanakkor panaszkodni is gyáva lett volna. Tehát hallgatott, és ahogy egyre közelebb lopóztak az újévhez, annál nyomorultabbul szenvedett.

Szilveszter éjszkáján senki nem akart a szállodában robotolni. Az esetleges busás borravalóknál csábítóbban hangzott a barátok és családtagok között ünnepelt évforduló. Éppen ezért Mr. Loggerman egy kétségtelenül nem részrehajló módszerrel jelölte ki azokat, akik a rendkívüli nap dacára kénytelenek voltak munkába állni. A neveket beleszórta egy kalapba, és akinek kedvezett a szerencse, az máris szedhette a sátorfáját.

Az előző évvel szemben Erwinnek felragyogott a szerencsecsillaga, mert a délutáni műszakot követően teljes szabadságot élvezett, ennek már a puszta gondolata is megrészegítette. Mivel Betty és Kester időközben visszatértek a nászútról, magától értetődött, hogy a családi vacsorát követően mindannyian a Stepney Greenen várják majd az újesztendő beköszöntét, ahol a Docklands urai igazi látványosságokat ígértek. Cirkuszt a népnek, hallotta Erwin több ízben a cinikus atyai megjegyzést, őt azonban így is lázba hozta a készülődés. Szerette a nagy felhajtással járó megmozdulásokat, amikor a testvéreivel elveszhetett a tömegben, a táncmulatságokat, egy szóval az efféle összejövetelek sajátos hangulatát. Az utóbbi időben különben is rendszeresen eljöttek a parki szilveszterre és hidegre fagyva, hóra-jégre fittyet hányva is remekül érezték magukat. A szabad ég alatt forralt bort ittak és frissen főtt virslit ettek hozzá, majd újra belevetették magukat az örök körforgásba.

Sue, aki balszerencsésen kimaradt Betty lánybúcsúztatójából, már lelkesen szervezkedett, hogy a Cowan ifjúság színe-java megjelenjen a családi étkezésen, utána pedig együtt folytassák útjukat a parkba. Elsőként saját barátját hívta meg, Morgan Hedgeley-t, de elvárták Joe jövendőbelijét is, Erwin pedig Latheát győzködte. Túlzott erőfeszítést nem igényelt a feladat, mert a lány jóval szívesebben mulatott ezzel a hóbortos és gyakorta hangos csapattal, mint az apjával. Ő amúgy is veszélyesnek találta volna olyasvalakivel egyedül hagyni, aki átlagos hétköznapokon is képes az asztal alá inni magát, hát még egy ilyen jeles éjszakán. Mostanában Ternovskyéknál úgyis több konfliktus torkollt tettlegességbe, mint bármikor korábban. Az ünnep hevében nem volt szükség még egyre. Lathea ugyan nyolcig szolgálatban volt, de még így is szerencsésnek mondhatta magát. Erwin lovagiasan felajánlotta, hogy hazakíséri és ezt nem is utasította vissza. Ternovskyéknál üres lakást találtak, így amíg a házikisasszony megmosakodott, majd átöltözött, ő türelmesen várakozott. Ezernyi apró emlék kötötte a szerényen berendezett szobához, ami a látható szegénység ellenére minden ízében Lathea egyéniségét, rendszeretetét tükrözte. Hányszor mászott be az ablakon, hogy láthassa, beszélgethessenek, vagy éppen összebújhassanak. És hány boldog percet töltött itt, míg az öreg Ternovsky ki tudja, merre csatangolt. Émelygett a gondolatra, hogy három napon belül Yorkshire dimbes-dombos vidékén távolabb lesz a lánytól, akit szeret, mintha egy másik bolygóra költözne. Ezért volt az ő szemében akkora jelentősége ennek az esténenek és az utána következő éjszakának. Az utolsó lehetőség, hogy rendbe hozzon mindent, mielőtt elutazik. A bizonytalan időre szóló elválás elűzhetetlen fenyegetésként lógott a feje felett, az idő viszont vészesen fogyott.

A Cowan család a megszokott vidámsággal ünnepelt, hangos nevetések, paródiák, éljenzések és taps közepette. A rögtönzött produkciók egymást követték, az állandó duruzsolás, szópárbajok és ugratások szolgáltatták az alaphangot. Az asztalra kerülő finomságok komótos lassúsággal fogytak, hiszen a sok mondanivaló elsőbbséget élvezett. Már tizenegy felé járt az óra mutatója, amikor Judith Cowan asztalt bontott.

- A fiatalság dolga, hogy mulasson, mi pedig kipihenjük őket, igaz, drágám? – kacsintott a férjére, aki álmos szemekkel helyeselt.

- Alig várjátok, hogy eltűnjünk, ugye? – ölelte meg Sue az édesanyját, aki egy sejtelmes mosolyt leszámítva tartózkodott a véleménynyilvánítástól. – Na, akkor, srácok, mehetünk?

Mindenki feltápászkodott az asztaltól és a másnapi rendrakásig el is feledkeztek a felfordulásról. A túlzsúfolt hallban lekerültek a fogasról a kabátok, sapkák és sálak, majd a vastag téli cipők is ugyanúgy gazdára találtak. A decemberi hideg ellen mindenki jogosan öltözött be, már csak azért is, mert napok óta kellemetlen szél tombolt a Temze partján, amihez egy hete hullott és azóta megfagyott hó társult. Alaposan beburkolózva vágtak neki a gyéren megvilágított utcáknak, hogy elsétáljanak a parkig. Tim és Joe vezették a különítményt, amit jócskán lemaradva Lathea és Erwin zárt. Egymásba karolva ballagtak, sokáig némán, tekintetük elveszve a távolban.

- Mikor beszélünk végre arról, mi legyen velünk, Lat? – míg a többiek beiramodtak a mulatságba, Erwin szembefordult a lánnyal.

- Nem tudom, mire gondolsz.

- Már hogyne tudnád? Két nap múlva jó időre kivonatozom az életedből.

- Hiszen egyelőre semmit nem tudunk. Se azt, meddig tartanak Yorkshire-ben, se azt, mi lesz azután. Miféle ígéreteket akarsz kicsikarni belőlem ilyen bizonytalan helyzetben?

Erwin megigazította a fejfedőjét. – Egyszerűen képtelen vagyok elviselni, ahogy egyre távolabb sodródsz tőlem. Szeretlek.

- Én is szeretlek – Lathea egy borús pillanatra félrenézett. –... de olyasmit vársz tőlem, amit... – felsóhajtott. – Nem akartam, hogy elmenj, tudod jól, mennyire nem akartam. Te viszont nélkülem elkötelezted magadat. Mégis mit vártál attól a két bexhilli naptól? Felhőtlen boldogságot? Sajnálom, nekem nem megy a színjáték. Nem tudok örülni, miközben elveszítelek, és nem fogok most se ígéreteket tenni. Nem azért, mert az érzéseim ellen lenne, hanem mert vakon tévelygőnek érzem magamat. Kegyetlennek tarthatsz, de akkor is így van.

- Bosszút állsz rajtam, amiért nem szóltam?

Lathea a fejét rázta. – Csalódást okoztál és összetörted az álmaim egy részét. Azt, hogy tartozom valakihez. Sajnálom, ezt szép szavakkal már nem tudod helyrehozni.

Erwin zsebre tett kezekkel ácsorgott a hideg szilveszteri estében. Mialatt lehangoltan fürkészte a lányt, az esti tűz, a remény, hogy esetleg jóvá lehet tenni valamit, kezdett ellobbanni benne. Lathea mindig meggyőződésből nyilatkozott, ami csodálatra méltó tulajdonságainak egyikét jelentette. Ugyanakkor ellenállhatatlanul maga után vonta, hogy szélsőséges eseteket leszámítva nemigen lehetett jobb belátásra téríteni. Ezúttal is úgy látszott, még a kísérletért is kár. Túl jól ismerte ahhoz, az iménti szavakból kicsendülő csalódottságot ne olvassa ki a barna szemekből, vagy ahogyan összepréselte az ajkait és dacosan viszonozta a pillantását. Nem volt mit tenni, legalábbis e percben nem. Ezért egyszerűen a karját nyújtotta és együtt léptek be Stepney Green elvarázsolt világába. Körbesétálták a parkot, itt-ott elidőztek, majd amíg két pohár forralt borért ment, a lány az egyik mutatványoshoz sodródott. A homoklabdával próbálkozók külön-féle ajándékokat nyerhettek. Amíg két vállalkozó-kedvű férfi is a labdákat hajigálta, Lathea elmélyülten nézelődött a portékák között.

- Mit találtál? – karolta át Erwin átadva neki az italt.

- Nézd csak – emelt fel Lathea egy gramofonlemezt a pultról. – 'Tico, Tico'. Emlékszel, hányszor énekeltük, amikor a rádióban játszották?

Erwin nagyon is emlékezett, hiszen a lány lankadatlanul a vidám dalocskát hallgatta volna, ha megteheti. Hirtelen ötlettől vezérelve nagyot kortyolt a meleg borból, azután átadta Latheának.

- Hé, öregem, adjon öt labdát – szólította oda a sátor tulajdonosát.

- Miért játszik?

- A lemezért.

A kopaszodó alak önelégülten sandított a Lathea előtt fekvő lemezre. – A kisasszonynak remek ízlése van.

Erwin a húsos tenyérbe pergette az aprót, cserébe öt labdát kapott. A távolság, melyből le kellett döntenie a konzervekből emelt tornyot, annyira nem látszott megrendítőnek, azt azonban el kellett ismerni, hogy olyan helyen állt, ahol csak az ügyesebbjének lehetett esélye. Kissé a pult takarásában elrejtve, ráadásul stabilan megépítve. Ha valaki ténylegesen le akarta rombolni, az alsó szinteket kellett célba vennie, amit már nem világított meg a gyér fénypászma, és különben is kényelmetlenül lent volt.

- Hát, lássuk! – bíztatta valaki. Az igazán reményteljes első két -hajítással nem okozott hathatós pusztítást a szerkezetben, mindössze lefejezte a tornyot. A harmadik labda szerencsétlenül csúszott ki a kezéből.

- Jól besuvasztotta oda.

A tulaj büszkén vigyorgott. – Kifog magán, fiam? Micsoda lovag az ilyen?

- Meglátjuk.

Erwin fogta a negyedik labdát és erősen, de okosan megcsavarva eldobta. A konzervhegy hangos csörömpöléssel omlott össze, miután az alsó sor közepét találta telibe. A sátor gazdája bosszúsan simogatta tar koponyáját, majd hümmögve Lathea felé intett. – Az öné a lemez, hölgyem.

Erwin a legszívesebben hangosan derült volna azon az arckifejezésen, mely szavak nélkül is elárulta, micsoda munka lesz a tornyot újjáépíteni. Otthagyva a fel nem használt játékszert ellépett a pulttól. Ám amint megfordult, női kar fonódott a derekára. – Szervusz, drágám.

A behízelgő, sok cigarettától elmélyült hang gazdájára lesett. A festett fekete hajkorona, rúzsozott száj és kifestett szemek a havas háttérrel éles kontrasztot mutattak, ahogyan az az elegancia is, amiben Lorry Michelson feszített. Nem illett a Stepney Greenre meg azokhoz a szerény anyagiak közt vergődő emberekhez, akik ma itt együtt köszöntötték az újévet. Hogy kerül ide ez a nő, törte a fejét paprikásan és egyben szégyenkezve is. A fejek felett tekintete Latheára siklott, aki összevont szemöldökkel figyelte a jelenetet. Mielőtt Lorry bármi kínosat elkottyanthatna, igyekezett elhátrálni, a nő azonban fittyet hányva kísérőjére negédesen megkérdezte: – Mikor látlak, Erwin? Méltatlanul elhanyagolsz. Nem mondta ezt hangosan, ám a gesztus, amivel csókot hintett felé, önmagáért beszélt. Lathea nehézség nélkül levonhatta a megfelelő következtetést és meg is tette. Feltűnően belesápadt a felismerésbe, szinte megdermedt. Megalázottan mérte végig Lorry Michelson feltűnő öltözékét, kikészített arcát, majd pillantásuk egy századmásodpercre ismét egymásra talált. Erwin még sosem látott ennyi szenvedést és megvetést a gyönyörű barnában, mint most. És Lathea a hóba hajítva a megnyert lemezt sarkon fordult, hogy a park kapuja felé nyargaljon.

- Csak nem ő az? A jégcsap hercegnő?

A cinikus hanglejtés, a lesajnáló, élveteg mosoly Erwin szívébe mart. Már az is kellemetlenül érintette, mert Lorry felfigyelt a lányra, de hogy nyíltan ki is neveti, ezt felháborítónak találta. – Sose mondtam ilyet.

Gúnyos kacarászás. – Nem is volt rá szükség, drágám.

Egy percig dühödten kereste a megfelelő szavakat, melyek méltóképpen visszavághatnának, de nem lelve őket inkább faképnél hagyta a nőt. Áttülekedve az egyre népesebb tömegen Lathea nyomába eredt. Már elhagyta a Stepney Greent és hazafelé szaladt, miközben a parkba tartó embereket kellett kerülgetnie. Folytonosan körbenézegetett, hátha észreveszi a lányt. Noha a feje üres volt és nem is sejtette, mit mondhatna egy ilyen szégyenteljes jelenet fényében, abban azonban biztos volt, hogy valamit mégiscsak mondania kell. Ha bolondot csinál magából, ezek után azt is vállalnia kell.

Bekanyarodva a Bromley Streetre megtalálta a lányt. Az iskola kerítésénél álldogált, fejét lehajtva és testtartásából kiolvasható megtörtséggel. Ösztönösen megtorpant, hogy azután némi tétovasággal folytassa útját. A lány aligha hallhatta a közeledtét, mert ennek semmi jelét nem adta. Amikor mégis a közelébe ért, már felismerte a zokogás borzalmas neszeit.

- Lat – érintette meg a vállát.

Lathea megrettenve, az éjszaka kevés lámpafényénél is láthatóan könnyektől égő szemmel kapta fel a fejét. Ismét otthagyta volna, ha ő nem kap a karja után és tartja vissza.

- Hadd magyarázzam meg, szívem – kérte.

Lathea minden erejével azon volt, hogy megregulázza a hangját, ám erőfeszítései dacára szavai sűrűn megbicsaklottak. – Felesleges. Tarthatsz ugyan ostobának, de ma sokat tanultam a hiszékenységről.

- Meg sem hallgatsz?

- Nem – törölte meg a lány az arcát. – Nem akarom tudni, mióta űzöd velem ezt a kettős játékot és csapsz be. És én bolond... – egy másodpercre az égboltra meredt, majd elkínzott sóhajjal folytatta: – Én bolond még szenvedtem a lelkifurdalástól, amiért boldogtalan vagy velem. Bár rendületlenül azt hajtogattad, hogy nem számít!

- És nem is számít! Szeretlek.

- Ha nem számítana, nem kerestél volna magadnak egy másik nőt. Velem szemben azonban, akárhogy is volt, ez becstelenség. Nem akarom, hogy szeress, Erwin Cowan, ha te ilyen becstelenül szeretsz, hazug és képmutató módon.

- Ne mondd ezt, Lat.

A lány kitért a kinyújtott keze elől. Üres, meggyötört tekintettel, ismét pergő könnyekkel nézett vissza rá. – Nem tudom elhinni, hogy képes voltál erre. Hogyan tehetted ezt velem? Megbíztam benned, kiszolgáltattam neked a legrejtettebb érzéseim, a félelmeimet, a gondolataimat... magamat – a szónoklat hirtelen elfúlt. Torokköszörülés. – Te pedig a legnagyobb aljassággal visszaéltél ezzel.

- Lat, én...

Lathea másodszor is elkapta a karját. – Ne fáraszd magad az esetleges hazugságokkal. Úgyse segítene túllépni ezen a csalódáson. Nem is akarok tudni rólad – elfordult és kimért léptekkel, összefont karokkal egyszerűen elsétált.

Erwin bénultan állt a járdán és bámult utána tehetetlenül, mígnem körvonalait elnyelte az éjszaka, a házak fekete rengetege, Stepney. Még el sem ütötték az éjfelet, az álmai azonban máris szilánkokra törtek.

**1939. május - július**

# 6.

Jean-Michel Chiari érdeklődve torpant meg, hogy az önkéntes szónokok végtelen sorának egy újabb trónkövetelőjét meghallgassa. Nem mintha diplomataként komolyan belemélyedt volna a gyakorta silány csomagolásban tálalt tartalomba, mégis szórakoztatóan demokratikusnak találta ezt a képletes szólásszabadságot. Nem említve, hogy ahányan csak szólásra emelkedtek, annyiféle véleményt képviseltek. Olykor jót derült azon, hogy a pódiumon a merev, hidegvérű szigetlakók micsoda vérmérsékletről tesznek tanúbizonyságot. A kedvence egy magát hentesnek mondó, csont sovány, szinte törpe alak volt, az egész Hyde Park Corner legszínesebb alakja. Széles gesztikulációval és ingerült kirohanásokkal jóformán az agyvérzésig tudta hergelni magát, lett légyen szó politikáról, avagy a szívéhez közel álló Leadenhall Market egyre elszemtelenedő cipőpucoló suhancairól.
- Ne hagyjátok magatokat megtéveszteni Winston Churchill szóáradatától. Háborút akar, egy olyan háborút, ahol ő meg a kékvérűek a térképek és a parlament biztonságából fuvolázzák, hányan és hol vigyük vásárra a bőrünket – kürtölte világgá a kora délutáni napsütésben egy köpcös alak. – Na, de miért? Mégis ki az az Adolf Hitler? És főleg mi közünk nekünk hozzá? Ahogyan azt is megkérdezem, mi közünk Csehszlovákiához vagy Albániához? Én azt mondom, Hitler meg az a vén kopasz, olasz bugris hadd ténferegjen kedvére Európában, de annyira sose lesznek bolondok, hogy velünk ujjat húzzanak.
A jó öt tucat patrióta lelkesen éltette a szónokot. Néhányan az öklüket lóbálva, mások a szomszédjukat

veregették vállon, mintha csak önmaguknak
gratulálnának az angol vérért, ami az ereikben
csörgedezik. A kora májusi verőfényben egyre
terebélyesedő közönség figyelte a köpcös alakot, ő
azonban az újabb hazafias szólamok előtt kipréselte
magát a többi nézelődő gyűrűjéből. Átvágva a füvön a
Park Lane-re vezető kapu felé bandukolt. Távolodva a
szónokok sarkától a hangok fokozatosan
megváltoztak. A heveskedő politizálást
madárcsiripelés váltotta fel, a friss, zöld lombozat
kedélyesen susogott a langyos szellők szárnyán. Alig
hagyták maguk mögött a szeszélyes áprilist, de a
természet máris legvirulóbb arcát mutatta. A Hyde
Park, itt a város szívében, akár egy oázis, arra
emlékeztette az embert, hogy ideje felébredni a téli
álomból. A hosszú és fagyos hónapokat követően már
ő maga sem viselt kabátot, a zakó bőségesen elegendő
védelmet nyújtott.

A forgalmas Park Lane jellegzetes délutáni arcát
mutatta, autók és buszok, a parkba igyekvő sétálni
vágyók, elegáns szállodák vendégei mindenfelé.
Megszokott kép, valamiért mégis minduntalan új és
színes. Jean-Michelt, bár lassan nyolcadik éve élt a
városban, továbbra is lenyűgözte. De nemcsak a
város, mert lakóit és az egész országot ugyanúgy
szerette. Az emberek annyira mások voltak, mint a
franciák, távolságtartóbbak, kissé rátartiak is,
hírnevükkel ellentétben mégis barátságosak és a
maguk módján szórakoztatóak. Amilyen szerencsés
helyzetben volt, rengeteg helyen megfordult. Hivatása
kapcsán előkelő, gyakran arisztokrata és iparmágnás
körökben mozgott, civilként azonban szerette
elkerülni a felhajtást. Lebilincselően különbözőnek
találta a más-más társadalmi rétegeket. Míg a
legtehetősebbek, a ritka kivételtől eltekintve, velük
született önteltséget és méltóságot tükröztek, a
modern időkként leírt harmincas évek zajos

forgatagában sokszor mérhetetlenül maradinak tűntek. Ami azonban ennél is rosszabb, a viselkedésüket számos alkalommal álszentnek tartotta. Főleg ami az élet kézzelfogható örömeihez való viszonyukat illette. Mi sem lehetne bizonyítóbb érvényű, mint a rövid uralkodást megért Edward kapcsolata az amerikai asszonnyal, Mrs. Simpsonnal. A társasági köröket erősen felzaklatta a botrány, noha amíg a trónörökös szándékainak komolyságáról szó nem esett, a flörtöt hallgatólagosan ugyan, ám megkérdőjelezhetetlenül támogatták. Csak azután indult meg a pletykadagasztás és a kifelé mutatott elborzadt szörnyülködés, amint nyilvánvalóvá vált, hogy nem egyszerű kis kalandról van szó. Mindezt az ő francia szeme elviselhetetlen képmutatásnak látta. Már csak azért is, mert anyai ágon, ha még oly lazán is, volt némi köze az arisztokráciához és jól tudta, hogy szerelemi ügyek terén a franciáknak tulajdonított szabadosság éppenséggel cseppet sem idegen az angoloktól sem, jóllehet beszélni tilos az ilyesmiről. Angliában a felső körök, és különösen a fiatalok, ugyanolyan szabadon éltek. A vagyon teljes biztonságában beiratkoztak a kellően előkelő egyetemekre, ahova zömük nem is tanulni járt. Helyette utazgattak, vadásztak, áttáncolták az éjszakákat és úsztak a pezsgőben meg habzsolták a kaviárt. A korábbi életszemléletet felváltva ott volt az az új, amit az amerikai mozifilmek importáltak Európába és a fiatal generációkra érzékelhetően hatottak is. Az életük gyakorlatilag egyetlen bállá változott, ahol a szikrázó fények túlcsorduló boldogsággal szórták be az embert, nem létezett egyéb, csak a zene, nevetés, szerelem és korlátlan öröm felelősség, illetve borús holnapok nélkül. Ráadásul mintha a szíve mélyén senki nem hitt volna a hivatalos propagandában, mert a háborús fenyegetés árnyékában irreálisan nyüzsgő társasági élet zajlott, amiben kimondatlanul ott rejtőzött az üzenet: ha netán kitörne az a pokoli mészárlás, ami 1914-ben, mi nem akarunk anélkül meghalni, hogy belekóstoltunk volna a való életbe! Bizonyos szempontból az alsóbb osztályok életérzése sem különbözött, bár Jean-Michel jóval őszintébbnek érezte. Az egyszerűbb emberek a maguk erkölcsiségének megtartásával keresték boldogságukat, álszentség meg hamis ideológiák nélkül. Napközben dolgoztak, hogy este vagy a hétvégeken levágják a tortából a maguk kis szeletét. A legkisebb parkokban is nyilvános ünnepségeket rendeztek, szalonzene, jazz meg katonazenekari dübörgés töltötte meg a levegőt, néhány pennyért ínycsiklandó virslit lehetett enni, és sörrel leöblíteni. Ő mindenesetre az efféle mulatságokat rettenetesen élvezte, túlzott formaságok nélkül ismerkedni, jókat nevetni, no meg a legszebb lányokkal lejteni egy fordulót.

Miközben a háta mögött hagyva a parkot átkelt az úttesten, némi kétkedéssel latolgatta, vajon a tomboló vigasság meddig hitetheti el Nyugat-Európával, hogyha behunyják a szemüket, becsukják a fülüket, akkor minden rendben van. Merthogy valójában semmi nem volt rendben. München, bár akkoriban sokan rosszmájú aggodalmaskodásnak vélték, azóta totális katasztrófának bizonyult. Önámításnak, mivel az áhított béke helyett kiderült, hogy Adolf Hitler jócskán rászedte a naiv, már-már veszélyesen is pacifista Daladier-ét és Chamberlaint. Átmeneti nyugalom után márciusban a német hadsereg egyszerűen bevonult Prágába és protektorátust hozott létre a megszállt Csehszlovákiában. Azután áprilisban a német csatlós Magyarország is magának kanyarított egy darabot az Észak-Kárpátokban, de a sort a német litvániai terjeszkedés és Mussolini albániai térnyerése zárta. Ez idáig, de mi lesz ezután?

Jean-Michel naponta szembesült a forrongó kritikákkal, melyek Nagy-Britanniában lassan már hozzátartoztak a mindennapi léthez, jóllehet Franciaországban sem volt más a helyzet. Nyugat-Európa nem akart háborút, az 1918-as fellélegzés és eufória azóta ugyan megkopott, de nem úgy az emlékek. Míg az emberek saját szeretteiket siratták, ő inkább azt látta, hogy a győztes hatalmak húsz év távlatában sem heverték ki a történteket. A tíz esztendővel későbbi pénzügyi válságról nem is téve említést. Európában e percben nem létezett olyan hatalom, mely sikerrel dacolhatott volna Hitlerrel és az újonnan felfegyverzett Wehrmachttal. Bár számszerűen, de talán még nagyságrendileg se merte senki megbecsülni, hogy Németország micsoda katonai hatalommá nőtte ki magát. Afelől viszont semmi kétség nem lehetett, hogy tudatosan törnek vezető szerepre a kontinensen. Több utazótól is kísértetiesen egybecsengő véleményeket hallott arról, mi folyik Németország látszólagosan nyitott határai mögött. Úgy, mint tömeges megfélemlítés, a zsidók üldözése, politikai terror és személyi diktatúra. Ez azonban olyan körmönfont módon, amit nehéz volt külső szemlélőként megítélni.

Azt azonban személyesen is tapasztalhatta, hogy Párizs tele van németekkel. Olyan diplomatákkal, akiknek behízelgő és simulékony modoruk mögött nincs múltjuk. Gyanúsan jól értesültek, sugdolóznak, tárgyalnak, mindenütt jelen vannak, mialatt a kérdések elől ravaszul kitérnek, nyájasan dicsérik a francia vendégszeretetet, és hamis fény csillog a szemükben. Párizs olyan lett, akár valami luxusbordély. Rikító, elegáns színfalak mögött képmutatás, mohóság, erőszak és fizetett barátság. Ráadásul egy ideje úgy látszott, hogy ebbe a játékba jelenleg bárki beszállhat. A város hemzsegett az ármánytól meg a kémektől, holott kifelé továbbra is

legbájosabb arcát mutatta. Romantikus utcákkal, a Bal
Part éttermeivel, művészekkel, bár számára valahogy
ez is fénytelenné torzult. Szívesebben menekült
Angliába, ahol a parlamentben a pipogya politikusok
felett azért ott dörgött egy Winston Churchill, hogy
emlékeztesse őket, Európa milyen védtelen Hitlerrel
szemben. És Angliában, bár ugyanúgy nem vették túl
komolyan a háborús kilátásokat, Franciaországgal
szemben legalább néhány egységet felállítottak,
illetve lehetővé tették, hogy vészhelyzetben a sorozás
rögvest megindulhasson. Ezzel szemben a csatorna
túlpartján 1918 óta senki semmit nem tett a
hadseregért, a politikusok és tábornokok még mindig
a múlt győzelmi mámorában úsztak, lelki szemeik
előtt pedig a megtaposott Németország képe lebegett.
Senki nem akadt, aki felvilágosította volna őket 1939
tavaszának valóságáról.

A kora délutáni órán a Royal Court kihalt, szinte
bántón csendes lett. A lift, melyben a fiatal fiún kívül
csak ő utazott, hangtalanul siklott a harmadik
emeletre. – Uram – kilépett a szélesre tárt ajtón. Puha
szőnyegen lépkedett a 318-as lakosztály felé, majd
bekopogott a kézimunkával faragott ajtón.
- Tessék.
Az ismerős hangra bátran belépett. Az órához képest
barátja meglehetősen alulöltözötten fogadta.
Pantallójára mindössze egy háziköntöst húzott, ami
alatt láthatóan nem viselt egyebet, mint a trikóját.
Állán borotvahab díszelgett. Ám amint jellegzetes
mosolya felvillant, Jean-Michel minden megjegyzést,
ami kötekedően a nyelvére kívánkozott, elfeledett és
megölelte.
- Mischa! A mindenségit, ezer éve nem láttalak.
- Amerika nem a szomszédban van. Gyere, ülj le.
Éppen csak helyet foglaltak, máris megszólalt a
telefon. Amíg vendéglátója intézkedett, unottan

belekotort az asztalon felhalmozódott halom levélbe.

Egyetlen közös vonást fedezett fel bennük, mindegyik Mihail Kupolyev gróf úr nevére érkezett, amúgy más színűek, más kézírásúak voltak, noha a legtöbbet Franciaországban adták fel.

- Szép termés – jegyezte meg, amikor a telefonbeszélgetés befejeződött.
- Mintha fontos ember lennék, mi?
- Mikor érkeztél?
- Három napja.
- A Heidelberggel?
- Visszafelé hajóztam, Southamptonban kötöttünk ki, onnan vonattal jöttem Londonba. Az igazság az, hogy csodásan éreztem magamat Amerikában, és csak itt tudatosodott bennem, hogy piszkosul hiányzott az öreg Európa.
- Alig hiszem, remek színben vagy.

Mischa derűs nevetéssel a hajába szántott. – Arrafelé más az élet, pajtás.

- Ha ennyi ideig maradtál, ezt mondanod se kell. Na, mesélj! Csakis a pikáns részletek izgatnak.

Mischa pedig belevágott a hosszú hónapok összefoglalójába. Mesélt New Yorkról, a kanadai határvidékről és Quebecről, ahol jószerével fellelte Franciaországot kicsiben, de a beszámoló ugyanúgy szólt Kaliforniáról meg a híres pálmafákról. Jean-Michel ledobva a zakóját, feltett lábakkal figyelte az élménybeszámolót. Ezúttal híresen szófukar barátja erőt vett magán, vagy pontosabban szólva alig várta, hogy értő és kíváncsi füleknek elmondhassa az átélt kalandok történetét. Kivételesen nem kellett biztatni, önmagáról is szívesen mesélt.

Mialatt Jean-Michel a beszámolót hallgatta, azon morfondírozott, micsoda klíma lehet az óceán túlpartján, ami ennek a megkeseredett és életunt embernek a tekintetébe visszalopta a fényt és visszaadta az életkedvét. Persze nem vádolta Mischát azzal, hogy ebben a nem túl szép, embergyűlölő szerepben hóbortból tetszeleg, valótlan vád lett volna. Azon kevesek közé sorolhatta magát, aki tisztában volt azzal, mennyi joga van az önsajnálatra és keserűségre. Ismerte a négy oroszországi év eseményeinek körvonalait, meg az arcát elcsúfító vágás születésének körülményeit is. Visszataszító, sok tekintetben minden gyűlöletet alátámasztó mese, de elmúlt. Régóta hitte, hogy bárhogy is, de Mischának túl kellene lépnie az emlékeken, az igazságtalan meghurcoláson, ez idáig azonban hiába. Ahogyan azt is számtalanszor hangoztatta, hogy egy harminchat éves, dúsgazdag, művelt ember ne zárja magára a kalicka ajtaját, hanem élvezze az életet, utazzon kedvére, hagyja, hogy szép nők kényeztessék. Mischa azonban egyetlen kézmozdulattal visszatérően lerázta, vagy gorombán hadakozott az unszolás ellen. Három éve hagyta a háta mögött Oroszország poklát, de mintha lélekben továbbra is ott élt volna. Tekintete gyakran rémisztő ürességet tükrözött, képes volt akár hetekig elélni egyszavas válaszokkal, udvariatlan nyíltsággal hangot adni annak, hogy senkire sem kíváncsi. Ezért is érte derült égből villámcsapásként a bejelentés, hogy Amerikába készül.

- De minek?
- Szétnézek arrafelé, felcsípek egy-két kapható pipit, és minden este leiszom magamat.

Mischa hencegése úgy hangzott, mintha egy angol lemondana az ötórai teáról, természetének homlokegyenest ellentmondott. Az a fiatalember, akit ő az oroszországi kirándulás előtt ismert, talán hébe-hóba kapható lett volna ilyen őrültségekre, de nem a mai gróf úr, aki szinte ki se mozdult otthonról, hacsak nem üzleti ügyeit intézte, vagy kötelező meghívásoknak tett eleget. Alkoholt már-már túlzott mértékletességgel fogyasztott, három éve pedig egyetlen nő sem keltette fel az érdeklődését.

Társaságban is bántó távolságtartással kezelte a hölgyeket, amiből a legostobább is rögvest láthatta, hogy nincs miben bízni. Mindent összevetve az amerikai tervek, majd a kalandos hat hónap Jean-Michelt kellemesen meglepte.

- Na, és a nők? – kacsintott a barátjára kötekedőn, mire az derűsen ingatta a fejét. – Egy se? Ne tedd ezt velem!

- Pedig egy se. Tudom, hogy megígértem magamnak, de az amerikai nők magas árat szabnak a kegyeikért, nekem meg nem fűlik a fogam a nősüléshez.

- Csalódott lehetsz.

- Cseppet se! Pompásan éreztem magam, a repülés pedig egyszerűen frenetikus volt. A léghajót neked is ki kéne próbálnod.

Jean-Michel újratöltötte ginnel a poharát. – Jut eszembe, Madge Bowlerson a hétvégére meghívott Warwickshire-be, a birtokukra. A férje valami jó kis meglepetést tartogat számunkra.

- És?

- A múltkoriban hallottam, hogy Robert kicsikart az apjából egy kétfedelű gépet – kérdő mosoly. – Ha szépen megkéred, esetleg elvihetne egy körre.

- Aúúú, az ördögbe! Pompás lenne!

Jean-Michelt szórakoztatta a másik lelkesedése. – Amerika határozottan csodát tett veled.

- Csak el ne áruld senkinek.

Ekkor kopogtattak, majd Mischa szólítására elegáns alak érkezett. Nem volt feltűnően magas, ám annál izmosabb, igazi atlétatermet. Bár velük egykorú, negyven alatti férfiember, rövid haja korát meghazudtolóan szürkébe fordult már.

- Fettisov – nyújtott kezet Jean-Michel.

- Á, üdvözletem – az erős kéz megszorította az övét, még egy barátságos szemvillanás is társult hozzá.

- Mischa éppen Amerikáról regélt egy s mást.

Fettisov a szemöldökét vonogatva cinkosan vigyorgott. – Kihoztuk belőle, amit lehetett.
- Elhiszem!
Mischa az érkezőre lesett. – Mit intéztél, Fetya? – Jean-Michelt gyakran ámulatba ejtette a két férfi eltéphetetlen kapcsolata, noha ezzel nemcsak ő volt így.
- Semmit. Az a nő már nem dolgozik itt.
- Biztos ez?
- Április óta nincs a szállodában, úgyhogy ha ki akarod vasaltatni a ruháidat, küldenek mást. Mischa egyetlen hörpintéssel felhajtotta a poharában árválkodó vodka maradékát, mialatt Jean-Michel érdeklődve fürkészte zárkózottá váló arcát. A hír láthatóan nem volt kedvére. – Egy ismerős? – kockáztatta meg a kérdést.
- Tudod, az a nő, aki a könyvvel kapcsolatban nyomra vezetett – ezzel Mischa újfent hangulatot váltott. – Vacsorázz velem, pajtás. Fetya foglal nekünk asztalt odalent.
- Rendben.
- Helyes. Mikor?
- Legyen kilenc. Addigra biztos visszaérek.
A házigazda biccentett. – Fetya, ugye, elintézed? És keríts valakit, aki rendet tesz a ruhák közt.
Fettisov azonnal el is tűnt, mire Jean-Michel szedelődzködni kezdett. – Meddig maradsz Londonban?
- Egy-két hetet. Már ideje hazamennem.
- Azért gondolkodj a hétvégén.
- Ó, igen! Ezt semmiképpen nem hagyhatom ki!

Bowlersonék pazar vidéki háza jószerével kastély benyomását keltette. Fenséges külső falak, modern eleganciával berendezett szobák és termek odabent. A huszonhat vendég bár benépesítette az egészet, még így is maradt üres szoba bőséggel. A fordulatokban gazdag hétvége szórakoztató társasági eseménnyé avanzsált. A főleg szabadban töltött nappalokat követően hajnalig szólt a zene, a lábak lankadatlanul koptatták a padlót, mindenhonnan kacajok és poharak csilingelése hallatszott. Mindenki felettébb élvezte a kalandot. A háziak értették a hangulatteremtés csínját-bínját és ebben a két és fél napban meg is csillogtatták ez irányú tehetségüket.

Mischa éppen kellemes emlékeinek adózott, mialatt Robert gépével a levegőből szemlélhette meg Warwick lebilincselő vidékét. A látóhatárig nyúló zöld példátlan békességgel töltötte el. A mezőket fel-felváltó erdőségek, kis patakok, falvak és farmházak szabdalták a tájat.

- Na, milyen? – harsogta előre a pilóta, mire ő az öklét felemelve kiáltotta vissza az első benyomását.
- Elképesztő!

Az egy óra, amíg a levegőben cikáztak, felajzotta. Szívesen megtanulta volna vezetni a kecses gépet, igencsak nagy kihívást lelt az ötletben. Rögvest a leszállást követően ki is faggatta Robertet a témában, mígnem az eszmecserét az érkező házigazda idejekorán félbeszakította. – Ó, fiaim! Két fiatalembert hiányolnak a teniszpályán. Michel, a lányom igazán komoly bajban van, a vegyes pároshoz hibádzik egy megfelelő partner.

Robert vigyorogva vállon veregette Mischát, aki nem tehetett egyebet, minthogy eleget tesz a felkérésnek. Gyors átöltözés után a társaság keresésére indult. Már folyt egy mérkőzés, így a népes hölgykoszorút Jean-Michellel és Ambrose Forshammel a kerti ház árnyékába húzódva találta.

- Jöjjön csak, jöjjön, grófom – vidult fel Madge Bowlerson. – Már rettenetesen hiányoltuk.

Mischa közelebb húzott egy széket, hogy a háziasszony és a lánya közé telepedhessen. Az inas

hűs limonádéval kínálta, amit szomjasan meghúzott. –
Amint hallottam, égető szükség van rám.
- Nagyon is – jelentette ki Jean-Michel. – Rosynak
nincs párja.
Rosy Bowlerson tizenkilenc éves, teljesen
tapasztalatlan lányok gátlásos félénkségével
mosolygott vissza rá. Kissé ovális arca és magas
homloka vonzó benyomást keltett. Őszinte
tekintetéből bárki kiolvashatta, hogy szülei zajos
életvitele messze nincs ínyére. Mischa előző este
kétszer is táncolt vele, a vacsoránál is
asztalszomszédok voltak, így első kézből
tapasztalhatta, hogy a lány intelligens, no meg
rendkívül olvasott. Élvezetes társalgást folytattak,
aminek emlékét szívesen őrizgette, azt viszont már
kevésbé, milyen álmodozóan tapadtak rá a türkiz
szemek. Akárcsak most.
- Tehát Amerikában járt, Michel? – törte meg a
csendet Lucy Rowland.
- Valóban.
- És milyen élményekkel tért haza?
- Legnagyobb bánatomra a mozivászon cowboyait
lekéstem – tódította vidáman, mire a társaság hangos
hahotával reagált.
- Ne mondja! Erre vágyott volna?
Mischa önmagán mulatva, keresztbe font karokkal
sandított a bájosan szeplős arcba. Határozottan Lucy
volt a hétvégi társaság legkihívóbb hölgy tagja. Fehér
teniszruháját is úgy viselte, mintha legalábbis estélyi
lett volna, fülében értékes kő csillogott, ahányszor
csak a lombokon átszűrődő napfény megérintette,
ingerlően formás lábszárait pedig az éppen csak
illedelmes hosszúságú szoknya alól közszemlére tette.
- Ki tudja? Nehezen tudom elképzelni magamat egy
lovon ügetve kurjongatni, miközben ezernyi lövés
dördül a fegyveremből.

- Eeej, pedig egyszer ki kéne próbálnod – ingerkedett Jean-Michel.
- Mondjuk a Champs Elysées-n?

Lucy közbekotyogása fokozta a jókedvet. Olyan lány volt, akire nem lehetett nem odafigyelni. Sötéten izzó szeme egy percre megállapodott Mischán és ő meg mert volna esküdni, hogy kacér kacsintást látott benne. A dolognak azonban nem lett folytatása, mert időközben a távollévő két páros megvívta a maga küzdelmét és így a pálya szabaddá vált az újabb csatához. Jean-Michel Lucyval az oldalán máris felszökkent és az árnyékosabb térfélre vonult. Mischa a kezét kínálta Rosynak, aki bátortalanul kísérte saját térfelükre. A kerti teniszpálya akár a wimbledonival is felvehette volna a versenyt. A fű mérgeszöld lett a szorgos nyírástól és öntözéstől. Sűrű volt, akár egy bolyhos szőnyeg, és a kívánatos hosszúságú szálak élvezetesen ruganyos talajt képeztek, amin igazi élvezet volt játszani. Jean-Michel és Mischa húszas éveik elején megszállott játékosok voltak és a Párizsban ritkaságnak számító klubok egyikében lelkesen ütögették a labdát. Azóta természetesen sok év telt el és ennek a sportnak is kevesebbet áldoztak, most mégis feléledtek a régi szép idők nagy csatái. Amihez egyébként remek társakat leltek. Lucy zavarba ejtően energikus és szemfüles játékot mutatott be, és legalább ennyire ravasz szervákat küldött át a háló felett. A házikisasszony is gyakorlott mozdulatokkal eredt a pontok nyomába, jóllehet Mischa minduntalan rajtakapta, hogy a labda helyett, őt lesi. Az elveszített menetek után rendre habogós, pirulós sajnálom-ok következtek, majd további ügyetlenkedések. A vesztett mérkőzés fényében Jean-Michel meg is állapította.
- Akármi legyek, ha nem szereztél magadnak egy rendíthetetlen rajongót.

Őt azonban már a gondolattól is kiverte a víz. Nem volt hozzászokva az ilyesmihez, ahhoz meg különösen nem, hogy az általa ismert nők pénzéhségét és rangkórságát nélkülöző tapasztalatlan fruskák sóhajtozzanak utána. Soha nem volt szoknyabolond, gyakorlatot sem szerzett a széptevésben. Annál inkább abban, miként lohassza le érdekhajhász nők reményeit. Rosy Bowlerson viszont nem tartozott ebbe a csoportba. Csinos volt, mégsem magával ragadó, nem beszélve nyilvánvaló romlatlanságáról, ami álmodozó és naiv gyereket sejtetett.

- Túl fiatal hozzám, Jean-Michel, húsz év nagyon sok.
- Ideális.
- Ideális? Mégis mihez?
- No, nézzenek csak oda! Ne tettesd már magadat! A gyerekeid anyja lehetne.

Mischát megdöbbentette, hogy a barátja miként jutott néhány ábrándos pillantástól a bölcsőig. – A gyerekeim anyja? Neked elment az eszed!
- Egy percig se. Augusztusban betöltöd a harminchetet.
- És akkor mi van?
- Megjártad a tengerentúlt is, ahol a nagy kirúgok-a-hámból nem lett semmi.
- Ez még messze nem jelenti, hogy fejest kéne ugranom egy házasságba, amit nem is akarok.

Jean-Michel talpra szökkenve, zsebre dugott kezekkel tett egy kört a tágas szobában. – Végtére is Rosy nagyszerű hitves lenne. Engedelmes, hűséges, jó modorú és halk szavú.
- Te talán ilyen feleségre vágysz?
- Hááát, határozottan vannak előnyei.

Mischa kényszeredetten felnevetett. – Persze, az asztalnál kitölti neked a teát, az ágyban meg elalszol mellette. Köszönöm, cimbora, ebből nem kérek.
- Ugyan, Rosy még abban a korban van, amikor olyanná tehetnéd, amilyenné akarod.

- Nem vagyok idomár, Jean-Michel. Tulajdonképpen mi a fenét akarsz tőlem ezzel a sok hülyeséggel?
- Ugye, nem is a lány ellen van kifogásod, hanem általában a házasság ellen?
- Ha jól rémlik, véletlenül te is agglegény vagy. Jean-Michel elhárítóan legyintett. – Most rólad van szó.
- Akkor vedd úgy, hogy a nagy fellobbanásra várok, rendben?
- Te? Életemben nem találkoztam még egy olyan fickóval, aki annyira zárkózott és gyanakvó lenne, mint te. Szerelemre ne is számíts, hacsak egy hasonlóan szerencsétlen nőbe nem botlasz.
- Ez nem tudhatjuk előre – tárta szét a karjait Mischa megadóan.

Az élvezetes hétvégét követően Mischa elszánta magát. – Fetya, csomagolj. Két nap és megyünk haza. Az idő, amit magának adott, bőségesen elegendőnek bizonyult a legszükségesebb udvariassági vizitekre, egyébre nem is lett volna hajlandó. Amúgy sem tekintette magát született társasági figurának, tehát nem is tett mást, mint a nélkülözhetetlen kapcsolatokra szorítkozott. Tapasztalatból tudta, hogy elég gazdag ahhoz, ne kelljen minden lépésével mások kegyét keresnie. Éppen fordítva. Ezért az utolsó tételek kipipálásával azon a képzeletbeli listán a maradék idejét már önmagára szánta.
Kedden felkelve Fettisov azzal az újsággal fogadta: – Holnap elrepülhetünk, ha megfelel.
- Hogyne, váltsd meg a jegyeket.
- Tízkor elmegyek értük.
Mischa átvette a reggeli Timest és a hálószobából a hallba vonult vele. Meg kellett hagyni, a Royal Court lakosztályai nem kizárólag tágasak, de határozottan fenségesek voltak. Lerogyott a hatalmas, ablak előtti füles karosszékbe, ahonnan a parkot teljes

pompájában látni, és lustán keresztbe rakta hosszú lábait. – Rendelj nekem reggelit, Fetya. Meg persze magadnak is. Együnk együtt.

- Köszönöm, már túl vagyok rajta.

- Sajnálom, akkor hozzák nekem a szokásosat.

Fettisov telefonált a szobaszolgálatnak, Mischa pedig belemélyedt a napilap vezércikkébe. Nem volt egyéb egy soron következő háborús bajkeverésnél, meg parlamenti szócséplésnél. Az Amerikában töltött hónapok alatt teljesen elveszítette tájékozottságát az európai ügyekben, mivel arrafelé mindez csak mellékes hírként szolgált. A lapok úgy kommentálták a német fenyegetést, mint egy újabb európai forrófejűséget, amihez az újvilágnak semmi köze. Azt ellenben nem hitte volna, hogy Franklin Roosevelt elnök is ilyen félvállról venné a dolgot. A színfalak mögött azonban akármit is gondolt a politika, gondosan eltakarták, helyette Charlie Chaplin új filmje szolgált szenzációul.

- Elmész valahova, Mischa? Melyik öltönyödet készítsem elő?

- Nem is tudom – ejtette le a Timest. – Egyelőre megtömöm a hasamat, csak utána öltözöm fel – a lakosztály ajtaján határozottan kopogtak. – Hacsak nem a reggelim, zavard el, Fetya.

Fettisov távoztával ismét a lapba merült, ám alig futotta át a színházi kínálatot, a barátja visszajött. – Bizonyos Erwin Cowan szeretne haladéktalanul beszélni veled.

- Hmm? Nem ismerem és most nem is érdekel. Rázd le, ha lehet – Fettisov egy perc alatt megfordult. – Elment?

- Nem. Megkért, hogy adjam ezt át.

Mischa gyanakodva sandított az agyongyűrt szalvétára, majd meghökkenve elvigyorodott. – Úgy látom, túl sokáig időztünk Amerikában. Talán ez az új divat? Névjegy helyett szalvétával bejelentkezni?

- Szerintem olvasd el.
Mischa átvette és szétnyitotta. – Pótolhatatlan
szívességért vagyok adósa, bármikor is kéri az árát.
Kupolyev – felbolydult érzésekkel meredt saját
kézírására. Egy végtelen percig a megviselt szalvétát
méricskélte, majd kétkedve, felébresztett
gyanakvással fordult Fettisovhoz. – Mit is mondtál, ki
hozta? Nem egy nő?
- Nem. Ez az Erwin Cowan nevű férfi hozta. Beszélsz
vele?
- Itt van még? – Fettisov bólogatott. – Jól van, engedd
be.
Mischa, kezében őrizgetve az üzenetet, várt. Nem
kellett azonban sokáig tétlenül ülnie, mert Fettisov
egy fiatalembert terelt be az ajtón.
Legszembeötlőbben az idegen katonai egyenruhája
ragadta meg, zöld volt és erőteljesen megfeszült a
zömök, csupa izom testen. Az előtte állót, noha nem
tűnt gazembernek, nyílt tekintete már-már bizalmat
ébresztő, de semmi különleges jellemvonás nem
emelte ki az átlagból. Lassan felemelkedett ültéből,
hogy közelebb vonuljon hozzá. – Honnan szerezte
ezt? – lobogtatta meg a szalvétát.
- Ön írta?
- Nem ismerem magát, jó ember, ezért jobb, ha
tisztában van vele, soha senkiben sem bízom meg. És
még senkinek sem sikerült kihasználnia engem –
majdnem így van, tette hozzá gondolatban, szemét le
se véve a jövevényről. – Tehát kitől szerezte?
- Lathea Trashburn barátja vagyok.
- A barátja? Ezt bárki állíthatja.
Erwin kényszeredetten nyelt egyet, Mischának szemet
is szúrt, mennyire feszeng. Halántéka felett izzadtság
gyöngyözött, sapkáját zavartan forgatta. – Gróf úr,
sejtelmem sincs, honnan ismeri Latheát, de ezt a
papírt a szobájában találtam… és kizárólag azért

merészeltem zavarni önt, mert ha valamikor, most igazán szüksége van minden segítségre.

- Kinek? Magának, vagy Miss Trashburnnek?
- Miss Trashburnnek, természetesen.

Mischa eltöprengve fűzte össze a két karját. – Enyhén szólva furcsállom, amiért a kisasszony szóvivőt küld maga helyett. Meglehetősen szókimondónak ismertem meg, mondhatnám meggondolatlanul merésznek.

- Személyesen nem jöhetett, gróf úr, és különben sem tudja, hogy én itt vagyok.
- Aha. Mégis mi lenne az a nagy probléma, ami számára nem jelent akkora fejtörést, mint magának, Mr. …?
- Cowan, uram.
- Rendben, Mr. Cowan. Nos?
- Uram, Lathea… Miss Trashburn börtönben van, és ha ön nem segít…

Mischa megrökönyödött. Ösztönösen Fettisovra sandított, aki szintén értetlenül ácsorgott, kissé elbújva a vendég háta mögött. – Börtönben? De hát miért?

- Gyilkosságért, gróf úr.

Újabb nyomasztó csend zuhant a helyiségre. Eltelt egy perc, kettő, majd a harmadik is, amikor kopogtak és megérkezett a várva várt reggeli. Noha Mischa farkaséhes volt, e pillanatban mégis kevés ingert érzett a finom falatok iránt. A szobalány megterítette a betolt asztalt, ő pedig hálásan rogyott vissza a fotelba, hogy erre a nem akármilyen meglepetésre igyon egy csésze teát.

- Nem segít, gróf úr? – rémült meg az idegen, arcán harag jelei égtek.
- Lassan a testtel, Mr. Cowan. Üljön le szépen, és amíg megreggelizem, meséljen el mindent tövirőlhegyire.
- Istenem, hát, nem érti? Nincs vesztegetnivaló idő…

Mischa leintette. – Fél órát azért még várhat a dolog. Foglaljon helyet. Fetya, kínáljuk meg Mr. Cowant teával. Amíg Fettisov a másik csészével kapcsolatban intézkedett, ő nekilátott a reggelinek. – Hát, halljuk Miss Trashburn történetét. Először is ki lenne az, akit állítólag megölt?

– Az apját, gróf úr.

– Az apját? Ejha! És valóban megölte? Erwin vonakodva helyeselt. – Mr. Ternovsky brutálisan erőszakos ember volt, évek óta a lánya tartotta el, míg ő minden pénzüket elitta. Nem ment ritkaságszámba, hogy csúnyán összeverekedtek.

– Előfordult, hogy késsel is? – célozgatott Mischa egy régi kötésre emlékezve a lány kezén.

– Miért is ne? Egy részeg ember bármit felhasznál, ami a keze ügyébe kerül.

– Ezek szerint a kisasszony alighanem az életét védte. Ez azért jócskán más megvilágításba helyezi a történteket.

Fettisov megérkezett a csészével és megkínálta Erwint. A forró ital őt is kissé megnyugtatta.

– Mikor történt?

– Úgy két hete, tíz napja, nem tudom pontosan. Igyekeztem meglátogatni őt, de nem engedtek be hozzá. Azt mondták, a gyengélkedőn fekszik, azt viszont eltitkolták, miért került oda.

– Árulja el, hogyan került magához a szalvéta?

– Miss Trashburn szobájában akadtam rá. Elmentem, hogy körülnézzek, hátha találok valamit.

Mischa hátradőlt a fotelban. – A rendőrség nem lakatolta le a lakást?

– Az ablakon jutottam be. Nem tudtam, mit keressek, bármit, ami segíthet. Kérem, gróf úr, segítsen neki, különben elítélik. Olyan sokáig elviselte a legnagyobb veréseket is…

Mischa befejezte az étkezést. – Nem kell az érzelmeimre hatnia, Mr. Cowan. Tartozom a kisasszonynak egy szívességgel, ezt pedig kész vagyok megfizetni. Először is meglátogatom. Hol is tartják fogva?

– A Pentonville-ben.

– Helyes. Utána majd meglátom a következőket – ezzel felállt és ellépett az asztaltól.

– Elkísérhetem önt?

A kérdés elgondolkodtatta Mischát. – Bízza ezt most rám, amint megtudok valami érdemlegeset, értesítem.

– Nem tud elérni, ezért jobb szeretnék én jelentkezni önnél.

Miután a katonaruhás idegen távozott, Mischa visszaballagott a hálószobába. A hír egyfelől alaposan fejbe kólintotta, másfelől olyasféle tenni akarást váltott ki belőle, amit nem hagyhatott figyelmen kívül.

– Ki ez a Miss Trashburn? – követte Fettisov. – Azon túl, hogy a lány, akit keresünk?

– Tudod, Fetya, vannak dolgok, melyek egyszerűen csak az öledbe pottyannak, ettől azonban még vétek lenne őket eldobni magadtól.

– Például őt?

– Lehetséges – Mischa cinkosan vigyorgott. – Mindenesetre hívjuk fel Ambrose Forshamet, hogy… hogyan is mondják az angolok? Ááá, tudom, meg kell rántani a madzagokat.

– Máris – Fettisov a küszöbről fordult vissza. – És mi legyen a repülőjegyekkel?

– Természetesen maradunk.


A taxiban üldögélve Mischa hiába nézelődött kifelé, az ablakon túl elvonuló arctalan város képeit az agya be se fogadta. Hogyan is tehette volna, miközben egyre csak a küldetés zakatolt a fejében, amire vállalkozott. Pár hónappal korábban Lathea Trashburn sorsa keresztezte az övét és ezek az emlékek indokolatlanul élesen megmaradtak benne. Mozgalmas időszak telt el azóta, hogy néhány alkalommal beszélt a lánnyal, mégis maradandó benyomást tett rá. Szőkés hajába mintha valaki szellemesen vöröses tincseket festett volna, ami egészen eredeti látványt nyújtott. A két barna szem, mely érzelmek ezernyi árnyalatát közvetítette, a piros ajkak meg a sápadt, fehér bőr. Lathea Trashburn megfoghatatlan varázsának anélkül esett áldozatául, hogy egészen mostanáig tudatosult volna benne. Pedig így kellett lennie, máskülönben nem emlékezne kristálytisztán arra, mennyire nőiesen telt, némelykor félénk magatartását rendre harcias szókimondás váltja fel. Emlékezett a mozgására, egyenes tartására és arra a makacs büszkeségre, ami úgy megragadta.

Tanácstalanul merengett azon, vajon mi lehetett rá akkora hatással, hogy hosszú hónapok után a név puszta hallatára is zavaros gondolatok lepik el. Hiszen semmit nem tud a lányról, persze leszámítva azt a néhány evidenciát, amit az antikváriumban, illetve a Royal Courtban beszerzett. No meg tudta, honnan származik, és azt, hogy alighanem törvénytelenül bújik más név mögé. Azután a gyilkosság villant fel előtte. Egészen hihetetlennek találta, apa-gyilkosság! A lány nem tűnt erős alkatúnak, ám ha csak egy kis része is igaz annak, amit Erwin Cowan mesélt róla, szívósnak kell lennie. Önvédelem lehetett, vagy sem? Elhárított egy következő megleckéztetést, vagy az apjára támadt? A lelke mélyén kételkedett a második verzióban, noha észérvekkel nem tudta volna alátámasztani ezt a megérzését. Különben az ő szempontjából nem is volt jelentősége. Kötötte a szava, amit a szalvéta megőrzött. Az utazás alatt azt a kérdést is feltette magának, vajon nem a lány kezdeményezte-e a barátja látogatását? Miután ő maga többször is olyan elutasítóan viselkedett, kínos lett volna beismerni, hogy mégis szüksége van segítségre. A büszke emberek nem szeretnek megalázkodni. Ezt a feltevését azonban azonnal megcáfolta a látvány, ami a börtön gyengélkedőjén fogadta. A sarokba tolt ágyon, mindkét kezével a vashoz bilincselve feküdt a nő, akinek dacos pillantásai egykor olyan mély benyomást tettek rá. Maga előtt látta a Royal Court éttermében, amint Chaplint utánozva ide-oda imbolyog, szőke haja árnyékából pedig a világ egyik legragyogóbb mosolya villan fel. Ehelyett most itt feküdt kiszolgáltatottan. A bilincsek láthatóan semmilyen célt nem szolgáltak, mivel önkívületi állapotban, élettelenül hevert a siralmas teremben. Arca lángolt a magas láztól, bőrén izzadság cseppezett, még a durva börtöning is teljesen átázott rajta, hogy alóla elődomborodjon kerek melle, és szinte minden bordáját meg lehessen számolni. A máskor megcsodált hajzatot durván megkurtította egy olló, különben pedig csapzottan tapadt a koponyához. A kifejezéstelen arcon szembetűnő hegek, ütésnyomok éktelenkedtek, a nő duzzadt ajkai kicserepesedtek a láztól.

Elképedve méricskélte az ismeretlen alakot. Kiszáradt a torka arra a felismerésre, hogy képesek hagyni, míg itt elpusztul. Felemelve a betegre hajított plédet szakszerűtlen és többszörösen átvérzett kötést talált has tájékon, a bal karon pedig hevenyészett sínt, mely egy haldoklónak ugyan megfelelt, de a szemmel is jól látható törést nem mozdította elő a gyógyulásban. Elengedte az érdes anyagot, hogy újra a brutálisan összevert arcra nézzen.

- Mit tesznek érte?

Dr. Fellows, a Pentonville orvosa a vállát vonogatta. – Semmit, gróf úr.

- Felsőbb parancs?

- Nos, ezt azért nem mondhatnám. De se felszerelésünk, amivel megműthetnénk, se több gyógyszer, hiába igényeltem. Mindössze annyi választ kaptam: ez egy gyilkos, ne is törődjek vele.

- Nem éppen ez az az ország, ahol az ártatlanság vélelmének elvi alapjait már 1215-ben lefektette a Magna Charta? Szerintem az a gyilkos, aki ezt elfelejti.

Dr. Fellows részvéttel felnyögött. – Ne nekem mondja, gróf úr, én bárkit meggyógyítanék, hiszen erre esküdtem fel – ismét a betegre tévedt a tekintete. – Ő azonban haldoklik. Kegyetlenül elbántak vele. Súlyos belső sérülései lehetnek, vért kéne kapnia, és a láztól kezd kiszáradni.

- Még ma, de legkésőbb holnap kiviszem innen.

- Maga tudja.

Mischát nem rendítette meg a hallható kétkedés. Elővette az irattárcáját és egy köteg pénzt nyomott az orvos kezébe. – Vegye meg, ami kell, doktor, és próbálja megakadályozni, hogy ma éjszaka meghaljon. Amint lehet, visszajövök és átszállíttatom egy tisztességes kórházba, addig azonban a maga kezében van az élete. Ugye, életben tartja?

- Nem ígérhetek semmit, rossz bőrben van.

- Legalább próbálja meg.

- Megteszem, amit tudok.

Mischa egy utolsó pillantást vetett az élő-halottra és óvatosan feljebb húzta a takaróját, nem mintha számítana. Ennél jóval nagyobb volt a baj.


Ambrose Forsham a bíróságon adott neki találkozót, noha hivatalát tekintve nyolc hónapja az Igazságügyi Minisztériumban székelt. Ám korábbi ügyvédi pályafutása, no meg jelenlegi beosztása is gyakran szólították vissza egykori sikereinek színhelyére. Ha valaki közelebbről is szemügyre vette halszálkás, szigorú öltönyét, a divatos nyakkendőt, a lakkozott cipőt valamint az aranykeretes szemüveget, semmi kétsége nem lehetett afelől, hogy ott van, ahova igazán tartozik.

Két órára ígérte a randevút, bár már kettő előtt tíz perccel szembetűnő izgatottsággal a bejárat előtt toporgott. A cigaretta elmaradhatatlan kellékként a szája sarkában billegett, amikor Mischa a taxiból kiugorva megpillantotta.

- Szevasz – sietett a kézfogással Ambrose. –, nem is bánom, amiért előbb jöttél, mert közbejött valami és egyetlen percem sincs.

- Pedig ez életbevágó.

- Gondolom, pajtás, de kettőkor kezdődik egy tárgyalás, ahol tanúskodom. Nem ér rá estig? Vacsorázz velem a Savoyban.

Mischa a fejét ingatta. – Addig nem várhat. Ambrose, szükségem van a segítségedre.

- Jól van, akkor mondd gyorsan – az apró cédula Mischa zsebéből a másikhoz vándorolt. – Lathea Ternovsky? Ki ő?

- Az egyik cselédem – hazudta Mischa. – A Pentonville-ben van.

Ambrose kifújva a füstöt felnevetett. – Még hogy a cseléded! Nincs is cseléded, valószínűbb, hogy a szeretőd, nem?

- Számít ez valamit?

- Nem. Mit követett el?

- Megvédte magát az apjával szemben, de az öreg belehalt a verekedésbe.

- No, igen!

- Bárki megmondhatja a környéken, hogy az apja részeges alak volt. Hallgass ide, Ambrose, a nő haldoklik, mert még egy nyavalyás fájdalomcsillapítót se kap a börtönben. Ki akarom hozni onnan.

- Miért? Ha ártatlan…

- Ugyan már! Szegény, akár a templom egere, emellett meg se érné a tárgyalást. És amúgy is, ki törődne az ő csip-csup ügyével? Nálad jobban senki nem tudja, mit jelent a bürokrácia.

Ambrose eltűnődve meredt a hevenyészve lefirkantott névre. – Tulajdonképpen miért olyan fontos ez neked? – Talán, mert valóban a szeretőm, vagy szeretném, ha az lenne. Nem mindegy, mit hazudok neked? Még ma hozasd ki onnan. Nem szívesen emlékeztetlek rá...

- De az adósod vagyok – fejezte be a mondatot Ambrose. – Ha ez ilyen sokat jelent neked, önzetlenül is megteszem.

- Köszönöm, barátom.

Ambrose eltette a cédulát. – Most szaladnom kell. Mischa megszorította a feléje nyújtott kezet. – El ne feledd, mert azután késő lesz. Még ma mentsd ki onnan, kérlek.

- Rendben. És hol akarod ápoltatni a... cselédedet?

- Vitesd a St. Mary's-be Paddingtonban. Dr. Teodoro Kozlov keze alá.

- Kozlov, meglesz. Este megtalálod a St. Mary's-ben. Viszlát – ezzel Ambrose sarkon fordult és rögvest el is tűnt a lengőajtó takarásában. Mischa pedig nagyot fújva, fellélegezve a járda széléhez lépett, hogy leintsen egy taxit.

- Nem áltatlak semmivel, Mischa – süllyesztette Kozlov mindkét kezét orvosi köpenyének zsebébe. – Még nem lehet megmondani, vajon az erőfeszítéseink nem hiábavalóak-e. A lány harminckét órája van nálunk és meg is tettük, ami lehetséges, a többi már a természet dolga.

- Életveszélyben van?

Kozlov biccentett. – Nagyon elhanyagolták, ezt meg kell értened. Megműtöttük és a lázát is igyekszünk lenyomni. Megkap mindent, nehogy vészesen kiszáradjon, ám a gyulladások felszámolásához idő kell.

- Mennyi?

- Nem lenne ilyen aggasztó a helyzet, ha azonnal kezelésbe veszik. Durva becsléseim szerint két hét is eltelhet, mire kiderül, meg tudjuk-e menteni. Amennyiben igen, akkor is hosszú lábadozásra kell számítani, sok fekvésre, tápláló kosztra.

- Szóval, két hét?

- Legalább annyi. Pokoli rossz állapotban van.

- Értem. Hazautazom Párizsba, de Fetyát itt hagyom, ha nem lesz útban.

- Csak nyugodtan. Ketten bizonyára legyőzzük ezt a makrancos kis hölgyet.

Mischa elbúcsúzott. – Meglátogatom egy percre.

A St. Mary's ódon folyosói ragyogtak a tisztaságtól, a nővérek ropogósra keményített ruhában és fityulában tettek-vettek, mindenkire kedvesen mosolyogtak, a betegekhez minden alkalommal volt egy-két vigasztaló szavuk. A megnyugtató csend azonban elmélyült, ahogy a hátsó traktus felé igyekezett. A négyfős kórteremben fehér paravánnal elkülönítetten feküdtek a legsúlyosabb esetek, mialatt az ápoló személyzet hangtalanul sürgölődött körülöttük. Ő a maga részéről mégis bántóan visszhangosnak találta ezt a halotti csendet.

- Gróf úr – üdvözölte a szeplős, vörös hajú, amolyan vérbeli skótnak látszó nővérke, akit korábban Kozlov Miss Hooverként mutatott be neki.

- Jó napot, kisasszony. Hogy van a betege?

Az elégedetlen, szomorú arckifejezés szavak nélkül is megtette. – A lázát sajnos nem sikerül lenyomni, de a doktor úr tegnap rendbe tette a karját.

- Ez jó hír.

- Szerencsére Miss Trashburn nem érzett semmit abból a tortúrából. A csontok már kezdtek összeforrni, így el kellett törni és a helyére illeszteni. Hozhatok önnek egy széket?

- Ne fáradjon, éppen csak beugrottam.

Lathea Trashburn a terem legvégében feküdt, ágyát paraván mögé rejtették az illetéktelen szemek elől, ezért az embernek az a benyomása támadt, mintha külön szobába érkezne. Amikor Mischa a mesterségesen húzott falak mögötti kis térbe lépett, a beteget nem találta egyedül. Erwin Cowan ült mellette és elkapott keze korábban bizonyára a lány arcát simogathatta. Érkeztére felugrott, mint akit rajtakaptak valamin, és kezet adott. Elérzékenyült tekintettel, halkan mindössze annyit kockáztatott meg:

– Nem is tudja, mennyire hálás vagyok, gróf úr.

Mischa némán ingatta a fejét, különben mereven ácsorogtak a vaságy lábánál, mely felett a falon faragott feszület lógott, az éjjeliszekrényen Biblia hevert. A beteg mozdulatlanul feküdt a fehér ágyneműk közt, arcán jó fél tucat kisebb-nagyobb kötés bizonyította a gondoskodást, amit kapott. Egyik karjából cső szaladt az infúziós szerkezetig, másikat gipsszel rögzítették. A körülmények markáns változása dacára ő nem vette észre, hogy az állapota is javult volna. Az élettelenül kiterített emberi lény látványa mindenesetre Kozlov becslését túlzottan merésznek mutatta.

– Alszik?

– Dr. Kozlov fájdalomcsillapítót és altatót adott neki.

– Értem. Talán ez a legcélravezetőbb megoldás.

Erwin Cowan a lányra szegezett pillantással helyeselt. Elnézve beszédes arckifejezését, Mischa erősen kétségbe vonta, hogy puszta barátság marasztalná a St. Mary's kényelmetlen székén a betegágy mellett. Hirtelen kíváncsiság ébredt benne a fiatalember és a kapcsolat iránt, amit az gyakorlatilag gyerekkori pajtásiassággá degradált, holott magatartása az ellenkezőjét sejtette.

– Gróf úr – távolodott el Cowan az ágytól és egyenesen feléje fordult. –, ma este vissza kell térnem az egységemhez Yorkshire-be, bár nem szívesen hagyom magára Latheát. Szeretném megkérni, engedje meg, hogy önnél érdeklődjek majd a hogyléte felől. Nem akarok a terhére lenni, de aggódom érte. A doktor szerint még nehéz napok állnak előtte – ezen a ponton ismét a betegre sandított.

– Nagyon siet a vonathoz?

– Nem, egyáltalán nem.

– Kérem, csatlakozzon hozzám egy italra itt a szemközti ivóban. Mesélhetne pár szót a kisasszonyról.

Erwin válasza gyanakvó szemöldökráncolás volt. – Nem biztos, hogy tökéletesen értem önt.

– Ugyan már, nincs ebben semmi ördöngösség. Ha Miss Trashburn erőre kap, egy darabig akkor is támaszra lesz szüksége. Amennyiben maga nem tud segíteni, valakinek meg kell tennie, nemde bár?

– Ön?

– Például én, emlékezzen az ígéretemre. Na, jöjjön, hagyjuk pihenni.

A St. Mary's egyik szárnyát megkerülve a Praed Street felé ballagtak. A délután nyüzsgésébe mentőautók is nagy számban keveredtek, ami azonban errefelé cseppet sem számított különleges jelenségnek. A buszok, illetve kocsik sűrű folyamában nehézséget okozott átkelni az úttesten, végül mégis átcsusszantak egy hirtelen adódó résen. A túloldali saroképület homlokzatán cirkalmas betűk hirdették a Byron barátjához címzett ivót. Mischa korábban Kozlov meghívása révén tért be ide először, ezért most a visszatérők magabiztosságával lökte be az ajtót.

– Mit iszik, Mr. Cowan?

– Barnát.

– Egy barnát meg egy Scotch-ot – fordult rögvest a csaposhoz.

A két itallal az egyik félreeső asztalhoz telepedtek. Mischa önmagában jót derült a szemben ülő árulkodó megrökönyödésén. Talán mégiscsak jól ismeri Lathea Trashburnt és annak az arisztokratákról kialakított elítélő véleményét, sőt, esetleg még osztja is. Csak ezzel magyarázhatta, amiért asztaltársa úgy méregette, mintha valaki az ő rangjával még egy sört is képtelen lenne megrendelni. Márpedig a magatehetetlenség világéletében riasztotta és ezért most igazolt büszkeséget érzett.

- Tehát elutazik? – szegezte a másiknak a kérdést. – Tulajdonképpen mióta katona, vagy mindig is az volt?
- Januárban vonultam be. Hamarosan háború lesz, akkor pedig más se vonakodhat majd.

Mischa nem felelt. Bár ő is egyre elkeserítőbbnek találta a politikai helyzetet, Amerikában elkerülték a legújabb hírek. A lelke mélyén szeretett a csodában reménykedni, különben el kellett volna ismernie, hogy kritikus helyzetben Franciaországnak nem lesz esélye Adolf Hitler Wehrmachtjával szemben.

- Hogyan szerzett tudomást erről az ügyről? – terelte inkább másfelé a beszélgetés fonalát. – Akkor is Londonban tartózkodott?
- Nem, amikor eltávozásra hazaérkeztem, a családomtól hallottam, mi történt. Tudja, gyerekkorom óta ismerem Latheát, az egyik húgom kebelbarátja, ráadásul majdnem szomszédok vagyunk.
- Merrefelé? – tettette magát Mischa.
- Stepney-ben.
- Az East Enden?
- Igen.
- És mi van a kisasszony édesanyjával? Neki nem esett baja?

Egy újabb korty után Erwin maga elé tette a poharat.

– Évekkel ezelőtt meghalt, Mr. Ternovsky akkortájt kezdett inni.

- Szomorú történet.
- Tud esetleg valamit arról, mi lesz most ezzel a dologgal? Tárgyalás vagy…

- Hivatalosan ejtették a vádat, Mr. Cowan. Az önvédelem bizonyított, tehát soha többet nem hallunk erről az ügyről.
- Hála isten! Megmondom úgy, ahogy van, végső elkeseredésemben fordultam önhöz, noha elképzelni sem tudom, Lathea honnan tett szert erre az ismeretségre.

Mischa önkéntelenül felnevetett. – Erre? Semmilyen bűnös dologra ne gondoljon, ha mégis, eléggé félreismerheti a húga kebelbarátját.

A szurka lepergett Erwinről. – Ternovskynak hívják.
- És lengyel, tudom.

Mischa szándékosan provokálta a szemközt ülőt és nem is kellett csalatkoznia, mert a kérdés, amire várt, hamarosan elhangzott.
- Megkérdezhetem, honnan ismeri őt?
- Egy antikváriumból, később pedig összefutottam vele a Royal Courtban.
- Ez furcsa.
- Miért lenne az? Mindig ott szállok meg, ahányszor csak a városban tartózkodom.

Erwin óvatosan kutatta a legmegfelelőbb szavakat. – Én is évekig a szállodában dolgoztam, de…
- Nem is hallott felőlem? Talán szobalányként nagyobb esélye lett volna. Mindenesetre határozottan a kisasszonyra emlékeztet ezzel az ösztönös gyanakvással.
- Sajnálom, ha megsértettem, de Lathea sokat jelent nekem.
- Észrevettem – jelentette ki Mischa nyomatékkal. – Egyébként nem sértett meg, én magam is gyanakvó ember vagyok, és nehogy azt higgye, a nemesi rang okozza számomra a legnagyobb fejtörést. Manapság az orosz hangzású nevekre mindenki bolsevikot kiált, ez pedig nemcsak kellemetlen, de önmagában véve nevetséges is. Én lennék az utolsó, aki teljes egyenlőséget akarna az emberek között, nem igaz?

Ami viszont a kisasszonyt illeti, beszéltem az orvosával. Két, esetleg három hetet jósol, mire kiderül, hogyan tovább. Ha a körülmények megengedik, nyilván kiadják a kórházból. Van hova mennie?

- A szülei lakásába, gondolom.

- Stepney-be? – Erwin biccentett. – Rendben. A Royal Courtban nem, de valahol másutt feltételezhetően állásban van, ugye?

Tanácstalan félrenézések következtek. – Nem tudom megmondani.

- Azt hittem, közeli barátok.

- Mint mondtam, az utóbbi négy hónapot Yorkshireben töltöttem, a kapcsolatunk jelentősen megváltozott.

Hazudik, szögezte le magában Mischa, bár nem tette szóvá. – Dr. Kozlov véleménye szerint hosszas lábadozásra lesz szüksége.

- Más szóval nem tudja majd ellátni magát?

- Amennyiben nem, az inasom gondoskodik róla. Emiatt nem kell aggódnia.

Erwin eltűnődött egy kicsit, mielőtt elővette zsebóráját. – Sajnos, mennem kell. Mindent nagyon köszönök, gróf úr. Akkor megengedi, hogy elvétve érdeklődjek önnél Lathea állapota felől?

- Egy időre Párizsba utazom, Fettisovnak azonban bármikor hagyhat üzenetet a Royal Courtban. Majd ő vigyáz a kisasszonyra.

Erwin tétován felemelkedett ültéből. – Nagyon örültem, uram. A viszontlátásra.

- Viszontlátásra.

Mischa a whisky maradéka után nyúlva leste, ahogy a zömök alak kisétál az ajtón a kora májusi verőfénybe. Kilépve a járdára fejébe nyomta katonai sapkáját, elnézett mindkét irányba, majd keresztüliramodva az úttesten balra kanyarodott. Biztosra vette, hogy visszamegy a kórházba. Felhajtva az italt ő is távozott. Összeszorított szájjal sandított a St. Mary's tömbje felé, mielőtt tüntetően a másik irányba szaporázta volna.

# 7.

Zahar Fettisov alapjában véve szerencsésnek könyvelhette el magát, habár környezetében sokan szánakozó fél mosollyal emlegették úgymond lecsúszott társadalmi helyzete miatt. Pedig nem ő volt a párizsi orosz kolónia egyetlen tagja, aki a megörökölt hercegi rangot egy elfeledett fiók mélyén tárolta és szerencsésebb honfitársai szolgálatába szegődött. Valójában helyzete még örvendetesebb is volt sok honfitársáénál, több szabadsággal, több elismeréssel és a választás lehetőségével. Neki nem kellett taxisofőrként rónia az utcákat, vagy eltűrnie valaki basáskodását. Ő választotta ezt az utat és a munkát, amit lankadatlanul csinált, és nem bánta meg, mert így döntött.

A hosszú történet kezdetén Sergei Fettisov a cár közvetlen környezetéhez tartozó főrend volt, kiterjedt birtokokkal Pétervártól északra és a hercegi ranghoz illő jövedelemmel. A tökéletes képen mindössze az rontott valamelyest, hogy időközben mérhetetlen gazdagsága kezdett kifolyni a keze közül. Nem értett a gazdálkodáshoz, se a politikához, így az intő jelek is messze elkerülték a figyelmét. Míg mások vagyonuk jelentős hányadát titokban kimenekítették az országból, ő bálokat rendezett, szórakozott a cári udvarban és kizárólag a mának élt. Csakhogy a hedonista életvitelt először 1905-ben megzavarta a forradalom, majd az 1917-es februári események végleg elsöpörték. Sergei Fettisov a vérengzések egyik első áldozata lett, miután a korábban hírhedten jámbor ember 1907 és 1910 között, a cár iránti elkötelezettségét bizonyítandó, tevékeny részt vállalt a forradalom utáni véres megtorlásban. Nem csoda, mert az első adandó alkalommal saját parasztjai végeztek vele. Fettisov akkoriban tizenöt éves volt, a pétervári kadétiskola növendéke, ahogyan apja legjobb barátjának, Kupolyev grófnak a fia is. Az iskolában, szükségszerűen elzárva a külvilág forrongásaitól, egyik pillanatról a másikra kellett ráébredniük, hogy a cári Oroszországot az új idők szele egyetlen suhintással képes eltörölni. Hirtelen minden apróság új értelmet nyert. A világháború frontjain elkövetett sorozatos baklövések ugyanúgy, mint a tiltott kiáltványokból áradó fenyegetések. És még a maguk, sok tekintetben álságos valóságában is érzékelni lehetett, mekkora változások dörömbölnek a kapun. Fájdalmas élességgel maradtak meg benne annak a februárnak az emlékképei. A békés délutánba Alexei Kupolyev robbant be, hogy mindkettejüket haladéktalanul magával hurcolja. Mindösszesen annyi időt engedélyezett, míg legmelegebb holmijaikat magukra öltötték és a legszemélyesebb apróságokat a zsebeikbe tömködték, azután máris lóra kaptak. Elmenekültek ugyan, ám az akadémián hagyták minden egyebüket, beleértve a legdrágább kincset, a cári egyenruhát is. Lóháton hagyták el a várost, mely érzékelhetően forrongott, mindenfelé hatalmas tömegek vonultak, kövek zúzták be a kirakatokat, mialatt nyoma sem volt karhatalomnak, mely megfékezhette volna a népet.

Pihenőt se tartva igyekeztek északra, hogy minél messzebbre kerülve Pétervártól egy előre megbeszélt helyen ismerősökkel találkozzanak. Kupolyev az egyik jelentéktelen halászfalut nevezte meg a Vyborg felé vivő út mentén, ahol hajóra váltva a négylábúakat szándékoztak elhagyni az országot. Fettisov az apja után érdeklődött, mire keresztapja megnyugtatta, hogy biztonságban van. A grófnővel és a két kisebb gyerekkel szervezett találkozó azonban minden precíz előkészítés dacára sem valósult meg. Másnap pirkadatig vártak, bujkáltak összefagyva és rettegve a leleplezödéstől, mígnem a gróf lemondva saját családjáról kiadta a bátor jelszót: Vitorlát bonts! Fettisov még ma is jól emlékezett arra a szívszorító érzésre, amint Mischával az oldalán ott állt a fedélzeten, és a reggeli derengésben egyre a zsugorodó orosz partokat lesték. Tudta, hogy soha többé nem térhetnek vissza, ahogyan elveszített kadétéletük ragyogásához se, vagy otthonaikba. Egyetlen nap leforgása alatt minden odaveszett. Egy héttel később, amikor egy gyors út után Kupolyev visszatért Helsinkibe, még több is odalett. A grófné a gyermekeivel együtt, és Fettisov is akkor kapott bizonyosságot az apja felől, noha már korábban gyanította, hogy valószínűleg ő is meghalt. Skandinávia felé utazva mindannyiuknak tudomásul kellett vennie, hogy az életük kényszerpályán mozog és megmásíthatatlanul új irányba fordult.

1919-ben telepedtek le Párizsban. Kupolyevnek a Montparnasse közelében, a Rue de Rennes mellett volt egy szolid háza, ami a régi fényűzéshez képest minősült csak szolidnak, különben francia viszonylatban így is átlag felettien tágasnak és impozánsnak számított. Hármójuknak meg végképp hatalmas. Fettisov, aki az apja után töredéknyi kis vagyonhoz tudott csak hozzájutni, Kupolyev házában mégis úrként nőtt fel. Az öreg gróf a fiaként szerette és iskoláztatta, semmiféle különbséget nem tett saját vére és keresztfia között. Mindketten kedvükre tanulhattak, élvezhették azt a bohém és sokszínű varázst, amit Párizs Bal Partja csak nyújtani tudott. A műszaki diploma kézhezvételét követően két tanulságos évet töltött Németországban, majd egy sokkal vonzóbb lehetőséget meglovagolva Amerikába került. Hosszabb külföldi utazások után tért vissza

Párizsba, ahol bőségesen maradt ideje átgondolni, mihez is kezdjen az életével.

Mielőtt azonban saját sorsa felett határozott volna, az életük fenekestől felfordult. Mischa egyszer csak útra készen állt, hogy huszonkilenc évesen egy lenyomozhatatlan levél kérésére visszaszökjön Oroszországba, amit ő nemcsak felelőtlen ostobaságnak, de életveszélyesnek is talált. Bárcsak ne lett volna igaza. Négy év telt el, mire viszontlátták egymást, drámai körülmények között és messze maguk mögött hagyva az ifjúság hiszékenységét és naivitását. Mischából koravén aggastyán vált, egy emberi roncs, aki a külső nyomokat leszámítva is soha be nem hegedő sebekkel tért vissza Franciaországba. Már amikor átjutottak Iránba, Fettisov biztos volt benne, hogy szívesebben szegődik barátja szolgálatába, mintsem ezt a kalandot még egyszer át kelljen élnie. Önként vállalta fel azt a sokrétű állást, amit Mischa mellett azóta is a magáénak mondhatott, ezért a sajnálkozó pillantások zöme minden alapot nélkülözött. Különben sem érdekelte mások véleménye. Mischával továbbra is remekül megértették egymást, és ő igazán hasznosnak érezhette magát. Már csak azért is, mert barátja az orosz kirándulás fényében vészesen magába fordult, kapcsolatai elhaltak vagy megváltoztak, és feltűnő viszolygást mutatott a társasági élet, illetve a nők iránt. Miközben az öreg Kupolyevtől örökölt vagyont ravaszul megduplázta, az élete egyre sivárabb lett. Bár rendszerint vele sem osztotta meg súlyos gondolatait, de legalább annak érdekében sem tett lépéseket, hogy elzárkózzon előle. Fettisov csakis ezért tudott segíteni rajta. Megelégedett azzal, ha a háttérből befolyásolhatja Mischát, akit rangja és vagyona elkerülhetetlenül a reflektorfénybe tolt, eközben ő névtelen személyzetként jó ellensúlyt jelentett, ha úgy hozta a szükség.

Mischa távoztával egyedül maradt a Royal Court-beli lakosztályban, jóllehet kevés időt töltött ott. Listányi elintéznivaló várta, így gyakran estig lefoglalták a teendők. Mindközül a legégetőbbnek a St. Mary's-be tett látogatások számítottak, és ő még akkor is az eszméletlen ismeretlen ágyánál őrködött, ha annak semmi gyakorlati haszna nem volt. A beteg a tabletták hatására szinte végigaludta a napokat, még a legszükségesebb tápanyagokat is mesterségesen juttatták a szervezetébe. Állapota többszöri riasztó visszaesést követően a második hét végén kezdett valamelyest javulni, és további négy nap telt el, mire Kozlov megkockáztatta, hogy túljutott az életveszélyen. Attól kezdve előfordult, hogy esetenként ébren találta a fiatal nőt, noha az első alkalmak során még ahhoz is gyenge volt, hogy megszólaljon.

– Ismernem kéne magát, uram? – ütötte meg egy délután a fülét a rekedt, reszelősen tompa hang, mialatt unottan bámult kifelé a májusi esőbe. Ellépve az ablaktól visszarogyott a kényelmetlen székre.

– Nem ismerjük egymást, Zahar Fettisov lennék, szolgálatára.

– Orosz?

– Tudtommal igen – vigyorgott Fettisov.

– Akkor nem a rendőrségről jött?

– Nem, én…

Ám mire belefoghatott volna a magyarázatba, a lány szeme lecsukódott és mély álomba szenderült. Feje oldalra billent, többé meg se moccant. Legközelebb két nappal később találta ébren, amikor kivételesen délelőtt ment a kórházba. Arcára valami visszalopódzott abból a színből, amit az élet árnyalataként szokás minősíteni és a láza is visszavonulót fújt. A nővérek frissen mosdathatták, mert bőre a szappan friss illatát árasztotta, és szőkés haja is csillogott a felpüfölt párnán. Félig ülve már jóval reményt keltőbb állapotban volt, mint akár néhány nappal azelőtt.

- Jó napot, Miss Trashburn. Emlékszik rám? Zahar Fettisov vagyok – nyújtott kezet a lánynak, aki el is fogadta a gesztust.

Feltűnt neki, milyen szép keze van, noha dolgozó nő keze, ráadásul csúnya vágás díszelgett a külső kézfején, amiről a napokban távolították el a kötést.

- Az arca ismerősnek tűnik, de… sajnálom.

Fettisov elmosolyodott. – Megengedi? – bökött a székre, Lathea pedig megengedően bólintott. Tehát leült és miközben belekezdett a kötelező szónoklatba, egyre erősödött a gyanúja, hogy Mischa aligha felebaráti szeretetből, vagy becsületből húzta ki a lány fejét a hurokból. – Regényes történet, amit alighanem egy szalvétának köszönhet.

- Miféle szalvétának?

Fettisov a hajába kotorva mulatott a lány elképedésén.

– Mond magának valamit az a név, hogy Kupolyev?

- Kupolyev? Hmm, az egyik vendég a Royal Courtban?

- Úgy van.

- Aki az orosz könyvet kereste.

- Irigylésre méltó az emlékezete.

Lathea különös lánggal a szemében fanyalgott. – Az illető mindent elkövetett, hogy sose felejtsem el.

- És amennyire én tudom, az adósa maradt egy szívességgel, nem igaz?

Ez már nehezebb kérdésnek bizonyult. Fettisov látta a lányon, hogy vadul töri a fejét, láthatóan még szétszórt és zavarodott volt. Amint kicsit fészkelődni kezdett, éles fájdalom hasíthatott a sebbe, mert eltorzult arccal görnyedt össze.

- Hadd segítsek – ugrott oda Fettisov.

- Vissza... visszafeküdnék – nyögte Lathea holtsápadtan és hálásan megmarkolta a felajánlott erős kart, mígnem a lelapított párnára fekhetett.

- Hívjam a nővért? Kérhetne egy fájdalomcsillapítót.

- Talán később, köszönöm. Ne haragudjon, de szinte semmire se tudok visszaemlékezni. Tudom, hogy kellene, mégsem megy. Abban viszont biztos vagyok, hogy most a Pentonville-ben kellene lennem.

- Ne kínozza magát, én töviről-hegyire mindent elmesélek. Még nem gyógyult meg, érthető, amiért a részletek nem állnak össze.

A nővér egy pohár vizet hozott, amit a beteg meg is ivott. – Borzasztó! Honnan ismerem önt, Mr. Fettilov?

- Fettisov.

- Bocsánat.

Fettisov elhárítóan intett. – Nem ismer engem. Gróf Kupolyev mindenese vagyok és az ő kérésére vigyázok magára.

- Én ezt még mindig nem nagyon értem.

Fettisov ugyan belefogott a történetbe, ám a betegnek olyan fájdalmai támadtak, hogy mégiscsak az ápolónő segítségére szorult, a bevett tablettától viszont hamarosan elálmosodott. Ekképpen újabb nap telt el, amíg a megkezdett beszélgetést folytathatták.

- Hogyan kerülhetett az az üzenet vissza a grófhoz? Már én magam is elfeledkeztem róla, ahogyan arról is, akitől kaptam.

- Erwin Cowan hozta el a szállodába és bizony nagyon jól tette, mert a gróf úr az utolsó pillanatban avatkozott közbe. Nagyon beteg volt, Miss Trashburn.

Mintha ezt az utolsó mondatot a lány meg sem hallotta volna, gépiesen megismételte. – Erwin? – Fettisov beszédes üzenetként értelmezte a szemében kigyúló lángot és azt, ahogyan a név elhangzott.

- Igen, ő. Azt állította, az ön barátja.

- Valóban a barátom – ez sem szólt éppen meggyőzően.

- Gróf Kupolyev ekkor ment el a Pentonville-be. Azután ejtették maga ellen a vádakat, tehát nincs egyéb feladata, minthogy felépüljön.

Lathea hirtelen Fettisovra emelte bánatosan csillogó barna szemét. – Soha eszembe se jutott volna élni a gróf úr ígéretével. Már azt sem nagyon értettem, mi késztette arra, hogy megtegye. És Erwinnek se kellett volna – elfordult.

Ez a félmondat, vagy inkább az elharapott másik fél, mély benyomást gyakorolt Fettisovra. Mischa az elutazása előtt mindössze két jelzővel írta le ezt a fiatal teremtést: öntudatos és büszke. Hát, alighanem ezzel a két jellemvonásával találkozott most.

- Miss Trashburn, a barátja megmentette az életét. A legjobbat akarta önnek és ezzel véleményem szerint be is bizonyította, milyen egy igazán jó barát. Mindez azonban már a múlt, tehát arra kérem, nézzünk inkább előre.

- Ön nem érti ezt az egészet, Mr. Fettisov. Erwin visszaélt azzal a szalvétával, hiszen a gróf úr mindössze egy ötletet kapott tőlem, amit viszont cserébe adott, ez meglehetős aránytalanság.

- Az én grófom hajlamos túlzásokra, ilyennek kell elfogadnunk – kacsintott Fettisov a lányra, és el is ért vele egy halovány mosolyt.

- Kezdem én is azt hinni. Mindenesetre köszönje meg neki a nevemben.

- Hamarosan személyesen is megteheti, amint megérkezik Párizsból. Egészen addig én őrködöm afelett, hogy minden sínen legyen.

- Ezt hogy érti?

- Ma reggel beszéltem Dr. Kozlovval, aki derűlátóan nyilatkozott a gyógyulásáról. Ha minden jól megy, a hét végén hazaengedik. No, persze csakis azzal a feltétellel, hogy sokat pihen és szigorúan betartja az orvosi utasításokat.

Lathea borongós kedvében hallgatta a kilátásokat. Olyannyira, hogy még a válasszal is adós maradt. A rengeteg alvás közepette bódultan és ködös emlékképekkel ez ideig azt sem sikerült megemésztenie, hogy kimenekült a Pentonville-ből, hát még azt, hogyha úgy tartja kedve, akár már a hétvégén szabad emberként távozhat. Bizony lesz mit megköszönnie a grófnak, és éppen neki, aki annyira rossz benyomást tett rá. Pökhendi, okoskodó és parancsoláshoz szokott, érzéketlen emberét. Mivel nem kapkodta el a választ, Fettisov szólalt meg.

– Azt az utasítást kaptam, hogyha kiengedik, vigyem haza. Ott nyugodtabb körülmények között lehetne.

– Nem is tudom, még nagyon gyenge vagyok.

– Emiatt ne aggódjon, természetesen nem hagyom egyedül.

– Ó, ez igazán nem várható el öntől.

Fettisov igyekezett kellően ártatlan képet vágni. – Nincs is szó elvárásról, ez a gazdám parancsa. Ön olyan belátónak látszik, ugye, nem akar nekem kellemetlenséget okozni azzal, hogy nem tudom teljesíteni a feladatomat?

A jól előkészített satu nem kerülte el Lathea figyelmét. Egyfelől örült volna a társaságnak, másfelől viszont irtózott a gondolattól, hogy kiszolgáltatottan más segítségére szoruljon. Nem akart senki terhére lenni, és megfizetni se tudta volna a támogatást. Zahar Fettisov szomorú arca pedig még a lelkiismeretét is felébresztette.

– A hallgatását igennek veszem – közölte a férfi szelíden. – Amennyiben megengedi, előkészíteném az otthonát a hazatérésére.

– Ha nemet mondok, újabb kiszabott parancsokkal hozakodik elő?

Fettisov derűsen hahotázott. Természetes, nyílt gesztus volt a részéről és Lathea hirtelen nagyon vonzónak találta. Bár nem lehetett idős, fiatalos vonásaihoz és csillogó korall szeméhez nem illett az erősen őszülő haj. Mosolya lekenyerezően baráti, meleg mosoly volt. – Látom, kezdi méltányolni a helyzetemet.

– És az én helyzetemmel mi lesz?

– Egy darabig legyen fekvőhelyzet – kacsintott megint Fettisov. – Ha ki is eresztik innen, még feküdnie kell, ezért arra jutottam magammal, hogy átmeneti jelleggel a lakásában vernék tábort. Mit gondol?

Lathea megrökönyödött. – Rettenetesen hálás vagyok, de ez mégsem jó ötlet.

– Miért nem? Maga nem ugrálhat fel mindenért, a grófom pedig még nem gondoskodott ápolónőről, ha egyáltalán ez a terve – Fettisov gyanította, hogy Mischában fel sem merült hasonló. Az egész ügy villámgyorsan zúdult a nyakukba és a részletek a sietség áldozatául estek. – Nos, mi a válasza?

– Rossz a lelkiismeretem.

– Lehet is, ha maga miatt elbocsátanak.

Megadó sóhaj. – Hát, legyen, tudja, hogy egyedül nem boldogulnék.

– Nem is kell, hiszen itt vagyok én – felelte Fettisov őszinte elismeréssel adózva a lány által tanúsított józan belátás előtt. Nyilvánvaló volt, hogy a dolgok cseppet sem tetszése szerint alakulnak.

A kórházi ágyon töltve az időt, Fettisov látogatásai között magára hagyatottan, Latheának bőséggel maradt ideje a bekövetkezett fordulatok elemezgetésére. Az események időbeli eloszlását nehezére esett megítélni, de legalább öt hét telhetett el a végzetes veszekedés óta, ami kivételesen nem elsősorban pénz miatt tört ki. Milko Ternovsky, ahogy lassan már minden áldott nap, akkor éjjel is lerészegedve támolygott haza. Ezúttal azonban annyira bizonytalanul állt a lábán, hogy az egyik cimborája vonszolta fel a lakásba. Lathea a veszett danolászás hallatán hagyta ott a ruhát, amin dolgozott, és a nappaliban találkozott össze a kocsmázókkal. A két iszákostól elviselhetetlenül nehéz lett a levegő, mosdatlanságuk meg az alkohol pokoli összeérése belengte a szobát, ráadásul eleinte egymásba gabalyodva, utána meg durván lökdösődve, eszement módon kornyikáltak mellé. Mielőtt leomolhattak volna a kanapéra, ő gyakorlatilag kidobta a betolakodó idegent, aki csak egy fokkal bizonyult józanabbnak a ház uránál.

– Jól van, jól van, megyek – adta meg magát kifelé lódulva. – Úgyis későre jár.

A szavakat tettek követték és nem telt bele sok, ott maradtak négyszemközt. Milko vérben úszó szemei szikrát szórtak, ahogy rá förmedt. – Honnan veszed magadnak a bátorságot, hogy kitedd a barátomat?

– Elmúlt hajnali négy és részeg, akár a csap! – közölte hasonló hangnemben, ám amikor távozni készült, az egyik vasmarok bilincsként a karjára csapódott.

– Ez az én házam és itt én mondom meg, ki...

– Amíg én tartalak el és én fizetem a számlákat, addig én diktálom a feltételeket!

Ilyen ádáz gyűlölettel soha korábban nem támadtak egymásra. Latheára pörölycsapásként záporoztak a súlyos tárgyak, majd fél tucat ütés, minek utána menthetetlenül összeroskadt. Az eszméletvesztés határán ösztönösen, egy megfoghatatlan sugallatot követve hengeredett a hátára, pusztán ezért a lesújtó olló a szíve helyett a maga elé kapott karjába fúródott. A fájdalomtól megvakulva, már-már nem is érzékelve, mikor tört el a csont, de élettelenül csüngött az oldalán, kivédett egy következő, alattomos támadást. Legközelebbi emléke szerint a szőnyegen hevert, elviselhetetlenül égett a hasa tájéka, miközben ismeretlen férfiak toporogtak körülötte. Magasak, feketék, félelmetesek és elképesztően egyformák. Még a hangjuk is a megtévesztésig egyezett, mintha víz alól beszéltek volna, gurgulászva, tompán. Az egyik azt mondta: – Jól kinyírta az öreget!

Megpróbálta elfordítani a fejét, és bár embertelen erőfeszítést emésztett fel, így is csak Milko Ternovsky lejárt cipőit látta, valamint a vértócsát, melynek közepén elvérezve feküdt. Attól kezdve már nem emlékezett többre egy-egy szófoszlánynál, és azokat sem tudta helyhez, vagy emberekhez kötni. Ilyenek voltak a gyilkos meg a Pentonville szavak. Ahogy tudata a gyógyszerek keltette bódulatból kezdett kitisztulni, egyre csak önnön szerepét kutatta és az érzéseit próbálta megfejteni. Ám akármennyire is röstellte, nem fedezett fel magában bűntudatot, se lelkifurdalást. Sokkal inkább egyfajta bántó ürességet, ám azon is átderengett az újrakezdés reménye. Magának is alig merte bevallani, mennyire megkönnyebbült. Jóllehet tisztában volt vele, hogy kezéhez nem is akárki vére tapad, csakis magára tudott gondolni. Arra a teherre, amitől megszabadult. Talán egyszer majd megbánja ennek a sóvárgott szabadságnak az árát, de ahogy minden mozdulatnál a hasába vájt a fájdalom, a karját pedig hasznavehetetlenül fektette maga mellett, mindez egyelőre az elmúlt évek poklát idézte. Azt a poklot, ami soha nem ismétlődik meg többet.

Egy alkalommal Fettisov elmesélte, milyen állapotban került a börtönbe, amikor, ahogy ő fogalmazott, a grófom rábukkant. Ő azonban villanásnyi, félig tudattalan képeket leszámítva nem tudta felidézni a Pentonville-t, ahogyan azt sem, hogy látta volna ott Kupolyevet. Sokadszorra átpörgetve az emlékeit tisztán felrémlett előtte, hogy azt a bizonyos szalvétát hazavitte, ám Betty menyasszonyi ruhájának varrásakor a jókora felfordulás idején nyoma veszett. Különösebben nem sújtotta le a felismerés, hiszen nem szándékozott a grófon behajtani a szavát. Távol állt tőle szívességet kérni, másfelől pedig a Kupolyevvel kapcsolatos tapasztalatai azt súgták, jobb nem kapcsolatot keresni vele. Tagadhatatlan udvariassága ellenére számító, rideg ember benyomását keltette, aminek kellő bizonyságát találta élettelenül közönyös tekintetében. Máskor meg az az érzés kerülgette, mintha a férfi titokzatos álarcot viselne, bár ő nem akarta felvállalni, hogy a mögöttes tartalmat felkutassa. Főleg, mert nem tartotta szokványosnak, ahogy egy váratlan pillanatban elkötelezte magát a szalvétával, ncm említve azt, ahogy előtte kutatott utána Stepney-ben. Grófoknak még csak a látómezejébe sem kerülnek olyan lányok, mint ő, legalábbis az ő valóságában nem.

- Pedig olvassa csak – adott Fettisov a kezébe egy sürgönyt, ami Párizsból érkezett. Rövid volt és velős.

– Ahogy megállapodtunk, Fetya: Miss Trashburn az ígéretemhez híven kapja meg a legteljesebb gondoskodást. Nincs kifogás.

Ettől kezdve nem volt min vitázni, Lathea egyébként sem vette volna a lelkére, hogy Fettisovnak miatta gyűlik meg a baja a gazdájával. Látogatásai kellemes változatosságot csempésztek az életébe és javuló közérzetének jót tettek a beszélgetések. Szórakoztató történetekkel mulattatta, igazán élvezetesen adva elő a szeleburdi meséket. Szombaton Dr. Kozlov negyven percet szánt egy alapos kivizsgálásra, hogy kiegészítse a kórlap információit. Végignézte a gyógyuló sebeket, kicserélte a kötést, ahol még nem lehetett végleg eltávolítani, és a hasi vágásra is friss réteg kötszer került.

- Igazán szépen javul, kisasszony – közölte végül. – Hogy érzi magát?

- Jobban, doktor úr. Bár a karomat nehezen viselem, és ahányszor felülök, itt is rettenetesen fáj.

Kozlov éber tekintete követte a kezét, ahogy a mája felé vonult. – Megértem, higgye el. Nagyon veszélyes helyen kapta a szúrást, mi több kellemetlenül mélyen, ezért bizony eltart egy darabig, míg megnyugtatóan begyógyul. Legjobb, ha fekszik, később esetleg üldögél, de a mozgást egyelőre megtiltom. Egyéb panasz?

- Néha szédülök, és alig bírom megmozdítani a tagjaimat, de ez minden.

- Gyenge még, meg kell erősödnie, ez azonban nem is csoda azok után, amin keresztülment. Fettisovnál jó kezekben lesz, efelől nincs kétség.

- Egy őrmester?

Kozlov nem várt derűvel felnevetett. – Valami kísértetiesen hasonló. Tartsa be az utasításaimat, Miss Trashburn, és akkor jóban lesz vele.

Egy utolsó, bíztató kézfogás képében meg is kapta az elbocsátó jókívánságokat, hogy másnap valóban hátat fordíthasson a St. Mary's-nek. Furcsa érzéssel számolta a hátralevő órákat, miközben egy belső hang azt súgta, élete fordulópontjához érkezett.

- Na, milyen érzés újra az otthonában?

Fettisov kérdése megrekedt Lathea gondolataiban. Két napig azon rágódott, vajon felkavart érzései pontosan mit jelentenek. Képtelen volt értelmezni őket. Mélán hevert a takarosan megvetett ágyban, hol a plafonra meredt, hol körbe-körbepásztázta a szobát és az ismerős látványba menekült. Tagadhatatlanul hazatért, minden sarok temérdek emléket őrzött. A varrógép, amit az édesanyjától örökölt, az ablak, ahol Erwin annyiszor titokban surrant be. A kellemes percek mellett azonban akadt számtalan másfajta kép is. Ugyanez a most békés arcát mutató odú szemtanúja volt a nagy veréseknek is, magába szívta a bánat könnyeit, melyeket nem egyszer ontott a bezárt ajtó védelmében, és egyben cinkosul elnyelte a csalódásokat.

Ami viszont az ajtón túli közelmúltat illeti, erőszakkal igyekezett megszabadulni az emlékétől. Szerencsére csak mozaikok kísértették, jóllehet azokban az apja vérbe fagyva feküdt a szőnyeg közepén, torkából állt ki a gyilkos olló, máskor szikrázó szemei pedig kihunytak, szájából vér szivárgott. Tudta, milyen különös dolog ez, hiszen nem is látta a halott arcát, képzelete mégis ezt a kegyetlen képet vetítette elé.

Fettisov láthatatlan jelenlétének elsősorban azért örült, mert motoszkálásának és lépteinek apró neszei tovakergették azt a mérhetetlenül fojtogató csendet, amit bűnös tudata a lakásnak tulajdonított. Ráadásul odakint tavaszi felhőszakadás áztatta a várost és a kopogó cseppek barátságtalan hangja is azt a borzalmas, nyirkos éjszakát idézte.

A kínzó gondolatok elől nehezen meglelt félálomba menekült. Amikor kinyitotta a szemét, a férfi az ágya mellett álldogált, az éjjeliszekrényen pedig forró tea illatozott.

- Hogy van?

- Nem is tudom, ébren jobb-e, vagy ha alszom.

Fettisov nem számított ennyi őszinteségre, ez az arcára volt írva. Egy hosszú percig elmerengett azon, mit mondhatna, majd együttérzéssel megjegyezte: – Ha majd elég erős lesz hozzá, mesélje el.

Lathea adós maradt a válasszal, de a férfi láthatóan nem várt tőle semmi ilyesmit. – Azért zavarom, mert látogatói érkeztek. A férfi orvosnak adja ki magát, az állítólagos felesége pedig ápolónőnek. Meg kell hagyni, nagyon élethűek.

Lathea boldogan felnevetett. – Kester és Betty? Ó, a mindenit! – kapott ugyanakkor a hasához.

- Ne ficánkoljon, kérem. Szeretne felülni?

- Hálás lennék a segítségért, olyan átkozottul tehetetlennek érzem magamat.

Fettisov óvatosan előredöntötte, míg megigazította a párnát, ő pedig bizonytalanul a vállába kapaszkodott.

A kiállt fájdalmak ugyan nem hasonlítottak az első napok kínszenvedéséhez és Dr. Kozlov is érzékelhető javulást jósolt, a hirtelen mozdulatok továbbra is könnyeket kergettek a szemébe.

A kemény szavakra Fettisov meghökkenve pillantott fel. – De csak nélkülem – vigyorgott aztán. – Legyen jó kislány, igya ki a teát, én meg beengedem a toporgókat.

Így is történt. Betty Kesterrel a sarkában tornádóként zúdult a szobába, még mielőtt ő egyáltalán kézbe vehette volna a csészét. – Lat! Istenem, Lat! – boldog sietséggel, de azért óvatosan ölelte át.

- Mennyire örülök nektek. Ismeritek Fettisovot?

- Ó, igen, kint találkoztunk – nézett hátra Betty már az ágy szélén ücsörögve. – Ennél többet azonban nem árult el.

- Fettisov a… barátom. Átmenetileg felvállalta azt a nyűgöt, hogy ápol engem.

- Igazán lovagias és hol ismerkedtetek meg?

Habár a kérdés címzettje Lathea volt, Betty szúrós pillantása végig az oroszra tapadt, akit azonban se gyanakvása, se a szavai nem rendítettek meg. Szerény mosollyal azt hazudta: – A St. Mary's-ben vagyok ápoló, Lathea pedig albérlőt keresett.

Betty a barátnőjére sandított megerősítésért. – Túl nagy ez a lakás, én pedig fel se kelhetek.

Miután magukra maradtak, Betty kritikusan közölte: – Hogy vagy képes egy vadidegent beengedni ide?

- Mit tehetne ellenem? Se pénzem, se értékeim.

- De itt vagy te, egy kiszolgáltatott, fiatal nő.

- Szerintem ez a Fettisov nem tűnik kéjgyilkosnak – jött közelebb Kester fancsalin vigyorogva.

- Köszönöm, Kester – nevetett rá Lathea.

Kester elhessegette a feleségét az ágyról. – Megnézhetem, milyen állapotban vannak ezek a kötések?

Lathea némán tűrte a szakszerű ujjak kutakodását, mialatt Betty mesélőre fogta. – Erwin telefonált Yorkshire-ből, hogy két napja itthon kellene lenned. Sejtelmem sincs, honnan tudta, de, ha már tudja, azonnal is szólhatott volna.

- Fettisovtól.

- Ó! Hát, ismerik egymást? Lathea megvonta a vállát. – Úgy tűnik. Fettisov rendes ember, Betty, a barátom és szükségem van rá.

- És a kötözéshez is remekül ért – jegyezte meg Kester, mire Lathea titkon fellélegzett.

- Ezt az ocsmány történetet az apáddal mindmáig senki nem tudja megemészteni – folytatta Betty. – Amikor először hallottunk róla, meghűlt bennem a vér. Hogy te börtönben!

- Számomra is rémálomnak tűnik, hidd el.

- Fogalmam sincs a börtönökről, de kutyául szenvedhettél. Inkább az apád illett volna oda.

- Jóformán semmire nem emlékszem. Az első tiszta pillanatom már a St. Mary's-hez köt.

Kester visszahajtotta a takarót, majd felállt. – Gyorsan helyrejössz, ha eleget fekszel. A seb szépen gyógyul, de igencsak mély lehet.

- Köszönöm, Kester.

- Ha akarod, valamelyik nap felugrom, és még egyszer megnézem őket – Lathea hálásan bólintott. – Egyébként Betty szülei is szívesen eljönnének. Judith szinte beteg az aggodalomtól.

- Bármikor jöhetnek, nem megyek sehová.

A szójátékot rövid szünet követte.

- Nem is kérded, mi van Erwinnel? – tudakolta később Betty ártatlan arccal, jóllehet hanghordozása meglehetősen provokatívra sikerült.

- Történt valami?

- Pusztán annyi, hogy halálra izgulta magát miattad.

Lathea ugyan hálát érzett Erwin közbeavatkozásáért, de továbbra sem volt képes azzal a régi vágyódással gondolni rá, mert ahányszor megkísérelte, mindannyiszor a szilveszteri események dörömböltek a tudatán. Öt hónap leforgása alatt lassan, biztosan eltávolodott attól az énjétől, amelyik engedte őt a szívébe lopakodni.

– Hogy érzi magát Yorkshire-ben? A kérdés szerencsétlen módon annyira érdektelenül hangzott, hogy Betty megsértődött. – Téged tulajdonképpen cseppet sem érdekel, ugye?

– Dehogynem.

– Nem csapsz be, Lat! Kester megpróbált békítően közbelépni. – Ez nem a legmegfelelőbb pillanat.

– Igazságtalan vagy velem, Betty – magyarázkodott Lathea meg se hallva a közbevágást. – Erwin egyedül döntött arról, hogy katonának áll és el is ment.

– Ettől még szeret téged.

– És nekem is a barátom marad, de messze van, mert így akarta. Szerintem nem tehetünk egyebet, minthogy ezt elfogadjuk.

– Elárulhatnád végre, mi a fenén vesztetek össze.

– Sajnálom, ez csakis kettőnkre tartozik.

Betty válaszát, mely arckifejezéséből ítélve nem lett volna hízelgő, Fettisov kopogása előzte meg. – Távol álljon tőlem, hogy udvariatlan legyek, de a betegünkre ráférne egy kis pihenés. Elmúlt kilenc óra – sandított Kesterre, mialatt Lathea biztosra vette, hogy érkezése a kiszűrődő szóváltásnak tudható be.

Kesterben megértő partnerre talált, ezért a vendégek búcsúzkodni kezdtek. – Kérlek, ne neheztelj rám, Betty.

A barátnője válasz helyett megölelte. – Szóljak a tiszteletesnek, hogy látogasson meg?

– Az csodálatos lenne.

– Jól van, és mi is jövünk majd.

A távozók után támadt csendben Lathea szótlanul kibámult az ablakon. A távolban hallani vélte a halk beszédfoszlányokat, valamivel később pedig a bejárati ajtó ismerős kattanását. Egyszer csak Fettisov megint ott állt előtte. Zsebébe mélyesztett kezekkel fürkészte őt, nyílt tekintetét mégsem tudta megfejteni. – Hazudott értem, Fettisov. Köszönöm.

A férfi habozni látszott. – Az első apai lecke, amit felnőtté válásom előtt kaptam, valahogy így szólt: ha egy nő becsületébe vetett hitünk meginog, minden elveszett.

- Nem túl drámai megfogalmazás ez?
- Mi oroszok már csak ilyenek vagyunk, szeretjük a drámát, meg a vodkát.

A kedves félmosoly Fettisov szája sarkában újfent jótékony hatást gyakorolt Latheára. – Alkalomadtán mesélhetne a hazájáról, hogy ne kelljen szégyellnem a tudatlanságomat.

- A mai Oroszország nekem is ugyanolyan idegen.
- A régiről is szívesen tudnék meg valamit. Szeretem a szép meséket.
- Ó, igen, azt az életet nagyon szerette volna, ahogyan mi is szerettük – mosolygott Fettisov az emlékein. – Hamupipőkék és királyfik a kristálycsillárok alatt, pezsgő, tánc, kaviár... talán igaz se volt – azután megint szelíd pillantás váltotta fel azt az álmodozót, és ettől legalább tíz évvel fiatalabbnak látszott. – Sort kerítünk rá, de most ideje nyugovóra térni. Hosszú volt a nap.

A rossz emlékek nehezebben tűntek el, mint Lathea szerette volna. Nappal ugyan sikerült elhessegetnie őket magától, az ablakon beömlő napfényes tavaszra gondolt, olvasgatott, vagy Fettisovval társalgott. Éjszaka viszont gyakran álmodott arról a véres napról. A képzeletében minden alkalommal kegyetlenebb és mocskosabb lett, az események szinte önkínzó módon szövődtek tovább. Ilyenkor azután felriadt, vagy Fettisov felrázta, mert annyira kiabált álmában, hogy többé nem is tudott pihenni. Mindaddig mégis bátran viselte a visszatérő, gyötrő rémálmokat, míg egyszer a tudata az édesanyját is valahogy bele nem szőtte a történetbe. Mintha alakja a gyilkos jelenet fölé tornyosult volna, hogy valósággal szemmel verje őt a gyalázatos tettért, amit elkövetett. Ahogy felriadt a lidércnyomásból, sírva fakadt. Se erő, se elszántság nem volt benne ahhoz, hogy fájdalmát visszatartsa. Egy hét óta minden éjszaka ugyanazok a képek kísértették és bár józan eszével felmérte, hogy a saját életéért vette fel a harcot, valójában ez mit sem változtatott azon a tényen, hogy vér tapad a kezéhez. Felbecsülhetetlenül sok idő telt el, míg kiontotta minden könnyét. Nem törődve a megindultságtól hevesen összerázkódott testének követelődző intéseivel, nagy erőfeszítések árán kiült az ágy szélére, majd némi pihenőt tartva tétován talpra küzdötte magát. A kis szekrényen álló óra kettőt mutatott. Bizonytalanul álldogált egy darabig, miközben szeme előtt lassan körvonalazódott a varrógép szögletes formája. Megmagyarázhatatlan logikával Erwint idézte és azt a legelső éjszakát, amit ebben a szobában töltöttek. Még jobban gyötörve magát a logikai kapcsolat is eszébe villant. Nem tudott pénzt adni az apjának italra, mire az kikapta a kezéből azt a ruhát, amin éppen dolgozott, és dühében apró cafatokra tépte. Erwin órákkal később egyszer csak bemászott az ablakon. Szokásához híven azonnal felmérte a helyzetet és lekenyerező, bölcs kedvességével vigasztalgatta. Mióta a férfi kivonult a mindennapokból, ez a néma, megértő támogatás hiányzott a legjobban. Pedig óriási szüksége lett volna rá.

Óráknak érzékelte, mire átkelt a nappalin, ahol ráadásul szőnyeg nem lévén halkan és óvatosan kellett mozognia, ha nem akarta Fettisovot a másik szobában felverni. Valahogy elvergődött a konyháig, ahol hosszasan a szekrénynek támaszkodva fújtatott. Olyan erőtlen volt, egy futó pillanatig attól tartott, a térde összecsuklik alatta. Azt viszont elégtétellel nyugtázta, hogy a sebét kevéssé gyötörte meg a kaland. Idővel úrrá lett a gyengeségen és körbenézett, mit ihatna. A pocsék álom, valamint a kimerítő séta alaposan kiszárították a száját. Elővett egy ütött-kopott edényt, hogy a kannába vizet töltsön. Legjobban egy csésze teára vágyott. Bizonytalanul nézelődött maga körül, amíg a víz melegedett. Mintha emberemlékezet óta nem járt volna az ismerős tárgyak között. Minden korábban kézenfekvő bizonyosság megfakult, a kilátások eltűntek, ő pedig azzal a kényszerképzettel küszködött, hogy vajon nem légüres térbe került-e?

- Jól van?

A kérdés meglepetésszerűen robbant bele a mindent átható csendbe. Ijedten lesett át a válla felett Fettisovra, akit szemmel láthatóan az ágyból ugrasztott ki. Nadrágjára sietve felkapott egy inget, ebben az öltözékben szokatlan benyomást tett. Olyan volt, mint bármelyik álmos férfi.

- Csak megszomjaztam egy kicsit.

- Látom, teát főz. Miért nem szól, ha szüksége van valamire? Azért vagyok itt, hogy ettől megkíméljem.

- Szívesen megcsinálom. Iszik velem?

Fettisov beljebb merészkedett. – Miért is ne? És hogy érzi magát először talpon?

- Tulajdonképpen jól – Lathea keze ösztönösen a hasára siklott. – Egészen olyan, mintha kilométereket kellett volna futnom.

Fettisovtól a szokásos mosoly érkezett. – De határozottan teljesítette a távot.

- Ennek ellenére most inkább leülök egy percre.

- Üljön le a szobában, mindjárt viszem a teát is.

Lathea alig helyezte magát kényelembe, az ital máris megérkezett. Mielőtt eltöprengett volna azon, milyen szokatlan dolog az éjszaka közepén egy gyakorlatilag idegen férfival teázni, miközben mindketten alulöltözöttek és álmosak, azon kapta magát, hogy Fettisov az életéről mesél. – Alighanem ez az új Oroszország, illetve most már Szovjetunió, semmiben sem hasonlít ahhoz, ahol születtem és a gyerekkoromat töltöttem.

– Hogyan tudja összehasonlítani?

– Egy ízben jártam ott Mischával a forradalom után.

– Kivel?

– A grófommal – vigyorgott Fettisov hátragereblyézve őszülő haját.

– Mischának szólítja? Ez úgy hangzik, mintha...

– A barátom lenne? Mert az is.

– Holott az inasa? Ezt nem nagyon értem.

– Gyerekkorom óta ismerem, együtt nőttünk fel. Az öreg Kupolyev az apám legjobb barátja volt és a keresztapám.

Lathea eltűnődve elemezgette, ez pontosan mit is jelenthet. – A legjobb? Ezek szerint szintén nemesember?

– Tudja, Lathea, szerencsésnek mondhatom magamat. Én ugyanis szívből megértem a maga ellenérzéseit. Mármint az úgynevezett előkelőségek iránti ellenérzéseit. Bár mégis azt kell, mondjam, túlságosan általánosít és ezért sokszor igazságtalan. Nem attól jó vagy rossz ember valaki, hogy milyen bölcsőbe születik, jóllehet ez nyilván döntően befolyásolja a gondolkodásunkat és a viselkedésünket.

– Ezt miért mondja?

– Oroszországban a forradalom előtt egy olyan arisztokrácia uralkodott, melynek tagjai pazarló és fennkölt módon éltek, elképesztő elzártságban a társadalom alsó rétegeitől, semmit sem tudva róluk. Nehéz ezt Angliában megértetni, mert itt egészen mások a viszonyok. Ám ha azt mondom, a forradalom sikere éppen ebben a tudatlanságban leledzett, beláthatja, miről van szó. Ugyanis a felsőbb körök csakis saját fényűző életükkel voltak elfoglalva, bálokkal, mulatságokkal, vadásztak és vedelték a pezsgőt meg a vodkát, miközben halvány fogalmuk se volt róla, micsoda harag és gyűlölet közepén teszik mindezt.

- Mintha ön kivétel lenne, Fettisov.

Apró kézmozdulat jelezte az ellenkezőjét. – A bölcsességem új keletű és alighanem sok köze van a harminchét betöltött évemhez. 1917-ben hagytuk el Pétervárt, amikor Mischa és én is épp csak megünnepeltük a tizenötöt. Éretlen suhancok voltunk, a kadétiskolában felhőtlen és gondtalan életet éltünk, természetesnek véve rangot, hatalmat meg a vagyont, ami soha nem fogy el. Azután minden előzmény nélkül felfordult a világ körülöttünk. Egy nap az öreg Kupolyev betört az iskolába és elrabolt minket. Lóra kaptunk és egyetlen kis batyuval elmenekültünk. Hozzáteszem, az utolsó pillanatban. Azóta persze tudjuk, milyen sors jutott a hátra-maradóknak. A forradalom által felszínre hozott tömeg-gyűlölet és háborúsdi áldozatául estek. Akárcsak az apám.

- Nagyon sajnálom.

- Szerettem őt, de a mai eszemmel azt hiszem, nem volt eléggé erős és előrelátó azokban a vészjósló időkben.

- Előrelátó?

Fettisov hátradőlt és kényelmesen egymásra rakta lábait. – 1905-ben az első forradalom idején a cári hatalom megtanulhatta volna, micsoda elégedetlenség és népfelháborodás veszi őket körül, ehelyett további erőszakkal válaszoltak a kihívásra. Amint ismét kezükbe ragadták a gyeplőt, véres megtorlások következtek, melyben az apám is tevékeny részt vállalt. A lelke mélyén békés, kedves és nagylelkű természet volt, ám a hercegi rang, amit viselt...

- Herceg– hűlt el Lathea.

Fettisov lágyan mosolygott. – Herceg bizony, ez azonban már akkor is kétélű fegyvernek bizonyult. A mérhetetlen gazdagságért cserébe elkötelezettséget a cár iránt, tegyen jót vagy rosszat. Apám 1905 után belekényszerült a földesúri fegyelmezésbe, amit az uralkodó hűsége jeléül elvárt tőle. Akármennyi jót is tett korábban, a parasztjai az első alkalommal elfeledték és minden korbácsütésért revánsot vettek rajta.

- Tehát maga is herceg? Te jó ég!

- Ne tulajdonítson ennek különösebb jelentőséget. Nem élek a címmel és a legtöbben még csak nem is sejtik, ami megfelel nekem – Latheát ennek ellenére letaglózta a hír. – Amikor az öreg Kupolyev 1917-ben menekülőre fogta, hajóval akartunk Finnországba szökni. A terv szerint egy eldugott faluban bevártuk volna a többieket, és uzsgyi. Azonban hiába vártunk. Se az apám, akit addigra rég felkoncoltak a birtokán, se Mischa édesanyja vagy a testvérei nem érkeztek meg.

- Ők is meghaltak?

Fettisov a fejével intett. – A grófné útra kelt ugyan, de elkapták és visszavitték a Kupolyev-birtokra. Közel két évig Finnországban és Dániában maradtunk, mert a gróf nem tudott belenyugodni a családja elvesztésébe. Be-besurrant Pétervárra, hátha híreket tud szerezni, csakhogy a remények porba hullottak azokkal, akiket a forradalomban lemészároltak.

- Borzalmas lehetett.

- Szerette volna az öreget – tette félre Fettisov a csészéjét. – Gáláns ember volt, mégis mentes az extravagáns sallangoktól, valódi, érző szív dobogott a mellkasában. A maga módján egyszerű, hétköznapi életet élt, jóllehet a pezsgő meg a lazac volt mindene. Illetve a felesége, akit képtelen volt kimenteni a halál torkából. A grófné meg a gyerekek nélkül már soha nem volt ugyanaz, mégis összeszorított foggal tartotta magát, hogy Mischát és engem kitaníttasson és pályára állítson a boldoguláshoz.

- Szerette őt, igaz?

- Hát, persze. A fiának tekintett, a legjobb iskolákba járatott és ugyanazokat a kiváltságokat élvezhettem, mint a fia. Annak ellenére se tett köztünk különbséget, hogy én a megörökölt címemhez semmiféle vagyont nem hoztam ki Oroszországból. Egy jelentéktelen bankszámla kivételével az apám elképesztő vagyona a bolsevikok kezére jutott, míg Kupolyevék az ingatlanjaikat leszámítva már jóval korábban a teljes örökségüket Franciaországba vitték. Ez azonban számomra mind mellékes, soha nem voltam anyagias ember és az évek azt mutatják, hogy egyre kevésbé vagyok az.

Lathea elmerengett a felkavaró történeten. – Tulajdonképpen miért meséli el ezt az egészet? Főleg azért kérdezem, mert a grófja nem tűnik annak a fajtának, aki szívesen megosztaná a múltja titkait.

- Teljesen hibásan ítéli meg őt. A lelke mélyén ugyanolyan, mint az apja volt. Sajnos magának való alkat, általában bizalmatlan és szófukar, magáról pedig végképp nem beszél. Azt is elismerem, hogy hajlamos elragadtatni magát, sokszor gyakorol másokra nyomást, olykor kíméletlen is, de ez még messze nem jelenti, hogy a páncélja mögött rossz ember lenne. Óriási megrázkódtatások állnak a háta mögött.

- Mintha védené.

- Nincs szüksége rá.

- Ha olyan jó barát, miért hagyja önt a szolgálatába szegődni?

- Ez az én döntésem volt – hárította el Fettisov a feltételezést. – Diplomás mérnök vagyok, amit szintén az öreg Kupolyevnek köszönhetek. Évekig utazgattam és vállaltam munkát itt-ott, de hiányzott Párizs és Mischa, úgyhogy visszatértem Európába, hogy felajánljam neki a segítségemet. Addigra az apja meghalt, elkélt neki a társaság.

Lathea tanácstalanul nézett a férfira. – Ez az egész annyira furcsán hangzik. Herceg, de titkolja, közben beáll szolgálónak a legjobb barátjához.

- Két dolgot hadd mondjak. Amikor a szerencsét emlegettem, arra céloztam, ami a vagyonnal járó kötelezettségeket jelenti. A rang, legyen akármilyen hangzatos, pénz nélkül fabatkát se ér. Ezért tehettem meg, hogy elfeledkezem róla, és szabadon, nyomasztó elvárások nélkül polgári életet választok, amit különben nagyon szeretek. Az öreg Kupolyev olyan örökséget hagyott maga után, amit Mischának hangulatoktól meg egyéni ambícióktól függetlenül fel kellett vállalnia. Róla mindenki tudja, hogy nemesember, na meg igencsak gazdag, ez pedig bizonyos értelemben kalickába zárja. Elvárják tőle, hogyan viselkedjen, hogyan lakjon, kikkel érintkezzen, kinek udvaroljon. Ha tudná, ez micsoda teher!

- Mintha egyenesen rászabták volna ezt a szerepet.

Fettisov elnevette magát. – Magát igazán nem könnyű megbékíteni, ugye? De téved. Mischa utálja ezt a felhajtást – széttárta a karjait. – Mégsem szökhet meg önmaga elől. Megpróbálja kihozni a dologból, amit lehet. Nyilvános szereplések alkalmával ő is csak egy a sok közül, a színfalak mögött viszont egészen más ember. És én pontosan azért vagyok vele, nehogy ezt az arcát elveszítse a sok képmutató alakítás dzsungelében.

- Jól hangzik, de vajon igaz is?

Halk nevetés. – Egyszer a gyanakvókat is be lehet ám törni. Egyébként Párizsban számottevő orosz kolónia él, akik 1905 vagy 17 tájékán menekültek el otthonról. Tábort vertek Franciaországban, de azért akadnak különféle sorsok. Egyesek elszegényedtek, mások nem, az viszont tény, hogy összetartó csoportról van szó, ahol az én esetem messze nem egyedülálló. Csődbe ment grófok és elszegényedett hercegek lettek komornyikok, soförök, ki tudja, még micsodák. Így legalább van keresetük és nem kell kiszakadniuk az övéik közül – Lathea hatalmasat ásított. – Majd leragad a szeme.

- Ne haragudjon. Milyen hálátlan vagyok... herceg?

- Ó, nem, én már csak a jó öreg Fettisovra esküszöm. Le kéne feküdnie, mindjárt hajnalodik.

Lathea komótosan feltápászkodott, és a férfi nem is sietett a segítségére. Köszönöm a mesét, bár röstellem, amiért az éjszaka közepén felvertem.

- Keveset alszom, emiatt ne ébressze fel a lelkiismeretét. Segítsek, vagy egyedül is megy?

- Ha hangos puffanást hallana, akkor eredménytelenül hősködtem.

Fettisov a megjegyzésen mulatva nézett Lathea után, aki az ajtóban még egyszer megfordult. – Már így is visszaéltem a nagylelkűségével, mégis lehetne egy kérésem?

- Hiszen ezért vagyok itt.

- Kérje meg Adams tiszteletest, hogy látogasson meg, amikor teheti.

A férfi engedelmesen bólintott. – Reggel elmegyek hozzá.

- Innen sajnos nem tud telefonálni, de a parókia itt van a közelben. Az Arbour Square-en megtalálja.

- Holnap az első dolgom lesz.

Lathea sarkon fordult, hogy kimért léptekkel beballagjon a szobájába. Még egyszer utoljára a férfira mosolygott, aki mindenre felkészülten rendületlenül ugyanott állt. Összenéztek, mielőtt egy halk jó éjszakával résnyire hajtotta volna az ajtót, ahogyan a férfi szokta.

Richard Adams második látogatása is gyógyírként hatott rá. Két órát beszélgettek, ami bőségesen elegendő volt az őszinte vallomásra, tanácsokra, vagyis mindenre. Lathea először mesélt részleteiben arról a borzalmas éjszakáról, Adams lankadatlan figyelmének középpontjában végre felszabadult a nyomasztó teher alól. Nemcsak elmondta, mit követett el, de a tiszteletes a történések hátterére is kíváncsi volt. Az előzmények után kifaggatta az érzéseiről, arról, miféle álmok gyötrik, és milyen sebesüléseket kell elviselnie. Noha túlnyomórészt ő beszélt, tudta, hogy olyasvalakit talált, aki mélységesen osztja a szenvedéseit.

– Vajon a józanul hangzó mentségeket a lelkiismeretem is kész elfogadni? Ha így lenne, nem térnének vissza ezek a pokoli rémképek.

– Idővel elhalványodnak, efelől biztosak lehetünk. Az apja rossz, semmirekellő ember lett. Talán isten szolgájaként nem szabadna senkiről lemondanom, ám bárki láthatta, hogy az alkohol miféle szörnyeteget csinált belőle.

– Ez azonban még nem...

– Nem, természetesen nem jelenti, hogy meg kell halnia – vágott közbe Adams. – Ugyanakkor maga is megfogalmazta, hogyha nem védekezik, megölte volna. Sőt, kevés híján meg is tette.

Belemerülve a kijelentésbe Lathea fülébe csengtek a korábbi viták, elsősorban egy, amikor az apja dühödten a fejéhez vágta: – Bárcsak soha többé ne kéne látnom téged, hallanom és elviselnem a nyafogásaidat.

– Ha ezt akarod, már holnap itt se vagyok.

– Azt próbáld meg!

A kíméletet kizárólag annak köszönhette, mert ő kereste meg az alkoholra valót, amit a ház ura visszatérően leeregetett a torkán. Egyre az Adams-féle megállapításon időzve azon kapta magát, hogy egy reggel úgy ébredt, a véres este még csak meg se környékezte álmában. Semmit nem álmodott, ami persze az emberségesebb véglet volt. Nehezen emésztette meg ugyan, amit tett, és amit ellene elkövettek, de a tiszteletes gyakori látogatásai, józan meglátásai végső soron megtették jótékony hatásukat. Délután is képes volt egy-két órát nyugodtan átaludni, hogy azután kipihenten ébredjen és Fettisov segítségével néhány hosszt sétáljon a lakásban.

- A seb biztatóan gyógyul – állapította meg a férfi az egyik kötözéskor, amit valóban gyakorlott kezekkel hajtott végre.

Egyébként Latheát egész személyisége lenyűgözte. Közvetlen, intelligens, megértő és szórakoztató lénye nem nélkülözte a részvétet se, amire jelenleg igen nagy szüksége volt. Bár kimerítő és a felületes ismeretséghez képest talán túlzottan is feltáró beszélgetésük fényében valamelyest kötelességének érezte úgy közeledni hozzá, amit egy rangjabeli elvárhat, ám ez lehetetlen ötletnek bizonyult. A férfi továbbra is gondoskodó maradt, változatlan pontossággal végezve teendőit. Főzött, bevásárolt, ellátta őt és úgy mozgott, mintha az egész életét Stepney szegényes körülményei között, egy ilyen leromlott állapotú háztartásban töltötte volna. Lankadatlan optimizmusa és derűje ellenállhatatlan gyógyszerként hatott rá is.

Amikor a késő délutánban a júniusi napfény már csak halovány csíkban tudott bekukucskálni az ablakon, bágyadtan felnyitotta a szemét. Legnagyobb meglepetésére elmúlt öt óra, ami azt jelentette, hogy alaposan elnyomta a buzgóság. Amíg megpróbált hozzászokni a szobában kialakult fényviszonyokhoz, a nappali szoba felől idegen hang ütötte meg a fülét. Fettisov a biztonság kedvéért mindig résnyire nyitva hagyta az ajtót, ezért tisztán hallhatta a beszélgetést.

- Tovább tartott, mint gondoltam.

Fettisov szólalt meg. – Mi történt?

- Nem fogod elhinni, merre jártam.

- Barchobázunk, Mischa?

Latheának gombóc nőtt a torkában. Tehát Kupolyev a vendég. Noha Fettisov mindennapra várta, őt mégis kibillentette a lelki-egyensúlyából, amiért ilyen váratlanul toppant be.

- Jól van, szóval, Németországban rekedtem öt napra.

- Rekedtél? Hé, mit kerestél abban a fasiszta melegágyban?

- La Petit rángatott oda.

Fettisov nem felelt rögvest. – Galina? Egyszer a vesztedbe visz.

- Nem tehetek róla, kötelességem volt.

- Tudod, szerintem te félreértelmezed azokat a bizonyos kötelességeket. Az unokafivére vagy, nem a gyámja! Arról nem szólva, hogy elmúlt harminc.

- Talán megvigasztal, mennyire megbántam a dolgot.

- Cseppet sem, ha tudni akarod.

A másik azonban rendületlenül folytatta. – Tavaly a balettnál megismerkedett azzal a némettel, Kurttal, időközben azonban a fickó hazatért Saarbrückenbe.

- Ti meg utána?

- Valahogy úgy. Egy napra terveztük a kirándulást, de kissé elhúzódott a vizit. El se tudod képzelni, mibe csöppentünk. Náci felvonulások, propaganda és a felszín alatt már érezhető háború. Hátborzongató, mondhatom.

- Na, és Kurt?

- Ó, Kurt szőrén-szálán eltűnt. Ilyet te még nem láttál. Senki nem hallott felőle, nem látta, egyik nap még ott volt, másnap meg sehol. Csakhogy La Petit-t nem abból a feladós fajtából faragták, a kutakodással viszont hamarosan kezdtük felhívni magunkra a figyelmet.

- Mégis kinek a figyelmét?

- A szomszédokét, a szállodaportásét és persze a Gestapóét. Mintha egyszeriben mindenki minket lesett volna. Fetya, hátborzongató volt. Az emberek rettegnek, bezárkóznak, még ismerősökkel se állnak szóba. Azután La Petit-nek váratlanul eszébe jutott, hogy Kurt a családfájával kapcsolatban mesélt neki az apja kelet-európai származásáról. Nekem meg szöget ütött a fejembe, esetleg nincs-e zsidó abban a vérvonalban és a dicső Harmadik Birodalom ezért nyelte el. Mindenesetre fogtam a bőröndünket és haladéktalanul hazaautóztunk, mielőtt bármi egyéb történhetett volna.

– Okosabbat nem is tehettél volna. És Galina?

– Nem bírom, ha egy nő sír, de azért Párizsig hősiesen tűrtem.

Lathea többet nem hallott, feltehetően a történet meg is szakadt. Döbbenten feküdt a párnán, szemét lehunyva birkózott mindazzal, amit akaratán kívül kihallgatott, és el kellett ismernie, kísértetiesen összecseng azzal, amit valamikor régen Kester Frosttól hallott.

– Ébren van?

A visszafogott, szinte suttogó hangra felnézett. Fettisov dugta be a fejét az ajtó résén. – Félig-meddig.

– Kér egy teát? – Lathea hálásan bólintott. – Máris hozom. Egyébként van itt valaki, aki látni szeretné.

– Ki az? – tettette magát.

– A grófom megérkezett Párizsból. Beengedhetem, vagy jöjjön máskor?

– Nem vagyok úgy öltözve.

Fettisov derűsen felnevetett. – Ezt ép ésszel nem is várja el magától senki. Nos?

A visszautasítás igencsak érthetetlen reakció lett volna, főleg miután Kupolyev megmentette a börtöntől, sőt, talán a haláltól is. Meg akarta köszönni az erőfeszítéseit, ugyanakkor tartott is ettől a távolságtartó, megfejthetetlen alaktól. Fettisov meséje sem oszlatta el a fenntartásait, noha bizonyos dolgokat erősen új megvilágításba helyezett. Valószínűleg a képzeletében kiszínezett gonosz kép miatt lepte meg annyira, mert a belépő barna szemében ez alkalommal semmi nyomát nem lelte ridegségnek vagy rémisztő ürességnek. Épp ellenkezőleg, nehezen meghatározható melegséget árasztott, szája körül jókedvű mosoly játszott. Ahogy megállt az ágy végénél, ismeretlen ismerőst fedezett fel benne. A merev öltözékek helyett, melyeket a Royal Courtban gyakran vasalt neki, ezúttal világosbarna pantallót viselt sportos zakóval, ingének nyaka kigombolva, nyakkendő sehol. A szája körüli szerény szőrzet egészen különleges vonást kölcsönzött neki, amit a szembeötlő vágás sem volt képes elrontani. Másodjára ébredt tudatára, hogy Kupolyev kifejezetten vonzó férfi is lehet, ha nem kényszeríti magára az embergyűlölő hatásos szerepét.

- Üdvözlöm, Miss Trashburn. Reméltem, hogy tiszteletemet tehetem.

- Örülök, amiért eljött, gróf úr.

- Már megpróbáltam elmondani magának, mennyire nincs ínyemre ez a megszólítás – figyelmeztette a férfi bántó él nélkül.

- Elnézést, amiért nem tudom illőbben fogadni.

Kupolyev ezt meg sem hallotta. – Fettisovtól tudom, hogy az állapota gyorsan javul. Nem is hiszi, ez mennyire megnyugtat.

- Mindent köszönök, amit értem tett.

- Felesleges hálálkodnia. A megállapodásunk értelmében tartoztam vele.

Lathea azonban túlzottan is nagylelkűnek találta a férfit. – Ilyesmit nem mondhat komolyan.

- Miért is ne mondhatnám?

- Mindössze egy apró információval voltam a szolgálatára, cserébe pedig...

Kupolyev elhárította a szabadkozást. – Az ön által említett apró információ nekem a világ minden kincsével felér. Mellesleg, ha nem olyan beteg, talán el sem fogadja a segítségemet, holott nagy szüksége volt rá.

- Ezt el kell, hogy ismerjem. Bizonyára meg kellett mozgatnia néhány követ.

- Egyszerűen csak megkértem a megfelelő embert, hogy toljon odébb néhány papírt.

A könnyed válasz elbizonytalanította Latheát. – És mi lesz ezután? Hiszen az apámat mégiscsak én öltem meg.

- Mielőtt megtette volna ugyanezt a szívességet magának. De nem kell aggódnia, elhoztam az összes hivatalos okiratot, melyek a törvény erejével bizonyítják az ártatlanságát. Soha senki nem vethet semmit a szemére – a férfi átadta a papírköteget. Lathea az ölébe véve, bizonytalan kézzel hajtogatta szét a papírokat. A szeme előtt azonban vészesen összefolytak a betűk, ezért inkább megint a látogatóra nézett.

- Sose tudom önnek eléggé megköszönni. Ahogyan Fettisovnak se.

Kupolyev titokzatos pillantással méregette egy darabig, mialatt a zsebében megcsörrentett valamit. – Aligha tévedek, amennyiben azt gondolom, hogy igazságtalan szörnyetegnek tart engem, Miss Trashburn. Jóllehet nem vagyok az. A maga szemében, úgy látom, a nemesi rang együtt jár a romlottsággal és kegyetlenséggel.

- Ez nevetséges, gr…uram. Egyszerűen csak más és… – meglobogtatta a papírokat. – a maga fajtája a kisujját se mozdítja egy olyan nőért, mint én.

- Nem tudhatom, a többiek miként viselkednek, mert nem foglalkozom velük. Ugyanakkor fájlalom, amiért ekkora terhet jelent önnek elfogadni a segítségemet. Lathea zavartan csak annyit mondott: – Én pusztán indokolatlanul nagylelkű gesztusnak találom, amit nem érdemeltem ki.

- Ááá, kezdem érteni. Találkoztam a barátjával, aki pár szóban ecsetelte a történteket. Úgy értem, azt a keveset, amit tudott. Abból és korábbi tapasztalataimból arra következtettem, hogy maga nem vérengző gyilkos. Lehetséges, hogy tévedtem, és egy arra érdemtelent mentettem meg a börtöntől? A fölényes célzás kikergette a vért Lathea arcából. – Nem!

- Helyes, én is így látom. Nos, elmondja nekem, tulajdonképpen mi történt?

A szelídebb, már-már együtt érző kérdés szinte könyörgött az őszinte válaszért. Lathea harciasan a barna szemekbe nézett, ám az onnan sugárzó megértés leszerelte ellenségeskedését. – Összeverekedtünk.

- Csak úgy?

- Nem – nézett ki az ablakon. – Részegen jött haza, egy ivócimborája vonszolta idáig, akinek én kitettem a szűrét a lakásból. Erre ő nekem esett a varróollóval.

- Mégiscsak igazam volt.

A lágy, de magabiztos kijelentésre Lathea ismét a látogatóra nézett. Arcán a kemény vonások mintha megenyhültek volna. – Nem emlékszem, mikor sebesültem meg, vagy ő mikor… olyan homályos minden, de magamhoz térve megláttam a szőnyegen. Halott volt, körülötte rengeteg vér.

A vallomás nyomában hosszú, nyomasztó csend furakodott közéjük. Idővel a férfi átható tekintete elől ismét az ablakon túli világ felé fordult.

- Miss Trashburn – Kupolyev mélycsengésű hangja azonban figyelmet követelt magának. –, mivel ezt nem öntől kaptam és a tetteim is, hmm, túl nagylelkűnek bizonyultak a szemében, visszaadom – Lathea értetlenül meredt a feléje nyújtott szalvétára. – Kérem, vegye el, és saját belátása szerint cselekedjék vele.

- Ezt nem tehetem, uram. Ön állta a szavát.

- Amit nem kért tőlem.

- Ez nem számít. A segítsége nélkül vagy bitófára kerültem volna, vagy belepusztulok a sérüléseimbe. Egyébként is tisztában lehet azzal, hogy eredetileg sem kértem öntől fizetséget.

Kupolyev habozva ugyan, mégis összehajtogatta a sokat látott szalvétát. – Ne utasítson vissza, Miss Trashburn, kérem – választ azonban, ha várt is, nem kapott. – Mr. Cowan szerint ön egy hercegnő és nem kerülhet börtönbe. Nos, már nincs ott. Tegye meg a kedvemért, hogyha felépült, egy estére valóban a hercegnőm lesz.

- Nem tehetem.

- Még nem is tudja, miről beszélek – somolygott a férfi és ez a vidám grimasz nagyon jól állt neki.

- Talán jobb is így.

- Ugyan, legyen egy kicsit kalandvágyó! Az imént túl bőkezűnek tartott, tehát legyen egy este a különbözet, utána pedig egyikőnk sem tartozik többé a másiknak.

Lathea kényszeredetten nyelt egyet. – Attól tartok, csúnya játékot űz velem.

- Társasági összejövetelre hívom. Egy vacsorára, utána pedig egy bálba. Az egész botrányosan ártatlan és persze nagyon romantikus lesz.

- Hiszen gúnyolódik velem!

- Egyáltalán nem.

Lathea felsóhajtott. – Nem fél attól, hogy kibeszélik miattam?

Kupolyev arcán újabb mosoly szaladt át. – Látja, ez idáig erre nem is gondoltam. Pedig annyit mondhatok, hogyha annak az előkelő társaságnak csak a fele olyan önkritikus lenne, mint ön, még a ruhatárig se merészkednének. Először azonban gyógyuljon meg. Remélem, Fettisov teljesíti a kéréseit?

- Ó, igen, csodálatos ember. Nélküle nem boldogulnék.

A férfi láthatóan menni készült. – Mielőtt elfeledkeznék róla, Dr. Kozlov kedden délelőtt meglátogatja. Ne csodálkozzon ezen, én kértem meg rá. Mivel lassan három hete otthagyta a kórházat, célszerű lenne tudni, milyen gondoskodásra van szüksége a továbbiakban.

Lathea, hogy ne tűnjön feleslegesen ostobának a folytonos hálálkodással, inkább egyszerűen csak biccentett, de úgy látszott, látogatója ennyivel is megelégszik. Elbúcsúzott és hamarosan némaság ereszkedett a szobára. A nappaliban a két férfi még váltott néhány szót, de nem sokkal később az ajtócsapódás elárulta, hogy a vendég távozott. Lathea valamelyest fellélegezve dőlt hátra, tekintete a plafonra szaladt. Értetlenül tapasztalta, hogy a gróf gyors látogatása mennyire felkavarta. A riadalom, meg a kíváncsiság különös egyvelege kelt életre benne, amit az a bizonytalan érzés fűszerezett, hogy a férfi messze nem azt az arcát mutatta, mint bármikor korábban. Minden merevsége és hivatalossága dacára barátságosan, majdhogynem barátian viselkedett, gondoskodásra való törekvése megható volt. Az sem lehetett kétséges, hogy az a bizonyos ígéret régen érvényét veszítette, miután gálánsan eleget tett adott szavának.

Furdalta a kíváncsiság, mi állhat a vacsorameghívás hátterében. Ösztönösen kételkedett, miközben egy másik hang azt súgta, igaztalanul gyanakszik. Ezen elmélkedve eszébe villant Kupolyev panasza, mennyire elhamarkodottan ítéli meg. Talán nem is alaptalanul vetette a szemére. Hirtelen mosolyognia kellett azon, mi lenne, ha levetné ellenségeskedését, és lehetőséget adna neki, hadd bizonyítsa, milyen ember tulajdonképpen. Az a kellemetlen alak, akinek megismerte, vagy az, akinek állítja magát.

- Hát, most rajtad a sor, grófom – suttogta maga elé halkan kuncogva. Erre a gondolatra eddig ismeretlen boldogság szállta meg.

Dr. Kozlov vizsgálata a legkívánatosabb eredménnyel zárult, melyet követően hivatalosan is engedélyt adott némi visszafogott sétára. Lathea karja időközben új kötést kapott, Kozlov pedig további három hét elteltével a gipsz eltávolítását tervezgette. A többi sérülést jóval könnyebb volt megítélni. Az operált has tájék igazán reményt keltő képet mutatott, a gyulladás levonult és feltehetően Lathea ennek köszönhette, amiért már nem okozott éles fájdalmat ahányszor felült vagy lefeküdt. Túlzott erőfeszítések nélkül elüldögélt az ágyban, vagy az egyik karosszékben, és mindennap szívesen tett egy-egy kört a lakásban, ami legfeljebb csak fizikai erőtlensége miatt okozott fejfájást.

Amikor az új hírek birtokában Mischa betoppant a lakásba, odabent erősödő félhomály fogadta. Kihúzta a zárból a kulcsot, majd belökve az ajtót bátran bemerészkedett.

- Jó estét – üdvözölte a lányt, aki betakarva olvasgatott a sarokba tolt füles karosszék mélyén. Érkeztére meglepetten kapta fel a fejét. – Azt hittem, Fettisov az. Jó estét.

A meglepetés mellékzöngéjeként Mischa azt a megszokott ellenségességet kereste, ám sehol sem találta. Ellenben a lányt egészségesebbnek látta, mint korábban. Haja kissé megnőtt a betegség hónapjai alatt és a börtönben látott durván megkurtított fürtök mostanra szépen levágva keretezték az arcát. Még ennél is jobban örült annak a bátortalan mosolynak, ami a köszönést kísérte. Szinte hívogatónak érezte.

- Utólagos engedélyével Fettisov kapott egy szabad estét. Egy átutazó ismerőse hívta csavarogni, de utána rögvest idejön.

- Ugyan, már így is rettenetesen igénybe vettem.

- Őt ismerve azért ezt kétlem – ingatta a fejét Mischa. A hóna alatt cipelve egy hatalmas táskát közelebb ólálkodott a lányhoz. – Szereti a halat?

- Igen.
- Remek. Ez… sajnos nem tudom az angol nevét… talán felismeri?

Ezzel előrántott egy lefejezett és félig feldolgozott halat, amit a lány elé lógatott mutatóba. Persze ebben az állapotában már senki nem ismerhette volna fel teljes biztonsággal. A lány hüledezve meredt a himbálózó tetemre, mígnem ellenállhatatlanul kipukkadt belőle a jóízű kacaj. Hangja az egész szobát betöltötte. – A tányéromon több sikerrel járnék.

- Nem kétséges – Mischa elégtétellel nyugtázta a szellemes választ. – Kibír egy félórát?
- Ezzel azt akarja mondani, hogy főzni is tud, uram?
- Miért nem szólít Mischának?
- Túlzott bizalmaskodás lenne.
- Akkor legyen Mihail, bármi jobb az uramnál – időt sem hagyva válaszra folytatta: – Amúgy nem tudok főzni, bezzeg Fettisov igen. Ennek a halnak azonban csak egy különleges mártásra van szüksége. Az ember belerakja és hagyja, hogy átvegye az ízeket, utána meg egy kis olajban gyorsan megsüti. Olyan kétbalkezes szakácsoknak való recept, amilyen én vagyok.

Amíg a konyhában tett-vett, egyetlen pisszenés nem sok, de annyit sem hallott a szobából. Mintha teljesen magára maradt volna a lakásban. A halat betemette a szószba, majd két pohárba bort töltve visszatért a lányhoz. – Kóstolja csak meg, a legjobb Chardonnay. Egészségére.

- Lathea.
- Egészségére, Lathea.

Mischa a lányra emelte a poharat. Belekóstolva az italba a karima felett vendéglátójára sandított. Láthatóan ízlett neki a nem túl erős, ám annál zamatosabb bor. – Nagyon kellemes.

- Valóban – ekkor helyet foglalt a kanapén. Lassú tekintettel körbenézett a szegényesen bútorozott helyiségben, ami már előző látogatása alkalmával is egész tanulmány alapjául szolgált. Amilyen kopottas és lelakott volt, annál tisztább, mondhatni, hogy takaros. – Meséljen valamit erről a két névről, amit visel. Trashburnként ismertem meg, az ajtón viszont Ternovsky áll.

A lány habozott egy percig, ő azonban olyan nyíltsággal nézett rá, mellyel szavak nélkül is nyilatkozatra késztette. Nem is sejtette, minek köszönheti ma esti megenyhülését, de ki akarta használni a békülékenyebb hangot.

– Apám lengyel volt, a Trashburn édesanyám leánykori neve.

– Mindkettőt használja?

– Ha megtehetem, a Trashburnt. Angliában sok az idegenekkel szembeni előítélet, mostanában pedig mindenki azt hiszi, lengyelnek lenni zsidót jelent.

– Megfordult már Lengyelországban?

Lathea tagadólag rázta a fejét. – Azt azonban még én is tudom, hogy a zsidó meg a lengyel nem egy és ugyanaz.

– Az emberek zöme tudatlan okoskodó, ezzel meg kell békélnünk. Élnek még rokonai?

– Sajnos nem. Anyám egyke volt, apám pedig mindent hátrahagyott, amikor Angliába települt.

– Mivel foglalkozott?

– Vándorcirkuszosok között élt.

– Bohóc volt, vagy idomár?

– Légi akrobata.

Mischa leplezetlenül eltátotta a száját. – Akkor igazán bátor tett volt birokra kelni vele. Erős ember lehetett.

– Nem volt más kiút.

Lathea zavartan félrenézett. Mire tekintete ismét Mischára talált, már elnyomta feltörő érzelmeit. – Messze nem egyedi történet ez, amit a magafajta emberek talán meg sem értenek. Nézzen körül, az apám válogatás nélkül mindenünket alkoholra herdálta el. Beleértve az értéktárgyakat meg a fizetésemet is. Idővel azt sem bánta, ha erővel kellett elvennie, amiről úgy gondolta, jár neki.

- Lehet, hogy nem hiszi, de jobban megértem, mint sejti. Tapasztalatból ismerem azt az érzést, amikor ütik az embert, vagy olyan kelepcében vergődik, ahonnan nincs kiút. Ismerem az éhséget meg a fullasztó tehetetlenséget, ezért megint igaztalanul ítél meg engem.

- Ki az, aki meg mer ütni egy nemes embert?

Mischa kitért az egyenes felelet elől. – Akad ilyen, nem mintha azelőtt én nem ugyanezzel a sérthetetlenségi tudattal jártam-keltem volna a világban, ahogyan a legtöbb nemesember. Csakhogy okulásul kegyetlen leckét vettem a tévedésemről, ezért ne vegyen másokkal egy kalap alá.

- Nem szándékoztam megbántani.

Biztos volt afelől, hogy ez így is van. Lassan felemelkedett ültéből. – Nem vagyok jó ember, Lathea, de rosszabb se másoknál – ezzel a témát lezárva körbesandított. Pillantása a félretolt asztalra tévedt. – Ideje megteríteni. Mit gondol, ott ehetnénk?

- Máris megcsinálom.

- Bár főzni nem tudok, arra azért képes vagyok, hogy két tányért az asztalra tegyek – csattant fel Mischa túl érzékenyen, szavait rögvest meg is bánva. Különösen akkor érezte magát nevetségesnek, amikor észrevette a sikertelenül elnyomott mosolyt a lány szája körül. Vacsorapartnere viselkedését kiszámíthatatlanul szeszélyesnek találta, ami jócskán elbizonytalanította.

- Jól van, megértettem – hangzott a vidám mentegetőzés. – Bár ritkán teríti az asztalomat ilyen rangos szakács, de elvégre is én még beteg vagyok, nem igaz?

- Ugrat engem – vágott Mischa durcás képet, amilyet gyerekek szoktak, holott nagyon is kedvére volt ez a kis huzavona.

- Hogy is mondja Fettisov? A grófom a végén úgyis mindig eléri, amit akar.

Mivel a mély fotelból a lány csak kínkeservvel tudott volna kikecmeregni, Mischa segítőkészen odalépett hozzá. – Meg kell fegyelmeznem azt a szószátyárt, mielőtt mindent kifecseg – panaszkodott él nélkül.

- Késő, gróf úr.

Vacsora felett apróságokról pletykáltak, olyasfajta érdektelenségekről, ami azért Mischa előtt kezdte megvilágítani, milyen embert is képzeljen Lathea Trashburn neve mögé. Jóllehet eddig is azt gondolta, hogy ez a lány nem mindennapi teremtés, ám összetett jelleme csak most kezdett körvonalazódni előtte. A felszínen bántóan keserű, a gyilkosság emléke pedig egyelőre lerázhatatlan árnyként terpeszkedett felette. Kínosan kerülte a témát, ez minden szónál árulkodóbb volt. Gondolkodását tapasztalatokon nyugvó, kőkemény racionalitás jellemezte, miközben egy-két kijelentése elképesztő érzékenységről regélt. Elszólásai olyan lényt sejtettek, aki hisz a tündérmesékben, a rideg valóság elől pedig szívesebben menekülne az illúziók rózsaszínjébe, miközben az eszével alighanem felfogta, hogy ez nem lehetséges. Megejtő kettősség, amivel annál nehezebben tudott megbékélni, minél tovább hallgatta. Fájóan magányosnak és magára hagyottnak látta, ez pedig önkéntelenül is saját sorsára emlékeztette.

- 'Örömeit vad és szelíd madár künn megtalálja; ez rajba száll, csapatba áll, az úgy boldog, ha árva. 2'
Az eszébe villant idézet után kíváncsian leste, vajon az a sejtése, hogy Lathea páratlanul olvasott, beigazolódik-e. Arra a megkövült tekintetre azonban nem készült fel, amivel szemben találta magát. Nem is

---

2 *Részlet: Robert Burns: Nyugati szél*

lehetett kétséges, hogy Robert Burns sorai célba találtak, amit az elfátyolosodott tekintet bizonyított. - Elnézést, nem tudtam... – szabadkozott volna, ám a lány tiltakozásképp felemelt keze belefojtotta a szavakat.

Egy végtelen percre elfordult, láthatóan feltoluló érzéseivel hadakozva, miközben ő le se tudta venni róla a szemét. Elnézve a csodás nyakat, a karcsú karokat, illetve az asztal takarásában is vonzóan telt melleket rádöbbent, miért is jött ide ma este. Elbűvölte a lány kedvessége és szórakoztató stílusa, amit mindezidáig a páncélja alatt rejtegetett. A kínos hirtelenséggel megdermedt levegőben tisztán hallotta Lathea mélyről jövő sóhaját. Akárhogy is volt, az idézettel a lelkébe mártott egy láthatatlan tőrt. A megtelepedő, feszélyezett hallgatást Fettisov felbukkanása mentette meg attól, hogy az egész este emlékét megmérgezze. Jöttére a lány is magára erőltetett egy hamis mosolyt, ezzel pedig a mai felvonás gyakorlatilag a fináléjához érkezett. Így gyorsan búcsúzkodni kezdett, mivel barátja elképesztően kifinomult érzékelőivel azonnal észlelte a feszültséget és felajánlotta, hogy elmosogat. Mire végre kiperdülhetett az ajtón, már attól tartott, a nyomás összepréseli a mellkasát.

8.
Június közepét is elhagyta a naptár, mire Lathea Fettisov oldalán végre kitehette a lábát a szabadba. Addigra törött karjáról lekerült a sín és a kitartó tornásztatásnak hála egyre kevésbé érezte magát sutának. A másik kötés helyét is laza pólya vette át, míg azt is el nem lehet majd hagyni. Fokozatosan kezdett hozzászokni a mozgáshoz. Fettisov vagy Betty karján rótta a hosszakat a lakásban, mígnem elérkezett a nap, mely kész örömünnepe lett az eseménynaptárnak. A nyári nap teljes erővel sütötte

Stepney-t, az emberek vasárnap lévén kiöltözve ballagtak a templomba. A madarak csiripelése ódának hangzott, ő pedig megrészegülve az élménytől lépegetett Fettisov mellett. Idejében elindultak, mert neki nem csupán a távolságot, hanem saját gyengeségét is le kellett győznie. A sétát viszont kifejezetten élvezte, szinte új életre kelt tőle. A bőségesen számolt idő miatt korán értek a templomba, így az utolsó sorokban üldögélve várták a szertartás kezdetét. Adams tiszteletes az oltár körül serénykedve figyelt fel rájuk, majd boldog mosollyal az arcán azonnal feléjük igyekezett.

- Lathea! Ezt a meglepetést!

Az egyházi emberekhez kevéssé illő meleg ölelés nagyon jólesett neki. Végtelen hálával tartozott a tiszteletes rendszeres látogatásaiért, azért mert lelket öntött belé az elviselhetetlen percekben. Megnyugtató szavainak hatására, ha nehezen is, de kezdett megbékélni a múlttal. Pontosabban, inkább kész volt elfogadni Kupolyev nagylelkű támogatását.

- Üdvözlöm, Mr. Fettisov.

Az orosz elfogadta a feléje nyújtott kezet. Már korábban is alkalma nyílt megismerni a lelkipásztort, így nem vadidegenként látták viszont egymást. – Kicsit előbb érkeztünk, remélem, nem hátráltatjuk semmiben – mondta Adamsnek. – Ez az első kirándulásunk, így nem volt egyszerű feladat megjósolni az út hosszát.

- Mindenesetre megtiszteltetés, amiért az első séta ide vezetett.

Negyedóra sem telt bele, lassan gyülekezni kezdett a felekezet és a padsorok fokozatosan megteltek. Lathea sok környékbelit felismert, egyesek oda is mosolyogtak, ahol ült. Viselkedésük cseppet sem volt neheztelő vagy kiközösítő, noha sokan tudhattak a történtekről. Fettisov mintha a gondolataiban olvasna, halkan azt susogta: – Hallgasson ezekre a tekintetekre,

az egyszerű emberek ösztönösen meg tudják
különböztetni a jót a gonosztól.
A biztató kacsintásra Latheában szörnyű gyanú
ébredt. – Ennyire gyűlölték volna az apámat? Meg
amit a puszta létével képviselt? – már az elképzeléstől
is kirázta a hideg.
Fettisov talányos fintorral nézett vissza rá, mint aki
azt akarja mondani: – Bizony, könnyen meglehet.
A prédikációt követően Judith Cowan sietett hátra,
hogy meghívja őt a szokásos vasárnapi ebédre. Bár
nem akart teherként a nyakukba esni, Fettisov miatt
mégis elfogadta a meghívást. A férfi az egész hetet
vele töltötte, ezért legalább vasárnap kiérdemelt egy
szabadnapot. Nick Cowan azonnal lovagiasan
belekarolt és komoly ábrázattal fogadkozott az
orosznak.
– Ne aggódjon, uram. Lat a legjobb kezekbe kerül.
Jómagam fogom hazakísérni.
Fettisov láthatóan a kötelesség, illetve a hirtelen
kapott szabadság közt őrlődve sandított a lányra. –
Ugye, vigyáz magára?
– Természetesen.
– Hát, jó, akkor este látjuk egymást – nem túl nagy
meggyőződéssel távozott, ő pedig némi
lelkifurdalással nézett zsugorodó alakja után.
Ekkor Nick megérintette a karját. – Mi lenne, ha
elindulnánk?
– Csak ráérősen, kérlek – mosolygott bágyadtan.
– Végtére sehova se sietünk, legfeljebb lemaradunk a
legzamatosabb falatokról.
Lathea átengedte az irányítást, ahogy a család előtt
kiballagtak a nyárba. Hallgatagon meneteltek, e
percben őt nem is igen zavarta a csend, Nick viszont
ráunva a némaságra, egészen különös megjegyzéssel
lepte meg. – Azt hittem, Erwint szereted.
Értetlenül kapta fel a fejét. – Tessék?

- Ki ez a Fettisov nevű alak, Lat? Betty szerint rosszabb az árnyéknál.

A nem éppen hízelgő kommentár nem lepte meg. Főleg azért nem, mert Bettyt nem világosította fel arról, miféle kapcsolat fűzi a férfihoz, minek következtében fantáziája alighanem vészesen beindult. Soha nem titkolta, mennyire örülne, ha sógornők lehetnének, feltehetően ezúttal is valami ilyesmi bújhatott meg a háttérben.

- A barátom, Nick.

- A barátod? Hiszen soha nem hallottunk még róla.

- Mert a St. Mary's-ben ismertem meg.

- És rögvest be is költözött hozzád?

- Mondd csak, miféle nőnek tartasz engem? – torpant meg Lathea felháborodva. – Kikérem magamnak ezeket a célzásokat!

- Félreértesz engem.

- Kétlem, amit mondtál, illetve amit nem mondtál, egészen világos.

Nick visszavonulót fújva bocsánatot kért. – Sajnálom, de féltünk téged. Gyakorlatilag a családhoz tartozol, Erwin hozzád akarta, vagy akarja kötni az életét. Azután meg az a borzalmas eset az apáddal.

- Méltányolom az aggodalmadat, ettől viszont Fettisov még a barátom és ott marad a lakásban.

- Semmit nem tudsz róla.

- Te vagy az, aki semmit nem tudsz róla. Én tudom, amit tudnom kell. Amióta elhagytam a kórházat, segít nekem, és maradéktalanul megbízom benne.

- De…

- Nem akarok erre több szót fecsérelni.

Lathea továbbindult, mire Nick szótlanul csatlakozott hozzá. Ettől a szóváltástól eltekintve a délután csodálatosan telt. Pompásan érezte magát Cowanéknál, akárcsak a régi szép időkben. Valami azonban mégis közéjük tolakodott, hogy halványan, de beárnyékolja az újdonsült békét. Ez pedig az

Erwinnel történt szakítás volt. A soha nem emlegetett, ám hallgatólagosan elfogadott kapcsolat, no meg a végül valószínűsíthető frigy emléke ott lógott a levegőben. Lathea gyanította, hogy Cowanék nem ismerik a végjáték hiteles történetét, azaz miként lett olyan átmenet nélkül vége a reményteljes románcnak. Erwin feltehetően nem vallott otthon a másik nőről, ő pedig intim viszonyukról semmi pénzért nem beszélt volna. Amúgy is szégyellte, hogy a hálószobai kudarcokért az élet a legszebb álmaitól fosztotta meg. A mozgalmas és hangos órák után holtfáradtan ért haza. Cseppet sem bánta, amiért Nick munkába sietve nem vendégeskedett sokáig. Magára maradva az édesanyja által készített párnákra hullott, hogy fojtogató magány törjön rá. Akaratlanul is Erwinre kellett gondolnia, a szép emlékekre, utána meg arra az űrre, amit az árulása maga után vont. Még akkor is ott csillogtak a könnyek az arcán, amikor Fettisov órákkal később betoppant. Halkan ólálkodott a szobába, de ő hiába is tett úgy, mintha minden rendben lenne, a férfit nem tudta megtéveszteni.
- Sejtettem, hogy nem szabadna magára hagynom – mondta csüggedten, majd kifordult az ajtón.

A templomba tett séta után Lathea egyre gyakrabban merészkedett ki a levegőre. Hol Fettisov kísérte, hol Betty, aki továbbra is szorgalmasan látogatta, sőt egy alkalommal Kupolyev is elment vele a közeli parkig. A szokatlanul hűvösen végződött este óta mindössze egyszer bukkant fel Stepney-ben, az is régen volt, ezért tulajdonképpen már azt feltételezte, nem is tartózkodik az országban.
- Írországban jártam – magyarázta a férfi aznap a parkban egy padon üldögélve. Hosszú lábait lustán kinyújtóztatta maga előtt. A melegre való tekintettel zakóját levetette és a fehér ingben, nyakkendő nélkül egészen fiatalnak látszott. Úgy tett, mint aki

elfeledkezett arról a kínos jelenetbe torkolló vacsoráról, inkább derűsen mesélni kezdett.

- Azt hittem, a külföldiek nem szeretik ezt az országot vagy a lakóit – kockáztatta meg Lathea a lelkes szavak hallatán.

Kupolyev könnyedén felnevetett. – Én szeretem.

- Pedig nagyon más lehet, mint Franciaország.

- Hmm, más is, ámbár ez nem probléma. Tizenhét éves korom óta, leszámítva egy rövid időszakot, Párizsban élek és be kell, hogy ismerjem, még mindig elbűvöl. Nem is annyira a tartalom, mint a csomagolás.

- Hogy érti ezt?

- Az emberek szívesen látszanak hóbortosnak vagy extravagánsnak, egoistábbak, nyíltabbak, szívesen felvállalják a különcségeiket. Arrafelé mindennapos dolog habzsolni az életet, hiszen erről szól minden óra. Szabadon gondolkodnak, viselkednek és szeretnek. Az angolok jóval szemérmesebbek.

- És ez baj?

Kupolyev viszonozta Lathea pillantását. – Nem, ha nem álszemérem.

- Mégis szeret itt lenni.

- Ennek kézenfekvő magyarázata van. Sok tekintetben nem vagyok elég modern és magamutogató Párizshoz. Miután a férfi két fagylaltot vásárolt a mozgóárustól, Lathea más irányba terelte a beszélgetést. – Ne gondolja, hogy hálátlan vagyok, de egyre inkább képesnek érzem magam arra, hogy egyedül is boldoguljak. Ezért azt hiszem, talán Fettisov jobban örülne, ha visszatérhetne eredeti feladataihoz.

- Fettisovnak most az egyetlen feladata a maga ápolása.

Ez kategorikusan hangzott. – Túlzottan is igénybe veszem, holott már túl vagyok a nehezén. Méltóbb feladatot is képes...

- Emiatt ne aggódjon, azért fizetem, hogy lesse a maga óhajait.

Lathea úgy érezte, a férfi szándékosan nem akarja megérteni. – Ez eddig így is volt, pótolhatatlan támaszt jelentett a számomra. A helyzet azonban jelentősen megváltozott.

Tűnődő szempár tapadt az arcára. – Ha jól értem, szeretne egyedül maradni.

- Ez így helyes. Segített nekem, hogy átvészeljem a lábadozás időszakát, és ez meg is történt.

- Még nem egészen, ehhez Dr. Kozlov megerősítésére is szükség lesz.

Lathea elbizonytalanodott. – Borzasztóan bántana, ha hálátlannak tartana.

Kupolyev a közeli szemetesbe hajította a csöpögő fagylalt maradékát, hogy egy makulátlanul vasalt hófehér zsebkendővel megtörölje ragacsos ujjait. – Nem kell hálásnak lennie olyasmiért, amit öntudatlan állapotban kényszerítettek magára.

- Megint igazságtalan.

A férfi oda se hederített az ellenvetésre. – Nos, amennyiben óhajtja, Kozlov jövő heti vizitjétől függően megszabadítom Fettisovtól. Abban azonban csak bízni tudok, hogy az új életét nem azzal kezdi, hogy visszatér az otthagyott állásába. Ahhoz még a behegedt sebek dacára sem elég erős.

Lathea boldogtalanul félrenézett. – Gyilkosokat úgysem alkalmaznak.

- Ne beszéljen butaságokat. Maga nem gyilkos, egy köteg dokumentum tanúskodik erről. Felejtse el ezt az öncsépelést. Akkor megegyeztünk? Kozlov rendelkezésétől függően Fettisov megy vagy marad.

Kupolyev kinyújtotta a kezét, hogy a megállapodást kézfogással szentesítsék. Lathea bizonytalanul nézett gondosan ápolt körmeire, majd a melegséget sugárzó szempárba, mely kérdőn várta a válaszát. Átható, titokzatos pillantással találta szemben magát, ami egyszerre ébresztette fel kíváncsiságát és rémisztette meg. A kinyújtott tenyér még mindig az övére várt, így ha habozva is, de engedelmeskedett. A felületes, ugyanakkor simogató érintés villámcsapásként érte. Elhúzta volna a jobbját, ám a férfi nem engedte el azonnal. A varázs egy végtelen pillantás kíséretében foszlott szét, és amikor az ismerős hang megszólalt, már nem árulkodott arról a bizsergető érzésről, ami legalábbis őt a lelke mélyéig felkavarta.

- Még a héten visszamegyek Párizsba, júliusban azonban megint Londonba jövök. Szeretném, ha akkor állná a szavát és elkísérne arra a bizonyos álarcosbálra. Így méltóképpen leróhatja a különbözetet, amit az állítólagos nagylelkűségem miatt elszenvedtem. Ugye, nem feledkezik meg róla?

A megismételt meghívás dacára Lathea továbbra sem lelkesedett, jóllehet előre eldöntötte, hogy semmilyen hátsó szándékot nem feltételez a férfiról, aki erre ez ideig nem is szolgált rá.

- Újfent csalárdságot szimatol – somolygott Kupolyev a gondolataiban olvasva. Az egyszerű mosoly valósággal lekenyerezte. – Egyébként igaza van, nem vagyok teljesen önzetlen. Társaságban nemigen jelenek meg hölgyekkel, ezért most meglepetést szeretnék okozni egy-két rosszmájú sugdolózónak.

- Azt, ugye, nem akarja elhitetni velem, hogy önként vállalkozó nincs a keze ügyében?

Szelíd vigyor sejlett a férfi arcán. – Hiszen ön is az, nem emlékszik?

- Elferdíti a valóságot, gróf úr.

Halk nevetés következett. – Úgy látom, végleg lemondhatok a keresztnevemről, igaz? Sose fogja elhagyni ezt az ostoba rangkórságot. A kérdésére válaszolva mindössze annyit mondhatok, nincs számomra nagyobb megtiszteltetés, mint egy hercegnőt vinni a bálba.

- Ugyan, rögvest kiderül, hogy ahogy hercegnő nem vagyok, úgy...
Kupolyev meglepő vidámsággal szólt közbe. – Nem kell az egész estét unatkozva ott töltenünk, ám arra a rövidke időre legalább olyan hölgy társaságát szeretném élvezni, aki ugyanolyan nevetségesnek találja a páváskodó, pöffeszkedő urakat, akárcsak jómagam.

A szépen megfogalmazott érvek sem érték el a kívánt hatást. – Egy este erejéig a hercegnőm lehet, Lathea. Ne szalassza el a lehetőséget, hogy nagyszerűen mulasson. Addigra valóban felépül és megerősödik, én pedig gondoskodom róla, hogy a szórakozását semmi ne ronthassa el.

A férfi visszautasításra lehetőséget sem adott, ami azonban Latheát nem sokáig bosszantotta.

Felülkerekedett benne az az érzés, amit az édesanyja halála óta teljesen elveszített: a kalandvágy.

Gyerekfejjel boldogan vetette magát az ismeretlenbe, szeretett volna mindent kipróbálni, amire különben is számtalan alkalma nyílt, mikor az édesapja magával vitte a cirkuszba, ahol annyi csoda várt rá.

Rácsodálkozott a mágia világára, a bohócokra meg az állatokra, no meg az akrobatákra. Felült az elefántra, felmászott a trambulinra, átugrott a tüzes karikán, de még a bohóc jelmezébe is belebújt. Az édesanyja mindig teljes szívvel pártolta, hadd elégítse ki kíváncsiságát, hadd fedezze fel a világot maga körül, sőt legszívesebben talán vele is tartott volna, hogy osztozzon az izgatott várakozásban, majd magában a kalandban is.

Milyen régen volt! Halálával menthetetlenül elrepült a nevetés, a vágy az újra, hogy átadja helyét a pusztulásnak. Ezért volt a felcsillant lehetőség olyan csábító. Régen égett a vágytól, hogy egyszer beleshessen az úri világot elleplező függöny mögé és megtudja, milyen az az élet, amitől születésénél fogva elesett. Ez irányú kíváncsiságát a Royal Courtban részben kielégíthette, bár felfedezései cseppet sem voltak hízelgőek az előkelőségekre nézve. Nem egyről lesújtó véleményt alkotott, kicsinyesnek, felszínesnek, rosszindulatúnak találva őket. Leginkább komoly vagyonuk jogán különböztették meg magukat másoktól, illetve önteltségük és sokszor kificamodott, képmutató értékrendjük szerint, ami viselkedésükben is elkerülhetetlenül megnyilvánult. Kupolyev azonban nem hasonlított rájuk. Az ő fennhéjázása mintha védekezésből fakadt volna, nehogy a vele egyívásúak leleplezzék másságát. Ám amint kikerült abból a közegből, magatartása gyökeresen megváltozott. Azzá vedlett, akit Fettisov lefestett. Máskülönben nem járt volna Stepney-be, hogy egy szegénynegyedi lakásban beteget látogasson, sőt saját kezűleg vacsorát készítsen. Nem ült volna a parki napfényben olyan természetességgel, mint aki odaszületett. Márpedig a rendhagyó meghívást csak vonzóbbá tette a lehetőség, hogy ezt az ellentmondásos alakot ő a saját környezetében is megnézhesse magának. Egyetlen éjszakára igenis hercegnő akart lenni, pár óra feledhetetlen nevetést szerezni magának, táncolni meg pezsgőt inni, amire egész életében nosztalgiával emlékezhet.

Tulajdonképpen rögvest megsejtette, hogy kérése Fettisov fülébe jutott, mert olykor olyan távolságtartást tapasztalt részéről, amit soha azelőtt. Bár a férfi ugyanolyan megbízható és gondoskodó maradt, valami visszavonhatatlanul megváltozott. Akkor is így volt, ha kínosan agyonhallgatták a dolgot, legalábbis az orvosi vizit előestéjéig. Aznap a vacsora felett ugyanis a férfi szomorú, már-már lemondó fél mosollyal hozta szóba a történteket.
- Ahogy hallom, útjaink hamarosan elválnak.

Szemlesütve tette le evőeszközeit és beletelt néhány másodpercbe, mire felemelte a fejét. – Iszonyatos teherként nyomja a lelkiismeretemet ez az ügy, Fettisov. Nem is hinné, mennyire.

– Megkérte Mischát, hadd lehessen egyedül végre, vagy nem?

– Ez torzított formája a kérésemnek. Csúnyán hangzik és így nem is igaz – védekezett Lathea. – Elsősorban maga miatt kértem meg a gróf urat.

– Miattam?

– Igen. Ha belegondolok, majd két hónapja azzal van leterhelve, hogy körülöttem ugrabugráljon. Először a kórházban, hetek óta pedig be is van zárva ebbe a lakásba. Hálás vagyok a segítségéért, de nem venném a lelkemre, hogy továbbra is fel kelljen vállalnia egy... egy cseléd szerepét.

Fettisov váratlan mosolya az előzmények fényében meglepően hatott. – Cseléd? Cselédnek jobb dolga sosem volt.

– Szándékosan nem akar megérteni engem.

– Nagyon is értem. Azt gondolja, teher itt lennem és ápolnom magát, ezért az első adandó alkalommal vissza akarja adni a szabadságomat.

– Ez olyan megbocsáthatatlan?

Fettisov a fejét ingatta. – Nemes lélekre vall, a következtetés azonban ettől még téves. Örömmel támogattam eddig és tenném ezután is, noha valóban jobban van. Még azt is elismerem, hogy talán szüksége van egy kis magányra a történtek után.

– Hiányozni fog nekem, Fettisov, de akkor sem élhetek vissza a jóindulatával a végtelenségig – a férfi magában dörmögött valamit. – Különben sem természetem. Csak abban bízom, hogy mindezzel önnek nem okozok nehézséget.

– A grófomra céloz? – az apró legyintés önmagáért beszélt. – Szó sincs róla. Megkérte valamire, ő pedig magától értetődően teljesíteni fogja a kívánságát. Ami engem illet, alighanem visszamegyek Párizsba, régóta távol vagyok. Ám mi lesz magával?

- Még nem tudom, de csak kitalálom.

- Pihennie kellene, mielőtt ismét munkába áll. Esetleg Mischa segíthetne egy nem túl megerőltető állás felkutatásában, hm?

Lathea már-már röstellte, amiért minden ajánlatot makacsul visszautasít, ám az önérzetének is meg kellett adnia, ami jár. – Eddig is kizárólag magamra számíthattam, ezen most sem szeretnék változtatni. Fontos számomra az önállóság.

- Megértem.

Fettisov szemében ugyan ott égtek a fenntartások, többé egyetlen szóval sem említette ezt a témát, Lathea pedig hálás volt tapintatáért. Meggyőződéssel hitt döntésének helyességében, noha előre gyűlölte a gondolatot, milyen üres lesz az élete a férfi barátsága és jelenléte nélkül. Ettől mély szomorúság lett úrrá rajta. Az elmúlt hetek során hozzászokott új társához, szerette nyíltságát, a szája körüli szelíd mosolyt meg élvezetes beszélgetéseiket. Anélkül lettek barátok, hogy ezt bármelyikük is erőltette volna, és csak most, az elválás előtti napokban érezte teljes súlyával, hogy az orosznak mégiscsak sikerült valamelyest betöltenie az űrt, amit Erwin árulása hagyott maga után.

Dr. Kozlov nem időzött sokáig, a kielégítő diagnózis felállításához tulajdonképpen beható vizsgálatnak sem látta értelmét. Amikor Lathea ismét felöltözve kilépett a szobájából, az orvos elégedett pillantással fogadta. – Nos, kisasszony, talán ez a legszebb pillanat a hivatásomban, hiszen végérvényesen gyógyultnak nyilváníthatom. Ez főleg akkor öröm, ha, mint az ön esetében, ilyen viszontagságos utat jártunk be.

- Köszönöm, doktor úr.

- Magának köszönje. Egy jó tanácsot azonban engedjen meg nekem. Fizikailag még nem erősödött meg, úgyhogy a jó időre való tekintettel sok sétát javasolnék, fokozott terheléssel. Butaság lenne azonnal megerőltetnie magát. A karja is szépen rendbejött, ám ne terhelje túl. A szervezete fiatal, pár hét és biztosan hozzászokik a régi életéhez. Fettisov a háttérben összefűzött karokkal álldogálva leste Kozlov szavait, arcán megfejthetetlen zárkózottsággal. – Lekísérlek – mondta végül, miután az orvos búcsút vett betegétől.

– Menjünk, Fetya.

A két férfi távozott, Lathea pedig boldogan kacagott fel. A hivatalos megfogalmazásban elővezetett diagnózis jókora megkönnyebbüléssel ajándékozta meg. Hol volt már az a késő márciusi éjszaka, amikor félig eszméletlenül, elviselhetetlen fájdalmak közepette ott hevert az apja teteme mellett és azt hitte, nem kell hozzá sok, hogy kövesse a túlvilágra. De nem így lett. Odakint ragyog a június, ő pedig újjászületve várja, hogy kivegye belőle a részét. Olyan kevés is boldoggá tette, ehhez elegendő volt Kozlov néhány szava. Nem számított, hogy még tényleg gyenge, hamar kimerül, csakis az, hogy a fájdalmak megszűntek, és szabadon mozoghat. A felhőtlen örömet pusztán az csonkította, amikor Fettisov két nappal később végleg kisétált az ajtón azt az érzést felejtve maga után, hogy valami nagyon értékeset veszített a távozásával.

Visszanyert szabadsága azonban egyetlen hétig sem tartott, mert egyszer csak felkereste valaki, akit korábban csupán hallomásból ismert. Lucius Kewley teljes életnagyságban állt a küszöbön és olyan ajánlatot tett, amit képtelenség lett volna elutasítani. A Kewley-féle könyvkereskedés ugyanis fogalom volt London-szerte. Ezt a nevet jóformán mindenki ismerte, akár új, akár régi kiadásokról legyen szó, ahogyan a szemet gyönyörködtető üzlet a Trafalgar tér tőszomszédságában is legalább ilyen nevezetességnek számított.

- Szükségem van valakire, aki foglalkozni tud a megrendelt, antik kiadványokkal, Miss Trashburn.

Amint hallottam, ön Frederick Brocknál nagyon hatékonyan látta el ezt a feladatot, ezért számítok a segítségére.

A hatvan körüli férfi szálfaegyenes tartásával és szóvirágoktól mentes, célratörő beszédével azonnal megnyerte magának. Felesleges magyarázkodások nélkül vezette elő mondandóját, majd távozott. Latheát levette a lábáról a csábító kilátás, hogy a város leghíresebb kereskedésében dolgozhat. Mr. Kewley biztosította arról, hogy bőséggel vár rá munka, mivel egyre több vásárlójuk kutat régi példányok után. A hízelgő lehetőség csodálatos módon nem járt sem súlyos könyvek emelgetésével, sem létrázással, amit jelen állapotában amúgy sem vállalhatott volna. Így a rákövetkező hétfő reggel a megbeszélt időpontban megjelent a Kewley's üzletben és a tulajdonos legnagyobb megelégedésére elfogadta az állásajánlatot. Még aznap munkába állt, hogy tagja lehessen a könyvesbolt szembetűnően fiatal kollektívájának. Az egyik félreeső íróasztalt kapta meg, mellette pedig az egyik tágas ablakon keresztül a Strandnek a tér felőli torkolatát, illetve a National Gallery egy darabját láthatta. Az asztalon ott állt a megrendelt könyvek tekintélyes listája, a telefon a hozzátartozó vaskos telefonkönyvvel, valamint számos figyelmeztető a folyamatban levő ügyek aktuális menetéről.

- Látom, máris belevetette magát a munkába – jelent meg Mr. Kewley az emeleti helyiségben ebéd tájt. Mókás bajszát pödörgetve nézett Latheára. –
Említettem önnek, hogy a hivatalos órák hatig tartanak, de amikor meglátogattam, a szomszédja, egy

testes hölgy, közölte velem, hogy ön hónapokig
fekvőbeteg volt és még mindig lábadozik. Igaz ez?
- Már sokkal jobban vagyok, uram.
- Ennek nagyon örülök. Az egyik ügyfelünk ajánlotta
a figyelmembe, miután jó ideje eredménytelenül
kutattam alkalmas ember után. Ezért nyilván megérti,
mekkora öröm számomra, mert itt van. Annyira
azonban nem vagyok önző, hogy túlhajtsa magát és
esetleg itt kelljen hagynia minket.
- Ez nem fog előfordulni.
- Nos, csupán annyit szeretnék mondani, hogy ha
nagyon kimeríti a munka, egy-egy órával korábban
elmehet, meg fogom érteni.
Az ajánlat gálánsan hangzott, ő mégsem élt vele.
Néhanapján ugyan rettenetesen kifáradt estére, a
munka viszont feldobta. Egykoron Mr. Brock
üzletében is szívesen foglalkozott antik könyvek
felkutatásával, ám ott őrá hárult minden más is, ezért
csak elenyésző ideje jutott a telefonok intézésére.
Ezúttal más volt a helyzet, hiszen kizárólag ezzel a
munkával kellett foglalkoznia, semmi mással.
Naphosszat kérdezősködött, tárcsázta egyik számot a
másik után, és bizony a sors bőkezűen meg is
jutalmazta kitartásáért. Már a második hét derekán
rábukkant valamire, ami Mr. Kewley kívánságlistáján
a negyedik legsürgősebb tételként szerepelt és az
egyik törzsvásárló hónapok óta áhított már. Ezzel a
hőstettel visszavonhatatlanul a törekvő személyzet
teljes jogú tagjává lépett elő.

Az első két hétvégét gyakorlatilag átaludta.
Szombaton négy órakor zárt a Kewley's és mire
hazaért Stepney-be, másra sem vágyott, mint az
ágyára, a következő nap pedig szokatlanul későn kelt.
Volt is mit kialudnia, hiszen átmenet nélkül vetette
magát a munkába. A helyzet alakulása azonban még
így is megelégedésére szolgált. Miután felébredt,

apróságok kötötték le, tett-vett a lakásban, ami egymagának kellemetlenül nagynak tűnt. Főzött, majd leült a varrógéphez. A második hétvégén Betty a Meath Gardensbe hívta, ahol délután piknikeztek, a szombat esti mulatságra pedig Kester is befutott. A meleg, nyári éjszakában óriási tömeg verődött össze, hogy Joe McLorry zenekarának legnagyszerűbb repertoárját élvezhesse. Aki a környéken élt és mozgott ott nyüzsgött, táncolt és fenékig ürítette sörös poharát. A vidám hangoktól még a zene szüneteiben is hangos volt a park. Lathea kifejezetten élvezte az estét, Kesterrel és annak egyik barátjával is vállalt egy-egy táncot, bár szívesebben üldögélt a kitett asztalok egyikénél a többieket figyelve.

– Leülhetek, Lat?

Az ismerős hangra felnézett. Nyaknál meglazított ingben, nyári nadrágban, Erwin állt előtte. Január óta nem találkoztak, a férfi azonban mit sem változott. Talán egyedül a hajviselete lett katonásan kurta és magatartása valamivel feszélyezettebb. Mivel felbukkanásával sikerült őt alaposan meghökkentenie, engedélyre nem is várva ereszkedett az asztal szemközti oldalára. – Ezek szerint Betty nem figyelmeztetett?

– Mégis mire?

– Hogy itt lehetek ma este.

– A húgod továbbra is abban bízik, hogy összeházasodunk.

– És nem?

Lathea a fejét ingatta. – Nem tudom, hogy ez lehetséges-e.

Erwin hallgatagon félrenézett. Ráérősen fürkészte a táncolókat. Lathea azonban le nem vette róla a szemét. Minden sértett haragja dacára titkon arra számított, hogyha egyszer személyesen találkoznak, a sérelmeket sutba dobva újra áldozatául esik annak a sármnak, ami számára Erwint mindenki mástól megkülönböztette. És bár a hatás bizonyos értelemben a hatalmába kerítette, valami mást is felismert a szívében. Azt, hogy még nem sikerült megbocsátania.

Szerette őt, és egy perc erejéig örömmel ringatta magát abba a képzelgésbe, hogy a dolgok visszatérhetnek a régi kerékvágásba, de azután úrrá lett rajta az önsajnálat meg a megalázottság. Bármennyire is vágyott rá, a szilveszter emléke még nem halványult el eléggé. E pillanatban hiába ültek ilyen közel, Erwin akár Yorkshire-ben is lehetett volna.

- Nem viselsz egyenruhát – törte meg a már kínosan elnyúló hallgatást.
- Pár órája szabadultam meg tőle.
- Hogyhogy Londonban vagy?
- Az egyik fejest fuvaroztam a minisztériumba, reggel indulunk vissza.
- Értem.

Erwin mellkasa látványosan emelkedett, ahogy teleszívta tüdejét levegővel. – Kérsz valamit inni?
- Azt hiszem, most nem.

Erwin felállt és elsétált egy korsó sörért. Beletelt néhány percbe, míg visszatért. – Betty sokat mesélt erről a Fettisov nevű alakról, aki állítólag beköltözött hozzád – kezdte aztán pókerarccal, jellegtelen hangon.
– Milyen ápolónak bizonyult?
- Tökéletesen gondoskodott rólam, igazán nagyszerű ember.
- És?
- Mit és? Fel se kelhettem, ezért el se mozdult mellőlem. Betty nem tud Gróf Kupolyevről, ahogyan róla sem túl sokat, ezért talál ki mindenféle sületlenséget.

Erwin elmélázott. – Mondták neked, hogy meglátogattalak a St. Mary's-ben?
- Igen.
- Maradtam volna, ha lehet.

- Így is köszönettel tartozom.

- Hogy őszinte legyek, igencsak meglepett, amikor rábukkantam arra a cetlire a szobádban. Ugyanis korábban soha egyetlen szóval sem említetted azt az alakot.

- Mit meséltem volna? Az egészet el is felejtettem. A gróf különben sem tett rám jó benyomást.

A férfi szemöldöke felszaladt. – Ne mondd! Lat, az ember nem tesz csak úgy ilyen ígéreteket, főleg nem írásban. Mellesleg, amikor meglátogattam a Royal Courtban, némi kérelést követően látszott rajta, hogy azt az üzenetet halálosan komolyan veszi – nem kapott választ. – Akárhogyan is van, boldoggá tesz, amiért újra egészségesnek láthatlak, gyönyörű vagy.

- Soha nem voltam gyönyörű – hárította el Lathea a bókot. – Elég gyönyörű pedig biztosan nem.

- Lat, én...

Ám Erwin szavaiba belerobbant az önfeledt társaság és az asztal köré telepedtek. A tánctól kifulladva nagyokat kortyoltak italaikból, egymás mondanivalójába vágva heccelődtek. Betty cinkosan Latheára kacsintott. – Örülsz a meglepetésnek?

Ösztönösen bólintott, noha csak később tudatosult benne, hogy ha más okból is, mint a barátnője feltételezte, azért tényleg örült a találkozásnak. Legalább megértette, hogy érzelmei milyen változáson mentek keresztül. Végtére is új életet szándékozott kezdeni, ehhez pedig szüksége volt arra a függetlenségre, amit ez a felismerés jelentett. Már maga a megkönnyebbülés jobb kedvre derítette, ezért nem tiltakozott Erwin ajánlata ellen, hogy szívesen hazakíséri. Az úton többnyire hallgattak, vagy semmitmondó általánosságokról csevegtek, ez azonban megfelelt neki. A szilveszter éjszaka jó időre elfújta a meghitt barátságot és magával vitte azt a bimbózó szerelmet is, amit akkoriban kapcsolatuknak tulajdonított. Ennek dacára a lelke mélyén remélte,

hogy a helyzet egyszer majd megváltozik és ő végleg
el tud fordulni a múlttól. Vagy ha lesz még mód rá,
feledve a sérelmeket, adhat egy második esélyt
maguknak.

- Aggódtam érted – vallotta be Erwin megállva a ház
előtt.
- Azzal az ostoba szalvétával megmentetted az
életemet. Túl banális lenne azt mondanom, hogy
köszönöm.
Erwin elhajította az ujjai közt forgatott
cigarettacsikket. – Amikor elmentem Yorkshire-be,
rám kellett volna hallgatnod és örökre otthagynod az
apádat.
- Most már nem érdemes ezen keseregni. Ő meghalt,
én viszont élek.
- Élsz, de vajon el tudod felejteni, ami történt? Nem is
annyira azt az éjszakát, mint inkább a kínokat, aminek
éveken át kitett téged.
Megható volt ez az őszinte aggodalom, Erwin még
mindig a szívébe látott. – Mindenesetre megpróbálom,
nincs visszaút. És különös módon még csak a
lelkiismeretem se furdal állandóan.
- Nincs is miért furdalnia.
Egy percig némán meredtek egymásra, mielőtt Erwin
megtörte a csendet. – Még mindig szeretlek, tudod jól,
és átkozottul hiányzol – Lathea lassú szívverésekkel
makacsul a cipője hegyére szegezte tekintetét. Akkor
se nézett fel, amikor a férfi közelebb merészkedett és
ujjára tekerte az egyik szőke fürtjét. – Sose fogsz
megbocsátani?
- Egyelőre nem tudok.
- És nem is akarsz? – a gyengéd erőszaknak engedve
felemelte a fejét. – Hm?
- Szeretnék, de időre van szükségem.
- Mindenki követ el hibákat, szívem.
- Szólnod kellett volna. Akkor most nem érezném
magam ilyen nyomorultul és megtaposva.

Erwin egy futó pillanatra a sötét égboltra emelt tekintettel a lelke mélyéről felsóhajtott. – Ha te nem is hiszed, vannak az életben fontosabb dolgok, mint a...
- Nem akarok erről beszélni. Próbállak megérteni téged, azt viszont tudom, hogy becstelen eljárás volt ez velem szemben. Időközben azonban sok minden megváltozott: az érzéseim, az életem és persze legfőképpen én magam.
- Ezt hogy érted?
- Adams tiszteletes támogatásával vívtam meg egy nehéz csatát önmagammal, hogy ne kelljen a lelkiismeretemet fojtogató bűntudattal élnem. Ettől erősebb lettem. Úgy látszik, odalettek az álmaim is, de magabiztosabb és öntudatosabb vagyok, önállóbb. Az apám jelentette fenyegetés eddig átokként terpeszkedett az életemen, hurcoltam magammal akármerre haladtam. Ellenben mostantól csak magamra fogok gondolni.
- Ez szakasztott úgy hangzik, mintha a jövődben nekem már semmilyen szerep nem jutna.
Lathea ebben a percben maga sem tudta, ez-e az igazság. – Ma csak azt mondhatom, amit most érzek.
- És az...?
- Elmúlt, Erwin. Nevezhetsz megint javíthatatlan álmodozónak, aki nem mond le a rózsaszínű ábrándokról, de még akkor sem tudtam túltenni magamat azon a nőn... ahogy lesajnálva vigyorgott rajtam. Szeretném, ha az a gyalázatos leleplezödés nem történt volna meg, akkor, ha behunyt szemmel is, de még mindig boldogok lehetnénk. Sajnos nem így van. Azóta viszont legalább képes vagyok beismerni magamnak, hogy talán nem is illünk össze, talán...
- Talán túl nagy feneket kerítesz ennek az egész ügynek. Az én szememben egyes-egyedül az számít, hogy szeretjük egymást.
Lathea ezzel nem érthetett egyet. – Te nem tudhatod, milyen megalázó, ha akit szeretsz, másra vágyik. Én

mégis megpróbálom lenyelni ezt a békát, és amit érzek, az ma nem több barátságnál, meg egy kis reménynél.

Szavai hitetlenkedésbe ütköztek, Erwin zavart pillantásában azonnal lemérhette a hatást. A sötétben alig pislákoló utcai fények kereszttüzében feszült arckifejezése valósággal idegennek mutatta.

- Tehát elküldesz. Sejtelmem sincs, mit kéne most mondanom, bár azt hiszem, bármi is lenne, leperegne rólad. Egy azonban biztos, nem a barátságod az, amire vágyom.

Mivel a vallomás újabb hallgatásba torkolt, Erwin feladta a küzdelmet. – Hát, akkor jó éjt, szívem.

- Jó éjt, és nagyon vigyázz magadra.

- Úgy lesz.

Lathea utoljára még belenézett a jól ismert szemekbe, mielőtt hátra arcot csinált és besétált a ház kapuján. Ahogy a kilincs kicsúszott a kezéből és a nehéz faajtó rémségeset dörrent a keretben, hatásos finálét szolgáltatott az estéhez.


- Mint a telefonban felhívtam a figyelmét, Mr. Rochester, ez az album kizárólag ebben a kötésben létezik – mutatta Lathea a vevőnek a véres verejtékkel előkerített kötetet.

- Kissé hányatott sorsra vall, amiért ilyen ütött-kopott. Mikori kiadás?

- 1920-as, uram. Nézzen csak bele, a térképek és grafikák egytől egyig hibátlan állapotban vannak. Amennyiben óhajtja, a külső borítót újraköthetjük.

A pocakos, idősödő vásárló kidüllesztette mellkasát, hogy még rémisztőbb kritikus benyomását keltse, aztán engedelmeskedve a felszólításnak, húsos ujjaival belelapozott az albumba. Látható precizitással mélyedt a gyűjteménybe, a térképeket is behatóan tanulmányozta, miközben halk, kutyamorgást idéző hangokat hallatott, a fejét ingatta és tömzsi lábain ide-oda topogott. Meglehetős ráérősséggel böngészgetett a kiterített könyvben, hogy azután fel se pillantva megkérdezze: – No, és mennyi idő alatt tudják elintézni a kötést?

- Két hét, uram.

Újabb hümmögés. – Ám legyen! Feketét kérek, ami legalább száz pocsék évet kibír. És számolom a napokat, kisasszony, nyugodtan mondja meg Mr. Kewley-nek.

- Igenis, uram.

- Isten vele.

- Viszontlátásra.

Lathea nem kevés derűvel nézett a döcögős járású alak után, aki sétapálcáját kimért mozdulatokkal a bal lába elé dobálva kisétált az üzletből. Távol tudni az igényes vevők legszőrszálhasogatóbbját a legteljesebb élvezetnek számított. Fellélegezve vett elő egy megrendelőívet, amin intézkedhet a fekete kötésről, jóllehet nevetséges ötletnek tartotta a hűvös bordót ilyen gyászos színre cserélni. Már a könyv legfontosabb adatait másolta a megfelelő rubrikákba, amikor valaki megszólította.

- Nocsak, nocsak, tehát ezért szabadult meg Fettisovtól olyan lóhalálában? – Kupolyev szemtelenül mosolyogva meghajolt. Leheletnyit felvonta a szemöldökét is, mint aki sürgetve azt kérdi: Nos?

- Jó napot, gróf úr.

- Már megint? Egek!

Lathea kevés híján elnevette magát a kérdést kísérő fintoron. Egyben azt is el kellett ismernie, hogy a férfi sármosan lebarnult a nyári melegben, a bal arcán éktelenkedő vágás így majdnem észrevétlen maradt. Ráadásul láthatóan jókedvében volt, ritkaságszámba menő ragyogás keltette életre a szemét. Kupolyev közelebb hajolt. – Ha az emlékezetem nem csal, a múltkor már valamelyest megenyhült irányomban.

- Én itt dolgozom, uram.

- Jó, hogy mondja. Ebédidő van. Mi lenne, ha most azonnal velem tartana valami laktatóra?

- Alig múlt tizenkettő – tiltakozott Lathea gyermetegen próbálva leplezni zavarát. Ezt a mai Kupolyevet egészen vonzónak találta és mosolygós hangulata meg is ijesztette újdonságával.

- Már tizenkettő? És maga mióta gürcöl már! Alaposan megéhezhetett, úgyhogy kérem, ne utasítson vissza.

- Megtisztel a meghívással, uram, de...

- Eszemben sincs megtisztelni, beszélnem kell magával, ez minden. Otthon viszont csak a hűlt helyét találtam.

- Kérem, halasszuk el ezt a....

Mr. Kewley észrevétlenül lopakodott hozzájuk, majd nyájas, üzletember mosolyt küldött a vevő irányába. – Ó, gróf úr, igazán nagyszerű, hogy benézett hozzánk.

Kupolyev kimérten a kezét nyújtotta. – Szeretnék valamit részletesen megvitatni Miss Trashburnnel. Elrabolhatnám őt, mondjuk, egy órára? Végtére is önöknél van a legtöbb esélyem bármit is megtalálni, nem?

Az udvariasság álcája mögött bujkáló erélyes célzás megtette a kívánt hatást. – Természetesen, gróf úr. Miss Trashburn mindenben áll a szolgálatára.

Abban a másodpercben, ahogy a tulajdonos odébbállt, Kupolyev kötekedő vigyorral megismételte: – Mindenben? Hmm, ennél többet álmomban sem kívánnék.

Lathea eleresztve a füle mellett a gúnyos megjegyzést, úgy érezte, hirtelen megértett valamit. – Hiszen önnek köszönhetem az ajánlást is?

- Tessék? Ne haragudjon, nem tudom követni.

- Dehogynem. Ön ajánlott Mr. Kewley figyelmébe.

A meghökkenés őszintének hatott. – Én? Attól tartok, ezt egy másik rajongójának köszönheti. Nos, megvárom, míg hozza a táskáját.

- Tényleg nem a legjobbkor.

- Ne vesztegesse az idejét, Lathea, nem tud lebeszélni. Már csak azért sem, mert még ma Nottinghambe utazom és pár napig ott is maradok. Tehát ez az utolsó alkalom a bál előtt, hogy beszélgethetünk.

A tiszteletre méltó múlttal rendelkező ivó éppen a Whitehall elején foglalt helyet és jellegzetes faberendezésével ősrégi kocsmák hangulatát idézte. A déli óra dacára találtak üres asztalt és a mogorva, szakállas pincértől marhasültet kértek ebédre. Nem volt fényűző lakoma egy arisztokratának, annál inkább Latheának. A július példátlanul száraz, meleg időt hozott, az ország déli részén hetek óta tikkasztó hőség tombolt, mialatt egyetlen felhő sem bukkant fel a látóhatáron. Ennek megfelelően az ivó összes ablakát szélesre tárták, hátha valami csoda folytán megmozdul a bennrekedt levegő.

- Mióta dolgozik a Kewley's-ben? – érdeklődött Kupolyev társalgási stílusban, amint nekifogtak a húsnak.

- Két és fél hete.

- Á! Akkor valóban nem várt sokáig.

- Nem tehettem meg, mivel Mr. Kewley egyedülálló lehetőséget kínált nekem.

- Jobban szereti a könyveket, mint a szállodákat?

A mosolyra Lathea könnyed kacsintással felelt. – Nem hisztériáznak – Kupolyev felszabadultan hahotázott. – És hogy van Fettisov?

- Legutóbb a Riviérára készült egy amerikai ismerősével. Felteszem, remekül szórakozik.

- Örülök neki.

- Ahogyan jövő szombaton mi is kiválóan szórakozunk majd – Kupolyev ismét felderült Lathea bizalmatlan grimaszán. – Meglátja, hercegnőm.

- Nem szeretem, ha tréfát űz velem.

A férfi visszavonulót fújva megadóan felemelte a kezét. – Rendben, bocsásson meg. De ne feledje, miben állapodtunk meg. Megígértem, hogy július 22-én elviszem a bálba, tehát így is lesz. Most a következőket kell megbeszélnünk. Az összejövetelt a Connaught Hotel báltermében rendezik, így előtte bőségesen lesz időnk megvacsorázni a szállodámban. Latheában meghűlt a vér. – Ugye, most tréfál?

- Mivel kapcsolatban? A bállal vagy a vacsorával gyanúsít?

- Természetesen az utóbbival.

- Ugyan, csak nem akar üres gyomorral táncolni? Egy minden tekintetben tökéletes estét ígértem, abba pedig a vacsora is beletartozik.

- A szállodáról beszélek, uram.

- Elég már! – csattant fel Kupolyev. – Ne uramozzon folyton! Van fél tucat nevem, bármelyiket jobban elviselem.

Latheát különös győzelmi mámor töltötte el a tudattól, hogy ezt a hideg-rideg embert sikerült kihoznia a sodrából. – Szólítsam gróf úrnak?

A bosszús horkanás is ezt erősítette meg. – Akkor az uram már tényleg jobb. Hol az ördögben is tartottunk?

- Nem teszem be oda a lábam, ahol korábban szobalányként dolgoztam.

Rövid csend. – Tökéletesen igaza van. Ennél már csak az lenne nevetségesebb, ha a gyönyörű ruhájában, amit kiválasztottam, végigvonulna Stepney-n. Ezért kivételesen a Claridge's-ben szálltam meg. A héten várja önt Mrs. Forsyte, felírtam a címét – a cédula Lathea kezébe vándorolt. – Próbálja fel a toalettet, a hölgyek magára igazítják, utána pedig leszállítják a szállodába. Szombaton átöltözhet a lakosztályomban, a szalonból segítségére lesz valaki – vidám mosoly villant a férfi arcán. – Aznap kitapasztalhatja, milyen az, ha más szúrja meg az ujját, mialatt ön ugrabugrál öltöztetéskor.

- Uram! – kapta fel a fejét Lathea, de a huncut kacsintás nem hagyott kétséget afelől, hogy ugyanarra az esetre gondolnak.

Kupolyev tudomást se vett a zavaráról, helyette lendületesen folytatta a magáét. – Szombatig még kitalálom, milyen néven mutassuk be, hogy se akkor, se később ne legyen ebből kellemetlensége.

- Óriási kockázatot vállal. Azonnal kiderül, hogy nem ismerem a társasági módort.

- Túlzottan kishitű, Lathea. Egyébként éppen azért viszem magammal, hogy bebizonyítsam magának, a rangjukkal kérkedők sem különbek. Ha ez így lenne, Fettisov barátom se élhetne inkognitóban. Elmesélte magának, hogy álruhába bújt herceg?

Lathea biccentett.

- Mi tagadás, szerencsés fickó. Tehát jövő szombaton találkozunk. Szeretném, ha úgy hét óra körül eljönne a Claridge's-be, értesítem a portát, felkísérik majd.

A kurta megbeszélést követően a férfi visszakísérte a Kewley's-hez, noha ő továbbra is a bizonytalanság kellemetlen érzésével viaskodott. Izgalomba hozta a bál kilátása, a csillogó estélyi ruha, mégsem tudott fenntartások nélkül belevágni a kalandba.

- Akármit is mond, uram, hibát követ el – tett egy utolsó kísérletet.

- Kezdem azt hinni, már nem tartja azt a véleményét, hogy túlzottan nagylelkű voltam, eh? – a lefegyverző mosollyal szemben tehetetlen maradt. – Ha nem néz rám úgy, mintha minden pillanatban a parancsaimat lesné, nem lesz üröm az örömben. A szombati viszontlátásig, hercegnőm.

Lathea még egy végtelen percig ott állt a járdán, kételyek és boldog várakozás közt hánykolódva, mialatt a magas, karcsú alakot fokozatosan elnyelte a tömeg és eltűnt a tér túlsó oldalán. Ettől kezdve, ha akart, sem tudott volna visszakozni.

9.

A hosszú hét, amit Mischa Nottighamshire-ben töltött majdhogynem még egy víkenddel gyarapodott, miután a háziak minden rábeszélő készségüket latba vetve igyekeztek marasztalni. Igaz, ami igaz, más körülmények között hajlott volna erre a kényeztetésre, hiszen a báró és ellenállhatatlan hitvese kivételes vendéglátásban részesítették. Csakhogy pazar vidéki házukat attól a pillanattól bántóan szűknek találta, amikor kedden Bowlersonék is betoppantak. Rosy Bowlerson álmodozó tekintete mindenhová elkísérte és bár a lány meglehetősen tartózkodóan viselkedett, mégsem szabadulhatott attól a gyanútól, hogy ezeknek a pillantásoknak mélyebb üzenete van, mint szeretné. Így többé meg sem fordult a fejében a tartózkodás meghosszabbítása, jóllehet somolyogva elképzelte, ennek a hírnek mennyire örülne valaki Londonban. Ráadásul, ha nagyon őszinte akart lenni önmagához, tűzbe hozta a gondolat, hogy legalább egy este erejéig annak a sokarcú, gyakran elérhetetlenül visszahúzódó stepney-i lánynak a társaságát élvezze. Sokkal inkább vágyott rá, mint Rosyra. Táncolni akart vele, igazi hercegnőként viszontlátni a kristálycsillárok fényének kereszttüzében és megtudni, vajon az a Hamupipőke-e, akinek sejti.

Mindenesetre a nem lankadó marasztalásnak köszönhetően kevés híján lekéste a régen tervezgetett randevút. Mire Londonba ért, éppen csak a legszükségesebbekre maradt ideje.

- Megérkezett a kisasszony? – tudakolta a szobalánytól, aki közvetlenül mögötte érkezett a Claridge's-beli lakosztályba.

- Igenis, Mrs. Forsyte egyik öltöztető kisasszonya segédkezik neki.

Megkönnyebbülten lélegzett fel. A vonaton arról elmélkedve, mit vár az estétől, megfordult a fejében, hogy a lány nem hátrál-e meg az utolsó akadálynál. Korábbi feltűnő és azért érthető vonakodását látva, ez kifejezetten valós veszélynek tűnt.

- Előkészítette a frakkomat?

- Igen, gróf úr. Tehetek még önért valamit?

- Nézzen be a kisasszonyhoz, én majd csöngetek.

Ezzel sarkon fordult és a másik belső helyiségbe vonult vissza. A frakk minden szükséges kellékével együtt ott lógott a szobainason, míg a kivasalt ing az ágyra terítve várta. Elégedetten vonult be a fürdőszobába, hogy a hosszú út után rendbe szedje magát.

- Gróf, úr – kopogott be a szobalány, akkor már csak a zakója hevert a fotel támláján. –, Mr. Chiari vár önre a szalonban.

- Jövök.

A lakosztály közös helyiségébe érve a barátját egy ital társaságában találta. – Mischa! Egy órája hívogatlak, de se híred, se hamvad! Hol kóborolsz ilyenkor?

Elfogadta a feléje nyújtott kezet. – Most futottam be, épp csak összekaptam magam.

- Azt gondoltam, jóval előbb visszaérsz. Vagy olyan jó volt Nottinghamben?

Mischa jó házigazda lévén a hívogató fotelek irányába bökött és mindketten le is telepedtek egybe-egybe. – Eredetileg azt is terveztem, de Knighton-Heel rá akart beszélni a maradásra, hét közben pedig váratlanul Bowlersonék is beállítottak.

- Ejha! A kis Rosyval? Nem különös, hogy mindig oda sodorja őket a véletlen, ahol te is vagy?

Mischa a fejét ingatta. – Bárcsak sejteném, mi a fenén vigyorogsz!

- Szerintem nagyon is jól tudod.

- Nem akarom tudni. Azt nem!

A küszöbön a szobalány jelent meg, udvariasan biccentett feléjük, majd a belső szoba felé surrant, ahol a hölgyek szorgoskodtak.

- Amúgy kitaláltam valamit, amihez a beleegyezésedet kérném, Jean-Michel.

- Mi lenne az?

- Ma este Miss Trashburnt a távoli unokahúgodként szeretném bemutatni. A McDougall név remekül cseng.

- Csakhogy Liana tizenöt éves!

- Na, és? Annál jobb. Még senki nem ismerheti a társaságban. Egyébként is, ha minden igaz, álarcosbálba vagyunk hivatalosak, nemde?

Jean-Michelnek láthatóan megrökönyödést okozott ez az okfejtés. – Mondhatom, jól kifundáltad.

- Igyekeztem.

Ismét kitárult az ajtó, hogy a szobalány kíséretében középkorú asszony bukkanjon fel mögüle, akit Mischa a ruhaszalonból ismert. Mindketten felálltak és üdvözölték. – Jó estét, uraim.

- Üdvözlöm, Mrs. Atkins. Hogy haladnak?

- Készen vagyunk, gróf úr. A kisasszony csodaszép lesz ma este. Ha óhajtja, szívesen megvárom, miként véleményezi a ruhát, és ha szükséges, igazítok rajta indulás előtt.

- Amennyiben a kisasszony elégedett vele, én már csak gyönyörködni szeretnék benne. Köszönöm.

- Ahogy gondolja. Ez esetben nagyon kellemes estét kívánok.

A két nő hangtalanul távozott, mire Mischa újfent a barátjához fordult. – Úgy tíz tájban valószínűleg ott leszünk, te előbb mész, ugye?

- Jóval előbb.

- Rendben.

- Most viszont ideje kilépnem, pajtás. Ott találkozunk. Veled és Liana McDougall kisasszonnyal.

Mischa vidáman intett volna a barátja után, ám az komor ábrázattal megfordult és szembetűnően gondban a szavakkal szólalt meg: – Remélem, nem feledkezel meg arról, hogy csak tizenöt éves?

- Tessék?

- Mischa, az ördögbe is, bízom benne, hogy ez a felhajtás nem azt a célt szolgálja, hogy elcsábíthasd azt a nőt!

- Te megvesztél, Jean-Michel!

- Nem én, viszont mostanában nem vagy önmagad. Mischa nem is leplezte sértettségét. Úgy értsem, hogy született Don Juannak tartasz, vagy mi az ördög?

- Don Juannak biztosan nem, csak tisztázni akartam.

- Szerintem ideje menned.

A lakosztályra mély csend hullott, ahogy ott állt a szalon közepén és értetlenül meredt az ajtóra, ami mögött Jean-Michel eltűnt. Sértette az elhangzott feltételezés, különösen olyan baráttól, aki előtt gyakorlatilag nem voltak titkai. Bosszúsan felhajtotta a kiöntött ital maradékát, majd erőt véve elrontott hangulatán bekopogott a belső szobába. A bizonytalan, késlekedő hívásra lépett csak be, hogy a hatalmas tükör előtt megpillantson valakit, akit ez ideig nem ismert.

- Jó estét, hercegnőm – ballagott közelebb a látomáshoz.

Lathea arcán zavart kifejezéssel, mereven kihúzva magát szobrozott mozdulatlanul, így bőségesen maradt ideje magába inni a kábulatba ejtő látványt. Az a szépség és természetes báj, amit eddig titkon a lánynak tulajdonított, olyan erővel testesült meg, szinte lesodorta a lábáról. Közömbös arckifejezést erőltetve magára, legbelül mégis felkavarva, gyönyörködött benne. Nem is hercegnőt, hanem királynőt varázsolt belőle a korábbi évtizedek divatját idéző toalett. A sokrétegű tüllben pompázó terebélyes szoknya felett a fűző ingerlően kihangsúlyozta viselője telt keblét, a ravasz dekoltázs nem sokat hagyott a képzeletnek abból a szépségből, amit el is rejtett. A szabadon hagyott vállakra Lathea esetében nem hullottak selymes fürtök, hiszen rövidre vágott frizurát viselt, azt azonban ez alkalommal másként fésülve, hogy az arcfestés is kellő érvényt nyerhessen.

- Káprázatosan szép – a lány zavartan végigsimított a szoknyán. – Valami azonban még hiányzik – Mischa a belső zsebébe nyúlt, hogy elővegye az ott őrizgetett lapos tokot. A lány háta mögé lépve kérdezősködés nélkül a nyakába csatolta a gyémántokkal és rubinnal ékesített nyakéket, a csuklójára pedig hozzá illő karkötő került. – Nézze csak meg!

- Ez túl értékes – érintette meg Lathea nyilvánvaló félszegséggel a köveket, mintha tartana tőlük.

- Ugyan, az ékszerek azért vannak, hogy az olyan szépségek, mint ön, viseljék őket.

Különös módon megindította, hogy ezzel a bókkal mennyire zavarba hozta a lányt. – Ma éjszaka a tenyeremen fogom hordozni, ehhez pedig hozzátartozik a flörtölés, a nevetés meg a tánc. Mindenekelőtt kezdjünk egy pompás vacsorával.

Biztatást nem várva felemelte az ágyról az előkészített stólát, a lány hátára borította, majd a karját ajánlva kivezette a szalonba.

Az este minden kétséget kizáróan azt a forgatókönyvet követte, amit a legszebb álmaiban dédelgetett. A háromfogásos vacsora során minden ügyességét bedobva igyekezett fenntartani a társalgást, mivel bájos partnere szembetűnően feszengett a számára szokatlan szerepben. Az új ruhában, különleges hajviselettel, felékszerezve, a legmutatósabb hölgyekkel is felvehette a versenyt. Ösztönös eleganciájának köszönhetően elképesztő magabiztossággal viselte a számára készített toalettet, így hát ő hálát adott annak a büszkeségnek, amit korábban milliószor elátkozott már.

A nehezen vergődő beszélgetést elsősorban annak tudta be, hogy a lány megváltozott külseje mögött azért továbbra is ugyanaz a cinikus, előítéletekben gondolkodó lény maradt, ezen aligha tudott volna néhány óra leforgása alatt változtatni. Pusztán találgatni, mert, hogy nem egy angol diplomata udvariassági látogatása folytán változott-e meg a hangulat köztük. Ugyanis a minden hájjal megkent világfit egy percnyi felületes csevegés alatt Lathea minden erőfeszítés nélkül levette a lábáról. Ezzel rögvest be is bizonyította, hogy senki nem ismeri fel benne azt a stepney-i lányt, akit valamikor régen megismert, akivel a Hyde Parkban összeszólalkozott, és akit később a saját otthonában megvendégelt. A gyors siker, no meg a kiváló bor együttes hatásaként tartózkodása fokozatosan kezdett elszállni és ő végre úgy érezte, valamelyest megnyílásra késztetheti. Örömmel, de azért némi csodálkozással látta, hogy életvidám, minden csapás és keserűség dacára is ábrándos lelkű bakfis, aki egyszerre komolyan megfontolt és szórakoztató. Nem volt iskolázott, ellenben lenyűgözően olvasott. Hamarosan kiderült, hogy válogatás nélkül elolvas bármit, amihez hozzájut, legyen az regény, költészet, vagy napilap. Mire a desszertig jutottak, kezdett ráérezni, mire alapozva tekinti Lathea a legtöbb nemesembert felszínesnek és hasznavehetetlennek. Az ő szemével nézve a tablót, el kellett ismerni, hogy a szavaiban sok igazság van.

Ugyanakkor bántotta, hogy a kimerítő társalgás során igazán személyes dolgokról egyetlen szó sem esett. Érdeklődésének tárgya mesterien tért ki a válaszok elől, így csakis makacs faggatózással kaphatta volna meg az óhajtott feleleteket, ezt azonban nem merte megkockáztatni. E tekintetben kizárólag következtetéseken nyugvó képet rajzolhatott arról, miféle nő Lathea Trashburn. Ám ez az apróság sem akadályozta abban, hogy az együtt töltött perceket az utolsó morzsáig kiélvezze. Az étkezés végére ő maga is kezdte elfelejteni, kivel ül egy asztalnál, mert a lány nem adott okot arra, hogy azon rágódjon, milyen fényt vethet rá a társasága. Sőt, látatlanban biztos lett afelől, a bálon hatalmas sikert arat majd titokzatos partnerével, aki bájos, fiatal lány. És, legalábbis ami őt illeti, számtalan felfedezésre számított még.

Nem sietett a Connaught-ba, szívesebben ült az asztal túloldalán és beszélgetett Latheával, mintsem belevessék magukat egy táncmulatság közepébe, ahol talán egész este két szót sem válthatnak. Így jóval elmúlt tíz óra, mire a szállodában valaki meg szabadította a felöltőjétől és a következő pillanatban már bent is találták magukat a mulatság forgatagában. Nem számolt azzal, hogy az érkezőket nyilvánosan bejelentik, ráadásul a zene éppen elhalt, amikor az ő esetükben ez a fordulat bekövetkezett, ekképpen minden tekintet ellenállhatatlanul feléjük villant.

- Ez valcer – jegyezte meg az újabb taktusokra Lathea egészen bátortalan halksággal. – Évek óta nem táncoltam.

- Ami azt illeti, én sem.

Ekkor Jean-Michel sietett elébük és feltűnő buzgalommal üdvözölte a lányt. Az elhangzott név után ezt a társaság méltán el is várhatta tőle. Kezet csókolt állítólagos unokahúgának, hogy somolyogva felvilágosítsa: – Az unokafivére volnék, persze pusztán ma estére, kisasszony. Jean-Michel Chiari.

- Jean-Michel a barátom – magyarázta Mischa, amint egy kicsit beljebb sodródtak.

Az álarcosbál egyáltalán nem sikerült titokzatosra, az unalmas angolok ezt is elrontották, vélekedett Jean-Michel és igaza volt. Legtöbben nem is viseltek maszkot, mindössze nyűgös kellékként hurcolták magukkal. Ezzel szemben a jelmezek pazarul fényűző és szellemes kavalkádja valódi ínyencségnek számított. A férfiak zöme sem frakkot viselt, hanem palástot, vagy bandita jelmezt viselt, míg a hölgyek tényleg kitettek magukért. Színek és formák, extravagáns legyezők meg dekoltázsok tűntek fel mindenütt, a kristálycsillárok vakító fényében elképesztő ékszerköltemények csillogtak-villogtak. Mischa, amint partnerével a parkettre perdült, leplezetlen érdeklődés kereszttüzébe került, ami meglehetős elégtételül szolgált számára. Némelyek lopva, mások nyíltan fürkészték, miközben a bécsi keringő lágy dallamára suhantak a többi pár között. A lány gyakorlatlan, de azért megbízható táncosnak bizonyult és ő büszkén fel is vállalta a társaságát. Az ő szemének mindenképpen a legvonzóbb hölgy volt a teremben, amit az irigy pillantásokat látva, más férfiak is észrevehettek.

- Alighanem feltűnést keltettünk – szögezte le Lathea, amikor a harmadik táncot követően a puncsos tálhoz sétáltak.

- Hiszen ez volt a cél.

- Borsódzik a hátam attól, ahogyan méregetnek. Mischa felhőtlen derűvel nézett rá. – Pedig hozzá kell szoknia, mivel, legalábbis a férfiak részéről, ez a szépségének kijáró csodálat.

- A ruha teszi – hangzott a bizonytalan felelet.

- Nézzen csak körbe. A cifra öltözetük nélkül ezek az emberek sem különbek. Látja például azt a szakállas alakot?

Lathea érdeklődve bár, mégis tapintatos körültekintéssel sandított a megjelölt irányba. Mischa jót mulatott az erőfeszítésén, a jelek szerint senki más nem törődött ennyit az illemmel. – Ki ez az ember?

- Egy skót. Társaságból ismerem. A grófi rangja nem régebbi a csiszolásnál ezen a parkettán. Ez mégsem tartotta vissza attól, hogy meghiúsítsa a lánya rangon aluli házasságát Robert Cavendish-sel.

- Az ipar gyárossal?

- Úgy bizony – nevetett Mischa a már ezerszer kigúnyolt történeten. – Az örömapának nem fűlt a foga még egy felkapaszkodotthoz a családban.

A lány elmerengett. – Olvastam valahol, hogy a Cavendish család kétszáz éve foglalkozik különféle porcelán és üvegtermékek gyártásával, ami azért elég tekintélyes idő, nem?

- Ezek szerint mégsem. És főleg nem elég előkelő – fordult tovább Mischa. – Na, és ott áll az a hórihorgas férfi a feleségével, látja? A Nemzeti Bank ura és parancsolója, miközben Amerikában a leghírhedtebb szerencsejátékosok partnere. Reménytelenül ügyetlen pókerjátékos. A minap hallottam, hogy úszik az adósságban, jóllehet szilveszterkor egy éjszaka leforgása alatt tisztes vagyont veszített Bostonban ruletten. A fantáziájára bízom, mégis miből.

- Az az ő lánya, ott mellette?

- Igen – Mischa nem állhatta meg a következő nevetést. – A papa gazdag férjet keres neki.

A különös felhangra a lány komoly arckifejezéssel válaszolt. – És mi ezen olyan mulatságos?

- Lord Towsend karót nyelt angol, aki tehetségtelenül leplezi idegengyűlöletét, főleg az oroszok ellen, amiért felforgatták a világ természetes, kapitalista rendjét. Ugyanakkor a franciákat sem szívleli, szerinte a közönségességig szabadosak.

Lathea felderült. – Ez esetben önre alaposan rájár a rúd, mivel mindkét csoportba besorolható.

- No, igen, habár a bolsevizmusról csak kényszerképzeteim vannak, a szabadosság pedig nem döntő jellemvonásom.

- Amúgy sem számít, hacsak…

Az elharapott mondat hallatán Mischa elégedetten vigyorgott. – Magam is legalább ennyire elhűltem, amikor Lord Towsend ajánlatáról tudomást szereztem. Társalgásukat Jean-Michel felbukkanása akasztotta meg, aki ez ideig a terem másik végében csapta a szelet néhány kivételesen mutatós hölgynek. – Hogy érzi magát, Miss Trashburn? – kockáztatta meg a kérdést távol a mindenre fogékony hallgatózóktól. – Díszes kompánia, nemde?

- Cirkuszi.

Mischa cinikus megjegyzése apró mosolyt csalt a lány arcára, amit akár egyetértésnek is lehetett venni. – Érdekes emberek.

Jean-Michelt szórakoztatta az óvatos megfogalmazás. – Nem kevés bosszúsággal ugyanezt tartják ön felől. Majd felfalja őket a kíváncsiság ördöge, hogy mindent megtudjanak. Honnan került elő, hány éves, kinek a lánya, eljegyezték-e már és így tovább.

- Uram isten.

- Ugye, ugye? Ez a népszerűség átka.

Mischa kacsintva nézett össze a barátjával. Két zenei darab között ismét felcsendült az ajtónálló érces baritonja.

Ugyanabban a pillanatban Mischa elképedt, amint a tekintete megakadt Rosyn. A merész estélyi ruha varázslatosan szépnek mutatta, noha talán túlzottan is kacér volt egy hajadonhoz az ő korában. Ám az is igaz, hogy rövid ismeretségük alatt először nem látszott éretlen fruskának. A sötét árnyalatú szoknya meg a krémszín felsőrész érvényre juttatta szemet gyönyörködtető bájait, bőre az éles fényben fehér maradt, akár a hó.

- Nem is mondtad, hogy itt lesznek – vetette a szemére Jean-Michel szintén az érkezőket mustrálgatva.

- Sejtelmem se volt róla. Amikor reggel Londonba indultam, még a teraszon teázgattak.

- Jó estét.

A lendületes köszönésre mindannyian elfordultak a bevonuló családtól, hogy a fiatal katonára vessenek egy-egy pillantást. A tiszti egyenruha igazán fessnek láttatta, amolyan hamisítatlan életművész, magabiztos mosolya játszott a szája körül. Világos hajával és gondosan ápolt bajuszával Mischa tipikus szigetlakót fedezett fel benne. Miután az idegent egyedül Jean-Michel ismerte, gyorsan be is mutatta, mint a híres Mountbatten klán egyik legfiatalabbját. Archibald Mountbatten a neve említésére még inkább kihúzta magát, majd félreérthetetlen érdeklődéssel lesett a kis csoport egyetlen hölgy tagjára.

- Eddig hol dugdostad a gyönyörű kuzinodat, Jean-Michel?

- Vártam, hogy felnőjön. Miért kérded?

- Jól adod az ártatlant, de nekem igazán nem kell eljátszanod ezt a szerepet. Kisasszony, megtisztelne a következő fordulóval?

Amint a pár távozott, Jean-Michel kötözködve szóvá tette: – Féltékenység lobog a szemedben.

Mischa dühösen elfordult barátja kárörvendő ábrázatától. Legszívesebben rávágta volna: Hova gondolsz!, ám hazugság lett volna, és ami még rosszabb, Jean-Michelt sem tévesztette volna meg. A táncba indulók után lesett, ahogyan az angolkeringő dallamára a parkett közepére siklottak. Az este folyamán nem először rohanta meg a vágy, hogy kisajátítsa magának Latheát, és a most elébe táruló kép is csak ezt az érzését erősítette. A rendőri jelentés olvasása óta tudta, hogy márciusban betöltötte a huszonhetet, és bizony Mountbatten egy katonás rohammal meghódította. Elegendő volt önfeledt mosolyaikra nézni, vagy a máris élénk beszélgetésüket figyelni a távolból, hogy tudja, a katonatiszt óriási sikert tudhat magáénak.

- Szépek együtt – vélekedett Jean-Michel, ő pedig bár tudta, hogy csak provokálja, mégis lépre ment.
- Ne bosszants!
Rövid szünet után Jean-Michel oldalba bökte. – Rosy Bowlerson epekedő tekintettel csüng rajtad. Tehát találkoztál vele a héten?
Mischa gépiesen biccentett. Amennyire tetszett neki a lány jólneveltsége, visszafogott természete, valamint érintetlen frissessége, annyira riasztotta fiatalsága meg a tapasztalatlanság, ami láthatóan vele járt. Ma este mindennek tetejébe ravaszul érzéki volt és ő szokásos, sokat próbált gyanakvásával arra a kézenfekvő következtetésre jutott, hogy a megváltoztatott külső nem is annyira a lány, hanem inkább az ambiciózus mama csínytevése lehet.
- Üdvözölnöd kéne őket.
Ehelyett Latheát kereste a tömegben. Időközben lekérték Mountbatten karjáról. Sugárzó szépsége ördögien hatott a férfiakra. – El se hiszem, hogy ugyanez a teremtés feküdt a Pentonville-ben haldokolva, láztól, izzadtságtól elborítva – csúszott ki a száján.
- Nem hibáztatlak, én is bele tudnék habarodni. Mégis vigyázz magadra. Te magad mesélted, milyen véleménnyel van rólunk, és milyen nehezen tudtad idecsalogatni.
- Ne okoskodj annyit, inkább kérd le attól a ficsúrtól. Én addig tiszteletemet teszem Bowlersonéknál.
- És utána mi legyen? – értetlenkedett Jean-Michel élvezve a helyzet fonákságát. – Kergessek el mellőle minden húsz feletti hímneműt?
- Nem is rossz ötlet!
Mischa átszelte a báltermet újdonsült ismerősei irányába. Természetesen nagy örömmel üdvözölték és elhangzottak a szokásos sajnálkozások is, amiért nem utazhattak együtt Nottinghamből. Semmitmondó, üres beszéd következett, amit ő mindig halálosan gyűlölt,

ezért lopva a parkett felé nézegetett. Jean-Michelnek nem kevés erőfeszítésébe került lekérnie a lányt, így ő jobb híján Rosy Bowlersont vitte táncba. Milyen elbűvölő ma este, Rosy. A lány kínosan belevörösödött a bókba, úgyhogy többé nem is próbálkozott hasonlóval. Felszínes csevegéssel vészelték át az elkövetkezendő perceket, miközben csak feszengett az álmodozó pillantások célkeresztjében. A szeme sarkából felfigyelt a szülők sugdolózására, amit aggasztónak talált. Óvakodva a kivetett hálótól, az első adandó alkalommal visszakísérte a lányt az övéihez, akik szerény csoportosulást vonzottak maguk köré.

- Rosy ügyes táncos, nem igaz, gróf úr? – hízelgett Mrs. Bowlerson kiábrándító ügyetlenséggel.

- A lányának számos vonzó tulajdonsága van, bárónő.

- És ön, aki önző módon soha nem gondoskodik társaságról, nyilván örül, ha akad néhány fiatal hölgy pártában. Akárcsak Rosy.

Mischa némán, hideg mosollyal bólintott a báró felé, ám mielőtt a témát berekeszthette volna egy oda nem illő mondattal, a kenti herceg unokatestvére közbekotyogott. – Ez azonban rendhagyó este, ugye, gróf úr?

- Mire gondol?

- Arra a varázslatos ifjú hölgyre, természetesen.

Mischa segélykérő pillantást vetett Jean-Michel felé, aki karján Latheával ráérősen ballagott keresztül a parketten. – Micsoda kellemes meglepetés, báró úr – üdvözölte Bowlersont, majd a családját is, kezet csókolva a két nőnek. – Azt hiszem, még nem volt szerencséjük kedves rokonomhoz, Liana McDougall kisasszonyhoz.

- Ó! – kiáltott fel Bowlerson elragadtatva. – Ez az a McDougall-ág?

- Természetesen az!

Túlesve a bemutatkozáson, Mischa tüntetően átfűzte Lathea karját a sajátján. Az apró jelzést a körülállók szavak nélkül is megértették, a báróné arcszíne árnyalatnyival el is mélyült. Így lekerülve a horogról, odaadó kacsintással oldalra hozzáfűzte: – Néha úgy érzem, számomra is elérkezett az idő, hogy önként vállalt magányomat felülvizsgáljam.

A rájuk zuhant kényszeredett csendet meghökkentő módon éppen Lathea mentette meg a végtelenségtől. – Hiszen pontosan ön mondta nemrégiben, hogy előbb vagy utóbb minden férfinak el kell szánnia magát, vagy nem?

- Hát, hogyne! És milyen igazam volt!

A döbbenettől megbénult kis társaságból egyenesen a táncolók sűrűjébe menekültek. Mischa hálásan mosolygott a lányra, akinek arcára volt írva, hogy tökéletesen tudatában van annak, mekkora szívességet tett. – Mindig is gyanítottam valami ilyesmit, hogy azért ragaszkodik ehhez a bálhoz, és persze hozzám, mert különösebb magyarázkodás nélkül akar visszavágni valakinek.

Mischa legszívesebben hangosan nevetett volna. – Mi tagadás, gyanakvó és szkeptikus gondolkodása önmagamra emlékeztet. Ennek ellenére segített kihúzni a fejem a hurokból és ezzel lekötelezett.

- Olyan könnyen el lehetett ejteni?

A kötekedés nagyon tetszett neki, és úgy tapasztalta, a ma este végül is előcsalogatta a lányból a kalandvágyó gyereket. Merészebb lett, nyitottabb, és csak úgy ragyogott a boldogságtól.

- Hmm, más dolog megszédülni és más az oltárhoz rohanni.

- Észben tartom.


Bár Mischa úgy tervezte, egy-két óránál nem maradnak tovább, ezeknek az elképzeléseknek azonban rögvest búcsút mondott, amint kiderült, hogy az állítólagos Liana McDougall milyen remekül megállja a helyét. Várakozáson felül sikerült bolondot csinálni a díszes vendégseregből, hiszen árva lélek sem sejtette a turpisságot. Latheát jóformám mindenki fel akarta kérni, ő azonban a burkolt, mégis sokatmondó bejelentést követően tapodtat sem tágított mellőle, ezért csakis a legkitartóbbak férkőzhettek a közelébe. Éjfél után hidegtálakat szervíroztak a szomszédos szalonban, volt ott minden földi jó, amit csak el lehet képzelni, hozzá pedig pezsgőt, puncsot és különleges borokat kínáltak a pincérek.

Mischa egy aránylag félreeső asztalrészt választott, ahol Jean-Michel távoztával jóformán magukra maradtak. – Hogy érzi magát, hercegnőm?

Az egyszerű kérdésre hitetlenkedő kacaj érkezett. – Elképesztő, talán még férjhez is mehetnék, ha akarnék.

- Vagyis igazam volt, mert mégiscsak ruha teszi az embert.

A lány komoran nézett vissza rá. Ebben a másodpercben a megváltozott külső mögött ugyan, de nagyon is az az öntudatos nő volt, akit ismert. – Szomorú, amiért így van.

Ezért a bölcsességért ösztönösen kezet csókolt neki. – Egyetlen okból mégsem bánom. Így maga is beláthatja, hogy az emberek közti különbség nem a származásuk folyománya, jóllehet, és ezt aláírom, ezek itt körülöttünk jobb embereknek tartják magukat másoknál.

A végtelenségig üldögéltek egymást fürkészve, mielőtt a lány elhúzta volna a kezét. Elfordult és tekintetét körbehordozta a nyüzsgő szalonon. Megfejthetetlen, méltóságteljes gesztus volt. Mischa le se tudta venni róla a szemét, ahogy egyenes háttal, kezeit az ölébe ejtve ült, melle rendszeresen emelkedett és süllyedt, ahogy levegőt vett, és a nyakában ékeskedő nyakék mindannyiszor megcsillant. Olyan meglepő fizikai vágy lobbant fel benne, amit évek óta nem érzett egyetlen nő iránt sem. Ám mielőtt emlékezetében visszapörgethette volna az éveket egészen addig a megsemmisítő utolsó kalandig, Lathea megszólalt. – Ha nincs több megbosszulnivalója, szívesen távoznék.

Mischának a szíve szakadt meg a kérés hallatán. Nem akarta, hogy az este máris véget érjen. – Hiszen még nem is evett, a borba is alig kóstolt bele.

- Cseppet sem vagyok éhes, köszönöm.

- Vegyem úgy, hogy már nem akar a hercegnőm lenni?

Lathea bátran szembenézett vele. – Elvégeztük, amiért jöttünk.

- Azaz többé nem tartozunk egymásnak semmivel?

- Úgy értem, bebizonyította, milyen emberek azok, akiknek a színe-java ma itt táncol, szerencsésen megmenekült egy nemkívánatos házasság rémétől, én pedig nagyszerűen éreztem magamat, éppen ahogy kívánta. És el is fáradtam.

Mischa hosszasan morfondírozott, de akárhogy is igyekezett, a higgadt érvek nem hagytak számára kiskaput. Ezért megadva magát felállt, hogy a lányt is felsegítse. Az asztaloknál egyre kevesebben étkeztek, a mulatság legfőbb központja ismét a táncparkettre koncentrálódott, ahol a zenekar újult lendülettel szolgáltatta a talpalávalót. Ők azonban a báltermet elkerülve a hátsó ajtón távoztak a szállodai hall irányába. Valaki felsegítette a felöltőjét, illetve a lány stóláját, majd a megrendelt taxi visszavitte őket a Claridge's-be.

Egymagában hajtotta fel a lakosztályába rendelt hideg italt. A kandallópárkányra könyökölve nézett farkasszemet tükörbeli önmagával. Ritkán tett effélét, ezért is lepte meg annyira, milyen fiatalnak látszik.

- Ez azért túlzás – dünnyögte mégis kedvetlenül.

Holott nem volt benne semmi túlzás. Harminchét betöltött évéből jó néhányat letagadhatott volna. Korán begyűjtött ősz hajszálai évek óta nem szaporodtak. A rossz, már-már felőrlően kínzó emlékek súlya alatt végigsimított az arcélét követő csúf vágáson. Ha a seb nem is fájt, olyasmire emlékeztette, amit pedig okosabb lett volna elfelejteni. Örök nyomát viselte annak, mit okozhat a vak ragaszkodás meg a hiszékenység. Ez azonban soha többé nem fordulhat elő, az érzelmek helyét átvette a gyanakvó hitetlenség. De nem ma, ma este olyasmi történt vele, amire évek óta nem akadt példa. Először érezte magát fiatalnak, férfinak és a nevetése is szívből fakadt. Ezért is szabadult meg a szobalánytól, aki Lathea segítségére érkezett. Nem akart idegent beereszteni ritkaságszámba menő boldogságába, senkit. Újra a tükörképére meredt, mintha engedélyt kérne tőle mindahhoz, ami befészkelte magát a gondolataiba. Végül nagyot fújtatva a kandalló párkányára állította az üres poharat és halkan bekopogott a belső szobába. Válaszra azonban hiába várt, mert változatlan némaság felelt. Lenyomta hát a kilincset.

A fényűző csillárral rendelkező szobában tompa, szűrt fény terpeszkedett, ami az ágy melletti kalapos lámpa burája alól szökött ki. Lathea mozdulatlanul ácsorgott az ágy fejénél, láthatóan nem boldogult egyedül a bonyolult csatokkal, jóllehet a felsőruhát már levetette.

- Segíthetek?

Nekipirulva kapta maga elé az egyik alsószoknyát, azzal együtt is csak félig mert megfordulni. – Hívna nekem egy szobalányt?

- Pontosan tudja, milyen körülményes dolog ez ilyenkor.

- Legalább próbálja meg.

- Megtettem, nem jártam sikerrel – hazudta Mischa közelebb merészkedve. – Hadd lássam, hogyan szabadulhat meg ettől a rengeteg holmitól.

Lathea habozott, ő azonban türelmesen kivárta, míg magától is felismeri szorult helyzetét, és önként megadja neki a lehetőséget, hogy segítsen. Minden kapkodás nélkül kezdte bogozni az alsószoknyák derékpántját. A szalonból érkező öltöztetőnő nyilván nem véletlenül kötötte őket olyan szorosra, a kioldás viszont hosszas munkába torkollt. A biztosító szalagok meglazítása nyomán lehulló anyag susogó hangot hallatott, mielőtt a szőnyegre omlott. Következő akadályként a fűző rögzítései és kapcsai néztek szembe vele, de végül minden darabbal elbánt. A feleslegessé vált rétegeket ugyancsak az ágy lábához szórta. A nehéz csendben csakis kettejük zakatoló lélegzetét lehetett hallani és ő úgy érezte, a lány legalább annyira izgatott, mint ő maga. Már csak egyetlen leheletvékony inget viselve állt előtte, makacsul a hátát mutatva.

- Köszönöm – suttogta, védekezőn összefonva a karjait maga előtt.

Mischának gyökeret eresztett a lába, ahogy ott szobrozott mögötte. Eltelt néhány másodpercnyi örökkévalóság, mire felemelte a kezét és végigsimított a lány karcsú nyakán, majd mutatóujja merészen lefelé utazott a gerincén. Tisztán érezte, ahogy megborzong. Kivárt ugyan hátha visszautasítja, de mivel nem tette, lágyan átölelte a derekát és olyan közel vonta magához, hogy a mellkasán érezze forró bőrét. Belecsókolt a nyakába, majd ajka a feltűzött szőkés-vöröses fürtöktől fedetlenül hagyott tarkójára vándorolt. Meg akarta kóstolni a csigolyáit, mindegyiket egyesével. Újabb pillanatok peregtek, míg Lathea alig érzékelhetően felsóhajtott és keze végigszaladt a karján, majd nyitott tenyerét a hasára vonta. Ujjaik szerelmesen összekulcsolódtak, ez szebb volt bármely igennél.

- Ó, Thea!

Megkerülve őt a szeméből igyekezett kiolvasni ugyanazt az üzenetet, amit az iménti mozdulat sugallt. Magához ölelve szelíden megízlelte a száját. Nem volt igazi csók, miként is lehetett volna, amikor vágyainak tárgya végtelenül félénken és gátlásosan viszonozta közeledését. Inkább az ellenkezője lett volna meglepő, ám ez sem tarthatta vissza semmitől. Körüludvarolta, türelmesen becézgette, nehogy elriassza. Kivárta, míg megnyílik a hódítás előtt. Leült az ágy szélére, hogy Latheát az ölébe vonhassa. Szemébe fúrva tekintetét megérintette csupasz karját, végigsimította az ujjait, majd szerelmesen a tenyerébe csókolt. Az ingerlő kényeztetés után hanyatt dőltek a szivacson és féligmeddig maga alá temette. Számító gyengédséggel halmozta el, lassú mozdulatokkal cselekedett, nem akarta megijeszteni, bár a következő csókból kiderült, hogy ez nem is nagyon sikerült volna. A csókból elszállt minden tartózkodás, helyette szenvedéllyel és mohón adták át magukat az érzéki előjátéknak.

Mischa vágyát felkorbácsolta a merészség, amivel a lány az ostromát jutalmazta. A kezdeti tétovázást legyűrte a teljesebb öröm ígérete és Lathea vérlázító csókjaival végighajtotta az ígéret földjén, holott a csábító kilátásokon kívül egyebet nem adott. Egészen ez ideig nem volt biztos benne, tényleg el akarja-e csábítani, a perzselő csókok nyomán azonban tudta, hogy már semmi kevesebbel nem érné be.

Kifulladva, levegő után kapkodva néztek farkasszemet, az egész elképesztően érzéki volt, felkavaró és hihetetlen. Ujjaival bebarangolta a lány arcát, orrát, megduzzadt ajkait, az állát, azután hajából kihajította a csatokat, hogy végre beletúrhasson a már sokszor megcsodált tincsek erdejébe. Újfent puszikkal szórta tele az állát, majd megízlelte a fülcimpáját.

Hallotta, ahogy izgatottan felsóhajt, teste megfeszült a kihívó érintésre.

- Ha nem akarod, itt az idő nemet mondani – susogta a fülébe.

A meleg barna tekintet az arcára tapadt, beszédes volt ugyan, a pirosra csókolt ajkak viszont cinkosul hallgattak.

- Hadd nézzelek meg, Thea – a lenge inget felhúzta a lány combjára, keze besiklott alá. A simogatás felizgatta a lányt, mégis megálljt parancsolt, amint feljebb ügyeskedte volna az anyagot.

- Oltsuk le a villanyt.

Bár Mischa mindennél jobban szerette volna látni, sejtette, milyen zavarba ejtő lehet neki. – Ahogy akarod – állt fel a lámpa kapcsolója után nyúlva. Átmenet nélkül vaksötét zuhant rájuk. Ledobta a zakóját, rögvest utána pedig a nyakkendő kíséretében a mellény is a szőnyegre repült. Az ingét gombolva rogyott vissza az ágyra.

Mámorító érzés volt megérinteni Lathea selymes bőrét. Egyre feljebb gyűrte az inget, a csípője fölé, azután feljebb és feljebb, mígnem egyszer csak áthúzta a fején és félrelökte. Csak homályosan látott a sötétben, de legalább érezhette őt, aki a becézgető simogatásokra félszegen odasimult hozzá. Növekvő vággyal kezdte felfedezni testének törékeny szépségét. Mostanra legalább afelől biztos lehetett, hogy semmiképpen nem fogja elijeszteni, hiszen őt is elárulták rekedtes sóhajai, vagy ahogyan megremegett, mialatt először az ujjbegyével, majd csókjaival is birtokba vette. A szemérmes udvarlást csalétekül használta, amivel áldozatát magához édesgette. Attól kezdve, hogy az sóvárogva közelebb bújt, leplezetlen mohósággal cirógatta gyönyörű mellét, hogy onnan kiindulva ajka is megízlelje a mámor ösvényét egészen az öléig.

- Thea, ma chére, ne menekülj el – suttogta, amikor a lány összerezzent a bizalmaskodó érintésektől. Ruháitól ő is régen megszabadult, jóllehet még nem merte megmutatni, mennyire vágyik a közelgő egyesülésre. A lány ugyan hagyta, hogy szeresse, ellenben alig viszonozta az érintéseit, amit nyilvánvaló tapasztalatlanságát figyelembe véve nem is lehetett a szemére vetni. Mischa újabb csókokkal kábítva őt ügyesen széttárta a combjait. Lathea halk tiltakozással felsikoltott, amikor az ujjával kedveskedett neki tüzet gyújtva az ölében. A megrázkódtatást hamar felváltotta egy kéjes nyögés, majd a következő. Márpedig ez elegendő üzenetül szolgált arra nézve, mire vágyik a nő, aki a karjában fekszik. Anélkül kergette a beteljesülés határára, hogy akár egyszer is megadta volna neki a legtökéletesebb gyönyört.

- Thea, ne tarts tőlem, kérlek.
Mischa egy pillanat erejéig valósággal elveszett a barna tekintetben, amint az erős homályban végre megtalálta. A soron következő őrjítő csók egy meglepett, kéjes sikolyba fulladt, amint Lathea akadályok nélkül magába fogadta. A másodperc törtrészéig ismét a megfejthetetlen arcba nézett, ahonnan kisöpört két elkóborolt tincset. – Nem én vagyok az első, pedig azt hittem… – Lathea némaságba burkolózott. – Talán jobb is így – nyögte inkább csak magát akarva meggyőzni. Azután megemelve a lány csípőjét beljebb nyomult, hadd kerüljön hozzá olyan közel, amennyire csak lehet. Boldoggá tette, ahogy kedvese belecsimpaszkodott, átölelte a lábaival és megadva magát saját elemi késztetéseinek, hagyta megtörténni a csodát. Keserűen ébredt tudatára, hogy soha még csak hasonló varázslatban sem volt része. Bár Lathea tapasztalatlan, görcsös szerető volt, mégis túllépett a félelmein, és ő több élvezetet talált gömbölyű, csábosan puha

testében, mint amit bármikor korábban átélt. A végsőkig kitartott, azt akarta, hogy mindkettejüknek jusson egy nagy szelet ebből a váratlanul meglelt kincsből, ám hamarosan őt is legyűrte a sürgető kielégülés. A mámor megrázó vadsággal temette maga alá. Kimerülten, elcsigázott tagokkal és tompa agyában zakatoló őrült gondolatokkal feküdt mozdulatlanul. A lány forró bőre melengette a mellét, combja a csípőjét. Ez a tovaröppenő, csodálatos pillanat az utóbbi évek minden kínjáért kárpótolta, ám gyermeke boldogságát nem oszthatta meg Latheával. Annak ellenére sem, hogy biztosan érezte, hogy az ő számára is felülmúlhatatlan élményt kellett jelentenie ennek a szerelmes együttlétnek. Azt hitte, érintetlen, ez indokolta volna feszült, gátlásos viselkedését, de nyilván máshol kell az okokat kutatni.

- Ma belle – szólongatta, mivel lankadatlanul oldalra nézett. – Thea – lágyan megérintve az állát maga felé fordította az arcát. A megindító őzikeszemekben ezúttal kövér könnycseppek úsztak. – Mondd el, mit érzel. Nem tudom elviselni, hogy sírsz.

- Mit érzek?

- Hm?

Lathea megint félrenézett. Bántó hallgatását, megbicsakló hangon érkezett vallomás követte, és éppen azt mondta, amit ő igazán hallani akart. – Életemben először boldogságot.

- Ó, Thea, bántott valaki? – súgta Mischa megrendülve, és persze meg is riadva az esetleges választól, ám a lány némán ingatta a fejét. – Hála az úrnak!

Azon töprengett, mit kéne tennie, menjen vagy maradjon. Semmilyen tapasztalata nem volt az ilyesmiben. A lány sem könnyítette meg a döntést, amikor makacsul lehunyt szemmel magába fordult. Végül arra jutott önmagával, hogy talán nem árt, ha egyedül hagyja azokkal az érzésekkel, melyek szembeszökően átcsaptak a feje felett. Elhúzódott tőle, hogy feltápászkodjon. Lathea gyanakodva, mármár bizalmatlanul nézett fel rá, míg ő gondosan bebugyolálta az ágyon összedúlt takaróba. Szemében ott égett a jogtalan szemrehányás, így futólag megsimogatta meztelen karját.

- Ma éjjel a hercegnőm vagy, és én tudom is, mivel kényeztethetnélek, ma belle. Pihenj egy kicsit, mindjárt visszajövök – kiterelt egy szőke tincset a lány homlokából, mielőtt kisétált az ajtón, át a másik hálószobába.

Egy félóra is beletelt, míg visszatért hozzá. Hatalmas tálban tejszínhabbal burkolt friss epret egyensúlyozott. Meglepetésnek szánta, gyanítva, hogy ez olyan ínyencség, amit könyvesbolti eladók nem engedhetnek meg maguknak. Egyben tökéletes fegyverül szolgált egy újabb erotikus előjátékhoz. Ahhoz, hogy kiderítse, vajon ez az elbűvölő szirén pusztán elcsábított áldozat, vagy az az érzéki nő, akinek reméli. Felkattintotta a lámpát, hogy ismét sejtelmes félhomályba burkolja a szobát. Lathea nem aludt és ő sejtette is, hogy nem fog, legalábbis amennyiben az elhangzott vallomás igaz, akkor semmiképpen sem.

- Hoztam neked valamit – ült az ágy peremére, az összekötött háziköntös alatt felhúzva az egyik lábát. – Hogy fest?

Lathea maga elé emelve a takarót felült. Érdeklődve lesett a gyümölcsre. – Eper?

- Ühüm – somolygott Mischa huncut fénnyel a szemében. – Méghozzá gyönyörű, kövér eprek.

- Ilyenkor? Honnan szerezte?

- Azt hiszem, most már tényleg itt az ideje, hogy tegezz engem, legalább, ha kettesben vagyunk. Ragaszkodom hozzá.

- Rendben van.

- Mischa.
- Mischa – nyögte ki a lány, bár tisztán látszott rajta,
mennyire nehezére esik. – Szabad? – kérdezte azután
megtörve a kínos szünetet. Mischa azonban
megelőzte, mielőtt a tál felé nyúlt volna.
- Majd én – csípett egy szem gyümölcsöt az ujjai
közé. Mélyen belemártotta a hófehér habba és a lány
szájához tartotta.
A bizalmaskodó gesztussal tagadhatatlanul
meghökkentette, egyben zavarba is hozta. Mégis úrrá
lett ezen az érzésen, közelebb hajolt és bekapta a
finomságot.
- Milyen?
- Mennyei!
- Hát, csak rajta! Rád vár az egész tál, chérie –
mondta Mischa szabadon legeltetve szemét az ágy
közepén ülő nimfán. Káprázatosnak találta, érzékien
kihívónak, ahogy meztelen vállai és mindkét karja
előtűnt a takaró rejtekéből, fürtjei összekócolódtak az
önfeledt szerelmeskedéstől, szeme csillogva nézett
vissza rá.
- Van valami az arcomon? – a bizonytalan kérdést
Lathea tétova mozdulata követte, mire ő odahajolt
hozzá és megcsókolta. Nem hagyta, hogy erőt vegyen
rajta a gyávaság, átkarolta a csípőjét és egyre
szenvedélyesebben ostromolta, mígnem megkapta a
méltó választ.
Boldogan kacsintott rá. – Nem, nincs semmi az
arcodon – váratlan ajándékba felhőtlen mosolyt
kapott. Legszívesebben elárulta volna, hogy a kilesett
Chaplinnek volt hasonló, amikor az éttermi asztalok
között botorkált, de nem merte szóba hozni, hátha
ezzel érzékeny húrokat pendít meg egy romantikus,
szerelmi csábítás közepén. E percben nem bírta volna
elviselni, ha Lathea társadalmi különbségekről kezd
papolni. Az ő szemében a dolog már akkor

elveszítette minden jelentőségét, ahogy először megérintette.

- Te nem eszel?

A kérdés kirángatta keserédes gondolatai tengeréből.

– Dehogynem! Melyiket adod nekem?

A pajkos kacsintás megtette a maga lélektani hatását. Lathea megfeledkezve ösztönös elzárkózásáról, kihalászott egy aprócska epret a tálból, megfürdette a habban, majd felajánlotta neki.

- Bőkezű – derült fel Mischa. Kivárva néhány másodpercet bekapta a gyümölcsöt, hogy azután ingerlő játékkal aprólékosan lenyalogassa a fehér habot a lány összes ujjáról. – Voilá! Ez a tiéd – szemelte ki a következő darabot és ezzel a módszerrel hamarosan az egész adag édességnek a végére jártak. Játék volt, lassú, érzéki és izgalmas. Lenyűgözve leste párja minden rezdülését elégedetten véve tudomásul, hogy a csodálat ma éjszaka kölcsönös. Lathea ugyanazzal a kíváncsisággal sandított felé, néha titokzatosan mosolygott, különben pedig szó nélkül belement a gyerekes osztozkodásba.

Mischa szántszándékkal utoljára hagyta a legnagyobb szemet, ami a maradék habbal megkoronázva be se fért a lány szájába. A nevetéstől leharapta ugyan az eper nagyobbik felét, a másik viszont a mellére hullott és tejszínes árkot szántva maga mögött végiggurult a bőrén. A meglepetéstől felkacagva kapott a szökevény után, de ő megelőzte. Az eper nyomában a habot is maradéktalanul felitatta a lány testéről. Kihívó szenvedéllyel csókolgatta, majd a kezéből kihúzva a takarót odébb hajította. Lathea kéjesen nyögdécselve tűrte a kényeztetést. Ő pedig visszadöntve a párnára kezdett udvarolni neki, mit sem törődve azzal, hogy arckifejezése a benne feltámadó szerelmi éhség ellenére is azt sugallta, legszívesebben elfutna.

- Kapcsoljam le? – kérdezte, amire hálás bólintás helyeselt, így a zsenge fény ismét kihunyt. – Ölelj át, drágám – kérte visszasüllyedve a matracra. Lathea engedelmeskedett. Ez alkalommal érezte benne a hajlandóságot, hogy ne csupán eltűrje a szerelmeskedés rá háruló részét, de ő maga is részt vegyen benne. Csókjai édesebbek lettek az előételtől, cirógatásai mohóbbak és ezzel együtt felkavaróbbak is. Érezte, hogy nem bizalmatlan és nem fél, így neki sem kellett többé ellepleznie, micsoda vágyat ébreszt benne. A matracon hemperegve csókolóztak, ölelték egymást próbára téve a varázst, hátha megismételhető. Mischa gyengéden rávezette, mivel tudja őt a legteljesebb élvezethez juttatni és a kezdeti vonakodás után a karcsú ujjak végigszánkáztak a testén. Feltérképezték őt, megízlelték, hogy szinte bódulatba esett a könnyű cirógatásoktól. A kislányos félszegség mögött valóban izgalmas nőt fedezett fel.

- Miért nem növeszted hosszabbra? – szántott bele Lathea hajába. A sampontól édes illatot árasztott, tapintásra akár selyem is lehetett volna.

- Volt hosszabb is.

- És? Mi lett vele?

Zavart csend. – Eladtam.

- Ó, mon amour – nyögte Mischa osztozva az egyetlen szó közvetítette fájdalomban.

Mozdulataik egyre bizalmasabbak és követelődzőbbek lettek. Ám ezúttal, amikor megérintette a lány testének intim pontjait, nem húzódott el tőle, mint korábban. Légzése elnehezült, ami elárulta növekvő izgatottságát. Fokozatosan közelebb sodródva a szakadékhoz egyszer csak magára ültette. Megbotránkozásra vagy tiltakozásra lehetőséget sem adva késztette Latheát megadásra, ahogy az ölébe siklott. Forrósága, szenvedélyes ölelése minden ostoba szónál ékesebben regélt. Megragadta a hátsóját, hogy közelebb vonja, egyre közelebb, mígnem egy őrült vágta végén nem maradt más, minthogy levegő után kapkodva, kiégve összeforrjanak.

Hátrazuhanva a párnára magára húzta a lányt. Az fáradt elégedettséggel a vállára ejtette a fejét, jobb karjával átfűzte a mellét és többé nem mozdult. Nem volt helye szavaknak, enélkül is pontosan tudta, hogy mindketten ugyanazt a földöntúli boldogságot kapták. Még végigsimított párja kerek csípőjén, ahogy magukra borította a takarót. Egyszer meg is csókolta, ám a világ gyorsan beszűkült és elnyomta az álom.

Éppen a nyakkendőjét igazgatta, amikor Lathea mocorogni kezdett. Őt nézve melegség járta át a szívét. Az a fajta megindultság és késztetés valami többre meg bensőségesebbre, amiről régóta azt feltételezte, hogy soha nem fogja már érezni. A lepedőn elnyúló lányt az éjszaka fényében még kívánatosabbnak látta és persze okosabb lett annyival, hogy a boldogtalanság nemcsak neki jutott osztályrészéül. Túlzás lett volna ugyan messzemenő következtetéseket levonni, annyit mégis biztosan tudott, hogy Lathea Trashburnt még senki nem szerette úgy, mint ő. Ezt elég egyértelműen elárulta bátortalanságával és azzal, ahogyan önmagát megpróbálta kívül tartani a szenvedélyes szeretkezésekből.

Eltelt még egy perc, mire belenézhetett a felpattanó szemekbe. Ráérősen kutatták egymást, majd Lathea behúzta csupasz combját a takaró védelmébe.

- Jó reggelt – törte meg a csendet végül, és akármennyire is szerette volna, ellenállt a kísértésnek, hogy egy forró csókkal kezdje a napot.

- Jó reggelt.

- Örülök, hogy felébredtél, sajnos reggeli után el kell mennem. Próbáltam, mégse sikerült lemondanom egy találkozót, de semmiképpen nem mentem volna el köszönés nélkül.

Lathea dünnyögött valamit, ő azonban nem értette.

- Thea, szeretném megköszönni neked a tegnapot. Istentelen régen nem voltam ennyire boldog, vagy éreztem újra azt, hogy élek. Úgy, mint veled, és ezért kimondhatatlanul hálás vagyok.

Akárhol is siklott rossz vágányra a mondanivalójával, hogy ez mégis megtörtént, a lány ádáz arckifejezése elárulta.

- Háláról beszél? Minek néz engem, olcsó utcalánynak? – kiáltotta felindultan ülve az ágyon, ügyetlenül takargatva magát. – Nem akarom, hogy hálás legyen!

Mischában szappanbuborék gyanánt pukkadt szét a reggel álomittas boldogsága, helyében pedig felizzott a düh. – Ne merj engem magázni, vagy grófozni, mert istenemre kifizetlek, amiért odaadtad magad, akár egy örömlány!

A dühkitörés ottrekedt a megfagyott levegőben. A lány szeméből könnyedén kiolvashatta a megalázottság beszédes jeleit, mialatt ő is úgy érezte, mintha arcul csapták volna.

- Nem leszek a szeretőd, se neked, se másnak! – közölte Lathea indulatosan, ám árulkodóan gyenge hangon.

- Megnyugtatlak, ma femme, eddig is remekül megvoltam szeretők nélkül, valahogy ezután is átvészelem – próbált Mischa gúnyos hangot megütni, csakhogy megvédhesse az érzéseit, ám végül mégiscsak kibukott belőle az igazság. – A fenébe is! Én valami sokkal többről beszélek, érzelmekről meg a jövőről, te meg egyszerűen meggyanúsítasz? El se tudom képzelni, mi változott meg időközben, az éjjel még jó volt neked velem.

- Nappali fénynél én még mindig cseléd vagyok, míg te az uraság! Mellesleg aligha lehet véletlen, hogy annyira megkönnyebbültél, mert más is akadt előtted. Így legalább anélkül sétálhatsz ki innen, hogy bármiért is magyarázkodnod kéne, vagy felelősséget vállalnod. Sőt, talán nagy örömödre a legrosszabbakat gondolhatod felőlem! Mischának nem is kellett több, hogy újra bezárkózzon és most már fütyült rá, megbántja-e a lányt, vagy se. – Honnan veszed magadnak a bátorságot, hogy megítélj akár engem, akár a gondolataimat! Semmit nem tudsz rólam! Ám ha… nos, ha így állunk, akkor, mint cseléd, igazán kitettél magadért. Annyira elégedett voltam veled, hogy akár meg is tarthatod a nyakéket. Bőkezű ajándék pár óra mulatságért, nem?

- Ó, te nyomorult! – sziszegte Lathea belesápadva a haragba. – Mind egyformák vagytok, egytől-egyig.

- Félre az érzelgősséggel, chérie!

- El akarok menni!

- Elmehetsz, bármikor kedved tartja, nem foglak visszatartani – vetette oda Mischa gorombán, és ezzel megrángatta a személyzetnek szóló csengőt.

A ropogósra vasalt ruhájú szobalány a közelben tartózkodhatott, mert a dühödt hívásra gyakorlatilag azonnal ott termett. Zavart pillantást vetett az ágyban fekvőre, majd Mischára. – Igenis, gróf úr?

- A kisasszony gyengélkedik ma reggel, készítsen neki fürdőt, azután hozzon reggelit, amit csak megkíván.

- Máris, uram.

- Várjon – hívta vissza a szobalányt, mielőtt a dolgára szaladt volna. A félrehajított estélyi ruhára bökött. – Azt a szemetet pedig tüntesse el innen, és mindenestül vesse tűzre!

Mihelyst kettesben maradtak, az ajtó felé lódult, jóllehet a küszöbről még utoljára visszanézett a lányra, aki gyűlölködő pillantással méregette. – Abban reménykedtem, jobb emberismerő vagy… talán ez fáj a leginkább, isten veled!

Kimenekült az ajtón és, amikor behúzta maga mögött, az elmúlt tizenkét óra története már csak egy volt a csalódások végtelen lajstromában.

Kora délután tért vissza a Claridge's-be, ahol talán fél óránál is kevesebbet időzött. Összecsomagoltatta a holmiját, belezsúfolta a nyakéket, amit Lathea a szalon kandallópárkányán hagyott, kifizette a számlát és anélkül távozott, akár egyetlen gondolatot pazarolt volna a háta mögött hagyott éjszakára. Pusztán egy kívánsága maradt, elhagyni Angliát, amilyen gyorsan csak lehet.

# 1939. október - december

# 10.

London nem azt az arcát mutatta, amit Mischa legutolsó tartózkodásakor élvezhetett. A fényár meg a nyüzsgés látszólag mit sem változott, tulajdonképpen elválaszthatatlanul hozzátartozott ennek a lüktető városnak a mindennapjaihoz. Ahogyan az élénk forgalom, meg a buszokról menetközben leugráló utasok is. A szakaszosan goromba és szürke őszbe forduló nyár megdöbbentő egyenességgel emlékeztette arra, hogy a nyár varázsa menthetetlenül elillant. Karöltve a meleg esték romantikájával, és a parkok sem adnak többé otthont koncerteknek vagy táncmulatságoknak. Helyette 1939. október 17-ét írták és Nagy-Britannia Franciaországhoz hasonlóan másfél hónapja hivatalosan is hadban állt Németországgal. A világ óriásit fordult, ezt nem lehetett nem észrevenni. London, ahogyan egyébként Párizs is, kevés jelét mutatta a politikai sokknak, amit Európa még meg sem emésztett. A plakátok, toborzó röpiratok, az egyre gyakrabban látható egyenruhások azonban mindenkiben ébren tartották a tudatot, hogy a látszólagos béke dacára is háború van. Egy nem is akármilyen háború. Ami legalábbis Franciaországot illeti, a hadüzenetig a közember akár azt is hihette, hogy ugyanolyan gyermeteg petárda-durrogtatásnak a szemtanúja, mint egy évvel korábban, amikor Münchenben világossá vált, miféle áldozatok árán hárítható el a feszültség. Se akkor, se most, az embereket nem érdekelte Csehszlovákia vagy Lengyelország sorsa. Franciaországban sokan azért támadták Daladier-t, mert eszükben sem volt távoli, homályosan is alig ismert országokért hadba vonulni.

Persze nem is lehetett hibáztatni ezért a felfogásért senkit, mivel a francia politikában nem léteztek Winston Churchill-féle keményvonalasok, akik fáradhatatlanul azt szajkózták volna, hogy Adolf Hitlert meg kell állítani, jóllehet nem úgy, hogy komolyan se veszik a megálmodott Harmadik Birodalom vízióját. Párizsban szabadon ólálkodtak a konzuli védelmet élvező német és olasz kémek, kedvükre dugták bele az orrukat bármibe, hiszen senki nem ellenőrizte tevékenykedésüket. A francia politika ezért csak augusztusban kapta fel a fejét arra a döbbenetes hírre, hogy míg a korábban felállított angol-francia delegáció elméleti síkon is be kívánta vonni a szovjeteket a Németország elleni egységbe, addig von Ribbentrop német külügyminiszter szószaporítás helyett aláírta a kölcsönös meg-nem-támadási szerződést Sztálinnal, melynek keretében egyúttal fel is osztották maguk között Lengyelországot. Az önmagában véve is felháborító alku a feltételezhetőnél mégis kevésbé rázhatta meg Édouard Daladier-t, mert a külpolitika előtérbe helyezése helyett inkább gyors csapást mért a francia kommunista szerveződésekre. Pánikszerűen, egy tollvonással betiltotta hivatalos szervezetüket, a l'Humanité-t, és elrendelte a teljes vezetés letartóztatását, miközben az elvhű parlamenti képviselők sem jártak sokkal jobban. Az események hirtelen felpörögtek, a közhangulat felforrósodott. A folyamat betetőzéseként pedig szeptembertől országszerte rohamtempóban megindult a sorozás. Mischa hasonló káoszt és fejetlen zűrzavart még életében nem tapasztalt. Franciaországot leginkább az őrültek házához tudta hasonlítani, különösen ezzel az irracionális kapkodással. Másfél hónap telt el a hadiállapot beállta óta és annak dacára, hogy ez idő alatt egyetlen puskalövés se dördült, a kormányhivatalok sorban hozták a meglepőbbnél meglepőbb döntéseket. Többek között korlátozták a ki- és beutazásokat, így ő maga szerencsésnek számított, mert egy halászhajón egyáltalán elhagyhatta az országot anélkül, hogy bárki felfedezte volna, miben sántikál. A kimerítő utazást követően átaludta az éjszakát, majd a kényelmetlenségekért kárpótolta magát egy pompás és kiadós reggelivel. Tervei szerint első útja Jean-Michelhez vezetett volna, ám a jelenlegi felfordulásban nem kevés erőfeszítésébe került, míg végre legalább a titkárnőjével beszélhetett.

Mademoiselle Barrault, feltehetően minden írott és íratlan szabályt áthágva, megsúgta neki, hogy a főnöke éppen Párizsba repült és csak másnap tér vissza onnan. Ezért Mischa üzenetet hagyott, majd ellátogatott a Kewley's-be. Míg a szállodából eljutott a Trafalgar tér környékére, azon tűnődött, hogyan rukkolhatna elő nem mindennapi mondanivalójával. Három hónap távollét sem segített kiverni a fejéből Latheát. Mintha csak tegnap váltak volna el, úgy emlékezett annak a leírhatatlan estének és éjszakának minden mozzanatára. A vacsora feletti akadozó beszélgetésre, a lány szellemes megjegyzéseire, a ruhájára, mely lenyűgöző szépségét kiemelte. És ugyanúgy képtelen volt az emlékezetéből kitörölni gyönyör teli együttlétüket, a szenvedélyt, amivel szerették egymást, és amiből semmi nem volt elég. Persze azt sem felejtette el, ahogyan a reggeli szóváltás, legalábbis részben, bemocskolta a történteket. Visszasurrant Angliába, mert látni akarta a lányt, mégis rettegett a találkozástól. Amennyire biztosan tudta, hogy Lathea boldog volt a karjában és éreztette vele, hogy minden melegségre szüksége van, amit adni tud neki, annyira kíméletlenül és ridegen vádolta meg a következő reggel. Úgy állította be a helyzetet, mintha ő lenne az egyetlen áldozat, akit megsértettek. Mischa azóta sem zárta le magában az ügyet, ám abban sem lehetett biztos, hogy ha szemtől szembe találja magát vele, akkor sikerül.

Miután hiába tette meg az utat a Trafalgar térre, a taxisnak bediktálta a stepney-i címet. Az út alig húsz percet vett igénybe, számára mégis örökkévalóságnak tűnt. Már a járdán állva fordult a távolodó jármű után, de még mindig úgy érezte, szüksége van néhány percre, amíg összeszedi magát az újabb összecsapás előtt. Azután minden ellen felvértezve átszelte az úttestet és felbaktatott a jól ismert lépcsőházban. A negyedik emeleti fordulóban nem égett a lámpa, így vakon tette meg az utolsó fokokat. A sötétségen túl mindenfelől áporodott szagot leheltek a falak, ami a nyilvánvaló nyirkosság velejárója lehetett.

Odatámolygott a baloldali ajtóhoz, hogy bekopogjon.

Válaszra várva jócskán meglepte, amiért a korábban ott díszelgő Ternovsky feliratnak nyoma veszett.

Összeszorult torokkal gondolt arra, hogy akár egy vadidegen is ajtót nyithat majd. De akkor hol keresse a lányt?

Az ajtó mögül közeledő lépteket hallott, a következő pillanatban pedig fel is tárult előtte. – Tessék?

Megkönnyebbülten ismerte fel Lathea alakját az odabentről kiáramló sárga fénypászma közepén. – Bejöhetek? – tudakolta, mivel a lány megkövülten torpant meg előtte. Beletelt egy percbe, míg magához tért a meglepetésből és félreállt.

Odabent égett a villany, ami bántóan éles fénybe burkolta a szoba lecsupaszított falait, a bútorok zöme eltűnt. Éppen ahogyan a névtábla.

- Mi történt itt? – dadogta megrökönyödve.

- Elköltözöm.

- Elköltözöl? Miért? Azt hittem, szóval, hogy szereted Stepney-t.

Lathea összefont karral, biztos távolságban állt tőle.

Szokatlan módon nadrágot viselt, ami nem engedte

láttatni formás lábszárait, a sötét pulóver pedig
maradéktalanul elrejtette telt keblét. Ő valahogy
mégis szebbnek találta az emlékeinél.

– Azt akarod hallani, hogy a lelkiismeretem nem hagy
nyugodni?

A gúny lepergett róla. – Az igazságot szeretném
hallani.

– Nos – Lathea nyelt egyet. –, ez az igazság.
Ahányszor átkelek a szobán, mindig az a borzalmas
jelenet kísért. Úgyhogy – nagy levegőt véve,
megjátszott vidámsággal folytatta: – mindent eladtam
és elköltözöm.

– Merrefelé?

– Számít ez valamit?

Mischa arca elkomorult. – Cseppet se, udvarias
akartam lenni, bocsáss meg!

A lány mintha elszégyellte volna magát, mert
békülékenyebben elárulta. – Shadwellbe megyek.
Egyelőre albérletbe.

– Értem.

Mischa elfordult tőle és kicsit körbepásztázott a
lakásban, mígnem elegendő elszántságot gyűjt arra,
amiért tulajdonképpen megtette ezt a nehéz utat
Párizstól idáig. Bekukkantott mindkét hálószobába,
valamint a szintén elszemélytelenedett konyhába. –
Nem sok maradt – jegyezte meg, csakhogy mondjon
valamit. – Mindent elviszel?

Lathea a fejét ingatta. – Valójában csak édesanyám
varrógépét. Itt már mindent eladtam.

– Nem sajnálod?

– Nem, a tárgyakat illetően nem vagyok érzelgős.
Miért jöttél ide, Mischa?

– És hol marad a régimódi grófurazás? – a szójáték
nem sült el jól, egyikőjük se nevetett.

– Te kérted, hogy Mischának szólítsalak, vagy nem?

– Régebben valahogy nem voltál ennyire tekintettel a
kéréseimre.

Bár nem látta Lathea arcát, mivel megjátszott érdeklődéssel vakon kibámult az udvarra, de nehéz sóhaját jól hallotta. – Azért vagy itt, hogy ott folytassuk, ahol abbahagytuk?

- Mon Dieu! Csak azt ne!

- Hát, akkor?

Mischa nem tehetett egyebet, szembefordult a lánnyal. – Két dolog miatt ugrottam be – tekintete megpihent a lapos hason. – Szeretném megkérdezni, nem lett-e következménye, hogy velem töltötted azt az éjszakát? Lathea feltűnően elpirult. – Ez most jutott eszedbe?

- Nem egészen. Rögvest eszembe jutott, pusztán csak attól tartottam, hogy rám csapod a telefont. Tehát?

- Nem, Mischa. A válaszom: nem.

- Jól van.

- Felejtsük el ezt az egészet, ha...

- Ha lehet? Nos, megpróbálhatod, de nekem bizonyosan nem fog menni. Azonban most nem is a múlt miatt jöttem ide – Lathea várt. – Mondd csak, ma femme, van neked útleveled?

A kérdés éppen azt a hatást szülte, amire számított. A lány összevont szemöldökkel, gyanakodva és egyben értetlenül viszonozta a pillantását. – Útlevelem? Nem utazom sehova.

- Vagyis nincs.

- Persze, hogy nincs.

- És valamilyen más személyes irat?

- Miért olyan fontos ez?

Mischa tett néhány lépést feléje. – Ne nézz rám úgy, mintha az ellenséged lennék, chérie. Tudtommal erre semmi alapot nem szolgáltattam. Vagy igen? – nemleges fejmozdulat következett. – Szeretném megnézni az irataidat, lehet?

- Egy esetben. Tudni akarom, miért?

- Elmondom.

Lathea továbbra is kétellyel a szemében elballagott. Percekkel később két papírral érkezett vissza.

- Szabad? – vette el őket Mischa. Az egyik születési anyakönyvi kivonat volt lengyelül, tulajdonképpen a név és a születési hely kivételével csakis az apát tüntette fel. – Danzigban születtél? Nem azt állítottad, hogy soha nem jártál Lengyelországban?

- Pár hónapos voltam, amikor a szüleim áttelepültek Londonba. Még annyit se tudok lengyelül, hogy ezt elolvassam.

- Sajnos, nincs is mit olvasgatni rajta. Legnagyobb baj, hogy nem szerepel benne az édesanyád angol származása. A másik okirat a lakásbejelentő volt a helyi rendőrőrsről. Mischa mindkettőt visszaadta. – Hallgass rám, Thea, ezeknek a papíroknak az értelmében te még mindig lengyelnek minősülsz. Danzigban születtél és az apád lengyel nevét viseled. A másikon még ráadásul 1935-ös dátum szerepel. Tudod, mit jelent ez? Úgy fest, mintha négy éve vetettél volna horgonyt ebben az országban.

A lány a homlokát ráncolta. – Micsoda? Hiszen világ életemben itt éltem, ebben a lakásban!

- Elhiszem, csakhogy a papírjaid ezt éppenséggel nem bizonyítják.

- Eddig sem törődött vele a kutya se.

- Eddig azonban nem volt háború!

Lathea elgondolkodva nézett vissza Mischára, és ő leolvasta az arcáról, hogy sikerült megértetnie vele, miért jött Londonba. – Nyilván tudod, hogy Lengyelország, mint olyan, hetek óta nem létezik. Az oroszok meg a németek szépen bekebelezték. Ennél azonban nagyobb veszélyt jelent, hogyha valóban kitör a háború és nemcsak papíron fog létezni, akkor, akárcsak Franciaországban, itt is kitörhet a pánik, az emberek besúgókat és ellenségeket keresnek majd maguk között, az első pedig, akire rábökvnek...

- Egy idegen.

Mischa részvéttel biccentett. – Sajnálom, ez már csak így van. Márpedig papírok nélkül mindenki annak az országnak a polgára, ahol született, vagyis te Lengyelországé. Még az se biztos, hogy munkát kapsz, vagy tudom is én, mi lesz, vagy mi nem lesz. Egy azonban biztos: az emberek képesek ocsmányul elbánni egymással.

A borúlátó jövőképtől Lathea lerogyott a kanapéra. Tanácstalanul, idegesen hajtogatta az iratait kisebbre és kisebbre, amitől olyan szánalmasnak látszott, bárkinek megesett volna rajta a szíve.

– Ma belle, szeretnék egy javaslatot tenni.

– Hm?

– Házasodjunk össze.

A lány az ötlettől megrettenve kapta fel a fejét. – Hogy micsoda?

– Amennyiben igent mondasz, általam francia papírokat kaphatsz és mivel a franciák meg az angolok egy oldalon állnak, tökéletes biztonságban lennél.

Lathea azonban még nem jutott el a logikus érvek megfontolásához. – Elvennél valakit egy nyomorult papír kedvéért?

– Nem valakit, hanem téged. És ne feledd, az a nyomorult papír a nyugodt életed záloga lehet.

– Mondtam már, Mischa, nem vagyok terhes.

– Igen, emlékszem. És?

Lathea különös tekintettel méregette. – Miért teszed ezt?

– Miért ne? Ismerd el, hogy szorult helyzetben vagy, jóllehet cseppet sem önhibádból.

– Elvennél valakit, aki nem felel meg se az ízlésednek, a rangodnak, se a társadalmi helyzetednek? Aki nem szeret téged? Mellesleg nem is akartál megnősülni.

– Ha mindenáron indokokat keresel....

– Keresek, miután alig ismerjük egymást.

- Rendben, vedd úgy, hogy a csalódásért teszem, amit akaratlanul okoztam neked. Ez megfelel?
- Te is tudod, hogy nem okoztál csalódást.
- Legalábbis a sötétben.

Lathea fel se vette a keserű szurkát, hanem talpra állt és átszelve a szobát odasétált Mischához. Hangjából gyanakvás csendült ki. – Mit értettél hálán akkor reggel?
- Semmiképpen sem pénzt vagy gyémántokat.
- Hanem?
- Több mint nyolc éve nem voltam nővel, Thea, és az is keserű, életre szóló csalódás volt. Legyen ennyi elég! – ezúttal Mischa fordult el és néhány lépéssel odébb menekült. Miközben újfent kibámult az udvarra, folytatta: – Nyugodtan fogadd el az ajánlatomat, tőlem nem kell tartanod. Napokon belül visszautazom Franciaországba és valószínűleg ennek a cirkusznak a végéig nem is látjuk egymást. Ezzel csak azt akarom mondani, hogy nem igazi házasságra gondoltam, a papírjaid ügye viszont megnyugtatóan rendeződne. – Lathea olyan sokáig adós maradt a válasszal, hogy nem bírta kivárni. Mégiscsak a szemébe nézett. – Tehát?
- Tettél már valaha hasonló ajánlatot?
- Ez most hogy jön ide?
- Puszta kíváncsiság.
- Egyszer, miért?
- Szóval, egyszer. Szerelemből?
Mischa türelmetlenül felsóhajtott. – Ha hinnék is az ilyen ostobaságokban, ez az időpont akkor is merőben alkalmatlan a rózsaszínű álmok, vagy szentimentális érvek fejtegetésére.
- Sajnálom, akármilyen nagylelkű is vagy, nem mondhatok igent.
- Meg se fontolod? Sokkal okosabbnak ismerlek, akiben több az éleslátás, minthogy eldobj magadtól valamit, amire rászorulsz. Talán már hónapokon belül

számon kérik rajtad azokat az iratokat. A biztonságod megér némi lemondást, nem? Ha pedig vége a háborúnak és én még élek, elválunk.
Ez rettenetesen hangzott. – Ha még élsz? Hogy értsem ezt?
- Visszamegyek Párizsba, a németek pedig átkozottul közel vannak. Ezért rágd meg magadban még egyszer. A Claridge's-ben szálltam meg, néhány napig megtalálsz, ha úgy határozol...
- Nem hiszem, hogy...
Mischa azonban már távozóban volt, így a tiltakozásra csak némán, meg sem állva felemelte a kezét, mielőtt kivonult a lakásból.

Jean-Michelt alaposan meghökkentette, amikor tudomást szerzett Mischa londoni tartózkodásáról. Már a telefonban kétszer megkérdezte, miként jutott át a csatornán, ő viszont a felesleges ismételgetés helyett inkább taxiba ugrott és egyenesen Kensingtonba hajtott, ahol a barátja egy sorházban lakott.
- Még át sem öltöztem a repülőút után – szabadkozott a házigazda.
- Megvárom.
És meg is várta. Töltött magának egy pohár whiskyt, majd jó húsz percet téblábolt, míg Jean-Michel valamelyest összekapta magát. Megnézegette a képeket, melyeket már ezerszer látott, meg a könyveket, amik a polcokon sorakoztak. A lakáson bár látszott, hogy új és jó ízléssel rendezték be, azért a felsorakoztatott személyes tárgyak egyben arról is tanúskodtak, hogy a gazdája jó ideje Londonban él. Nyolc esztendő gyűjtögető munkája meghitt jelleget kölcsönzött a makulátlanul tiszta otthonnak. A kényelem és tágas tér jelszóval kialakított lakás élénken bizonyította, hogy aki itt lakik, nem keveri

össze a munkát a magánélettel. Ezt egyébként ő
tapasztalatból is jól tudta.

Jean-Michel nyelvek területén kiugró tehetséget
mutatott, de egyben tehetséges fényképész is volt és
kiváló családi hátterének köszönhetően első osztályú
diplomata. Olyasvalaki, aki mindenkivel szót ért,
függetlenül nemtől, kortól, származástól vagy
nemzetiségtől. Ösztönösen ráérzett, kinek mit kell
mondania ahhoz, hogy visszavonhatatlanul a maga
oldalára állítsa. Ezen felül pedig megtestesítette azt a
fajta franciát, aki fiatal, jóképű, gáláns, és minden
témában otthonosan mozog, kötődjön az a divathoz,
tánchoz, vagy konyhaművészethez. Széles ismeretségi
köre elsősorban társasági kapcsolatokra épült, noha a
diplomáciában eltöltött évei után már nemigen akadt
számottevő személyiség, akit ne ismert volna. Előtte
minden ajtó kitárult és akaratát olyan ördögi
ravaszsággal juttatta érvényre, hogy a végén a
legyőzöttek rebegtek hálát, mert a segítségére
lehettek.

- Most már tényleg kifúrja az oldalamat, miként
jutottál át Angliába – a házigazda sportosan öltözve
érkezett, megszabadulva a szigorú öltönytől, haja
nedvesen csillogott a fürdőtől, amit vett. – Régen meg
kellett volna kapnod a behívódat. Azt hallottam, ész
nélkül minden mozgósítható embert hadra fognak.
Mischa megvakarta a halántékát. – Meg is kaptam.
- Te jó ég! Csak nem dezertáltál?
- Eszemben sincs, te okos. Csakhogy mielőtt
beöltöznék bohócnak, akad egy-két rendezetlen
ügyem. Egyelőre különben sincs rám szükség.
- Ezt hadd döntsék el ők, jó?
- Ne kezdd már te is!
A barátságtalan hangra Jean-Michel megadóan
feltartotta a kezét, majd egy emberes adag ginnel az
egyik fotelba fészkelte magát. – No, akkor mesélj!
Mióta rontod itt a levegőt?

- Két napja. Előtte Svájcban jártam, hogy a vagyoni kérdéseket rendezzem. Az apám már annak idején ott tartotta mindenét és ez most is nagyon okos megoldásnak látszik – Mischa kedvetlenül maga elé grimaszolt.
- Ő valószínűleg üzleti megfontolásokra alapozott.
- Feltehetően.
- És sikerrel jártál?
Mischa bólintott. – Minden az Unionbankban van a König Strasse végén. Az összes adatot megkapod, hátha történik velem valami.
Jean-Michel nem felelt. Már annyiszor megvitatták ezt a kérdést, belefáradt abba, hogy az élni akarásról győzködje a barátját. – És miért szöktél vissza? Egyáltalán hogy oldottad meg ebben a zűrzavarban?
- Egy halász csempészett át. Mondd csak, Jean-Michel, ha beindul az öldöklés, veled mi lesz?
- Kihúzom itt. A sok üresfejű huzakodás végeredményeképpen a követségen csupa zöldfülű mereszti a seggét, ezért ragaszkodnak hozzám. Ha látnád, micsoda hülyéket küldenek ide! Miért kérded?
- Szükségem lesz a segítségedre.
- Mihez? Mi történt?
- Nem rólam van szó, hanem Lathea Trashburnről.
- Ó.
Mischa kényszeredetten járkálni kezdett a bútorok körül. – Valójában miatta jöttem vissza. Hitler rátenyerelt Lengyelországra, Sztálin a másik felére, Latheának meg az összes személyes irata egy Danzigban kiállított születési bizonyítvány Ternovsky névre. Én...
- Áááállj! Azt akarod mondani, hogy az a lány nem is angol?
- Hááát, papíron nem.
- Hogy jöttél rá?
- Régen tudom már.

Jean-Michel elmerengett. – Itt sem állnak fényesen a dolgok, könnyen lángra kaphat a talaj a lába alatt.

– Megkértem a kezét.

A hirtelen támadt csendben elképedt arc nézett Mischára. – Hogy mondod?

– Házassági ajánlatot tettem neki.

– Most bizonyára tréfálsz.

– Egy percig se.

– Hmm, mióta is, hogy eszedbe se jutott ekkora hülyeség?

– Az más volt.

– Biztos vagy ebben?

Mischa felkapta a vizet. – Nem az áldásodat kértem, pajtás, pusztán bejelentettem valamit.

– Nem lehetséges, hogy állapotos a szép hölgy?

– Szerinted mégis mitől lenne az? – hazudta Mischa emelt hangon. – Egyébként se merj ilyeneket kérdezni tőlem!

– Csak próbállak megérteni.

– Tehát meg akarsz érteni? Mi sem egyszerűbb: meg akarom kapni – vágta oda Mischa kereken. – Bármi áron, Jean-Michel, és addig nem mozdulok ebből az istenverte városból, amíg a nevemet nem viseli.

Ez a kirohanás Jean-Michel torkára forrasztotta a szót. Évek óta nem látta a barátját így kikelni magából, sőt, állandó nyugalma rendszerint vérlázító érzéketlenség benyomását keltette. Ezúttal viszont nem volt ura saját indulatainak, szemében furcsa tűz lobogott, száját vékony vonallá préselte össze. Vészjósló magatartása önmagáért beszélt.

– Tehát egy cselédlányban tisztelhetjük a jövendőbeli grófnét?

– Sokunknál még különb is, te magad is láthattad.

– Ettől még…

– Tudom, de nem érdekel.

– Hát, jó.

- Semmi se jó. Mielőtt jó lenne, meg kell győzni, méghozzá neked.
Jean-Michel nem is leplezte, mennyire elhűlt. –
Nekem?
- Engem kikosarazott.
- Ejha! Mischa tett egy újabb kört a szobában, majd csípőre tett kézzel lecövekelt az ablak mellett. – Nem érdekel, hogyan csinálod. Megfenyegeted, ráijesztesz, de feleségül akarom venni. És persze nincs sok időm erre a színjátékra, úgyhogy légy szíves és szervezd meg a követségen, hogy valaki gyorsan és fájdalommentesen összeadjon minket, utána pedig minél ütemesebben Lathea kezébe kerüljenek az állampolgárságot igazoló papírok.
Ez a tempó túl gyors volt Jean-Michelnek. – Ezt jól kifundáltad!
- Nincs időm romantikázni, értsd meg. Ő pedig úgysem adná fel az elveit. Mindenesetre, ha el is megyek a frontra, legalább lesz, aki örökli a vagyont.
- Jó kis gondolataid vannak!
- Van jobb is.
Jean-Michel tehetetlenül nevetett. – Isten óvjon!
- Amikor elmegyek, rád bízom őt, cimbora. Mint követségi ember elég hivatalosnak látszol, hogy szemmel tarthasd. Hagyok neki elegendő pénzt arra az esetre, ha megszorulna, de te semmiképpen se veszítsd szem elől.
- Várj már egy kicsit, még el se vetted.
Mischa megsértődött. Mindkét kezét zsebre vágta, miközben a tekintetével majd felnyársalta Jean-Michelt. – Látom, remekül szórakozol az én kontómra.
- Szó sincs róla, de lásd be, ez az egész... kellően megdöbbentő. És mindezt olyan embertől, akit ha nem hagynának hidegen a nők, bármelyiket erőfeszítés nélkül megkaphatná.

- Nem akartam az orrodra kötni, de én csak őt akarom. Márpedig itt csücsülünk egy háború közepén, és gyorsan kisiklik a kezeim közül, ha nem vagyok elég éber.
- És ezért azonnal el is kell venned? Hogy ne veszítsd nyomát?
- Hiszen bármikor elválhatok, ha úgy hozza a sors.

Jean-Michel ezt az elszántságot látva beadta a derekát.

– Nem győztél meg, pajtás.
- Viszont a barátom vagy, így megteszed ezt értem.
- Valahogy úgy.

Mischa elégedetten mosolygott. – Odaadom a címet, és ha egy mód van rá, ne sokat tollászkodj, hanem indítsd be a verklit.

Jean-Michelt letaglózta a hír. Mischát ősidők óta ismerve azt feltételezte, ekkora meglepetéssel soha nem tudna szolgálni, és lám! Hogy valójában mennyire fontos neki az ügy, minden szava tanúsította. Máskor rendíthetetlen nyugalma immár a múlté lett, minden apró célzásra megsértődött és szokásos szűkszavúsága helyett folyt belőle a szó. Márpedig ezeket a sokatmondó jeleket nem lehetett félvállról venni. Azonban kritikusan szemlélve a kérdést, nem tartotta bölcs dolognak, amire készült. A segítő szándék, különösen háborús időkben, nem a legmegfelelőbb indok egy házassághoz. A közember a békés kezdés után esetleg reménykedhetett még valamiben, ő azonban belátva a színfalak mögé kételkedett abban, hogy a németek kihasználatlanul hagynák a felhalmozott fegyverarzenált. Meg volt győződve, hogy pusztán idő kérdése, mikor fordulnak a dolgok komolyabbra. Mischa pedig ott lesz a sűrűjében, hiszen a francia-német határt is meg kell valakinek védenie. Ő már régen feladta a reményt, hogy lebeszélje a felesleges hősködésről, noha a kudarc keservesen égette a lelkét. Ráadásul értelme se lett volna erre a házasságra hivatkoznia, hogy jobb belátásra bírja, amikor már amúgy is kiszaladtak az időből.

Személy szerint nem támasztott különösebb kifogást Lathea Trashburnnel szemben, legalábbis a bálon szerzett tapasztalatok alapján nem. Hacsak alacsony származásába nem köt bele, nemigen talált olyasmit, ami ellene szólt volna. Határozottan szép és mutatós nő volt, korban is inkább illett Mischához, mint a Rosy Bowlerson-féle csitrik, viselkedése pedig kifejezetten méltóságteljes. A lányról szerzett értesülései egyaránt szóltak életkörülményeiről, meg a titokzatos gyilkosságról, ezek azonban nem arra a kellemes jelenségre készítették fel, akit a Connaughtban megismert. Mischa minden szégyenkezés nélkül felvállalhatta a lányt, aki kevéssé fényűző előélete ellenére olyan társasági hölgynek látszott, mint bárki más abban a teremben. Jól táncolt, szellemesen társalgott és nyilvánvalóan elbűvölte a férfiakat. És ami érdekes módon neki is azonnal szemet szúrt, hogy Mischához hasonlóan büszke, zárkózott természet, feltehetően jókora csalódásokkal a háta mögött. Az egyetlen dolog, ami továbbra is aggasztotta, az az üzletszerű házasság gondolata. A sok hányattatás és szenvedés fényében úgy vélte, a barátjának ilyen érzelemmentes, hiteltelen kapcsolatok helyett inkább olyan nőre lenne szüksége, aki a szerelmével ismét életre kelti, visszaadja életkedvét és egyben felébreszti benne a férfit.

Érvek és ellenérvek, a lelkiismerete, illetve a megtett ígéret közt hánykolódva mégiscsak nekiállt előkészíteni a házasságkötéshez elengedhetetlen papírokat. A lányt azonban két napig hiába üldözte, nem tudott vele négyszemközt beszélni. Mischa türelmetlenkedve sürgette, ám hiába, a késlekedés fő oka nem ő volt. Kitartása azután egyszer csak beérett és péntek este órák hosszát tartó várakozás jutalmául elcsípte a jövendőbeli Kupolyev grófnét. Munkából tarthatott hazafelé terebélyes csomagot cipelve magával. Éppen akkor bukkant fel, amikor már arra gondolt, hogy a címmel lehet valami gond.

Bár nem voltak előzetes elvárásai, valamelyest azért meglepte, hogy az álarcosbál gyönyörű asszonya a hétköznapokban milyen kislányos bájt mutat. Noha betöltötte a huszonhetet, egyetlen nappal sem látszott többnek húsznál. A kosztümben átlagos nő lehetett volna, ha kevésbé formás, vagy ha félhosszú haja azokkal a ritkaságszámba menő vörös csíkokkal magára nem vonja mindenki figyelmét. Mindent összevetve meg kellett állapítania, hogy Mischa döntésében annak dacára többnek kell lennie, hogy ezt egyetlen szóval is említette volna.

- Jó estét, kisasszony – szaladt a lány nyomába, mielőtt bemasírozott volna a jellegzetes shadwelli házba. Lathea érdeklődve pördült hátra. – Emlékszik rám, Miss Trashburn? Jean-Michel Chiari vagyok, Mihail Kupolyev barátja.

- Ó, hát persze, Mr. Chiari.

Elképesztően kedves mosolya láttán, Jean-Michel szinte biztos lett abban, mi áll Mischa rendhagyó elhatározása hátterében. – Lenne pár dolog, amiről beszélni szeretnék önnel – kezdte. – Feltarthatom néhány percre? – a lány habozott. – Higgye el, fontos lenne.

- Ez esetben miért nem jön fel?

- Örömmel, amennyiben megengedi. Segíthetek? – átvette az élelmiszeres csomagot, míg Lathea kinyitotta a kaput és mindkettejüket beengedte. – Régóta lakik itt? – tudakolta ártatlan képpel, amíg megtették az utat a második emeletig.

Lathea vidáman felkacagott. – Ó, nagyon! Tegnap óta.

- Ne mondja!

- De, de! Bútorozottan bérelem a lakást, éppen csak beköltöztem.

A lakás sötétbe burkolózva várta őket, mígnem a
háziasszony felkattintotta a villanyt. A hallból szerény
szobába jutottak, ahonnan mindössze egyetlen ajtó
nyílt, feltehetően a hálóhelyiségbe.
- Hova tehetem?
- Tegye csak ide, köszönöm.
Jean-Michel lesegítette a lány kabátját és a csomag
mellé terítette az asztalra.
- Megkínálhatom valamivel, Mr. Chiari?
- Köszönöm, egy tea jólesne.
Amíg a lány az apró konyhában sürgölődött, Jean-
Michel körbenézett. Bár a lakás inkább odúhoz
hasonlított, mint tisztes lakáshoz, mégis nagyon
barátságosnak találta. Eldugott szerelmi fészek
benyomását keltette, amilyen volt néhány a város ezen
részében, alkalmasan elrejtve a kíváncsi tekintetek
elől. Kényelmes és hívogató kanapé terpeszkedett a
nappaliban tele puha párnákkal, két fotel és az innen
nyíló ajtó mögött a konyhával, ami a lakás eredeti
funkciójából adódóan nemigen tett lehetővé hatalmas
főzőcskéket. A tea viszont hamar elkészült és ő a
hosszú várakozás után hálásan el is fogadta.
- Tulajdonképpen minek köszönhetem a látogatását?
Foglaljon helyet.
Jean-Michel az egyik karosszékbe süllyedve
engedelmeskedett, ami egy csinos állólámpa
társaságában a sarokba szorult. A lány a kanapét
választotta. – Mielőtt a lényeggel előrukkolnék,
engedje meg, hogy magamról mondjak pár szót, amire
legutóbb a bálon túl földhöz ragadt lettem volna sort
keríteni.
Lathea bátorítóan mosolygott, Jean-Michel pedig
derűs hangulatát kedvező előjelként fogta fel.
- Mischa a legjobb barátaim egyike. Húsz éve
ismerem, együtt jártunk iskolába és egyetemre is, de
valójában ez még mindig keveset mond. Mintha a
testvérem lenne, mindent tudok róla, a titkait

megosztja velem, ahogyan az érzéseit és a bánatát is. Ezért ne vegye zokon tőle, mert én jól ismerem önt, legalábbis hallomásból – Lathea arca elfelhősödött. – Nem tudom, mennyire ismeri őt, én ellenben kiválóan kiismerem rajta magamat. Ezért is lepett meg annyira, amikor felkért, hogy gondoskodjam ez esketési szertartás előkészületeiről. Tulajdonképpen nem hittem, hogy ilyesmire egyhamar elszánja magát, de ha már így alakult, szeretnék gratulálni önnek. Hosszú, kínos hallgatás borult rájuk, míg végül a lány felállt és tett egy kört a szobában. – Itt valami végzetes félreértés van, Mr. Chiari, én ugyanis ezt az ajánlatot visszautasítottam. Nyilván arról is értesült, hogy nem romantikus fellángolásról beszélünk. Jean-Michel is felkelt ültéből. – Nem említettem még, Miss Trashburn, de a Francia Nagykövetségen dolgozom, ezért nem vagyok járatlan a politika, valamint a bürokrácia útvesztőiben. Mischa többek között ezért is fordult hozzám.

- Csak azt nem értem, miért? Hiszen nem lesz esküvő.

Jean-Michel mély levegőt vett. – Hadd javasoljam, hogy hallgassa meg, amit mondani szeretnék. Nem Mischa barátjaként, hanem külső szemlélőkén. Amennyiben utána is fenntartja a véleményét, természetesen tiszteletben tartom a döntését.

- Rendben van, ám mielőtt bármit is mondana, kérem, vegye figyelembe, hogy a döntésem nem érzelmi, hanem ésszerűségi alapokon áll. Különben is, Mischa megérdemel egy olyan nőt, aki szereti őt.

- Örülök, amiért ezt mondja, mert magam is ezt az álláspontot képviselem. Ám el kell, hogy mondjam, ennek valójában elenyésző a valószínűsége. Egyszer már könyörtelen játékot űzött vele és kihasználta egy nő, akihez nagyon ragaszkodott. Nem véletlenül lett ennyire magába forduló és közömbös a szebbik nem iránt.

Lathea összefonta a karjait. A közömbös jelzőt mindenesetre meglehetősen alaptalannak tartotta azok után, amilyen vággyal és gyengédséggel a férfi szerette őt a bál után. – Ez csak eggyel több ok arra, hogy én ne használjam ki ugyanúgy.

– Igazat adnék önnek, ha nem éppen ő állt volna elő ezzel az ajánlattal. Hiszen így volt, nem igaz? – az apró biccentés kielégítette. – Hadd meséljek el valamit, ami politikai berkekben többé nem számít titoknak, jóllehet az utcára még nem jutott ki a hír. Csak idő kérdése, de a háború elkerülhetetlenül kitör, még ha ebben a békés idillben ez kellően nevetségesen is hangzik. Németország évek óta intenzív fegyverkezési programot hajt végre, a Wehrmachtot újjászervezték, a kémhálózatuk kiterjed egész Európára, és ami a legrosszabb, ott áll az a megalomániás őrült a piramis tetején és az ideológiáival az egész országot fanatizálja. Ezért kockázat nélkül mondhatom, hogy ma, holnap vagy holnapután, de a háború nem marad el. Hitler *pontosan tudja*, hogy Európában az övé a legütőképesebb hadsereg és törleszteni akar a múlt sérelmeiért, elsődlegesen rajtunk, franciákon. Mindenáron meg akarja mutatni, hogy ami 1918-ban és 19-ben történt, az méltatlan megtiprása volt egy egyedülálló és minden tekintetben kiemelkedő népnek.

– És vajon mi köze ennek hozzám?

– Sok, Miss Trashburn, átkozottul sok. Amint hallottam, egyetlen papírral sem tudja igazolni, hogy legalább az édesanyja brit állampolgár lett volna, vagy itt élte le az életét. Ami pedig kritikus helyzetben könnyen azt jelentheti, hogy egyszerűen közellenségnek bélyegzik. Nem számít, hogy maga a lengyel kormány is Londonban székel, az emberek igazságtalanok és kegyetlenek, ha a félelem úrrá lesz az eszükön. Márpedig ön gyorsan ennek az áldozatává válhat, bár ne legyen igazam.

- Meglehetősen borús képet fest, Mr. Chiari.
Jean-Michel a kanapé felé bökött. – Üljünk le,
kisasszony – kérte békítőleg és maga is
visszatelepedett a fotelba. – Általában okos dolog, ha
a politikában az ember a legrosszabbra készül,
ráadásul jelenleg erre minden okunk meg is van.
Nézze, megértem, amiért visszautasította Mischa
házassági ajánlatát és azt is bevallom, ez nagyszerű
jellemre vall. Ugyanakkor lássa be, hogy az ön
helyzetében aligha bölcs lépés. Mielőtt papíron kitört
volna a háború, még lett volna némi esélye beszerezni
a legfontosabb papírokat, mostanra viszont búcsút
inthet ennek a lehetőségnek. A kormányhivataloknak
a legkisebb gondjuk is nagyobb ennél, ám ha rá is
érnének, végeláthatatlan papírtologatás lenne belőle,
A-tól Z-ig kifaggatnák magát, és gyanakodva
cincálnák szét minden szavát. Csakis egyet érne el
vele, hogy felfigyeljenek magára. Ilyen körülmények
között valóban egy házasságlevél révén szerezhetne
leggyorsabban érvényes okmányokat. Nem tudom,
esetleg Mischán kívül szóba jöhetne más is? – Lathea
nemlegesen ingatta a fejét. – És mi van azzal a
férfival, aki elvitte Mischának az üzenetet?
- Katona. Azt sem tudom, merre jár, de ha tudnám
is... ő különben is...
- Túl sokat képzelne arról az eskűről?
- Így is mondhatjuk – sóhajtott Lathea és ebben a
gesztusban Jean-Michel számára minden válasz benne
rejlett.
- Jó, ez esetben koncentráljunk Mischára.
Amennyiben hozzámegy, minél gyorsabban kell
cselekednünk, mert ami azt illeti, mégiscsak háború
van. Franciaországban máris korlátozták az
utazásokat, néhány határt még le is zártak, kitelepítik
az amerikaiakat és így tovább.
- Más szóval haza kell mennie? Méghozzá nagyon
gyorsan?

Jean-Michel felszisszent. – Ha engem kérdez, eleve el se kellett volna jönnie. Életveszélynek tette ki magát.
- Valamit nem értek. Azt mondta nekem, hogy beugrott hozzám.
- Csinos kis ugrás Párizsból.
- Párizsban volt?
- A bál másnapján visszatért Franciaországba. Igen, ott volt.
Latheát láthatóan megrázta a hír, de Jean-Michel nem hagyott neki időt elmélkedésre. – A következő a helyzet, a követségen nyélbe üthetjük az esketést, és én gondoskodom róla, hogy minél hamarabb megkapja a francia papírokat. Különben pedig nyugodtan használja csak a saját nevét, ebből nem lehet gond. Eközben Mischa visszatérhet Franciaországba, mielőtt dezertőrnek nyilvánítják és a távollétében halálra ítélik.
- Micsoda? Ő...? – Lathea elsápadt.
- Katona, igen, és gyakorlatilag egy hónapja indokolatlanul nem tesz eleget a behívásnak.
- Ennek a fele se tréfa!
- De nem ám! Örülök, hogy egyetért. Ebből viszont azt is tisztán láthatja, hogy az esküvő, már ha lesz, puszta formalitás. Mischa rögvest visszatér a csatorna túlpartjára és bebújik a mundérba. Se a jelenlététől, se az esetleges követelődzéseitől nem kell tartania, nem mintha ilyesmit feltételeznék róla.
- Nem értem, miért kell harcolnia. Az ő nevével és vagyonával akár ki is húzhatná magát ebből az egészből.
Jean-Michel nem bírta tovább ülve, inkább felállt és szórakozottan kibámészkodott a csendes utcára. – Mischa különös alak, Miss Trashburn. Valamiféle hibás kötelességtudatból önként jelentkezett a seregbe, ahol tiszti rangot ajánlottak neki. De az okok? Ki tudja, miért akar háborúsdit játszani? Számtalan kísérletet tettem, hogy észhez térítsem, de

ő nem tágít. Egyszerűen felajánlotta magát
ágyútölteléknek, hihetetlen és elkeserítő. Még az is
előfordulhat, hogy rögvest özvegyen is hagyja magát.
Lathea elképedve felsikoltott. – Hogy mondhat ilyen
szörnyűséget!

- Nem akartam megijeszteni, bocsásson meg –
legyintett Jean-Michel. – Nos, alighanem túlzottan
visszaéltem a türelmével. Kérem, fontolja meg a
dolgot még egyszer, azt, mi is lenne az ön számára a
legkedvezőbb. Legyen önző, hiszen nagyon sok
múlhat azon az igenen. Ha pedig döntött, értesítsen,
mert, ne feledje, Misát még vissza kell valahogy
csempésznünk Franciaországba. A viszontlátásra.
A gyors búcsút követően Jean-Michel kiperdült az
ajtón és fellélegezve leszaladt a lépcsőn. Egy belső
hang azt súgta, hogy küldetését sikeresen teljesítette.
Nem tudta, csak gyanította, hogy a lány annak
fényében, amit elmesélt neki, megváltoztatja a
válaszát. Az már persze egészen más kérdés, hogy ez
az ötlet miféle eredményt hoz hosszú távon. Fejébe
nyomott kalappal sietett végig az utcán, hogy a főúton
leintsen egy taxit. A gondolataiban azonban
mindvégig az zakatolt, vajon Mischa milyen
szerencsés csillagzat segítségével kerülhetne haza a
legkisebb feltűnés nélkül.

Mischa alaposan elaludt és ennek következtében
jócskán elcsúszott a napi programjaival. Ennek ugyan
nem volt különösebb jelentősége, hiszen Jean-Michel
telefonhívásán kívül nem akadt egyéb égetően sürgős
teendője, így a kiadós reggelit követően ráérős
fürdővel kényeztette magát, majd a szállodai borbélyt
hívatva megnyiratkozott és meg is borotválkozott. Az
arcára hintett illatozó szesztől viszont alig tudott
megszabadulni, jóllehet sejtette, hogy ha kevésbé van
morgós kedvében, talán ügyet sem vet erre az
apróságra, ma azonban ez is halálra bosszantotta.

Arcát törölgetve és félrehajítva az ingét, amit a fogkrémmel ügyetlenül összepiszkolt, bolyongott a lakosztályban, amikor kopogtak. Kelletlenül fordult vissza, hogy beengedje az érkezőt. Még be sem fejeződött a lendületes mozdulat, máris megkérdezte:
– I...gen?

A szó azonban furcsa hirtelenséggel halt el az ajkán, amint szembe találta magát Latheával. A szája körül felderengő mosoly dacára láthatóan feszengett. Munkából jöhetett, mert elegáns volt, apró szemű gyöngysor, feltehetően olcsó utánzat, ölelte át karcsú nyakát. – Bejöhetek?

A kérdés végre magához térítette és gépiesen félreállt a lány útjából. – Még fel se öltöztem.

- Igen, azt látom – Lathea váratlanul kinyújtotta a jobb kezét és a fülénél megsimogatta. – Borotvahab – mutatta fel a kis pöttyöt, majd a nyakába aggatott törölköző sarkába dörgölte. – Beszélhetnénk?

- Egy perc és jövök.

Mischa zakatoló szívvel sarkon pördült, hogy legalább egy inget magára kapjon. Szíve legrejtettebb zugában már kezdett lemondani arról, hogy viszontláthatja a lányt, mielőtt útra kel, ezért legszebb álmai váltak valóra, amikor mégis betoppant. A szalonban a sürgölődő szobalányba botlott, aki ezüst tálcán címeres borítékot hozott. – Az ön nevére hagyták a recepción, gróf úr.

Mindössze egyetlen kósza pillantást vetett a feladóra, hogy rögvest legorombítsa a fiatal teremtést. – Mondja, itt nincs egy szem értelmes ember se? Határozott kérésem volt, hogy Miss Trashburn és a Francia Nagykövetség kivételével senkinek sem vagyok itt. Nem lakom a szállodában, sőt, soha nem is hallottak felőlem! Legyen herceg, gróf, de akár az úristen személyesen is – a lány riadtan állt előtte. – Vigye vissza ezt a recepcióra és mondja meg, hogy ilyen nevű alak nem tartózkodik a szállodában.

- Igenis, uram.

Ahogy magukra maradtak, Mischa szembefordult Lathea talányos, fürkész pillantásával. – Mi van veled? Még soha nem láttalak ilyen ingerültnek.

- Az könnyen meglehet, de még annyi bajom se volt soha, mint most.

- Veszélyes volt megtenned az utat Párizsból.

A gyengéd dorgálás érzékenyen érintette. – Nagyobb baj, hogy teljesen felesleges is – keserűen felnevetett. – Tudod, nemigen hittem, hogy akad nő, aki visszautasít, ha egyszer megkérem a kezét. A legtöbben nem haboznának elfogadni a nevemet, a rangomat, meg a vele járó vagyont. Alighanem jó balek módjára ráleltem az egyedülire, aki nemcsak ezt nem akarja, de a személyemet ugyanúgy nemkívánatosnak tartja.

- Egyáltalán nem rólad van szó, Mischa.

- Dehogyisnem, chérie, csak te ezt nem érted – rogyott Mischa a fotelba és keresztbe vetette lábszárait.

- Akkor meséld el, hogy megértsem. Hogyan házasodnak a nem hétköznapi emberek?

- Nem biztos, hogy hallanod kéne, túl ábrándos természet vagy a valósághoz, ami néha engem is kétségbe ejt.

Lathea nem tágított. – Tegyél próbára!

- Nos, tudni szeretnéd, hogy megy az ilyesmi? Rendben. Ha egy férfi eléri a harmincöt-negyvenéves kort, és még nem nős, elvárják tőle, hogy családot alapítson. Persze minél előkelőbb vagy tehetősebb, annál több hajadon nyüzsgi körül. Olyan ez, mint Amerikában a marhavásár. Csakhogy én nem vagyok hajlandó a szerint nősülni, hogy a feleségem szemének színe menjen a felöltőmhöz, vagy hány gyereket képes világra hozni. Nem állítom, hogy romantikus alkat lennék, de azért az elvárásaim magasabbak annál, mintsem tenyészbikát lássanak bennem! – Latheát jócskán megdöbbentette a nyíltságával, ezt le lehetett olvasni az arcáról. – Bocsáss meg, hölgyekkel nem lehet így beszélni.

- Én nem vagyok hölgy.

- Talán pedigréd valóban nincs, de az én fogalmaim szerint hölgy vagy a legjavából – somolygott Mischa, mielőtt befejezte volna korábbi mondókáját. – A falra mászom attól, hogy a nyakamba akarnak varrni olyan iskolás lányokat, akik talán tökéletes kis Kupolyevekkel ajándékozhatnának meg, de közben az ember két értelmes szót sem válthat velük. Ha valami megalázó, ez az! És Fetya a világ legszerencsésebb embere, amiért olyan nőt választhat, aki nem mások elvárásainak, hanem az ő ízlésének felel meg.

- Ezért nem akartál megnősülni?

Mischa bólintott. – Ráadásul beképzeltségemben azt feltételeztem, hogy örülni fogsz a segítségemnek.

- Félreértesz engem – védekezett Lathea. – Egyszerűen csak ódzkodom attól, hogy másokra szoruljak vagy bárkit is kihasználjak.

- Légy nyugodt, ezt nem is hagynám. Bár nagylelkűnek tartanak, hülye nem vagyok.

A mondatot a telefon hangja durván félbeszakította. Mischa lustán kinyúlt a kagylóért, amit ültében is elért. – Szevasz, Jean-Michel, na, mit intéztél? – hosszú fejtegetés következett. – Elképesztesz, mégis meg kell hagyni, fantasztikus ötlet. És mikor indul a gép?... Persze, a délután megfelel... Tessék? Nem, az esküvőt fújd le, várj egy kicsit...

Mischa értetlenül Lathea figyelemfelkeltő mozdulataira nézett. – Ez mit akar jelenteni, ma chére?

- Azért jöttem, hogy ha még mindig áll az ajánlat, szeretnék a feleséged lenni.

Mischa megütközve meredt a lányra, mint aki mit sem ért a szavaiból. Végtelenbe nyúló percnek tűnt, mire beleszólt a kagylóba. – Jean-Michel, hánykor legyen a

szertartás?... Különben mi az ördögnek
kérdezném?... Tíz, ott leszünk... Jó, jó, négykor
felszállok arra az istenverte gépre!

A beszélgetés megszakadt, noha Mischa ismét
Latheára függesztett tekintettel még arról is
megfeledkezett, hogy a kagylót visszategye a helyére.
– Meggondoltad magadat?
- Remélem, nem baj.
- Ó, de igen! Tegnap már más nőre fájt a fogam –
gúnyolódott elsősorban önmagát ostorozva. – Ugyan
már! Áruld el, miért?
Lathea tanácstalanul megvonta a vállát. – Talán ideje
megbíznom valakiben.
- Éppen bennem?
- Miért is ne?
- Talán mert eddig ezt a bizalmat nemigen
érdemeltem ki. Megfenyegettelek, hogy segíts
felkutatni a könyvet, azután a Royal Courtban
sokszoros munkát sóztam a nyakadba, a tetejébe pedig
el is csábítottalak.
- Erről nem akarok beszélni.
- Az utóbbiról, igaz? Gyanítottam, hogy ezt mondod.
Tehát, miért gondoltad meg magadat? Semmit nem
tudsz rólam és lehetőséged sem lesz megismerni
engem.
A lány arcán váratlan mosoly nyílt. – Szerettem a
hercegnőd lenni. És egyben azért valami nagyon
fontosat is megtudtam rólad.
- Ejha! És mi lenne az?
- Tehetséges színész vagy. Ügyesen megjátszod a
basáskodó, kőszívű és kíméletlen grófot, mégsem
vagy az.
Mischa fakón felnevetett. – Elég sokba került nekem,
mire meggyőztelek róla.
- Most viszont kapsz nyűgnek a nyakadba egy cseppet
sem engedelmes párt.

- Ha engedelmes nőre van szükségem, felveszek egy cselédet, Thea. Egyébként meg fikarcnyit sem érdekelnek az indokaid, fő, hogy a jobbik eszedre tértél.

- Tényleg nem érdekel, miért gondoltam meg magamat?

- Cseppet se. Holnap délelőtt elmegyünk a követségre, azután pedig Jean-Michel kiállíttatja neked a francia papírokat. Egyet azonban mondhatok. Egyelőre okosabb lenne az édesanyád nevét használni, hiszen az orosz nevek pontosan olyan pocsékul csengenek, mint a lengyelek.

- Igazad lehet.

- Mondd, van valami fehér vagy krémszínű a szekrényedben?

Ehhez nem kellett Latheának hosszas fejszámolást végeznie. – Olyasmi nincs, ami egy grófné öltözékéhez illene.

- Ez esetben még ma szereznünk kell valamit, végtére is a körülményeket nem akarjuk a követségi kotnyelesek orrára kötni. Elintézed, vagy hívjam fel Mrs. Forsyte szalonját?

- Megpróbálom egyedül.

- Ahogy gondolod – Mischa a félrehajított zakó belső zsebéből elővette az irattárcáját és találomra egy köteg bankót szórt Lathea tenyerébe. – A gyűrűt majd én elintézem. Kapsz egy kísérőékszert is, hadd higgyék, hogy minden a legrendhagyóbb okból történik. Utána pedig eladhatod, ha úgy alakulna.

- Szükség van erre? – bizonytalankodott Lathea, ám ő makacsul ingatta a fejét. – Remélem, nem családi ékszer vagy ilyesmi?

- A családi örökség java az édesanyámmal együtt 1917-ben Oroszországban elveszett.

- Bocsáss meg, én nem…

- Semmi gond – hárította el a mentegetőzést. – Érted megyek kilencre, hogy időben a követségen

lehessünk, megfelel így? – Lathea bólintott. –
Eszedbe jut még valami teendő?
- Igen, hogy megköszönjem.
- Szívesen, amennyiben ragaszkodsz hozzá – az
utóbbi napok során Mischa először mosolyodott el. A
feszültség valamelyest alábbhagyott benne. – Holnap
elmegyünk ebédelni?
- Ünnepelni akarsz?
- Néhány apróságot jó lenne tisztázni magunk között,
mielőtt felszállok arra a nyomorult gépre.
Lathea közelebb lépett hozzá és megszorította a kezét.
Furcsa, meleg gesztus volt ez olyasvalakitől, aki
egyébként annyira tartózkodó, mint ő. – Most vissza
kell mennem a boltba, mert Mr. Kewley dühös lesz
rám. Akkor holnap találkozunk.
- Menj csak, ma femme.
- Viszlát.
Lathea fürgén kilibbent az ajtón, miközben Mischa le
se tudta venni róla a szemét. – Megnősülök – suttogta
maga elé vidám riadalommal. – Elképesztő!

A kedves kis vendéglő, ami a követség
tőszomszédságában bújt meg, talán nem véletlenül
viselte magán Párizs amúgy egyedi és nehezen
utánozható hangulati jegyeit. Az utcai front
kivételével a falakat az Eiffel torony, a Concorde tér
és a Diadalív formáit idéző festmények uralták. A zárt
térben fonott székeken ülve mintha az ember a
Champs Elysée-n tért volna be valamelyik étterembe,
az összkép rejtélyes módon mégsem hatott giccsként.
Épp ellenkezőleg. A hatalmas ábrák és hiteles színek
valósággal lekívánkoztak a fal síkjáról. Mischa még
sosem járt itt korábban, és ezúttal is Jean-Michelnek
köszönhette az élményt, aki asztalt foglaltatott
részükre, hogy az indulás előtti utolsó órákat
kihasználva még a legszükségesebbeket
megvitathassák. Visszatérve a mosdóhelyiségből

szórakozottan körbe-körbekémlelő grófnéját a
sarokasztalnál lelte.

- Látom, tetszik – ereszkedett Lathea mellé.
Az asszony rá se emelve tekintetét azt kérdezte: –
Tényleg ilyen?

- Azt hiszem, egy kicsit kevésbé lapos, de ilyen.

- Szép lehet.

- A Bal Partra emlékeztet.
Lathea a finom bort kortyolva fordult felé. – Mire?

- A Szajna gyakorlatilag kettévágja Párizst. A Jobb
Part a hivatali városrész, irodákkal,
minisztériumokkal és egy rakás savanyú alakkal.
Derűs kacaj következett. – És a Bal? Ott mi van?

- A Bal Part külön világ bohém művészekkel,
festőkkel, akik legszívesebben az utcákat is
újrapingálnák, szegény, de boldog egyetemistákkal.
Ja, meg efféle bolondos vendéglőkkel, ahol nem tudsz
úgy szólni két szót, hogy egymásba feledkező párokat
ne láss.

- Ezt nem is hiszem!

- Pedig így van. Párizsban mindent szabad, ha elég
bátor hozzá az ember.
Amikor megjött a pincér, Mischa ösztönösen franciául
rendelt tőle. – Remélem, ízleni fog, mert igazi francia
specialitást kapunk – kacsintott összeesküvők
módjára.

- Akkor nem is kétséges. De áruld el, hogyan jutsz
most haza?
Mischa maga elé vigyorgott. – Jean-Michel megéri a
pénzét, ravasz egy pali. Visszamenőleg foglalt a
nevemre egy kabint az egyik Amerikából éppen
befutott óceánjáróra, a Sunderlandre. Így a dolog úgy
fest majd, mintha azért nem vonultam volna be, mert
nem is voltam Európában.

- Nem lesz belőle baj?

- Az út olykor két hónapba is beletelik, ma belle, ez a
cirkusz pedig alig hat hete robbant ki.

Lathea borongós arckifejezéssel ismét belenyalt a borba. – És utána? Mész a Bal Partra mulatni? – az önmagában megtévesztő vidámsággal csengő kérdés nem vezette félre. – Én a Bal Parton lakom, Thea. Számodra vélhetőleg nagyobb újdonságot jelentene. – Szívesen megnézném.

Az asszony keze után nyúlva apró csókot hullajtott rá. – Magammal is vinnélek, ha biztos lehetnék abban, hogy még időben visszajutsz Angliába, amennyiben történik valami.

– Megértelek.

– Azt kötve hiszem. Ha történetesen nem kéne rögvest elválnom tőled, semmiféle garanciát nem kaphatnál, hogy távol tudom tartani magamat tőled.

Lathea nekipirulva elnézett a Diadalív felé. – Nem lennék elég merész a te Párizsodhoz, attól tartok. Csak ritkán vagyok őrültségekre kapható.

– Hmm, mindenesetre én már kétszer is élvezhettem ennek a ritkaságnak az áldásait.

Úgy vette észre, nyíltsága megbotránkoztatta az asszonyt, aki bár viszonozta pillantását, közben tanácstalanul gyűrögette a szalvétáját. – Hagyd ezt, kérlek, ez itt nem a Bal Part.

Mischa könnyedén mosolygott. – Ha nem beszélünk róla is tudom, hogy boldogok voltunk együtt, és ez már így is több, mint amit a legtöbb nőből kinézek. És sose fogsz a megjátszott közönyöddel rávenni, hogy elfelejtsem azt az estét.

– Úgy beszélsz, mint a hivatásos nőfalók – vetette a szemére Lathea. – Nem szeretem az ilyesmit.

– Nőfaló? Micsoda régimódi kifejezés, chérie! Egyébként meglehetősen monogám típus vagyok, a Bal Part hatásai ellenére is.

Az asszonyt sikerült megnevettetnie a viccelődéssel. – Te! – paskolt a karjára, ám ő elkapva a kezét ezúttal belecsókolt a tenyerébe.

- Ne csináld ezt!
- Miért ne? – húzta vissza Mischa a félszegen elvont kezet. – Végtére is friss házasok vagyunk.
- Hamarosan meg fogod bánni.
- Tényleg? Vegyem ezt jóslatnak? A magyarázatot megelőzte az előétel, amivel Mischának alaposan meggyűlt a baja. Szerette volna lefordítani a francia fantázianevet, ám miután sehogy sem boldogult, inkább elmesélte, miként párolják a pisztrángot, hogy azután rázúdítsák a pikáns szószt.
- Pompás – ízlelte meg Lathea. – Olyan, mint Párizsban?
Mischa elmélyülten ízlelgette az első falatokat, majd határozottan biccentett. – Elsőrangú.
Valamivel később az asszony gondolatai visszatértek a kiábrándító jelenhez. – Rögtön be kell vonulnod, amint hazaérsz?
- Nem hiszem, de majd meglátjuk. Abban bízom, hogy amíg komolyabbra nem fordulnak a dolgok, meglesznek nélkülem is.
- Fettisov is harcolni fog?
- Nem, ő Párizsban marad és őrzi a házat.
Átmeneti hallgatás kísérte a pincér mozdulatait, míg elvitte az üres tányérokat.
- Hallok majd felőled? – tudakolta Lathea végtelen bizonytalansággal a hangjában.
- Jó, hogy szóba hoztad. Bár valóban névházasságra gondoltam, ez azonban még messze nem jelenti, hogy ezennel hátat kelljen fordítanunk egymásnak. Egyetértesz?
- Tökéletesen.
- Örülök neki. Sajnos sejtelmem sincs, ki, hova és mikor rángat majd, de talán hivatalos csatornákat felhasználva Jean-Michellel egyszerűbb lesz kapcsolatot találnom. Neki is szóltam, ahogyan téged is arra kérlek, ne veszítsétek egymást szem elől. Ha tud rólam valamit, értesít téged, és persze ha bármire

szükséged lenne, nyugodtan bízz meg benne. Ezer éve ismerem, hidegvérű ravaszdi, aki a jég hátán is megél, és amíg más éhezik, ő tábortűznél osztrigát meg felfújtat vacsorázik – Lathea gépiesen helyeselt. – És még valami, mon amour, van elég pénzed? – a zárkózott arc láttán Mischa megszorította az asztalon nyugvó kezet. – Ne légy szemérmes, racionális okokból kérdezem.

- Van.
- Ugye, nem vezetsz félre?
- Hiszen eladtam a lakást és benne az összes bútort is. Különben sem várom el tőled, hogy eltarts, te mondtad, hogy ez kizárólag...
- Tudom, tudom, ettől azonban még támogathatjuk egymást, vagy az is tilos?

Lathea feszengve védekezett. – Nem ezt mondtam.

- Tudod mit, ma femme? Jean-Michelnél hagytam némi ékszert, amit szükség esetén magadhoz vehetsz. Bármikor, ha úgy érzed, nincs más kiút, rendben? – apró helyeslés. – Szólj oda a követségre és Jean-Michel eladja őket, addig azonban így jobban őrzik az értéküket.

- Mischa, én nem hiszem...
- Kérlek, ne utasítsd el, ez mindössze óvintézkedés arra az esetre, ha minden kötél szakad. Ami pedig a lakásodat illeti, szerintem okosabb lenne egyelőre a bérletnél maradnod. Háború idején sose lehet tudni, miként változik az ingatlanpiac.

Miután minden halaszthatatlan kérdést megbeszéltek, többé nem esett szó a szomorú kilátásokról, se politikáról, vagy háborúról. Lathea egy a gramofonból felharsanó francia sanzon apropóján ismét Párizsról faggatózott, illetve az ott élő oroszokról, míg ő készségesen felelgetett. Meglepetésszerű örömöt lelt ebben a társalgásban, az asszony hátsó szándékoktól mentes, lelkes érdeklődésében. Mások szemében érdektelen apróságokra is rákérdezett, mint például

arra, milyen múzeumokba lehet elmenni, vannak-e
Párizsban nagy parkok, milyen filmek futnak a
mozikban és így tovább. Mischa azonban sok kérdésre
nem is sejtette a választ, amit kénytelen-kelletlen be
kellett ismernie.

– Ha nem jársz moziba, hova szoktál menni?
– Olyan ritkán vagyok otthon, hogy legszívesebben
magamra zárom az ajtót. De gyakran hívnak
estélyekre.
– Hány éves is vagy?
A barna szemekben tetten ért huncut csillogás
nevetésre ingerelte. – Jó lesz odafigyelnem arra, mi
csúszik ki a számon, nem igaz?
– Más szóval benne jársz a harmincöt-negyvenes
korban?
– Valahogy úgy.
– Na, de mégis? Harminchat, harminchét...?
– Talált.
Lathea kényelmesen hátradőlt a székben és kritikusan
vizsgálódott az asztal felett. – Különös, néha
fiatalabbnak, máskor meg idősebbnek látszol.
– Tényleg? Egy igazi kaméleon, nemde?
– Őszül a halántékod.
– Az nem a kor adománya – komorult el Mischa
felhajtva a bor maradékát, csakhogy visszafogja
magát attól az ösztönös mozdulattól, amivel ősz
tincseihez kapott volna.
Lathea tapintatosan ejtette a témát. – És mit szoktál
még csinálni?
– Hmm, mit is? Rendszeresen eljárok az orosz klubba
Fetyával, meg szeretem a balettet.
– Nézni vagy csinálni?
Az ugratáson önfeledten hahotázott. – Elképesztően
esetlen hattyú lennék ezzel a magassággal. Nézni
viszont nagyon szeretem. Nem tudom, hallottál-e róla,
de Oroszországban tekintélyes hagyománya van a
balettnek.

- Olvastam róla, de még sose láttam igazi előadást. Mischa őszinte elismeréssel nézett az asszonyra. – Neked ki se kell mozdulnod Londonból, mégis mindenről értesülsz. A tájékozottságod egészen lebilincselő.

- Szerinted nem fontos az utazás?

- Dehogynem! A könyveket viszont nem pótolja. Szeretnél utazni?

Szerény, álmodozó mosoly felelt. – Ó, én már mindenfelé megfordultam. Betty Cowannel gyakran utaztunk ide-oda. Felcsaptuk a térképet meg az albumokat és elképzeltük, milyen lenne. Úgyhogy én már bejártam a világot.

Az idő gyorsan elszállt és valamivel három óra előtt Mischa végül kénytelen volt tudomásul venni, hogy házassága gyakorlatilag máris a végéhez közeledik. Kifizette a számlát, majd az utcán leintve az első taxit a Mayfair felé kocsikáztak. Lathea bár felajánlotta, hogy elbúcsúztatja a reptéren, ő mégis ódzkodott az érzelmes jelenetektől. Elegendő volt mindazzal megvívnia a harcot, amit a szívében talált aznap délelőtt. Mellesleg pedig jól tudta, hogy az asszony kötelességtudata azt sugallná, hogy olyan ragaszkodást mutasson, amit nem érez. Márpedig nem akarta belekényszeríteni ebbe a színjátékba.

Ennek ellenére együtt mentek fel a lakosztályba, miután a portán a feleségeként mutatta be őt. Ennek fényében senki nem találhatott kivetnivalót a magatartásukban. Odafent lezárta az egyetlen táskát, amit magával hozott Franciaországból. A szalonba lépve odaállította az ajtó mellé. – Nos, azt hiszem, ideje indulnom, ha már Jean-Michel annyit vesződött azzal a jeggyel.

Lathea még mindig a házasságkötésre vásárolt csinos, krémszínű kosztümben szobrozott a kandalló előterében. Tanácstalanul fonta össze kecses ujjait, majd meggondolva magát karjait összekulcsolta maga előtt. Mischa egészen megsajnálta, ahogy odaballagott hozzá.

– Köszönöm a feledhetetlen ebédet, Thea. Mert elterelted a figyelmemet az utazásról.

Lathea bágyadt mosollyal próbálkozott. – Tudod, mire jöttem rá?

– Hm?

– Ne ölesd meg magadat. Hiszen még csak annyit derítettem ki, hogy nem vagy az az undok alak, akinek hittelek, de az igazi arcodat egyelőre nem láttam.

– És kíváncsi vagy rá?

– Igen, azt hiszem, nagyon is.

– Jól van – mosolygott Mischa megindultabban, mint szerette volna, és keze ösztönösen megindult az asszony felé. Mutatóujja végigszaladt piros ajkán és jóllehet nem így tervezte, amikor nem hallott tiltakozást, kétkedve megkérdezte: – Megérdemlek egy csókot indulás előtt?

Méghozzá micsoda csókot! Lathea hagyta, hogy a karjába vegye, és addig csókolja, mígnem levegőt se kap az izgalomtól. Élvezettel oda is bújt hozzá, hogy megnyissa ajkait a nyelve előtt. Mischa szinte beleborzongott a vágyba. Elveszítve maradék józanságát keze a karcsú derékról Lathea hátsójára kirándult, mellük egymásnak feszült. Ám visszautasítás helyett két kar fonta át a nyakát, ő pedig menthetetlenül belélegezte az asszony édes illatát. Megrészegült attól, ahogyan játékos ujjai a tarkója felett beleszántottak a hajába és egyre jobban összepréselődve újabb meg újabb epekedő csókok következtek.

Azután Lathea kifulladva a nyaka hajlatába temette az arcát, és mivel nem mozdult, Mischa tisztán érezte a mellén, milyen gyorsan kalimpál a szíve. Még egyszer magához húzta, hogy a fülébe csókoljon. – Okosabb,

ha most elmész, Thea – súgta elgyötörten. – Nem ebben állapodtunk meg.
Lathea felemelte a fejét és kipirult arccal felnézett. – Elmegyek. Te pedig vigyázol magadra, ugye?
- Megígérem, grófné.
A halk kuncogás valamelyest szétkergette a nehéz csendet. – Elég nevetséges megszólítás egy cselédlánynak, nem?
- Szerintem nem. Amúgy sem vagy már cselédlány.
- Igaz, nem váltam be igazán.
- Nem bizony. Túl pökhendi voltál a grófokkal – Lathea ismét nevetett, bár ez a gesztus sem tudta teljesen elleplezni szomorúságát. – Mire leérsz, hívok neked egy taxit.
- Köszönöm.
Mischa felsegítette a kabátját, de azután csak az ajtóig merte kísérni.
- Mit illik ilyenkor mondani?
Hálás volt Lathea színlelt vidámságáért. – Bon voyage!
- Bon voyage, Mischa – ezzel gyönyörű lábain a lift felé sietett, ő pedig ott szobrozott a lakosztály előtt, mígnem eltűnt a szeme elől. A lift ajtaja becsapódott és ezzel mindennek vége lett.

# 11.

Mischa szerette a Rue de Rennes-re nyíló kis utcában meghúzódó házat, ahol gyakorlatilag felnőtt, vagy pontosabban szólva abból a kamaszból, aki Oroszország elvarázsolt világából Párizsba érkezett, férfivá érett. A Luxembourg Kert szinte átellenben, a híres Medici-kúttal meg a palotával kőhajításnyira volt, de ugyanolyan gyorsan és könnyen el lehetett érni a Cité-t meg a Szt. Lajos szigetet is. Ám ami mindennél csábítóbban hatott befolyásolható, élményekre éhes fiatal lelkére, az maga a híres-hírhedt Montparnasse volt. Olyasfajta köteléket jelentve, amit ember többé nem rázhatott le magáról. Varázslat, mely minden bájitalnál maradandóbb. Márpedig ezt a különleges világot ki ismerhette volna behatóbban, mint az, aki a domb lábánál, a legnagyobb fizikai közelségben érzékelheti az itt dübörgő lázadó szív lüktetését.

A fiatalságát a Montparnasse levegője tette zamatosabbá, rendületlenül kóborolt a kis utcákban, elvegyült a bohém művészvilág sűrűjében, titokban csodálta őket, mert rendkívüli tehetségüket leggyakrabban a jó értelemben vett őrültségek irányították. Akadt itt mindenféle ember, éhező művészek az irodalom, a zene vagy éppenséggel a képzőművészetek területéről, általuk és velük az az egy négyzetkilométer maga volt a földre szállt cirkuszi látványosság, színes kavalkád, ahol mégis földet és eget rázó szellemi erők koncentrálódtak. Nem említve a kávéházakat, melyek otthont adtak ennek a tarkabarka, szedett-vedett csoportosulásnak, akiket a kívülállók az egyszerűség kedvéért csak úgy emlegettek: Les Parnassiens.

Aki huzamosabban élt itt, az maradandóan megpecsételődött, legalábbis a környékbeliek szerették ezt hinni, mintha a szeszélyes művészlelkület ragadós betegség lenne. Mindenesetre ha Mischára valaha is mély benyomást tettek a Montparnasse szeleburdi, alkotó bolondjai, a hatás mára elillant. Szerette azt, amit a domb és közvetlen környezete megtestesített, szerette a városrészt is, jóllehet soha többé nem tudott olyan felhőtlenül örülni a titkos sétáknak, mint egykor. Saját keserűsége, a háta mögött tudott évek mind azt tolmácsolták, hogy csakis kívülálló maradhat, aki esetenként irigyli mások képességét arra, hogy gyerekek módjára elfeledkezzenek a valóságról. Ő a magáéról azonban egyetlen percig sem volt képes.

Ismét ezzel a szájízt rontó tanulsággal tért haza, de még meg sem melegedett, a csengő máris látogatót jelzett. – Dobd ki, Fetya! – kiáltotta a dolgozószoba mélyéről, hiába. Akár valami feltartóztathatatlan, őserejű tornádó, megtelt a szoba azzal az alacsony jelenséggel, akit még néhány napig szívesebben tartott volna távol magától.

- Engem nem lehet kihajítani, Mischa!
- Hogyne lehetne, La Petit! Csak csapnivaló a komornyikom.

A kölcsönös szemrehányások után, ahogy az lenni szokott, mégis szeretettel összeölelkeztek. Galina Pashminova, akit feltűnően alacsony és légies termete miatt a családban La Petit-nek becéztek, Mischa unokatestvére volt. Az egyetlen, aki az oroszországi menekülést követően elég életerősnek és szemfülesnek bizonyult abban az új világban, ahova csöppentek. Két csecsemőkorú öccse még a veszélyes és kimerítő szökés során megbetegedett, majd egymás után meghalt, szüleit pedig az elmúlt években veszítette el. Ő azonban magában hordozta mindazt az erőt és életszeretetet, ami az öreg Pashminovot a régi szép időkben jellemezte. Aki Galina mindössze százötvenhat centiméteres testmagasságából indult ki, igencsak melléfogott.

Kobold termete ízig-vérig párizsi bestiát rejtett, aki dúskált mindabban, amit ez a sziporkázó város csak fel tudott ajánlani neki, és ráadásul prima balerinaként az utóbbi években egyre nagyobb lett az étvágya. Életét kitöltötte a balett, noha ez messze nem jelentette, hogy magánélete unalomba fulladt volna. Kivételes szépsége és törékeny alkata folytán hemzsegtek körülötte a férfiak. Azonban a reflektorfény a szükség törvénye dacára sem vakíthatta el annyira, hogy a lelke mélyén megváltozzék. Olykor ugyan túlzásba vitte a flörtölést, de az ő helyzetében nem volt nehéz kísértésbe esni. Mindez másként festett volna Oroszországban, ahol előkelő származása jóval méltóságteljesebb viselkedést követelt volna tőle, másrészt kissé húzott, ázsiai szeme miatt talán ki is közösíthették volna az úri társaságból. Mindez Párizsban igazi kuriózumnak számított. Míg a színpadon lélekemelő érzékiséggel és odaadással formálta meg szerepeit, minden belső kincsét a nézők lába elé hintve, ezzel szemben a magánéletben akaratos és szeszélyei rabságában élő művész volt. Ha az érdeke úgy kívánta, a végtelenségig bájos és szeretetre méltó volt, amivel mindenkit levett a lábáról. Humorával és jellegzetes lüktetésével a társaság fénypontja lett, állandó szóáradatával senki nem vehette fel a versenyt, jóllehet Mischa a maga részéről ezt leginkább átoknak tekintette. Ez volt La Petit, mindenütt jelen, fáradhatatlan elhivatottsággal táncolva és beutazva a világot, miközben kiélvezte, amit az élet nyújthat egy gyönyörű és páratlanul sikeres nőnek.

Tehetetlenül figyelte, ahogy Galina leveti magát a bőrkanapéra, ez kevés jót ígért. Ránézve az ember mintha pajkos gyereket látott volna, mert cseppet sem hagyott nyomot rajta a harminc esztendő. Továbbra is éretlen kamasznak látszott, aki valami gonosz csínyen töri a fejét.

- Fáradt vagyok, ugye, nem csiripelsz most itt nekem órákon keresztül? – próbálta meg a lehetetlent.

- Dehogynem! Fetya említette, hogy hazajöttél, úgyhogy most itt vagyok.

- Kár volt ennyire kapkodnod, ugyanis jó darabig itt is maradok.

- Ezt is hallottam.

Mischa az asztalához telepedett és beletúrt a nagy kupac felbontatlan levélbe. – Túl sokat sürgölődsz Fetya körül, nem?

- Talán valami kifogásod van ellene?

- Miért ne lenne?

- Ugyan, nem kell megvédened tőlem. Felnőtt ember, tud magára vigyázni.

- Annyira mindenképpen, hogy nem köt házasságot olyan alakkal, akit csakis a maga fajtája hoz izgalomba – Mischa belemélyedt volna az egyik levélbe, ám Galina ezt nem hagyta.

- Már megint itt tartunk? Szerintem...

- Megbocsáss, La Petit, de kívül-belül ismerem a véleményedet. Ugyanolyan hibbant vagy, akárcsak a hites urad. Ráadásul André még balszerencsés is, hiszen a színházban túl sok a kísértés, nem?

Galina felháborodva emelte fel a hangját. – Mi az ördögöt műveltek veled Angliában? Sótlan alak lettél!

Fettisov nyitott be. – Isztok valamit?

- Ó, igen, nekem egy dupla whiskyt hozz – vigyorgott rá Mischa a levélből. – Meg egy gumikalapácsot, ha már nem bírnám tovább ezt az isten-csapását.

- Te...!

Mielőtt Galina támadásba lendülhetett volna, derűsen figyelmeztette: – Harcolj inkább az éles nyelveddel, La Petit, különben sem vagyok a te súlycsoportod. Fetya, neki egy nyugtatót kérünk – Fettisov nevetve távozott. – Ha elcsábítod a komornyikomat, kitekerem a hattyúnyakadat, kisasszony – duruzsolta azután mézesmázosan Galina felé, aki árulkodó pillantását végre elszakította az ajtótól, ahol Fettisov eltűnt. Vendége fészkelődve törökülésbe húzta fel a lábait. Ez az egyetlen mozdulat is elképesztő hajlékonyságáról tanúskodott. – Beszélgetsz velem vagy olvasod a nyomorult levelezésedet? – duzzogott.
- Hiszen egy szót sem szólsz.
- Neked kéne mesélned, nem nekem.
Mischa ekkor felpillantott. – Mesélnem? Miről?
- Ma a Quay d'Orsay-ban jártál, Fetya mondta. Mit intéztél?
- Jelentkeztem a behívómmal és lajstromba vettek. Képzeld Maurice Blier-vel szaladtam össze, most éppen a hadügyben rontja a levegőt. Nekem mindenesetre nagyon jól jött, mert elintézte, hogy amíg csak ez a langyos vicsorgás és haragszom-rád megy, ne kelljen puccba vágnom magamat.
- És utána?
- A Maginot-vonalhoz vezényelnek – Mischa felnevetett. – Ez az egész olyan, mint valami olcsó kabaré. A hadüzenetre pánikba esve annyi embert toboroztak, hogy most se etetni, se lefektetni nem tudják őket. Maurice szerint a jövő hónaptól rendszeres szabadságolások lesznek, mert ez így nem mehet tovább. Nevetséges!
Időközben Fettisov megérkezett az itallal, majd el is tűnt valahol odakint.
- Te ezt mulatságosnak találod?
- Miért is ne, ha egyszer az! Ami engem illet, ez a legjobb helyzet, mert egyelőre maradok a fenekemen – ezzel Mischa meghúzta az italt.

- És mit kezdesz magaddal?

- Átmegyek Svájcba, akad néhány halaszthatatlan ügyem, miért?

- Menj később, ugyanis terveim vannak veled.

- Vajon honnan gyanítottam, hogy ezt mondod? – Galina barátságtalan grimaszt vágott, amit Mischa kinevetett.

- Szombaton bál lesz Báró Casaresnél és szeretném, ha találkoznál ott valakivel.

Mischa közönyösen vonogatta a vállát. – Rendben, majd legközelebb, most tényleg Svájc az első.

Galina azonban nem engedett. – Nem baj, szombatig rengeteg időd van megfordulni.

- Mégis ki az, aki miatt lóhalálában kell megtennem az utat?

Csalafinta mosoly. – Szombaton kiderül.

- Egek ura! Istentelen némber vagy!

- Hmm, ha ezt elismerem, eljössz szombaton? – a válasz váratott magára. – Azt hittem, kíváncsivá tettelek.

- Kíváncsivá? – hökkent meg Mischa. – Ó, nem, La Petit! Pontosan tisztában vagyok vele, miben mesterkedsz, bár igazad van, azért mégis fúrja az oldalam, hogy ez alkalommal kivel akarsz olthatatlan szerelemre lobbantani? Visszakapom azt a múltkori kis vöröst, vagy esetleg a feketehajú démont, hogy is hívják? Belle?

- Bianca.

- Ó, tényleg, Bianca. Hááát, egészen bizsergető szépség, elismerem.

Galina sértődötten fújtatott. – Korlátolt alak vagy. Ideje megnősülnöd, én meg hiába vonultatom fel előtted a legszebb kollekciót.

Mischa nem tudta féken tartani nevethetnékjét és hangosan hahotázni kezdett. – Nálad jobban tudja egyáltalán valaki, hogy a házasság milyen felesleges bilincs lehet?

- Hiszen én férjnél vagyok!
Újabb jóízű nevetés. – Férjnél? Azzal a férjjel aztán
sokat érsz!
- Arra, amire kell, megfelel.
- Hogy távol tartsa tőled, a döngicsélő méheket?
Előbb termesztünk kaviárt a sivatagban!
- Ez nem igaz!
- Gondolj már bele, szépségem! Elmegyek a frontra,
mi a fenét kezdenék egy feleséggel, he? – Mischa az
üres poharat az asztalon felejtve felállt. – Ha nem
haragszol, a szórakoztató ötleteidből ennyi elég is volt
mára. Máskor szívesen meghallgatom a férjurad
használatba vételi módozatait, de nem most, La Petit.
Amikor kilépett az impozáns hallba még mindig
nevetve ingatta a fejét, Galina azonban a nyomában
loholt. – Mischa, nem hagyhatsz cserben szombaton.
Egy férfikísérővel kevesebben lennénk és én
megígértem…
- Az elhamarkodott ígéreteiddel tele a szekrény…
először is holnap elutazom, a többi meg majd
kialakul.
- Jó, de mikor hallok felőled?
- Majd felhívlak – Mischa csókot dobott a háta mögé,
ahogy a széles márványlépcső-karéjon felsétált az
emeletre. Még utoljára megütötte a fülét odalentről,
ahogyan Galina panaszosan közli Fettisovval: Hát,
hallottál még ilyet, Fetya! Hol van már a régimódi
lovagiasság?

A svájci kirándulás gyors volt és hatékony, ezért
Mischa amilyen sietősen ment, ugyanazzal a tempóval
tért haza. Már régen nem vezetett, így az MG
kényelmében megtett hosszú kilométerek és a magány
jó hatással voltak hangulatára. Már pénteken délelőtt
otthon lehetett volna, amennyiben nem pihen meg
Troyes-ban egy kiadós ebéd erejéig. A régi városrész
ódon utcáin sétálgatva találomra választott egy

eldugott helyet, majd teli hassal magába szívta a lassan téliesedő levegő tiszta zamatát, amint lehajtott fedelű kocsijával Párizs felé száguldott. Fettisov órákkal utána jelent meg a házban, és ő alaposan meg is lepte jelenlétével.

- Ejha! Repültél, vagy mi? – nyitott be a hálószobába, ahol éppen a bőröndjével bajlódott. – Láttam az MG-t a garázsban.

- Sikerrel jártam, tehát nem vesztegettem az időt. De figyelmeztetlek: senkinek ne merj szólni róla, hogy itthon vagyok, senkinek!

Fettisov kedélyesen vigyorgott. – Csak nyugalom. Mi történt a táskáddal? – araszolt közelebb az ágyon kiterített áldozathoz.

- Szétment a csat, és persze az összes holmim a kocsiba borult.

- Hagyd, majd én elintézem. De Mischa, tudom ugyan, mennyire szentimentálisan ragaszkodsz ehhez az ős öreg darabhoz, mégis nem lenne itt az ideje a váltásnak? Igazán kiszolgált és megérett a cserére, nem? – Mischa kelletlenül legyintve megadta magát.

– Egyébként tegnap Jean-Michel jelentkezett – folytatta Fettisov. – Ott lesz szombaton Casareséknél és feltétlenül beszélni akar veled – Mischa arckifejezését nagyon beszédesnek találta. – Elégedettnek látszol.

- Meg is van rá minden okom. Angliában… – rövid torokköszörülés. –, szóval, megnősültem.

Fettisovnak noha cseppet sem volt szokása tátott szájjal bámulni, most mégis közel járt hozzá. A felesleges 'Tényleg?' kérdést a barátja ábrázata megspórolta neki. – Elképesztesz, ilyen kutyafuttában?

- Ha sokat őrlődöm rajta, még visszakozom – nevetett Mischa.

- Öregem! – Fettisovnak szöget ütött valami a fejébe.

– Csak nem Lathea Trashburn? – egyetlen

fejmozdulat helyeselt. – Sejtettem, hogy tetszik neked.

– Ez merőben praktikus megoldás. Latheának nincs angol állampolgársága, a meglevő papírjai a nélkül pedig fabatkát sem érnek.

– Erre te elvetted? Önzetlenül? Akkor mégiscsak tetszhet neked egy kicsit, hiszen a Galina által felvonultatott hölgyek kapcsán ilyesmi fel se ötlött benned.

– Mert Heike Brandrup az égvilágon semmit nem tud felmutatni, ami a szememben érne valamit.

– Hmm, Lathea valóban különleges szépség. Szerencséjére inkább a lengyel nők finomságát örökölte, nem?

Mischa a fejét ingatta. – Több egy csinos pofinál, Fetya. Olyan nő, akivel az ember a nélkül is jól érezheti magát, hogy folyton elvárásoknak kellene megfelelnie. Igen, tetszik nekem, bár ennek sajnos a világon semmi jelentősége. Pusztán a nevemet ajánlottam fel neki, az alkuba elvileg nem tartozom bele se én, se a vagyonom.

– És elfogadta? Kissé meglep. Kifejezetten független természet, aki még a gondolatától is irtózik, hogy esetleg valaki adósa legyen.

A derűs hahota sok mindenre választ szolgáltatott. – Az utolsó pillanatban valóban kevés hiányzott hozzá és meghátrál, ám Jean-Michel a maga blazírt érvelésével biztosította arról, hogy gyakorlatilag én lehetek hálás neki, miután megment a temérdek pénzéhes és néhány sou-ért mindenre kapható nőcskétől.

– Ravasz – vigyorgott Fettisov. – Noha, amennyire emlékszem, Lathea nem táplált irányodban túlzottan kellemes gondolatokat. Úgy is mondhatnám, nem igazán szenvedhetett téged.

– Azon voltam, hogy meggyőzzem az ellenkezőjéről.

- Ó, kezd derengeni – Fettisov elnyomott jókedvvel megkérdezte: – És most?

- Mit most? Ez a házasság kizárólag papíron létezik, háború van és talán hosszú ideig vissza se mehetek Londonba. De Fetya, ezt nem mondhatod el senkinek. Különösen nem La Petit-nek.

Fettisov beletúrt ősz fürtjeibe. – Csúnya játékot űzöl vele, mivel tisztában vagy azzal, miért citál el az összes valamirevaló estélyre.

- Egyedül magára vethet – keményedett meg Mischa hangja és az iménti nevetőránc is szertefoszlott. – Addig nyüstölt ezzel a hülyeséggel, amíg elegem lett. Ez a házasságlevél a továbbiakban megvéd a színjátéktól. Ha nem adja fel, egyszerűen az orra alá löököm és befejeztük ezt a cirkuszt.

Fettisov elmerengve bólintott. – Szerintem jó vásárt csináltál. Lathea bájos kis nő, természetes és üde jelenség. És mondd, teljesen felépült?

Mischa hálás volt a témaváltásért. – Igen és persze az üdvözletét küldi. Addig ápolgattad, amíg a szívébe loptad magadat, vén róka!

- Ha ezt tudom! – kuncogott Fettisov.

- De nem tudtad! Most pedig lezuhanyozom, de ne feledd: csak Jean-Michelnek vagyok itthon.

Fettisov ábrándozva vizsgálgatta a széthajigált ruhákat, ám eközben gondolatai Mischa meghökkentő bejelentésén időztek. Egészen mostanáig a házasság intézménye ellen lexikonnyi érzelmi és gyakorlati kifogást emelt, melyek java, legalábbis az ő esetében, teljesen megalapozott volt. Ha valaki arra célozgatott, hogy meg kéne már állapodnia, vörös posztó volt a szemében. A társaság abból a kézenfekvő feltételezésből indult ki, hogy közeledve a negyedik ikszhez, nyilván családalapításon töri a fejét, és ezért első lépésként körülnéz majd a hajadonok háza táján. Amikor néhány évvel korábban előkerült Oroszországból és minden meghívást elhárított, elsősorban az orosz közösséghez tartozók vetették ki rá a hálójukat. És mivel az oroszok körében tizenöt, nem ritkán húsz évvel fiatalabb hitvesek voltak divatban, szinte iskolás lányokkal igyekeztek őt összeboronálni. Csakhogy semmilyen furfang nem hozta meg a kívánt eredményt, és ő továbbra is dacolt a világgal. Jó két év is eltelt, mire ismét rászánta magát arra, hogy kimozduljon otthonról, ám akkor is mindig tüntetően egyedül, legfeljebb Galina oldalán vállalta a megmérettetést.

- Mostanra ébredtem rá, hogy élnem kell – panaszkodott egyszer. – Eszem ágában sincs a nyakamba venni egy család nyűgjét-baját.

Fettisov tökéletesen meg is értette. Amin Mischa keresztülment, az egy nála kevésbé érzékeny lelkületű ember jellemét és gondolatiságát is képes lett volna újrarajzolni. Tehát nősülés helyett jöhettek az utazások, illetve elővette kedvenc ceruzáit és magára zárta az ajtót, hogy alkothasson. Elvétve fogadott el meghívásokat, máskor pedig elment a színházba Galinát megnézni, ebben az új életben azonban nem jutott szerep nőknek. Ezért is annyira meghökkentő, amiért habozás nélkül feleségül vette az angol lányt.

Bár ő nem kételkedett abban, hogy Lathea Trashburn valószínűleg számos férfi fejét képes elcsavarni, sőt, meglehetősen sok közös vonást talált benne és Mischában, ez azonban még mindig zavarba ejtő aránytalanságban állt azzal a konoksággal, amit a barátja részéről e témában eddig tapasztalt. És persze az is érdekes kérdéseket vet fel, hogy a jelenlegi grófné igencsak rangja feletti partit csinált. Anélkül, hogy ítélkezett volna az asszony felett, megfordult a fejében, vajon tisztában van-e azzal, milyen gyökeresen megváltozhat a társadalmi és vagyoni helyzete ezáltal.

Gondolataiban elmerülve meg sem hallotta, mikor tért vissza Mischa a szobába. Időközben túlesett a zuhanyozáson, nedves haja a feje tetején tekergőzött, háziköntöse lebegő szárnyai alatt pedig csak egy rövidnadrágot viselt. – Szükségem lesz a frakkomra azon az estélyen. Utánanéznél, milyen állapotban van?

Fettisov elégtétellel vigyorgott. – Sejtettem, hogy nem állhatsz ellen örökké.

- La Petit keresztbe lenyel, ha nem engedelmeskedem – legyintett a ház ura kimasírozva a folyosóra.

Maurice Casares hol másutt is tarthatta volna fenn valóban pompázatos és fényűző palotáját, mint az Avenue Foch dereka tájékán, kőhajításnyira a Bois de Boulogne zöld ligeteitől, ahol esténként a levegő hamisítatlan erdei illatokat árasztott és az ember, ha alkalmas időpontban keveredett a környékre, akár tücsökciripelést is hallhatott. Mindenesetre a szemet gyönyörködtető épület a park közelsége ellenére is falain belül őrizte legfőbb vonzerejét. A báró nemcsak zengzetes címmel, no meg terebélyes családjával rendelkezett, hanem vállalkozó szellemű kereskedő veszett el benne, aki hol ide, hol oda befektetve pénzét tetemes vagyont halmozott fel. Irigylésre méltó gazdagságát hűen tükrözte az otthona, melynek falai jószerével roskadoztak a világhírű festményektől, a földszinti átriumot értékes szobrok díszítették, a táncolni vágyók pedig a ritkaságszámba menő szibériai fákból préselt, tökéletesen lakkozott parkettán rophatták, majd a legszebb fehér márványpadlón tehették meg az utat a damaszttal terített asztalokig. A csillárok Mischát a cári udvarban látható csodákra emlékeztették, egyenként csiszolt kristályok aranyfoglalatban, a kúpban végződő öt körív mentén legalább négyszáz darab.

- Á, grófom! – sietett elé a házigazda, amint a felöltőjétől megszabadulva a nagyban folyó mulatságba betoppant. A fényárban csak úgy repkedtek a gyönyörű hölgyek, meztelen vállaik, a kísértésbe vivő ruhaköltemények és az ékszerek önmagukért beszéltek. Szólt a zene, párok ringtak a lágy dallamokra, mások pedig a táncparkett mindkét oldalán elszóródva zamatos italokkal kényeztetve magukat duruzsoltak. A látvány a részegítő békeidőket idézte.

- Báró úr, én tartozom hálával a meghívásáért.
- Ugyan, kedves barátom, megtisztel a jelenlétével. Tudja, hogy örökre a lekötelezettje maradok.
- Ön túloz, uram. A nyakék sokkal méltóbb helyen van a leánya nyakában, mint a széfemben. Én örülök, amiért a kisasszony szolgálatára lehettem.

Maurice Casares csalafinta, önelégült mosolya mintha az arcára lett volna festve. Jóllehet Mischát egyetlen percig sem foglalkoztatta az ékszer sorsa, hacsak azért nem, mert a báró valós lekötelezettséget érzett és ezt egyszer talán még számon kérheti tőle. Amúgy az alku tárgya az ő szemében tökéletesen mellékesnek számított. Casares közel két éven át győzködte, hogy adja el a különleges csiszolású, rubinokkal és zafírral gazdagon berakott nyakéket, melyet még a múlt század alkonyán Péterváron készítettek. Eleinte ostoba nosztalgia tartotta vissza az üzlettől, végtére is az édesapja az első lánygyermekének szánta, aki persze soha többé nem kaphatta meg, ráadásul a kevés megmentett családi ékszerből ez volt az egyik legegyedibb darab, igazi remekmű. Később viszont szándékosan kérette magát. Eve Casares addig rágta az apja fülét ezért a kis csecsebecséért, mígnem az csillagászati árat ajánlott érte.

- Csak gratulálni tudok önnek – lesett oldalról a kissé túltáplált házigazdára. – Ma este idevarázsolja nekünk a béke igazi zamatát.

Nehéz sóhaj szakadt ki a másikból. – Ám mint ahogy sok minden más, ez is tökéletlen, Michel. Azok a gazember németek ide is betolakodtak. Otto Jager azzal a képmutató szövegével! – a zöld szemek indulatosan megvillantak. – Mintha Párizsban nem tudná még az utolsó csecsemő is, hogy előfutára annak a kapzsi csicskásnak. Szemmel tartja, mit lehet ellopni ebből az országból, amikor úgy hozza a helyzet.

– Már ne haragudjon a kritikáért, de csakis a politikát lehet ezért kárhoztatni. Évek óta megtűrik őt meg a hasonszőrűeket a határokon belül, szabadon járnak-kelnek és senki nincs, aki megkérdezné tőlük, mégis mi a fenében mesterkednek az állítólagos kultúrkapcsolatok ápolása címén.

– Ez sajnos nagyon is igaz, na, de ma estére félre a borús gondolatokkal. Vegyüljön el és érezze otthon magát, grófom.

Mischa mindenekelőtt alaposan körbepásztázott a mulatozók hömpölygő tömegét ismerősöket kutatva. Rengeteg meghívottat ismert, legtöbbjüket hasonló eseményekről, felettébb felületesen, némelyikükkel pedig üzleti érdekeltségei révén került kapcsolatba. Azután megakadt a szeme egy rendkívül alacsony jelenségen, akit táncosa akkor kísért le a parkettről, így éppen petrezselymet árult. Rögvest cselekedett. Leemelt két karcsú poharat a feléje kínált tálcáról, hogy a nő felé utat törjön velük.

Heike Brandrup botrányosan szűk, fekete sifon ruhát viselt, jóformán mindent megmutatva tökéletes testéből. Ahogyan a balett-művészek zöme, még a nádszálnál is vékonyabb volt, és az ő ízlése szerint, Galinával ellentétben, meglehetősen híján azoknak a gömbölyded bájaknak, melyek egy férfit igazán felizgatnak. Talán izmos lábai vívták ki egyedül osztatlan csodálatát, amúgy Heike amolyan vérbeli porosz jelenség benyomását keltette. Arca kissé széles, ajkai vékonyak és bár mosolya tökéletes, mindent egybevéve nem volt különösebben szép, noha vonzó és érzéki. A mesteri arcfestéssel ügyesen kufárkodott, sápadt bőre hibátlan. A balett-táncosok között már-már kötelező hosszú hajat viselte, amit társaságban rendhagyó módon a hátára hullajtva húzott maga után, ahányszor csak megmozdult. Ám a hírnév ugyanúgy megvédte a kritikáktól, ahogyan Galinát is, aki viszont puszta hóbortból felháborítóan rövidre nyíratta lélegzetelállítóan selymes, fekete fürtjeit. Heikét, aki művésznév rejtekében lett világhírű táncművész, vidám természete mentette meg az unalomtól. Külsejére rácáfolva igazi férfifaló hírében állt, amit Mischa enyhe viszolygással vett tudomásul. Nem is annyira a német lány miatt, jóval inkább az zavarta, hogy Galina és ő mennyire egy srófra gondolkodtak. Ahányszor Heike kicsapongásairól értesült, önkéntelenül is Galina esetleges csínytevései jutottak eszébe. Nem mintha az unokatestvérét harmincon túl meg tudta, vagy meg akarta volna fegyelmezni, de akkor se tetszett neki az úgynevezett művészélete.

- Jó estét, Daphne Gaillarde – Heike élénk, már-már seszínű szemei feléje vándoroltak, hogy arcán rögvest kinyíljon az a káprázatos mosoly. – Meghívhatom egy korty züllésre?

- Gróf úr! Hát persze, élvezettel züllök felemelő társaságban – a törékeny ujjak a kristályra kulcsolódtak. – És mire igyunk?

- Van valami ötlete?

- Különös, de nincs – kacérkodott a lány. Mischa kihívóan végigmérte. – Koccinthatnánk erre a… nem mindennapi toalettjére. Hány férfi kapott már agyvérzést ma este?

A csilingelő kacaj a hangos zenét is legyűrte. – Senkit nem láttam összerogyni.

- Hmm, hogy is mondjam, van valami alatta?

- Ez szakmai kíváncsiság?

- Szabónak látszom?

Heike ingerlően végighúzta a nyelvét pirosra festett ajkain. – Inkább olyasvalakinek, aki ért a gombokhoz meg kapcsokhoz.

- Értsem úgy, hogy tényleg kinéz belőlem egy szabót? Egészségére!

Miután megkóstolták az italt, Mischa feltűnés nélkül körbelesett a teremben, majd a lányt a könyökénél fogva odébb vezette. Amikor megszólalt, hangja alig hallatszott. – Galinának elment az esze, hogy iderángatta magát? Hogy kerül egyáltalán Párizsba?

- Svájcba kaptam útlevelet, de azután átszöktünk a határon. Mi a baj, Michel?

- Baj? Felelőtlenség volt idejönnie. Bizonyára ön az, akivel Galina szerint feltétlenül találkoznom kellett, ugye? – Heike némán bólintott. – Őrültek mind a ketten.

- Galinával ellentétben nekem nincsenek illúzióim. Maga meg én, mint a tűz és a víz.

- Mélységesen egyetértek, de most hagyjuk a romantikát. Látja azt a majdnem tar, büszke pasast az italoknál? Ne túl feltűnően!

- Ki az? – kukucskált át Heike a válla takarásából.

- A honfitársa, drága Heike – tátogta Mischa hang nélkül, a lány azonban így is belesápadt abba, amit leolvasott a szájáról. – Otto Jagernek hívják, és bár kultúrattasénak vallja magát, a nyakamat teszem rá, hogy nem az.

- Hanem?

- Ugyan, a kultúrattasék rendszerint kémek.

- Ezek szerint jobb lesz, ha én eltűnök, nem igaz? Mischa kedvetlenül elhúzta a száját. – Ez még annál is rosszabb húzás lenne, minthogy idejött. Ebben a ruhában nincs férfi, akit ne sokkolt volna, legyen az répatermesztő vagy spion. Azért egyet megtehet, ha összeakad Jagerrel.

- Németországban nem tudják, hogy Daphne Gaillarde német, az útlevelem se erre a névre szól.

- Egy brávó önnek, és azt esetleg tudhatják, hogy nincs Svájcban? Mióta is nem tért haza?
- Egy hónapja – felelte Heike bűnbánóan, mire Mischa a fogát szívta.
- Ó, egek! Na, mindegy, hallgasson ide. Ha netán Jager az anyanyelvén szólna önhöz, csak úgy próbaképpen, adja a tudatlant, máskülönben...
A lány összerezzent, az apró mozdulatot rajta kívül azonban aligha vehette észre más is. – Istenem, egyenesen idejön.
- Biztos? – Mischa szándékosan nem fordult meg.
- Biztos.
- Csak semmi pánik. Engem ki nem állhat, valószínűleg azért tolja ide a képét.
Nem telt bele sok és a háta mögül felcsendült a jellegzetes, majdnem hogy durván kemény francia köszönés. – Jó estét, Gróf Kupolyev. Rég nem láttam.
- Á, Monsieur Jager, ön itt?
A kézfogás pusztán civilizált formalitás lehetett közöttük.
- Meg van lepve?
- Hogyne lennék? Végtére is háborúban állunk, nemde? Ilyenkor is van mit ápolgatni a kultúrán?
Jager fel se vette a gúnyt. Rideg pillantása Heikére siklott. – Igazán lekötelezne, ha bemutatná ezt a lenyűgöző ifjú hölgyet.
- Daphne Gaillarde, az úr pedig Otto Jager.
- Üdvözlöm, monsieur – nyújtotta Heike a kezét csókra, ám olyan alacsonyan, a németnek szabályosan le kellett hajolnia.
- Megtiszteltetés rám nézve, kisasszony. Régi hódolója vagyok, ahogyan Pashminova kisasszonynak is – a bók kötelességszerű biccentést érdemelt. – A balett egészen varázslatos világ, egyetért velem, gróf úr?
- A legteljesebb mértékben.

- Ugyanakkor az is fontos, hogy ma már nem kizárólagosan az oroszok meg a franciák uralják a világot. Mi, németek is jeleskedünk benne.
A nyájas hang nem tévesztette meg Mischát, történetesen Heikén is látta, hogy őt sem. – Bizonyára.
Jager lendületesen folytatta: – Ó, igen. Például a kedves unokatestvére az akadémián egy osztályban végzett egy német táncossal, Heike Brandruppal.
- Meglehet, én nem ismerem ezt a nevet.
- Ön sem? – a kérdés ezúttal Heikét célozta meg ráadásul németül.
- Elnézést, monsieur...?
Jager kiszámítható húzása nem vezetett eredményre, ezért a kérdést franciául ismételte meg.
- Sajnálom, nem ismerem a hölgyet, ami nem csoda, hacsak nem táncolt mostanság a társulatban, mert én nem arra az akadémiára jártam.
- Kár – felelte a német talányos hangsúllyal. –, nagy kár. És ön, gróf úr, hogyhogy nem egyenruhában?
A hangsúly leplezetlenül provokatívra sikerült, ám Mischa pókerarccal nézett vissza a faggatózóra. – Ez úgy hangzik, mintha felelősségre vonna – majd tréfálkozva megkérdezte: – Vagy talán a német elhárításnak gyűjt adatokat?
Jager elkomorult. – Mi köze hadászati ügyekhez egy kultúrattasénak?
- Igaza van, tehát ne kérdezzen ilyesmit tőlem.
A levegő az áludvariaskodási kísérletek dacára megfagyott. – Másképpen fogalmazva megfutamodik?
- Meghökkent engem. Mi elől kéne megfutamodnom? Egyszerűen csak a tébolyultabbjára hagyom, hadd öldököljék egymást az eszméikért, addig én élvezem az életet. Mi a rossz ebben?
A német előre kikövetkeztethető választ adott. – Kötelesség is létezik.

- Persze! A szép asszonyok kedvében járni. Jut eszembe, Daphne, hol marad a nekem ígért tánc? Heike Jagerre villantotta legelbűvölőbb mosolyát. – Látja, uram, hív a kötelesség. Remélem, megbocsát – a német mereven meghajolt. – Átdöf azzal a vallató tekintetével – súgta a lány már a táncolók sűrűjébe sodródva.
- Lehet, hogy ennek az ördögi kis rongynak háta sincs? – ingerkedett vele Mischa, mindössze egy korholó pillantást kapva jutalmul. – Remek előadás volt, bár továbbra is azt hiszem, nem kéne feleslegesen kísértenie a sorsot, és titokban tűnjünk el innen.
- Többes számban?
- Így legfeljebb azt kockáztatja, hogy a legújabb hódításaként vonulok be a történelembe, ellenben ha egyedül hagyom, Jager rászállhat magára.
Heike nem felelt azonnal, hanem továbblibbentek a valcer dallamára. – Vajon gyanít valamit? Ez a sok kérdés...
- Nem véletlen, az biztos.
- Tartottam tőle, hogy ezt mondja.
Egy órával később Mischa megfeledkezve Galináról illetve Jean-Michelről, aki addig nem érkezett meg Casaresékhez, Heikével a karján kisétált az éjszakába.

Még alig pirkadt, amikor Fettisov kiugrasztotta az ágyból. – Sajnálom, pajtás, a kedvenc kuzinod van itt. Tombol a dühtől és még képes rád törni az ajtót, ha nem jössz le.
- Az isten szerelmére, hány óra?
- Hét lesz.
A kialvatlanságtól, vagy az előző esti kalamajka miatt, de indulatoktól elborítva robbant ki az ágyból. Csak úgy lobogott utána a sebtében felkapott hálóköntös, amint papucsban és pizsamában leviharzott a félkörívet formáló márvány-lépcsőn.

Galina a tágas hallban fel-alá járkált, akár egy ketrecbe zárt fúria, haja fésűt se látva meredezett a fején, a magára aggatott óriási pulóver pedig alighanem valaki másé lehetett.

- Tegnap ott hagytál a fenébe! – kiáltotta felpaprikázva, mielőtt ő a lépcső aljára ért volna.
- Nem veled volt randevúm, vagy igen?
- Nincs ínyemre ez a szőrszálhasogatás, Kupolyev!
- Ne ordítozz velem a saját házamban, La Petit! Elég legyen ebből!

Galina haragját semmi nem fojthatta le. – Van valami mentséged?

- Mentségem? – hitetlenkedett Mischa. – Te tényleg közveszélyes bolond vagy, és az egészben az a legszebb, hogy még csak fogalmad sincs róla.
- Tudod, ki a bolond!
- Te, chérie! Heikének Németországban, vagy legalábbis Svájcban kéne ücsörögnie a formás popsiján. De nem elég, hogy nincs ott, te még ráadásul elhurcolod Casares estélyére és bedobod a cápák közé a mélyvízbe. Nem csoda, mert Otto Jager olyan hálásan harapott a koncra, felteszem, azt se tudta, hova legyen örömében, amikor meglátta a kis szökevényt!
- Mi ez az értelmetlen locsogás? Jager egy kult... Mischa teleszívta a tüdejét levegővel. – Én meg a római pápa vagyok. Kérdezd csak meg a barátnődet, hogy a német miféle kérdésekkel zaklatta, merthogy kém az tetőtől-talpig. És ami ennél is rosszabb, nagyban Heike után szaglászik, mivel négy hete nem ment vissza Berlinbe.

A hír vélhetően azért valamelyest megrendítette Galinát, mert eltelt egy súlyos perc, mire egészen más hangon megszólalt. – Másként festene a helyzet, ha feleségül vennéd.

Mischának a szava is elállt. – Soha nem veszem el, hányszor mondjam még?

- Segíthetnél neki.
- Már az is nagy segítség lenne, ha az ostobaságoddal nem sodrod veszélybe.
- Eltérsz a tárgytól.
- La Petit – sóhajtott tehetetlenül. –, annyi mindenre kapható alakot ismertek, keressetek más balekot. Olyan André-féléket is bizonyára be lehet fűzni néhány ezer frankért.
- De te...
- Én nem, erről ne is álmodj! Galina váratlanul, mintha feladta volna, lerogyott a faragott padra a fal mellé.
- Kérd meg Fetyát – ajánlotta Mischa, de erre heves tiltakozás volt a válasz.
- Azt már nem!
- Akkor keress valakit az orosz közösségben, aki kellően lecsúszott és pénzért hajlik egyre-másra, bár...
- Bár?
- Szerintem őrültséget csináltok. Galina bizonytalanul nézett fel. – Hiszen ez Párizs, itt biztonságban van.
- Csak azt ne hidd! Egyszerűen leütik, bezsuppolják egy kocsiba és mielőtt bárkinek is eszébe jutna keresni, már át is robogtak vele a határon. A legokosabb lenne, ha haladéktalanul elutazna Európából.
- De hova?
- Amerikába, kis butusom. Vagy haza is mehet és Berlinben majd töviről-hegyire elmeséli, hogyan tévedt el hazafelé. Ezzel viszont azt kockáztatja, hogyha nem elég hihető a mese... Galina fájdalmasan felnyögött, hátradőlve fejét a falnak támasztotta. – Tényleg nem veszed el?
- Nem, és nem is tudsz meggyőzni.
- Akkor legalább elvihetnéd Svájcba.

Mischa a második lépcsőfokra fenekelt. – Menjen úgy vissza, ahogy átjött. Én egy becsületes képű gróf vagyok, nem embercsempész. A kemény elutasítás sértődéshez vezetett. – Tehát az egész nem érdekel?

– Chérie, megfeledkezel arról, hogy elvileg ki se tehetem a lábam az országból, vagy fejbe lőnek dezertálásért.

– Bezzeg a magad ügyében ez nem számított!

– Ó, te jó ég! – temette Mischa a két tenyerébe az arcát. – Mégis hány embert akarsz még a vesztébe küldeni a felelőtlenségeddel?

– Majd én elviszem Svájcba.

A higgadt bejelentésre mindketten megkövülten meredtek a konyha felé vezető ajtónál álló Fettisovra. Az azonban szokásos nyugalmával állta pillantásukat.

– Na, La Petit, elégedett lehetsz, itt a következő balek – vetette oda Mischa oroszul szitkozódva.

Fettisov leintette. – Nem kell mindjárt falra festeni az ördögöt.

– Nem is tudom, melyikünk az, aki La Petit legapróbb sóhajtására is ugrik, ugyebár, Fetya? – morgolódott Mischa a reggelinél, amikor végre megszabadultak a korai látogatótól.

Fettisov ezt sem vette a lelkére, inkább élvezettel falatozott a friss croissant-ból. – Ne csinálj bolondot magadból. Ugyanolyan jól tudod, mint én, hogy ez még mindig a kisebbik rossz ahhoz képest, ha Galina maga indul útnak.

Hosszú, kínos hallgatás következett. Persze Mischa értette és el is fogadta ezt az érvelést, épp csak nehezére esett belenyugodni, hogy Galina gyermeteg és unaloműző kalandjai rendre másokat sodornak veszélybe. Korábban is számtalanszor előfordult, hogy kizárólag magára gondolt, arra viszont egyetlen percig sem, hogy hebrencsségének milyen következményei lehetnek.

- Hallgass ide – nézett fel Fettisov a teáscsészéből.
- Hm?
- Ma délután meglátogatom Heikét és egy kicsit körbeszimatolok, vajon nem figyelik-e. Holnap hajnalban pedig elindulhatnánk, de nem Svájcba, hanem dél felé.

Mischa gyanította, mi következik. – Bordeaux?
- Ühüm. Esetleg szólhatnál az amerikai cimborádnak… hogy is hívják?, szerezzen hajó vagy repülőjegyet neki. Jövő héten már novembert írunk és, ugye, ötödikén szoktak indulni a hajók Amerikába?
- Jól van, reggeli után felhívom Leslie Frimsey-t.
- És kölcsönadod az MG-t?

Mischa kedvetlenül nevetni kezdett. – Csak nem szerelmespárnak akarod kiadni magatokat?
- Miért is ne?
- La Petit kikaparja a szemedet.
- Minden vadmacskát meg lehet szelídíteni… csak először ki kell fárasztani.

A talányos célzásban valójában semmi titok nem rejlett. Fettisov jó néhány esztendővel korábban szeretett bele Galinába, aki akkortájt tizennégy éves süvölvény volt, persze az egyik legszebb közülük. Az azóta egyre határozottabban körvonalazódó kölcsönösség azonban továbbra is plátói maradt, efelől Mischának nem is volt kétsége. Fettisov ugyanis hallani sem akart arról, hogy beálljon a prima balerina rajongóinak és szeretőinek végtelen sorába. Galina túlzott népszerűségre tett szert a férfiak körében és ennek megfelelően kicsapongásait követni sem lehetett, ami elég volt ahhoz, hogy Fettisov félreálljon.

Mischa az asztalra hajítva a szalvétát végül felállt. – Jöjjön az első lépés: Frimsey.

A dolgok mintha szerencsés fordulatot vettek volna, noha Mischa ezt inkább csak Leslie Frimsey kiapaszthatatlan, jellegzetesen amerikai optimizmusának tudta be. A maga módján megfontolt diplomata semmiképpen nem képviselte az Európában elfogadottnak tekintett higgadt és méltóságteljes vonalat. Formabontó közvetlensége olykor súrolta a nyegleség határát, amit időbe telt megszokni. Egy azonban tagadhatatlan, nemcsak Párizsban, de a tengerentúl is befolyásos embernek számított.

- Azt reméltem, ha legközelebb jelentkezel, a visszavágóról csevegünk – ugrott be Frimsey a Rue de Rennes-re, energikusan lüktető lényével feltartóztathatatlanul betöltve a házat. – Ehelyett vége az idénynek és egy árva lélek se akad ebben a városban, aki teniszezne velem.
- Sajnálom, Leslie, nem így terveztem.
- Gyatra mentség – ült le a látogató a felkínált helyre.
- Nos, akkor mesélj.

Frimsey fújtatva hallgatta végig a történetet. Indulatait részben Jager személye váltotta ki, ám titkon Mischa gyanította, hogy Heikének is szerepe lehet a dologban. Az amerikai jó ideig csapta a szelet neki, a pletykák annak idején kegyetlenül le is szedték a keresztvizet erről a kapcsolatról. Vagy Frimsey, vagy Heike irigyei, de valaki gondoskodott róla, hogy az intim részletek is közszájon forogjanak. Azután a férfit hazarendelték Franciaországból, és amikor fél év múlva visszatért, Heike rég újabb életre szóló románcba bonyolódott.
- Nekem legyen mondva, Micky, Jager kiszagolt valamit – pöfékelt Frimsey egy hatalmas szivaron.
- Valószínűnek tartom. Tehát segítesz?

Súlyos bólintás helyeselt. – A repülőjárat sajnos zsúfolásig szokott telni. Ugyan sok amerikait kihajóztunk már, van, aki csak most szánta el magát. A Boston viszont harmadikán indul New Yorkba, arra feltehetően lesz még kabin.

És volt is. Frimsey valamivel délidő után telefonált, hogy lefoglalt Heikének egy első osztályú kabint, ami rögvest annyit jelentett, hogy a hátralevő öt napot lehetőleg Párizstól távol kellett töltenie. Fettisov az egész délutánt a lánnyal múlatta és ez idő alatt fel is figyelt valakire, aki óvatosan megbújva, kitartóan leste a házát. Ezért kora este vacsorázni indultak, méghozzá egy olyan helyre, ahova rendszerint szerelmes párok szoktak betérni. A hely intimitása miatt azonnal szemet szúrt az a magányos férfi, aki Heike háza előtt is ólálkodott.

- Nem vagyok született színész, remélhetőleg azért meggyőzőek voltunk – számolt be Fettisov a történtekről, miközben már a bőröndjét csomagolta, hogy reggel minél előbb útnak eredjen.

- Hova mentek?

- Angouleme környékére gondoltam. Egy kis falura, ahol az idegenek mindig szem előtt vannak. Kiveszünk egy szobát, mintha egymáson kívül semmi más nem érdekelne minket. A hajó tizenegykor fut ki, így akár kirándulást is színlelhetünk. Heike felszáll és adieu!

- Jól hangzik! Ha bevackolódtatok, igazán felhívhatnál, persze csak, ha nem veszélyes.

Fettisov a hajnal első sugarainál csomagolt be az MG-be. Mindössze egyetlen szerény táskát vitt magával, mintha valódi légyottra készülne. Kitolatott a garázsból és a gázra taposva hamarosan elkanyarodott a sarokház mögött. Eltűnt szem elől és ezzel hosszú időre nyoma is veszett. Mischa hiába várta a megnyugtató telefonhívást, nem érkezett meg. Ennek persze számtalan oka lehetett, beleértve azt a hétköznapi eshetőséget is, hogy a közelben nincs elérhető készülék, vagy túlságosan gyanús lenne a hívást lebonyolítani. Azonban arra, mert Fettisov se negyedikén, se ötödikén nem került elő, már nehezebb volt mentséget találni.

- Műszaki okokból vesztegel a hajó – magyarázta Frimsey, mivel Mischa nála kopogtatott először. – Az utasok holnap délben kezdik meg a beszállást és estére a tengeren lesznek. Majd értesítelek a fejleményekről.

Közben Jean-Michel jelentkezett Londonból, hogy kimentse magát, amiért nem ment el Casares estélyére. – Őrültek háza van – ecsetelte kényszeredett jókedvvel. – Holnap viszont hazarepülök a szüleimhez. Már arra se emlékszem, mióta hitegetem őket ezzel a látogatással. Igazán leugorhatnál Bretagne-ba, két-három napig meghúzhatod magadat nálam. Utána, legnagyobb bánatomra, vissza kell jönnöm ebbe a tébolydába.

Aznap, amikor Mischa északnak indult, két dolog is történt. Először is postán megkapta a házasságlevél egy példányát, másodszor pedig Frimsey telefonon értesítette, hogy Heike elhajózott. Fettisovról továbbra sem volt hír, jóllehet a lány nélkül ő is nagyobb biztonságban lehetett, ezért rövid üzenetet hagyva neki lóhalálában szedte a lábát, hogy elérje a kiszemelt vonatot Bretagne-ba.

# 12.

Jean-Michel, aki az apja példáját követve vett házat az országnak ebben a kevésbé népszerű sarkában, határozottan magányosan lakott. Otthona Morlaix határában feküdt, mégis jó két kilométerre a városkától, úgy olvadva bele a hegyi patak dús növényzettel borított völgyébe, hogy az ember csak akkor figyelt fel rá, ha tudta, pontosan mit kell keresnie. A közel háromszáz méter hosszú viadukt káprázatos természeti környezetül szolgált, amit a ház terjedelmes ablakaiból látni és csodálni lehetett. Maga az épület kőből készült, illetve annak keveredéséből a helyi gránittal és egyéb anyagokkal. Különleges szürke végeredményt hozott létre. Cseréptetővel, valamint fehérre mázolt nyílászáróival összességében csábítóan barátságos látvány tárult az érkező szeme elé. A ház amúgy kevés vonásában különbözött a város egyéb épületeitől, hacsak méreteiben nem. Egyszerűsége ellenére is tágas volt és kényelmesen világos, több háló- és fürdőszobával, kandallókkal a téli esték hidege ellen. Faragott bútoraival hamisítatlan menedék-érzést keltett, a barnás árnyalatokat megtörő sárgás és bordó párnákkal pedig ravaszul bensőségességet lopott az összhatásba.

- Remetelak – Olivia Chiari csak így emlegette és ebben minden otthonosság dacára sok igazság volt. A szülők Landerneau-ban álló rezidenciája nemcsak díszesebb és fényűzőbb benyomást sugallt, de az ízigvérig eleven és nyitott tulajdonosok jellemét tükrözte, akik nagy baráti társaságot, vacsorákat meg kártya partikat tartottak. Abban az otthonban lüktetett az élet, míg Jean-Michelnek efféle varázs megteremtésére se esélye nem volt, mivel az év javában a háza vak ablakokkal, elhagyatottan állt a viadukt oldalában, de ideje, vagy kedve se. Arra azonban tökéletesen megfelelt, hogy ezen ritka alkalmakkor megbújjon benne és ideig-óráig élvezze a kiérdemelt csendet. A festői táj, illetve a kényelem együttesen járultak hozzá, hogy itt bárki sikeresen megfeledkezzen gondjairól, és mindarról, ami a való életből átmenetileg kikergette.

- November van, igaz? – csukta be Jean-Michel az erdőre néző hatalmas ablakot, amin bezúdult a téliesen hideg levegő. Odabent viszont pattogott a tűz és a békés estében jóleső meleget terített szét a szobában. Két borospohárral hagyták ott a vacsora romjait, hogy a lángok közelségében letelepedve beszélgethessenek.

Jean-Michel megszabadulva a hajszálcsíkos öltönytől egészen fiatalnak látszott. A láthatóan sokat megért nadrágban és kinyúlt pulóverben egykori léha önmagát idézte. Ahhoz a képhez pusztán a cigaretta nem illett, no meg a fáradtság vájta ráncok sem a szeme körül.

- Ne haragudj a Casares estély miatt. Már a reptérre indultam, amikor visszarángattak. Ezért is adtam fel a papírokat hivatali postán. Mostanra meg kellett kapnod őket.

Mischa helyeslően ingatta a fejét. – Fontosabb, hogy Lathea megkapja.

- Saját kezűleg adtam át. Nem győzött hálálkodni, de mondtam neki, hogy ne nekem legyen hálás – Jean-Michel halkan nevetett. – Ritkaság az ilyen nő, pajtás. Anélkül képes elismerni, hogy bajban van, sőt, segítséget is kér, hogy a büszkesége csorbulna, vagy önmagát kínálná fel.

Mischa elmélázott. – Jól van?

- Igen, továbbra is a Kewley's-ben dolgozik. Azt mondta, szereti a munkáját, a kollégái pedig szórakoztatóak és fiatalok. Ahogyan Shadwellt is kezdi megszokni. Okosan, de úgy határozott, nem veszi meg a lakást, csak bérlőként marad ott. A hír örömmel töltötte el Mischát, noha eszébe se jutott az okos ötlet dicsőségét magának követelni. Jean-Michel témát váltott. – Ha tudnád, micsoda tébolyda az egész diplomáciai vonalunk! Már októberben haza akartam ugrani a szüleim ezüstlakodalmára, de egyetlen napra se voltam képes elmenekülni.

- Mégis miben sántikáltok, ti politikacsinálók?

Keserű félmosoly. – Miután a külügy meg a hadügy bepánikolt és két hét leforgása alatt az egész országot mozgósította, nemcsak élelem, meg fekvőhely nem jutott a besorozottak jó harmadának, de kapaszkodj meg, fegyver se.

- Nem mondod komolyan!

- Bizony, hogy komoly, Mischa! Hitler a röhögéstől holtan zuhanna a Rajnába, ha ezt tudná, bár könnyen lehet, hogy sejti az öregfiú.

- És mivel fogunk harcolni? Furkósbottal?

- Még az is összejöhet. Éppen a briteket pumpoljuk Londonban, hogy legalább pótolhassuk a készleteink egy részét, de a felújítás sem ártana. Ebben az országban 1918 óta a győzelem dicsfényében fürdünk és senki egyetlen puskát se tisztított meg, ezt így hidd el nekem. Miközben a határ túloldalán évek óta fegyverkeznek, hiszen láttuk a tűzijátékot Spanyolországban, nem?

- Elkeserítő.

Jean-Michel sóhajtozva újratöltötte a poharát. – Persze, hogy az! Ám velünk ellentétben valahogy a csatorna túloldalán nem ilyen tehetetlen alakok rángatják a madzagokat. A bonnie-k nem ülnek ölbe tett kézzel és várják, hogy letapossák őket. Már tavaly júniusban, a müncheni cirkusz előtt belekezdtek egy titkos információs- és irányító központ kialakításába.

- Hol? Londonban?

- Igen, csak éppen ravaszul olyan helyet választottak, ahol senki nem veszélyeztetheti őket. Igazán ördögi! Tíz napja a Kabinet már ott ülésezett és elnevezték Központi Hadi Irodának. Nem rossz, mi? Legyen Neville Chamberlain akármilyen naiv, pacifista lélek, ott áll mögötte a keményvonalasok egy csoportja és lökdösik előre.

A lehangoló beszámoló és Jean-Michel kifakadása megrekedt közöttük. A telt bort kortyolgatva bámultak a tűzbe, ahol újabb fahasáb roppant össze.

- Tudod már, hova vezényelnek, ha felszáll a ballon? – érdeklődött a házigazda jóval később tekintetét le se véve a táncoló lángnyelvekről.

- A Maginot-vonalhoz.

Ismét fullasztó csend.

- Biztos halál.

- Miért? Biztonságosnak tartják.

- Túl sok benne az ember és alig van fegyverük. Ha a németek megkerülni nem is tudják, elég elhúzniuk az időt, míg mi kifogyunk a töltényekből. És egyébként is mindig ódzkodtam az ilyen helyektől, ha bennrekedsz, véged.

Mischa eltűnődve figyelte a hömpölygő cigarettafüstöt, ami a levegőben gomolygott. – Igazad lehet, mi azonban mégiscsak háborúba készülünk, nem nyári cserkésztáborba.

- Ettől még nem kell szándékosan legyilkoltatnod magadat.

- Hanem mit tegyek?

Jean-Michel megrántotta a vállát. – Te semmit, majd én megpróbálok módosíttatni a kivezényléseden. A katonai elhárítás szerint a németeket felettébb érdekli a Maginot és olyan hírek is jöttek, hogy nagy valószínűséggel szívesen neki is rontanának.

Szerintem nem érdemes betonbunkerba bújni, amikor odakint...

- ...legalább a friss levegőn halhatok meg.

Jean-Michel fakón nevetett. – Döntő szempont. A háború, amely ez idáig kizárólag papíron létezett, olyan témának bizonyult, amiről bár muszáj beszélni, okosabb nála nem leragadni. A bizonytalan találgatások nem voltak jó hatással senki hangulatára. Már javában elmúlt éjfél, mire Mischa befejezte a Heike Brandrup-féle történetet. Jean-Michel arcán ezalatt tetten érhetően váltották egymást az érzelmek, úgy, mint megdöbbenés, harag, értetlenség és bosszúság. A mimika egész skáláját vonultatta fel, noha egyetlen szót sem szólt.

- Megadtam Fettisovnak ezt a számot, hogyha előkerül, értesítsen a helyzetről. Remélem, nem bánod?

Jean-Michel hevesen legyintett. – Ugyan! Galinának viszont a helyedben kitekerném a csinos kis nyakát. Mindenki életével játszik, holott valójában tudnia kellett, mi forog kockán. Különben minek könyörgött volna neked, hogy vedd feleségül a barátnőjét?

- El se tudod képzelni, hányszor volt ez már műsoron.

- Ezen nem is csodálkozom. Tulajdonképpen mi a gond azzal a nővel? Egyszer láttam Londonban táncolni. Egész csinoska.

- A gond? Hogy egyetlen kaland az élete. Egyik viszony a másik után, partik meg luxus, de pocsék feleség lenne. Nem veszek el olyan nőt, akit pórázon kell tartani. Egyébként Heikét a magam részéről meglehetősen unalmasnak találom.

- Egyben igazad lehet, a grófnéd nem az – folytatta Jean-Michel somolyogva. – Mégis mit érsz vele, amikor a túlparton van?

- Mondok neked valamit.

- Mi lenne az?

- Alig jöttem haza Amerikából, annyi ajánlatot kaptam, mint égen a csillag, és valahogy úgy vagyok vele, hogy ez a sok párizsi nőcske mind elveszítette volna az önbecsülését meg a büszkeségét? Állítom, hogy még Amerikában se láttam ilyesmit, egyszerűen felajánlkoznak.

- Vajon mi következik ebből?

- Cseppet sem izgat, amiért Latheának nincs pedigréje. Ha netán a háború után együtt maradunk, ennek már különben sem lesz jelentősége. Jean-Michel megértően bólintott. – Amikor a papírokat elvittem neki a Kewley's-be, összefutottam azzal a fickóval, akiről meséltél. Tudod, a szalvétással.

- Nocsak! – kapta fel a fejét, Mischa, mire a barátjából kiszakadt a hahota.

- Gyanítottam, hogy érdekelni fog.

- Olyannyira, hogy türelmetlenül várom a folytatást.

- Megnyugtatlak, egyenruhában feszített és igen érdekes dolgot mondott. Egy speciális egységben szolgál, amit Brit Felderítő Hadtestnek hívnak.

- És?

- Türelem, Mischa. Tehát alighanem egy gyorsan mozgósítható alakulat, mert Lathea barátja szerint, amint kitör a balhé, a kontinensre hozzák őket.

- Ejha!

- Bizony, ejha! Bár szó volt róla, hogy lesz egy ilyen csapattest, de a londoni hadügy mindenesetre gondosan eltitkolta, hogy már készenlétben állnak. Mischát ellenben nem a politikai cselszövés foglalkoztatta. – Vagyis Mr. Cowan a tűzvonalba készül?

- Akárcsak te, cimbora. A végén még ott marad a szépasszony egyedül.

Mischa lemondóan intett. – Úgyis nekem volt kisebb esélyem, hiszen gyerekkoruk óta ismerik egymást – azt a gyanúját pedig még önmagának se merte megfogalmazni, hogy talán Lathea annyira gyengéd érzelmeket táplál Erwin Cowan irányába, hogy feltételek és ígéretek nélkül is odaadta volna magát neki? Ha ez így lenne, a leghalványabb reményeitől is búcsút vehet.

- Hmm, az egyetlen nő, akit valaha szerettem, a barátomként kezdte. Talán neked is ezen a vonalon kellene tervezned – hümmögött Jean-Michel. A véget érni nem akaró hol élénkebb, hol lustább éjszakai csevegés lassan, de biztosan a hajnalba torkollt. Csak akkor ébredtek tudatára, amikor már a gyomruk is a magáét követelte. Mivel alig múlt hat óra, a bejárónő pedig nyolcig nem jött, maguk ütötték össze a reggelit. Újfent az asztalhoz telepedve Jean-Michel a szüleitől kapott meghívást ecsetelte, ám a telefon csörgése félbeszakította.

- Fél hét. Esetleg Fettisov? – lesett a faliórára. Valóban ő volt, méghozzá Párizsból. – Daphne elment, én pedig hazaérkeztem – fogta rövidre, Mischa kíváncsiságához mérten túlzottan is rövidre. – A többit elmesélem, ha itt leszel. Mikor jössz?

- Három nap.

- Akkor teli hassal és megnyugodva jöhet az ágy – jelentette ki a házigazda és saját utasításait követve máris elindult, hogy utána átaludja a napot.

Claude és Olivia Chiari Brest városától északra telepedett le, miután a családfő megunta a diplomáciai szolgálatot. Vissza-vonultságuk azonban hamis benyomást kelthetett a kívülállókban, mivel a gyakori vendégjárás igencsak kellő szórakozást nyújtott szabad perceikre. Azon a napon, amikor Jean-Michel és Mischa megtette a rövid autóutat Landerneau-ba, kivételes alkalomként üresen találták a házat. A Chiarik a kaviccsal felhintett kis parkolóba siettek elébük, hogy fiúkat túláradó szeretettel öleljék magukhoz, a meleg fogadtatásból azonban Mischa is bőséggel részesült. Azt követően a háziasszony a fiába karolt és a ház felé vezette, mely kivilágítva és kellemesen befűtve várta őket.

- Mennyire örülünk, Michel – nevetett a vendégre a válla felett.
- Megtisztel a meghívással.
Olivia Chiari olyan nő volt, aki természetes bájával és ragyogásával egyszerűen csodálatot követelt magának. Vibráló, életteli egyénisége sziporkázóan elegáns asszonyban testesült meg, akit nem is annyira szépsége, hanem különlegesen finom stílusa emelt ki mások közül. A férje oldalán megélt két és fél évtized alatt volt alkalma a vendéglátás és társas érintkezés formáit tanulmányozni, a sok mesterkéltség és kötelező képmutatás dacára azonban megőrizte azt az arcát, ami legfőbb értékét jelentette. Szívből jövően kedves és nyitott maradt, gondoskodó, mégsem kotnyeles.
- Ebéddel vártuk önöket, ám Jean-Michelt ismerve útközben bizonyára megálltak valahol harapni valamit.
- Röstellem, amiért feleslegesen fáradt, Olivia – élt Mischa a közvetlenebb megszólítás jogával, amire az asszony nemrégiben majd két évtizednyi ismeretség után hatalmazta fel.
Claude Chiari barátságosan meglapogatta Mischa vállát. – Az én drágám semmit sem bíz a véletlenre, a vacsora is igazi remekműnek ígérkezik.
- Semmi pénzért nem hagynám ki.
A háziak a minden képzeletet felülmúlóan otthonos társalgóba terelték őket. A hideg november kívül rekedt a falakon és a kora délutáni órán Mischa némi meghökkenésére teát szolgáltak fel.
- Jean-Michel káros hatása – kuncogott Olivia keresztbe téve karcsú lábait, ahogy csókot dobott a fiának. – Egészen elrontják odaát, mi pedig vele együtt züllünk el.
Jean-Michel szelíden tiltakozott. – Ne is mondj ilyet egy orosz jelenlétében.
- Mi tagadás, a teánál kevés jobb italt ismerek.

Ezután Mischa az amerikai útról kezdett mesélni és nem kis elégtétellel állapította meg, hogy szavai nem légüres térbe vesztek. Éppen ellenkezőleg. A ház asszonya élénken érdeklődött a divat, valamint a földrajzi tájak iránt, miként lehet közlekedni azon a hatalmas kontinensen, férjét pedig diplomata véréből fakadóan legalább ennyire izgatta a politikai élet alakulása, a sajtó, és egyéb társadalmi kérdések. Meglátásai igazán éles észre és rengeteg tapasztalatra vallottak.

– Ennyi csodálatos élmény után inkább azon csodálkozom, miért jött vissza a mi unalmas Európánkba, Michel.

– Talán meglepőnek találja, Claude, de Európa sok tekintetben még mindig színesebb világ. Bizonyos szempontból kevésbé haladó szellemű vagy modern, ennek dacára határozottan tarkább, nagyobb kihívást jelent megismerni. Itt az ember megtesz néhány ezer kilométert és máris fél tucat országot láthat, különféle népeket. Hol lehet összehasonlítani az angolokat a franciákkal, vagy az olaszokkal? Egyébként én magam sem vagyok túl felvilágosult alak.

– Igaza lehet – hümmögött a házigazda, Jean-Michel viszont kaján vigyorral megkockáztatta.

– Bezzeg Galinát mindig lenyűgözi a tengerentúl.

– Na, hát, ő külön történet!

Olivia elragadtatottan fordult a férjéhez. – Ó, emlékszel, Claude, a nyár elején láttuk őt fellépni az Operában. Csajkovszkij Csipkerózsikájának főszerepét táncolta. Az egész színház őt ünnepelte. Ritkán látni ilyen premiert. Nagyon büszke lehet rá, Michel, egészen egyedülálló személyisége a balettnek.

– Büszke is vagyok. Galina született táncos, a zene szinte az ereiben lüktet, épp csak számára a való élet is játékot jelent, és sokszor felháborítóan könnyelmű, felelőtlen meg hebrencs, ez pedig rendszerint másokat sodor bajba.

Claude békítően legyintett. – Mit mondjak, fiam? A mi sorsunk, hogy a szebbik nem szeszélyeit eltűrjük.

A fia derűsen ingatta a fejét. – Mischa nem az a tűrős fajta. Sőt! Mondhatnám, hogy Galina folytonos gyapálása mára a rögeszméjévé vált.

- Valakinek ezt is vállalnia kell!

- Na, persze! Ismerd csak el, mennyire élvezed, amikor rápiríthatsz, akár valami vásott kölyökre!

Az idő észrevétlenül röppent el és nemsokára már a vacsora felett folytatták a csapongó beszélgetést. Természetesen az a téma, ami mostanság a legtöbbeket aggasztotta, elkerülhetetlenül terítékre került.

- Szokatlan egy háború, nemde? – vélekedett Claude elmerengve. – Több esemény történt békeidőben, mint mióta hadüzenetet váltottunk.

- A fritzek megvárják a tavaszt.

- Miből gondolod? – nézett apa a fiára.

- Mert télen hideg van és hosszúak az éjszakák.

- Ugyan, ne viccelj az ilyesmivel!

Jean-Michel nem törődve a korholással mondta tovább a magáét. – Amúgy is jobb lenne, ha várnának, amíg legalább veszünk néhány fegyvert a bonnie-któl.

Olivia az asszonyok szenvedélyességével közelítette meg a kérdést. – Szépen vagyunk, ha már az angolokra kell fanyalodnunk!

- Mama – fojtotta el Jean-Michel vidám mosolyát. –, javíthatatlan nacionalista vagy.

- Hogyne lennék! Talán szó nélkül nézzem végig, míg jóravaló fiatalemberek a vesztükbe rohannak?

- De ezúttal nem az angolok ellen.

- És? Mi a különbség, ha a végén meghalnak?

Claude kevés sikerrel próbálta csitítani hitvesét. – Kérlek, drágám, ne izgasd fel magadat.

- Már miért ne, mikor az egyik fiam távol lesz tőlünk, a másik pedig ostobán lelöveti magát?

Mischa megrökönyödve sandított a barátjára, ám az ugyanolyan elkerekedett szemekkel és hamuszürke arccal fordult a szülei felé. Ennyi is tanúsította, hogy a bejelentést most hallotta először. – Hugo? Csak nem besorozták?

- Nem igazán.

- Ő jelentkezett?

- Ez a helyzet, fiam.

Olivia nem mutatott ennyi megértést fiatalabbik fia tette hallatán. – Az a tyúkeszű! Csak mert egy nőcske azt állította, jól festene egyenruhában!

- Miféle nőcske?

Jean-Michelnek az apja felelt. – Mi sem ismerjük, de ez nem meglepő. Hugo szerelmi élete kiismerhetetlenebb, mint az egyiptomi piramisok folyosórendszere. Azóta úgy tűnik, már megbánta a szelességét, de sajnos késő jóvátenni.

- És most mi van vele?

- Az Ardennekbe vitték kiképzésre.

Jean-Michel hazafelé hangosan szitkozódott. Szidta az öccsét, a szüleit, az ismeretlen nőket, akikkel Hugo egyre-másra flörtölt, és szépen lassan mindenki felkerült a listára. Mischa mégis úgy látta, leginkább az bántja, amiért őt semmiről sem értesítve egyszerűen kirekesztették a dologból.

- Lebeszéltem volna erről a marhaságról – dühöngött magából kikelve egyfolytában a kormányt csapkodva.

Mischa, aki Hugo Chiarit mindig is elkényeztetett, egyáltalán nem életrevaló fiúnak ismerte, pusztán másnap merte felvetni saját álláspontját. – Nézd a dolog pozitív oldalát. Itt az alkalom, hogy végre kilökjék az aranybölcsőből, ahonnan a szüleid elfelejtettek időben kiemelni. Most majd nem kivételez vele senki és embert faragnak belőle. – Jean-Michel némán emésztette magát. – Ez idáig semmi mással nem foglalkozott, minthogy minden valamirevaló hajadont elcsábítson, milyen arcszeszt használjon, és melyik ingét vegye fel. Nem tanult és nem dolgozott. Szerinted meddig mehetne ez így? A hadsereg majd leszoktatja ezekről az önimádó és egyben önpusztító hajlamokról.

A kényes mondanivalóhoz nem volt könnyű diplomatikus szavakat találnia, vagy eldönteni, hogyan is mondja el, amit akar, együttérzés mögé rejtve, avagy nyílt támadásként. Nagyon is tisztában volt azzal, Jean-Michelt ez a téma milyen kényes pontján érinti. Hugo, a későn jött és gyerekkorában riasztóan beteges másodszülött, szülei állandó védelmében és kényeztetésében cseperedett fel. Persze Jean-Michel elhanyagolva és kirekesztve érezte magát, féltékenység marta azt látva, a szülei miként ugrálják körbe az öccsét. Nehezére esett tudomásul venni, amit pedig a józan eszével feltehetően azért belátott, hogy őt soha nem kellett így istápolni. Erős személyiség, aki harcos szellemű, ambiciózus, és önálló. Hugóval ellentétben nem kell a kezét fogni ahhoz, tudja, merre vezet a helyes út.

- Még seggbe lövik azt a szerencsétlent, amíg a puccos uniformisában rémisztgeti a nyulakat! – dohogott Jean-Michel csillapíthatatlanul és bár többé nem említette az ügyet, Mischa hallotta, amint egy sereg telefonhívás révén intézkedni próbált, hogy az öccsét hadügyminisztériumi posztra helyezzék át. Ott ugyan viselheti csinos öltözékét, ám annál nagyobb veszély nem is fenyegeti, minthogy az ujjaira csapja az asztal fiókját.

Gyorsan eljött a búcsú napja és Mischa nem leplezett letörtséggel hagyta, hogy barátja befuvarozza Brestbe a vasúthoz. Utolsó közös ebédjüket befelhőzte az elválás. Jean-Michelt Angliában temérdek feladat várta, maga sem tudta megjósolni, mikor és hogyan tud legközelebb elszabadulni. Ő pedig abban sem lehetett biztos, találkozhatnak-e újból, mielőtt a hadsereg igényt formálna felajánlott szolgálataira.

Bensőséges barátságukhoz méltatlan, nehézkes szünetekkel szaggatott beszélgetést folytattak, amíg nem eljött az ideje, hogy távozzanak a hangulatos kis kocsmából. Lassan, ráérősen lépkedve ballagtak át a pályaudvarra, ahol a párizsi szerelvény már készenlétben állt. A mozdony hatalmas pöfékeléssel szorgalmasan dohogott, az utasok izgatottan búcsúzkodtak és hordták fel csomagjaikat a meredek vaslépcsőkön.

– Boldog vagyok, amiért eljöttél. Ki tudja, mikor ismételhetjük meg ezt a pár napot.

Mischa szívébe mart a tudat, hogy barátja ajkáról saját félelmei köszönnek vissza. Hosszan, zavarba ejtő könnyekkel a szemében ölelte meg, majd a hirtelen rátört megindultságot enyhítendő apró csomagot húzott elő a zsebéből. – Megkérhetlek valamire?

– Mi ez, Mischa?

– Egy lánc. Szeretném, ha átadnád Latheának és kérd meg, hogy viselje a kedvemért. Szerencsét hoz.

– Szívesen átadom.

– Köszönöm.

Mischa átnyújtotta a kis dobozt, mely a láncot illetve a szerény foglalatba ágyazott smaragdot bújtatta. A hangosbemondó a vonat indulását jelezve pokoli lármát vert az amúgy nem túl hangos pályaudvaron.

– Nehogy lemaradjon, uram.

Hálásan biccentett a mellette elsiető kalauznak, majd még egyszer megszorította Jean-Michel kezét. Akár egy lassított felvétel ugrott fel az alsó lépcsőfokra és megkapaszkodott a korlátban, ahogyan a szerelvény hirtelen meglódult.

– Éld túl, cimbora! – kiáltotta utána Jean-Michel, míg a fokozatosan gyorsuló vonat erőt gyűjtve sípolt kettőt.

Visszaintett, ám a mozdony nekilendült, így mire a felső lépcsőre jutott, már csak Jean-Michel utolsó intését láthatta, alakját szinte azonnal el is veszítette szem elől.

- Jöjjön be, uram, már nem látjuk őket.

A kalauz szavaira libabőrös lett. Megrettenve ettől a próféciaszerű közléstől inkább engedelmesen megfordult, hogy végigbandukolva a szűk közlekedőn megkeresse a számozott fülkét.

Ami bárkinek első pillantásra szemet szúrhatott, az a Fettisov arcán éktelenkedő véraláfutás volt, ráadásul a szája is éppen csak hegesedett. – Szevasz, Mischa. Mischa döbbenten araszolt beljebb mellette a hallba, és szemét le se véve róla táskáját a falhoz támasztotta. – Egek! Tehát ez volt a nem telefon téma? Mi történt? Fettisov szelíd, máskor gyógyítóan barátságos mosolya kissé torzra sikeredett. – Egészen addig minden remekül ment, míg ki nem derült, hogy az indulás műszaki okokból késik. Attól kezdve egy motelszobában kuksoltunk, mert Bordeaux-ban két gyanús alak élénk érdeklődést mutatott Heike iránt. Amikor végül telefonáltak, hogy megkezdődött a beszállás, ugyanaz a két pofa jószerével tömegverekedést provokált a kikötőben.

- Felteszem, abban a feszült hangulatban nem volt nehéz dolguk.

Fettisov kényszeredetten legyintett. – Ki is használták a szerencsés egybeesést, elhiheted.

- És?

- Vártak Heikére, ez biztos, mert amint fel akartam emelni a pallóra, az egyik pasas majdnem megakadályozta. De akkor a semmiből előugrott öt jenki és Heikét feltaszigálták a fedélzetre.

Mischa elhűlve figyelt. – Jenkik? Úgy érted, amerikaiak?

- Úgy ám! Alighanem a cimborád keze lehetett benne.

A mondat befejezését azonban elsöpörte a fülsüketítő ajtócsapódás, majd a tágas teret betöltő futólépésszerű kopogás. Mischa már azelőtt tudta, hogy Galina érkezik tűsarkain, hogy odanézett volna. A nappali öltözéknek merészen kacér blúz gyakorlatilag alig takart belőle valamit, szoknyája is neveletlenül kurtára sikerült, az oldalsó slicc pedig az alatta rejtőző vadmacskát is leleplezte.

Mielőtt köszönthette volna, Galina odarobogott hozzá és haragtól eltorzult arccal, villámló szemekkel meglobogtatott előtte egy ív papírt.

- Te aljas féreg! – kiáltotta oroszul, káromkodva mellé egy sort, amit magukra valamit is adó hölgyek még gondolni se mertek volna. – Hazug disznó, vagy! És mellé micsoda álszent alak! Tehát ezért nem akartál segíteni Heikének, csak lökted azt a gyomorforgató és szenteskedő szöveget. Hiszen közben megnősültél!

Mischa agya szemvillanás alatt elborult, hiszen a vádaskodó szavak alátámasztásául meglengetett levél fejlécén megpillantotta a nagykövetség jellegzetes, rajzolt ábráját. – Fettisov! Hogy a pokolba merted ezt a némbert a dolgozószobámba engedni a tudtom nélkül?

Az érintettet jócskán megrázta a fenyegető hang, no meg a megszólítás, hogy a szava is elakadt. – Én...

- Hagyd a pokolba Fetyát – avatkozott közbe Galina sértő hangnemet ütve meg. – Tehát elvettél valami angol cafkát, Heikét viszont még Bordeaux-ig se voltál hajlandó elfuvarozni?

- Nincs jogod felelősségre vonni engem! – kapta ki Mischa a házasságlevelet Galina ujjai közül, majd összehajtogatva a zakója belső zsebébe süllyesztette.

– Én se szóltam bele soha az életedbe, igaz már nincs ember, aki a viszonyaidat és kicsapongásaidat követni tudná.

Galina meg se hallotta a vádakat. – Pár nyomorult napot kértem az életedből, hogy segíts valakinek.

Mischa kegyetlenül felnevetett. – Pontosabban szólva, hogy Heike az ágyamba ügyeskedhesse magát!

- Ugyan, veled soha…

- Nem, velem nem, La Petit, ellenben minden más férfival kikezdett már Párizsban.

- Te…!

- Meg ne próbáld! – sziszegte Mischa lefogva Galina lendülő csuklóját.

A vágott szemek gyűlölködve rávillantak. – Na, és mivel hódított meg Miss Trashburn? Az ártatlanságával, megrebegtette a szempilláit, vagy a legjobban időzítve Greta Garbo hangján a füledbe súgta: Darling!

A közönséges kis előadás a lelke mélyéig felkavarta és sértette Mischát. Keze öntudatlanul lendült és kegyetlenül arcon ütötte Galinát.

Eltelt egy, majd két perc is, hogy döbbenten mustrálgatták egymást, mígnem Fettisov hidegen megjegyezte: – Igazságtalan és kegyetlen vagy, Galina.

- Hagyd csak, Fetya, La Petit magából indul ki, ugye?

- Ó, te utolsó…!

Galina indulatos kitörése azonban nem tudta kihozni a sodrából, hogy még egyszer megfeledkezzen magáról.

– Nem is érdekes, ki az a Miss Trashburn, az viszont annál inkább, te ki vagy Madmoiselle Pashminova. Lehetsz felőlem az unokatestvérem, prima balerina, a tiéd lehet a legcsinosabb pofika a világon, de aprópénzért árulod magadat. Nézd csak meg azt a tévelygő férjecskédet, a degenerált baráti körödet, vagy éppenséggel azt, te magad hány férfival tetszelegsz nap nap után. Szép lassan lecsúszott nő lesz belőled, aki saját önző céljain kívül senkivel és semmivel nem törődik. Te sodortad bajba a barátnődet, úgyhogy neked is kellett volna kirántanod a pácból – Mischa gonoszul vigyorgott. – De nem! Te bennem akartál lelkifurdalást ébreszteni, utána meg

Fetyát használtad fel és veretted össze. Most bizonyára felettébb elégedett vagy, ugye? Galina felháborodva csapott Mischa mellére. – Nincs jogod kezet emelni rám, vagy ilyen hangon beszélni velem!

- Dehogynem! Ez az én házam és itt én mondom meg, mit lehet és mit nem. Már így is túl sokáig tűrtem a szeszélyeidet. Mostantól viszont le is út, fel is út. Menj szépen vissza a babaházadba, táncolgass kedvedre, én viszont tudni sem akarok rólad. Fetya, dobd ki ezt a nőt, és ha valaha is megérzem a parfümje illatát ebben a házban, te is azonnal az utcán találod magadat!

Lehetőséget sem adva válaszra, fogta magát és kettesével szedve a fokokat felszaladt a lépcsőn, hogy magára zárja a szobája ajtaját.

# 13.

A november, majd a december is furcsa,
tudathasadásos állapotot idézett elő. Mindenki tudta,
hogy a hadüzenetek életben vannak, mégsem volt
biztos pont. Párizsban egymást követték a társasági
események, a színházak és éjszakai lokálok
tántoríthatatlan közönségükkel továbbra is úsztak a
fényben meg a pezsgőben, a napilapok dúskáltak az
előkelőségek csapta kétes hírű pletykák áradatában.
Ha valaki ebből a képből von le messzemenő
következtetéseket, a legszebb békeidőkre
gyanakodhatott. Párizs töretlenül azt az elévülhetetlen
sokarcúságát mutatta, ami Európa kulturális
bölcsőjévé tette, és ugyanez a város az önfeledt
szórakozás és fényűzés mintapéldája is volt. A divat
fellegvára, bálok illetve hírességek felbukkanásának
legvalószínűbb színpada. A politika rémségeinek
árnyékában ez a felfokozott életvitel mégis valamiféle
tetszhalálnak felelt meg, mintha az emberek nem
akartak volna józanul szembenézni a valósággal.
Ugyanakkor a felszín alatt ott feszült a tudatosság,
hiszen a korábbi utazások, londoni bevásárló utak,
vagy az itáliai karácsonyi kiruccanások lekerültek a
terítékről, senki nem tekintgetett többé keletre, ahol a
majdnem hermetikusan lezárt német határ fojtogató
fenyegetést jelentett. Az üzleti élet is töredékét
mozgatta meg a korábbi tőkének, mintha egyfajta ki
nem mondott várakozás uralta volna a piacot. Senki
nem sejtette az elkövetkezendőket, ezért
megalapozatlan kockázatot sem vállalt. A derűs
felszín alatt húzódó tétova kivárás megfoghatatlan
lelki nyomásba fordult.

Mischa maga is nyomorultul vergődött ebben a bezártságban, gyakorlatilag Franciaország foglya lett, holott az ünnepekre szívesebben ruccant volna át Londonba, hogy Jean-Michellel tartson, akit viszont Anglia tartott a markában. És bár nem hangoztatta, de örült volna, ha Latheával ünnepelhet. Alig ismerték egymást, ő mégis bizonyosan érezte, hogy éppen ebben a nőben tisztelheti azt, aki valóban megértené. Aki nem kizárólag meghallgatná, de meg is értené, mi nyomja a szívét, tusakodásait és örömeit egyaránt. Ám okosabbnak találta ezeket az ábrándokat gyorsan kiverni a fejéből, mert vélhetően Madame Kupolyev – vele ellentétben – egyetlen gondolatot sem fecsérel ilyesmire. Más kérdés is akadt, ami bőven adott okot töprengésre. Például Galina, akit a szenvedélyes kirohanás óta nem látott. Mivel ő maga társaságba nemigen járt, pletykákat sem hallott róla. Az egyik napilap művészeti rovatában olvasta ugyan, hogy december 6-án az Operában megrendezik a szokásos karácsony előtti premiert. Noha Galina ritkán vállalt két bemutatót fél év leforgása alatt, az ő neve vezette a szereplőlistát. Azután ott volt még Fettisov is, aki a dolgozószobai incidens óta távolságtartóbban viselkedett, mint valaha. Ha találkozgatott is élete megrontójával, biztosan nem a Rue de Rennes környékén. Ennél azonban jóval meghökkentőbbnek bizonyult, hogy Heike, mielőtt a Boston kiszaladt volna az óceánra Amerika felé, még Angliából postázott Fettisovnak egy levelet. A címzett két-három gondolatot fel is olvasott belőle, benne pedig már ennyi is azt a benyomást keltette, hogy az a pár nap bujkálás jócskán megváltoztatta a korábban gyakorlatilag nem is létező ismeretséget.

A naptár és az időjárás is anélkül fordult téliesre, hogy az ő életét felkavarták volna. Leginkább otthon töltötte az idejét, néhányszor elment az orosz közösség programjaira, egyszer a színházban is megfordult. Máskülönben tökéletesen megfelelt neki a nyugalom, ami körülvette. Olvasott, élvezte a csendet, hivatalos ügyeket intézett, vagy éppen elsétált a Montparnasse-ra, hogy hangulatos, művészek által benépesített kávézók egyikében-másikában jól érezze magát.

- Visszatértél hozzánk – veregette vállon Bernard Delorme már az első alkalommal, amikor betért a La Rotonde láthatóan elöregedett portáján.

Odabent viszont megállt az idő, ugyanaz az élénk nyüzsgés és morajlás fogadta, mint amit valamikor a háta mögött hagyott. Mindenfelől ars poeticák és filozófiai okfejtések röpködtek. Egyedül a géniuszában gazdag párizsi művészvilág akár felbolydult hangyaboly duruzsolt a számukra túlzottan is kevés mozgásteret adó helyiségben. Bernard ezért hamarosan karon ragadta és kivezette a hideg, téli estébe, ahol a benti zsivaj és harapható cigarettafüst helyett mennyei csend honolt. Abban a régről ismert, megértő hallgatásban ballagtak a Montparnasse körútján a park felé, amit Mischa akkor veszített el, amikor a lába Oroszországba vitte. Sok lidércnyomásos év szaladt el azóta, ami nemcsak felforgatta az életét, de a személyiségén is maradandó sebet ejtett.

- Már nem rajzolsz – Bernard szavai jóllehet kérdésnek készültek, inkább megállapításnak hangoztak.

Mischa habozott. – Már nem. Nagyon rég nem.

- A művészet, fiam, öncélú dolog, aki nem annak találja, az méltatlan az alkotó megnevezésre.

Ó, hányszor hallotta már ezt. Azzal a tudattal nőtt fel, hogy a tehetsége kiaknázhatatlan kincs, ami éltető erő és egyben cél mindahhoz, amit az élet számára tartogat. – Nem megy, Bernard. A kezem nem engedelmeskedik.

Mintha meg akarna bizonyosodni saját igazáról, lebámult jobb kezére. Bernard a gondolataiban olvasva megragadta és felemelte, amint megtorpantak a Szt. Mihály körút sarkán. – Ez mindössze csak egy kéz, fiam, ujjakkal, melyek engedelmesen követik, amit itt érzel – az öreg kéz megveregette a mellkasát. –, vagy amit itt gondolsz – bökött a fejére. – Láttalak önfeledt sihedernek, amikor szétvetett a tűz, láttalak nevetni, és bohém felelőtlenséggel úszni az alkotás örömében. És látlak most is, a páncélod mögül azonban kiskanállal merték ki és lopták el, aki voltál.

- Mindent megtanítottál, Grafit, amit ceruzával elérhetek és lerajzolhatok, de se te, se Okker, senki nem készített fel a túlélésre.

- A túlélésre? Én sokat megéltem már és magam is forrófejű voltam annak idején. Te viszont nem akartál a józan észre hallgatni. A türelem, a túlélés szavára, inkább egyenesen rohantál a vesztedbe. Mára idősebb lettél és talán bölcsebb is.

- Megkérte az élet az árát.

Bernard elmaradhatatlan torokhangú hümmögésével felelt. – Meg és te leszoktál az őszinteségről, az emberi érzésekről, elutasítod a melegséget, de mondok én valamit: ez a kéz – ismét felemelte Mischa jobbját. – még megmenthet téged a pusztulástól, önmagadtól. Vedd elő a ceruzáidat és beszéld ki magadból, amit nem akarsz egy életen keresztül béklyóként húzni-vonni magad után.

A legközelebbi La Rotonde-i látogatásakor, Mischa a zamatos bortól gyanúsan jókedvében találta Bernard-t.

– Ajándék a mestertől – tolt elébe az egy vázlattömböt, ami alighanem súlyos terhet jelenthetett amúgy is szűkös anyagi helyzetében.

- Tudsz valamit Okkerról? – tudakolta később az öregtől uralkodva a meghatottságtól meg-megremegő hangszálain.

- Ó, az öreg cimbora! Azt tervezte, átugrik hozzánk, ám a nyavalyás németek keresztbe tettek neki.
- Még mindig Angliában él?
- Ott is akar már meghalni. Örökölt egy házat Marazion vidékén, azt írta, arrafelé bámulatosan enyhe az éghajlat.
- Marazion? Merre lehet?
Bernard tanácstalanul vonogatta a vállát. És aznap éjszaka Mischa kihegyezte a szekrénybe száműzött ceruzákat, hogy rajzolni kezdjen. Tétován, berozsdásodva, ötletek nélkül és töméntelen összegyűrt szemetet termelve a padlóra, mégis éledezni kezdett benne az a semmivel sem pótolható izgalom, amivel hajdanán első műveit készítette a Sacré Coeur lábainál. Mire feljött a nap, eredmény nélkül elszundikálva zsugorodott bele a kényelmes székbe, de az álma szép volt és zavartalan.

A premierek hetében több színházi bemutatóra is ellátogatott, egy alkalommal éppen Claude és Olivia Chiari kíséretében, akik a közelgő karácsony előtt két hétig időztek a városban. A sort és egyben a műfaji skálát Offenbach egyik kevésbé gyakran bemutatott operettje, az Eljegyzés lámpafénynél tette teljesebbé. A meghívást Hughes Stévenine-től kapta, aki szintén Párizsban időzött a családjával.
- Szemrehányást teszek magamnak, amiért az utóbbi években annyira elhanyagoltam ezt a kapcsolatot – sajnálkozott a meghívó a telefonban. – Bezzeg, amíg még apád is élt!
Alighanem igaza is van, gondolta Mischa tehetetlenül, és természetesen elfogadta a feléje nyújtott kezet, nem is tehetett egyebet. Ami azt illeti, élénken emlékezett még azokra az időkre, amikor lehetőség szerint minden szünidőt Provance-ban töltött. Az édesapja és a francia tejgyáros-dinasztia feje közötti barátság szinte attól a pillanattól élete részévé vált, hogy

megszületett. Az eredetével nem is volt tisztában, ennek ellenére élvezte azt a szeretetteljes kapcsot, ami ezekhez az emberekhez fűzte. Stévenine és felesége a keresztszülei voltak, Francoise bizonyos értelemben az anyja is, míg két leányuk Chantal meg Aurore alighanem a testvérei. A komoly érzésekre, kölcsönös tiszteletre alapozott viszony nagyon sokáig megingathatatlannak látszott.

Nyaranta rendszeresen Stévenine-ék Avignon melletti birtokán vendégeskedett, ahol családtagnak számított saját szobával és kerékpárral, később kocsival. Furcsa másság volt ez Oroszország, majd később a Rue de Rennes komor férfivilága után, telis-tele a háziasszony és két bájos lányának pajkosságával meg nevetésével. Chantal kettő, Aurore öt esztendővel volt fiatalabb nála, mindkettő érdekes keveréke apjuk vörösességének és anyjuk szicíliai vérének. A két nővér minden korkülönbség dacára úgy hasonlított egymásra, akár két tojás. Külsőre vérlázítóan szépek és formásak, amúgy pedig lázadóak és fiatalosan tűzről pattantak. Már a húszas éveiket taposták, amikor belehabarodott Chantalba. Akkoriban úgy hitte, a sorsa nem is lehet egyéb, mint sírig tartó boldogság ezzel a hóbortos, kacér és kiszámíthatatlanul ördögi nőszeméllyel. A család nem is igen lepődött meg azon a szándékon, hogy eljegyezzék egymást. A hosszú és bensőséges barátság szilárd alapnak ígérkezett egy jó házassághoz, így majdhogynem természetesnek látszott mindaz, ami 1931 augusztusában történt.

- Ó, drágáim – kiáltott fel Francoise a hír hallatán és felváltva ölelgette őket, alig bírva anyai könnyeivel. – Milyen gyönyörű pár vagytok!

A pezsgőbontást és dús vacsorát követően Chantal a kertbe vonszolta. – Vajon mire készülsz? – ugratta a lányt, amint a háztól biztonságos távolban a sűrű lugas oltalmába értek.

Ahol már senki nem leshette ki őket, türelmetlenül egymásnak estek. Vadul csókolóztak, Chantalról valahogy lekerült a blúz, melltartója semmit nem takarva többé szétnyílt, ő pedig megrészegülve puha, bársonyos szépségétől, nem tudott betelni bőrének ízével. Chantal sose volt szűkmarkú vele, időről-időre belefeledkeztek az érzéki varázsba, jóllehet az izgató cirógatásokon túl soha nem merészkedtek. Hol a lány, hol ő fújt visszavonulót, ám egyelőre ez a beteljesületlen vágy egyiküknek sem okozott fejfájást.

- Mióta megy már ez így – sóhajtotta Chantal kifulladva az izgalomtól és az egyik fa törzsének dőlt. Még csak eszébe se jutott eltakarni magát, ezért Mischa ismételten simogatni kezdte a mellét.

- Az érzéketlent játszod? – kuncogott egyre merészebben felajzva mindkettejüket.

- Ne merj kinevetni! Vagy nevethetsz, de fejezzük be végre…

A nyílt ajánlat visszariasztotta. Kívánta őt, valami mégis visszatartotta. A lány persze azonnal megérezte, miként lohad le benne a vágy. – Ugye, van valakid Párizsban?

- Hogy juthat eszedbe ekkora képtelenség?

- Akkor?

- Mit akkor?

- Te is olyan vaskalapos alak vagy, akinek egy nő nem nyílhat meg? Hiszen szeretjük egymást, és hónapokon belül összeházasodunk.

- Felőlem percenként ajánlatot tehetsz nekem, chérie, és ha házasok leszünk, mindegyiket teljesíteni is fogom. Addig azonban nem.

- Az előbb még elepedtél értem!

A sértett hang és a félhomályban könnyeknek látszó csillogás a lány arcán felébresztették a lelkiismeretét.

– A mindenségit, Chantal, legszívesebben egyetlen percet sem várnék, de utána… utána szemét alaknak érezném magamat. Mindössze négy hónap…

Meg akarta csókolni kedvesét, az viszont durván eltaszította magától, majd gyorsan öltözködni kezdett.
– És attól nem érzed magadat szemét alaknak, mert...
- Megsimogattalak? Egy percig se, hiszen te is ezt akartad. Chantal, négy nyomorult hónap és utána végigszeretkezzük az életünket, meglásd! Csakhogy a jóslat távolabb nem is állhatott volna a valóságtól. Nem telt bele három hét és ő Oroszország felé a vonaton zötykölődve hálát adott az úrnak, amiért volt ereje ellenállni az ördögi csábításnak.

Évekkel később, mire visszatért, régen elfelejtette a lányt, a végtelen távollét pedig lidércnyomásként üldözte és érzéketlenné tette nemcsak egykori menyasszonya, de minden más nő bájai iránt is. Eszében sem volt Chantalnak magyarázkodni, egyszerűen bocsánatot kért tőle és hivatalosan is felbontották a közben amúgy is elévült jegyességet. A kínos eset óta természetesen egyszer sem nyaralt Avignonban. Bár Stévenine több ízben hívta, ő mégis érezte a hangján, mennyire megkönnyebbült a visszautasítások hallatán. Mindannyiuknak jókora gondot okozott a hosszú emlékezet, nem is nagyon tudták, miként illene viselkedni ebben az új helyzetben. Amin ráadásul csak rontott, hogy Chantal egy reményteljes udvarlója halálának következtében továbbra is pártában maradt. A hirtelen meghívás azonban önkéntelenül felvetette annak lehetőségét, hogy esetleg Stévenine-ék egy nem várt bejelentésre készülnének. Az végre oldaná a feszült hangulatot.

Meglepő módon Offenbach a Comédie Francaise színpadán kelt új életre. A nagy múltú színház erre az alkalomra ismét megszokott, ámulatba ejtően szép, szinte arisztokratikusan méltóságteljes arcát mutatta. Az előkelő vendégsereg pedig illő módon viszonyult az elegáns környezethez. Az előadás nyolc órás kezdése előtt bő félórával már mindenki megérkezett, aki számított. Hagyományosan ez volt az az időszak, amikor a pletykásabbja osztozkodott a legújabb híreken. A nézők lustán hömpölyögve keresgették helyeiket a zsöllyében, a félemeleti páholyok közt, vagy a balkonon. A nézőtér zúgott, morajlott az ismeretlen ismerősök trécselésétől, illetve a bemutatkozásoktól, melyek indokolatlanul vidámabbnak tűntek a szükségesnél. A látvány mindenesetre azt sugallta, hogy az operett bír a legelhanyagolhatóbb jelentőséggel ezen az estén.

– Mischa! – kiáltott fel Francoise Stévenine elragadtatottan, amint az utolsók közt ő is befutott. A család az egyik legjobb páholyt bérelte, ahol mindannyian kényelmesen elfértek, és ahol kívánságukra pezsgőt is szervíroztak nekik. – Mon Dieu, már attól tartottunk, lekésed a nyitányt.

– Sose lennék ilyen felelőtlen – Mischa szertartásosan megcsókolta az asszony finom kezét, majd fittyet hányva az esetleges kíváncsiskodókra magához ölelte.

– Micsoda idők! Legalább két éve nem is láttunk.

– Bizony, legalább annyi. De te ugyanaz a szépséges mamman maradtál.

Francoise felkacagott, arcán ott ült gyönyörű szicíliai mosolya. Bár már hatvan felé járt, haja megőrizte fiatalkori feketeségét, amire ő gyerekkorából is jól emlékezett. – Ne legyezgesd egy öregasszony hiúságát. Te viszont, drágám, valóban sármos fiatalember lettél. Igazi férfi.

– Szevasz, Mischa.

Mischa elfogadta Hughes felajánlott lapáttenyerét. – Hálával tartozom a meghívásért.

– Már nagyon régen tartoztam vele, csak hát…

– Megértem, Hughes, nagyon is.

– Ám a csatabárdokat is el kell egyszer ásni, nemde bár? – Mischa némán helyeselt. – Odanézzetek! Kik jönnek!

Az asszony hangjára engedelmesen megpördültek. A páholy bejáratában két festői szépségű démon állt és Mischa hirtelenjében el se tudta dönteni, tekintetük mit hivatott kifejezni. Galináé talányosan zárkózott maradt, ám mintha a legutóbb tapasztalt gyűlölet és harag ezúttal hiányzott volna belőle. Éppenséggel kifejezéstelen, már-már szomorú arcához egyáltalán nem illett a kihívó, színes toalett. Bezzeg Chantal! Szikrázóan élénk, talán már túlzottan is hívogató mosolya a legszebb nővé tehette volna a színházban, amennyiben ilyen összehasonlításra valaha is sor kerül. Évek óta nem találkozott vele, valószínűleg ez is közrejátszott abban, hogy annyira megdöbbentette, valamikori szerelmese milyen kacérsággal és megjátszott gesztussal üdvözölte. Azelőtt nem volt jellemző rá a szerepjáték, igaz, azelőtt Párizs helyett Avignonban élt, huszonhét éves szerelmes lány volt és nem harmincöt éves társasági dáma.

– Nocsak, Mischa! Mindannyian azt találgattuk, eljössz-e, de úgy látom, Aurore nyert.

A mézes-mázos hang a hozzá társuló gúnyos mosollyal vasgolyóként csapódott emlékei porcelánjához. Igaz, inkább meghalt volna, mintsem csalódottságát kimutassa, ezért tettetett vidámsággal azt tudakolta: – És hol jár Aurore? Ő is veletek van?

– Ó, nem. Az esküvői ruhájával van elfoglalva.

– Nocsak, és ki a szerencsés? – siklott el a kétértelmű célzás felett.

– Egy helybeli fiatalember – felelt a büszke anya. – Mielőtt megérkeztél, megemlítettem Galinykának, hogy karácsonykor szívesen látnánk titeket. Az ünnep csak akkor szép, ha sokan vagyunk. Ott lesz Aurore és a jövendőbelije is.

– Nem is tudom, Francoise – sanditott Mischa a kuzinjára. – Eredetileg mást terveztem.

– Milyen kár! Galina se tud jönni.

- Nem? Akkor talán mégis szabaddá teszem magamat
– Galina villámló tekintettel bámult rá, tőle azonban
nem kapott többet egy öntelt vigyornál.

Amikor a kristálycsillárok fényei sorban kihunytak, a
zene első dallamai pedig felharsantak, mindenki
letelepedett és a páholyra hallgatás hullt. A tiszta
hangú hegedűk, majd a zongora után a nyitányba más
hangszerek is bekapcsolódtak. Mischa a hátsó sorban
ült, a házigazda házaspár mögött, hogy a
későbbiekben jól láthassa a színpadot, ám amíg egy
könnyű női kéz a térdére nem esett és fülét meg nem
ütötte a visszafojtott suttogás, nem is tudatosult
benne, hogy Galina foglalt helyet az oldalán.

- Utálatos vagy.
- Tessék?
- Utálatos vagy. Meddig akarsz még haragot tartani?
Száz éve szóba se állsz velem.
- Száz éve? Cserbenhagy az időérzéked, La Petit. Alig
másfél hónapja, hogy kipenderítettelek a házamból.
- Tehát számolod a napokat?
- Piros betűs ünnep azóta mindennap.
A zene csörgedezően halkká lanyhult, így Galina az
újabb lendületes szólóig hallgatott. – Van fogalmad
róla, hányszor kerestelek?
- Na, látod, ezt nem számolom.
A mély sóhajt tisztán lehetett hallani. – Mit akarsz
elérni ezzel a duzzogással? Hiszen testvérként nőttünk
fel.
- Valóban? Akkor még inkább arcátlanság, amiért a
személyes papírjaim között szimatoltál. Hagyd ezt, La
Petit, nem nyelem le ezt is úgy, mint eddig minden
mást.
- Inkább elmész a frontra haraggal a szívedben?
- Inkább! És most talán figyelhetném a darabot?
A függöny felment és a hirtelen fénynél Mischa
oldalpillantást vetett Galina letört ábrázatára.
Összeszorította a száját, ahogy makacsul a színpad

felé fordult, az este folyamán többet nem is szólt hozzá egyetlen szót sem. Ő ezt bánta is meg nem is, hiszen Galina jól tudta, hogy vitáik dacára mennyire szereti, amivel mindig könyörtelenül vissza is élt, ha éppen az érdekét szolgálta. Ez idáig eltűrte, csakhogy ne kelljen szembekerülnie vele. Noha eszében se volt örök haragot tartani, arra vágyott, hogy önfejű és önző kuzinja egy kicsit szálljon magába. Ennyi mindenesetre kijárt neki.

Galina gyerekes viselkedése ellenére, hogy balra, ahol Mischa ült, egyszer se nézett, az este szórakoztatóan telt. Élvezetes volt a darab, nagyszerű a társulat és Stévenine-ék is igazán kitettek magukért. Francoise a közelgő esküvőről áradozott, arról, hogy Aurore milyen szerencsésen választott. Párja kötekedő megjegyzéseivel rendre megakasztotta és visszarángatta a valóság talajára, ám őket ismerve tudni lehetett, hogy ez olyan megszokás, ami negyven éve uralja az életüket.
- Gérard Soral remek fiatalember. Elektromos mérnök, vagy valami ilyesmi, ugye, drágám?
Hughes nevetve megpaskolta az asszony kezét. –
Pontosan az. Bár a lányodat feltehetően nem a férje karrier-lehetősége vonzotta.
- Hogyisne! Gérard jóképű és fantasztikus társa lesz.
Chantal gonoszul kacsintott Mischára. – Ritka kincs, elvégre is nem mindenki lenne az.
- Rám célzol?
- Talán magadra veszed, chérie?
- Nem. Ugyanis még nem derült ki, milyen lennék férjnek.
- Hmm, a megfutamodáshoz jobban értesz, igaz?
- Sejtelmem sincs, miről beszélsz.
A levegőből egy csapásra tovaillant a felszabadultság. Hughes komor, szinte fenyegető pillantással igyekezett hallgatásra bírni makrancos leányát, de

mivel az nem követte az atyai utasítást, kénytelen volt erélyesebben közbelépni. – Nem szeretem az ilyesmit, Chantal.

Chantal apákat megszelídítő, ártatlan félmosolyt eresztett meg válaszul. – Neked nincs is okod neheztelni.

- Ahogyan neked sincs – avatkozott közbe Galina. – Mischa bocsánatot kért tőled és te elfogadtad.

A vita kirobbantójának szembetűnően nem volt ínyére barátnője pálfordulása, Mischa viszont újfent csodálattal emlékeztette magát, hogy cserfes szájú kuzinja talán életében nem volt képes titkokat megőrizni, leszámítva az ő oroszországi kalandjait. Jóllehet a történtek csak töredékét ismerte.

- Van, akinek nem áll jól a házasság.
- Te is közéjük tartozol, Mischa? – csapott le Chantal a megjegyzésre.
- Nem elképzelhetetlen.

Francoise diplomatikusan próbálta a szót másfelé terelni. – Nos, Mischa, vendégül láthatunk Avignonban? Örülnénk neked.

- Boldogan elmegyek.
- Pompás. Galina, ha meggondolnád magadat...
- Köszönöm, Francoise.

A karácsonyi vendégség részleteivel a fejében, éjfél után ért haza. Még hosszasan kísértette Chantal rejtélyeskedő búcsúja, mielőtt elnyomta az álom. Ahogyan afelett sem tudott könnyen napirendre térni, hogy egykori szerelmese mennyire megváltozott. Tagadhatatlanul vonzó asszony lett belőle, érett, öntudatos nő, őt azonban elriasztotta túlzott magabiztosságával. Hajdanán éppen ösztönössége és impulzív természete vonzotta, ezzel szemben az este egy számító, minden eshetőségre felkészült társasági dámát ismert meg benne, akiből elveszett a fiatal lányok bájos tapasztalatlansága.

Hogy mennyire ráérzett az igazságra, Galina váratlan látogatása igazolta. Egy héttel a provance-i kirándulás előtt Fettisovot félretessékelve az útból nagy lendülettel tört be a Rue de Rennes-re. Mischa a dulakodás hangjaira kapta fel a fejét, a következő pillanatban pedig a törpe hurrikán már ott is toporgott az íróasztala előtt.

- Mondd csak, felmondtam volna a haragszom-rádat? Galina fütyülve a barátságtalan megjegyzésre köntörfalazás nélkül mondandója közepébe vágott. – Chantal el akar csábítani.

- Téged?

- Te hülye, nem engem, hanem téged! Mischának alig sikerült visszaparancsolni feltörni kész hahotáját. Galina viszont nem volt ennyire jókedvében. Kétszer is körbeszáguldott a szobában, mialatt feltartóztathatatlanul ömlött belőle a szó. – Nagyon egyszerű terv. Egy szép nap odaállt apuci elé: Hiszen a keresztfiad, egyébként is, én már régen megbocsátottam és új életet kezdtem. Hívjuk meg karácsonyra és meglátod, minden olyan lesz, mint régen. Hughes persze megörült, hogy megszabadulhat a lelkifurdalástól és rögvest bedőlt neki.

- Na, és?

- Nem lehetsz ilyen naiv! Chantal téged akar és rettenetesen elszánt.

Mischa felderült. – Semmi kétségbeejtőt nem látok ebben. Feleslegesen aggódsz az erényeim miatt, ha Chantal el akar csábítani, tegye meg. Nem is rossz ötlet, ennyivel még tartozom a kíváncsiságomnak.

- Micsoda?

- Most meg mi van? Minek nézel engem, szerzetesnek? Ami pedig Chantalt illeti, manapság mintha a nők szándékosan rombolnák le azt a képet, amit ez ideig magukról festettek. A szabadosságuk meg a flörtjeik ide vezetnek. Hol vannak már az ártatlan menyasszonyok, akik egyetlen csókba is belepirulnak? A cinikus kiselőadás kikergette a vért Galina arcából, hogy dühösen csapott az asztal lapjára. – Netalán Angliában?

- Ühüm, azt hiszem. Ott a nők nagy része még tudja, mi a szemérem.

- Miss Trashburn is?

Fenyegető csend rekedt a szobában. – Őt hagyd ki ebből.

Galina megadóan felemelte a két kezét. – És mi lesz, ha Chantal kiveti rád a hálóját?

- Elvenni sose fogom, La Petit.

- Miért nem? Hiszen megesz a fene utána.

Mischa a fejét ingatta. – Megváltoztam és ő is megváltozott.

Galina egy percre elfordult. Amikor visszalépett az asztalhoz kíváncsiság villant a szemében. – Mondd meg őszintén, miért nincs itt veled az a nő?

- Ott biztonságosabb.

- Biztonságosabb? Ha ez az elsődleges szempont, nem is szereted.

- Ezt te nem tudhatod.

- Ugye, nem is igazi házasság ez?

- Dehogyisnem! A legteljesebb mértékben hivatalos és igazi is, egyszer talán még igazibb is lehet, de nem, amíg háború van. Van még kérdésed?

Vállrándítás következett. – Alig ismerek rád, régen tisztelted a nőket és eszedbe se jutott kihasználni őket.

- Amelyiket lehet, azt most is tisztelem. Abból pedig, amit előadtál, inkább azt hallottam ki, hogy Chantal akar kihasználni engem, nem?

- Eszedbe se jut az az angol nő? Éppen arra készülsz, hogy megcsald!

Mischa felállt az asztal mögül. – A helyedben, inkább magammal foglalkoznék ilyen behatóan.

Számtalanszor kifejtettem neked, hogy ha tetszik, ha

nem, a nők nem élhetnek ugyanazokkal az előjogokkal, mint a férfiak. Ha egy férfi kicsapongó, nincs következménye, te viszont a saját bőrödön is tapasztalhattad már, hogy a nőket hasonló helyzetben miként szólják meg. Téged egyelőre megvéd a hírneved, meg a férjed neve, de egyszer, biztos vagyok benne, hogy igazi férjre fogsz vágyni, egy olyan házasságra, ami... hmmm, kevésbé bizarr. Akkor pedig ki fog elvenni? Hány embert találsz majd, akit nem érdekel a múltad meg a szeretőid? Aki nem tart olcsó, romlott nőnek? Ráadásul te sem leszel fiatalabb, ezért a helyedben végre eltűnődnék egy s máson.

Galina bizonytalan pillantással viszonozta Mischa tekintetét. – Percek óta fel se emelted a hangod.

– Mert szeretlek, és mert minden ostobaságod dacára jót akarok neked. Kétlem, hogy ez a drôle de guerre[3] sokáig tartana még. Ha történik valami, maradj itt a Rue de Rennes-ben, Fettisov mellett. És ne feltűnősködj értelmetlenül, jó?

Galina nem várt lelkesedéssel ölelte magához, mielőtt megkockáztatta a kérdést: – Más szóval szent a béke?

– Egy feltétellel.

– Mi az?

– Senki nem értesülhet róla, hogy megnősültem.

– Becsszó!

Mischa december 18-án érkezett Avignonba. Miután az idő átmenet nélkül begorombult és nem lehetett kiszámítani, mikor érkezik meg az első hó, okosabbnak látta vonattal nekivágni az útnak. Ami azt illeti, nem volt egyedül ezzel a döntésével. A hatalmas cókmókokkal utazó tömegeket elnézve azt kellett feltételeznie, hogy az ünnepek előtti kisebbfajta népvándorlás javában megindult már. Ő maga

---

[3] *drôle de guerre – furcsa háború*

egyetlen bőrönddel vágott neki a karácsonynak, jóllehet a nagyobb fajtával, miután csak újév előtt szándékozott hazatérni. Stévenine-ék szilveszterkor is szívesen látták volna, ő azonban nem szívlelte az év utolsó éjszakáját és az akkor rendszerint kötelező tomboló hangulatot, ezért előre tudta, hogy addigra ismét Párizsban lesz.

Az állomás forgatagában Gaston Faysse várta a tekintélyes Bentley-vel, Hughes büszkeségével. Gaston egyébként hat kerek hónappal járt előtte és bár családi örökségként jutott sofőri állásához, testestül-lelkestül a Stévenine-ekhez tartozott. Puszta formalitásként sorolták a személyzethez, máskülönben Mischa élénken emlékezett azokra az évekre, amikor Chantallal és Aurore-ral négyesben a birtok rétjein labdáztak vagy napoztak, a patak jéghideg vizével pedig addig fröcskölték a lányokat, míg azok sikítva haza nem szaladtak. Így aztán magától értetődően Gaston mellé telepedett az első ülésre, hátra pedig betették a szerény csomagot. Az előttük álló majd egyórás út kiváló lehetőséget nyújtott betapasztani a távollét és megszakadt kapcsolat okozta lukakat és felidézni a régmúlt emlékeket.

- Aurore vőlegénye tényleg rendes alak – Gaston váratlanul felnevetett. Jellegzetes, kissé szögletes arcán a mosoly is másként festett, de Mischa azért a régi vidámsága mögött felfigyelt arra, hogy a feje búbján már erőteljesen kopaszodik, és alkatra is láthatóan megerősödött. – Első pillantásra hamisítatlan piperkőcre gyanakszik az ember, mint a te esetedben is.

- Mint az én esetemben? Te jó ég, milyen eset vagyok én?

- Hmm, hallatlanul elegáns, profi borbély borotvál, az inged ki van fehérítve és ropogósra vasalva.

- Más szóval a múzeumból jövök? Gaston, téged esz az irigység – bökte oldalba a sofőrt. – Gérard Soralnél tartottál.
- Ó, igen! Hihetetlen egy pali. Akkoriban ismertem meg, amikor Aurore-nak udvarolni kezdett. Tudod, az apám három éve nyitott műhelyt a faluban... egy szép napon azzal állít be egy nyalka fickó, hogy leállt a kocsija. Gyönyörű Ferrari volt, csak tátottuk a szánkat, elhiheted. Azért betoltuk az utcasarokról, mire az idegen azt mondja: Hálás lennék néhány szerszámért, akkor gyorsan megcsinálom. Annyira megrökönyödtünk, Luc egyszerűen csak intett neki, hogy szolgálja ki magát nyugodtan. Gérard meg ledobta a vagyont érő zakóját, feltűrte az ingujját és a következő másodpercben fejest ugrott a Ferrari motorházába.
Mischa élvezettel hallgatta a mesét. – És megcsinálta?
- Mi az hogy!
- Francoise említette, hogy elektromos mérnök.
Gaston biccentett. – Azon kevesek egyike, aki az életben is meg tudja különböztetni a kocsi farát az elejétől, ráadásul nem restell szerszámot ragadni. Ha pedig egyszer már a kezében van, tudja, mit kezdjen vele. Azóta is gyakran besegít nálunk, ha erre jár.
- Micsoda?
- Sőt, mi több, Aurore beleegyezésével. Nem olyan kislány ő, aki zokon venné, hogy a vőlegényének van egy másik szerelme is. Mi meg jól járunk, mert nem kér bért.
A Stévenine-házat a korai sötétedésben már messziről észre lehetett venni. Fényárban, valóságos burában úszott a völgy mélyén, mialatt Gaston nagy körültekintéssel gurult lejjebb a kanyargós, néhol lefagyott úton. Mischa inkább magába fordulva tért vissza itt felejtett ifjúsága emlékeihez. Ugyanaz a régi érzés ragadta el, mely majdnem egyenlő volt a hazatéréssel. Semmi nem változott. Nosztalgia

rohanta meg, noha ábrándozásai nem tartottak sokáig, mivel a kocsi hangjára a házigazda és családja rögvest eléje szaladt, hogy hangos, üdvözlő szavaikkal körbevegyék, megöleljék, és azt éreztessék vele, mintha csak tegnap járt volna itt utoljára. A család szeleburdi csacsogása, a tréfák és ugratások ellenállhatatlanul sodorták magukkal, volt ott fejedelmi vacsora, pohárköszöntő, tánc, ő pedig elveszett a felszabadult hangulatban. Azután már az ágyában feküdt, ahol oly sok éjszakát virrasztott át hol a szerelemtől boldogan, hol boldogtalanul az előtte tornyosuló gondoktól. Az elcsendesedő ház hangjaira figyelve még azokat is felismerni vélte. Csak a sötétben, magára maradva merte elismerni, hogy 1939 karácsonyán el kellett jönnie, mert ha nem teszi, vajon lesz-e még valaha lehetősége átélni ezt a csodát?

Aurore és jövendőbelije 22-én érkeztek, közvetlenül a késői reggeli után. A fiatalabbik Stévenine lány ragyogóan szép volt, gesztenye fürtjeit a legutolsó divat szerint rövidre vágatta és oldalra fésülte, ám meglepő módon némi ajakrúzson kívül nyoma sem volt arcán festéknek. Amúgy nem is volt rá szüksége, sugárzott róla a boldogság és harminc felett is ártatlan bakfisnak látszott, akit nem rontott el Párizs álnok csillogása, mint a nővérét. Zöldes barna szemei titokzatosan vakítottak, ahányszor csak pillantása a szeretett férfira vándorolt.
- Káprázatos vagy, Rory – ölelkeztek össze, majd Mischa eltartva magától a lányt még egyszer tüzetesen megnézte magának. – Szebb, mint valaha.
- Ó, köszönöm. Kérlek, ismerd meg Gérard-t, hamarosan ő is családtag lesz.
Az említett habozás nélkül előlépett és a világ legfesztelenebb vigyorával a kezét nyújtotta. Mischát már határozott kézszorítása megnyerte magának.

Erőteljes volt és férfias, amit mostanság kevés embernél tapasztalt.

- Michel Kupolyev.
- Rengeteget hallottam önről...
- Michel.
- És Gérard.

Újra megszorították egymás kezét és Mischa a maga részéről egészen bizonyos volt afelől, hogy Aurore a legtökéletesebb társat választotta magának.

- Még nem is tudtunk harapni semmit, mamman – panaszkodott Aurore, mialatt a komornyik lesegítette róla vastag kabátját. – Köszönöm, Baptiste.
- Micsoda szégyen! – szörnyülködött Francoise, mint aki most értesült a világ végéről. – Baptiste, kérem, gondoskodjon valami harapnivalóról a gyerekeknek. Drágáim, gyertek csak befelé.

Aurore Mischába karolt volna. – Annyi mesélnivalónk van, el sem hinnéd!

- Ráér az később is, Rory, Mischával sétálni készülünk.

Mischa vegyes érzelmekkel sandított Chantal megfejthetetlen arcába. Emlékei szerint ezt a mondatot számtalanszor hallotta azelőtt, amikor az állítólagos sétáknak minduntalan forró ölelkezés lett a vége. Most viszont szívesebben maradt volna a másik lánnyal és vőlegényével, hogy végighallgassa az összes történetüket. Chantal nyilván észrevette rajta a vonakodást, mert mézédes mosollyal megkérdezte: – Csak nem kiment a fejedből? Az ígéret szép szó, Mischa.

- Milyen kár! – kesergett Aurore Mischa szerint teljes joggal.

Aurore csalódottságát a háziasszony aggodalma követte. – Hiszen mindjárt havazni fog!

- Annál jobb, mamman – legyintett Chantal. – Induljunk végre.

- Délután a tiéd vagyok, Rory, hm? Mindent hallani akarok – mosolygott Mischa a lányra. A gyönyörű arc felragyogott, így ő némileg könnyebb lelkiismerettel követte Chantalt ki a téli hidegbe.

A Stévenine-birtok bár nem volt jelentős kiterjedésű, annál vadregényesebb. Az apró völgy tartozott ide, melynek medencéjében épült a ház, körös-körül pedig lankás vidék hullámzott. Északon a birtok határát követve patak szaladt, mellette lugasszerű erdő terpeszkedett, de Hughes szőlőt is termesztett saját készítésű, savanyú bora számára. Minden szembetűnően ápolt és rendezett benyomást keltett, biztos jeleként annak, hogy a gazda rajta tartja a szemét a dolgokon.

- Erre – kanyarodott Chantal délnek megerősítve Mischa gyanúját, hogy éppen oda tartanak, ahol minden elkezdődött.

- Felőled akár meg is fagyhatnék.

- Hadd emlékeztesselek rá, hogy sétára készültünk, én pedig arról is csak a küszöbön értesültem.

Chantal vakító mosolyt villantott. – Lesz ma még tűz?

Amíg ő a fadarabokkal küszködött, a lány előkerített két takarót, majd kirázva őket a matracra terítette.

Mischa háta borsódzott a gondos előkészületektől. Igaz, Párizsban azzal hencegett Galinának, hogy nem bánná, ha egykori szerelmese hátsó gondolatokkal közelítene hozzá, akkori magabiztossága e percben mégis túlzásnak tűnt. Nem mintha Chantal hidegen hagyta volna, éppen ellenkezőleg. Volt valami gonoszul izgalmas abban, hogy életük egy lezárt fejezetéhez röpke időre visszakanyarodhatnak. És mióta megérkezett a birtokra, a kísértés csak elviselhetetlenebb lett, jóllehet tisztán átlátta, hogy a lány miféle agyafúrtsággal manipulálja a vágyait. Tagadhatatlan, hogy mindkettejüknek ugyanaz járt a fejében, bár ő legalább annyit képes volt beismerni magának, hogy jegyességük óta a dolgok jócskán megváltoztak. Akarta Chantalt, ám tőle nem akart semmit. Amit érzett, nem volt több fizikai vonzalomnál, no meg némi kíváncsiságnál. És már nem tudta elképzelni, hogy képes lenne újra szeretni. Ami volt, elmúlt, ezt még Hughes Stévenine varázslatos háza és a temérdek emlék se kérdőjelezte meg. Döntését megnehezítendő ott kísértett a lelkében mindaz, ami Londonban történt, a lélekemelő éjszaka Latheával, valamint az esküvő. Évek fojtogató magányát éppen egy vadidegen nő karjában tudta levetkőzni és tőle kapta azt a szenvedélyes és önzetlen, alakoskodástól mentes szerelmet, amit Chantal soha nem ismételhet meg. Mégis vágyott arra, hogy próbatételre hívja a sorsot és kiderítse, mit dobott el magától. Érvek és ellenérvek hálójában, az elmúlt négy nap tapasztalatai nyomán végül sikeresen meggyőzte magát arról, hogy nem lehet örökké ellenállni a kísértésnek és főleg nem lehet olyan asszonyt megcsalni, aki bár törvényesen a hitvese, a szíve mégis más férfihoz láncolja.

Némi küzdelem után sikerült lángra lobbantania a nedves fahasábokat. – És most?

Chantal a matracon pihent, hosszú gyapjúszoknyája alatt felhúzva lábait. A kérdésre kedélyesen megpaskolta az üres helyet maga mellett.

- A havazásra várunk?

- Ugye, te soha nem változol, Mischa?

- Talán kéne? Eddig pontosan ennek az ellenkezőjét vetetted a szememre.

Chantal percekig némán adózott gondolatainak. – Tudod, hogy gyakorlatilag első ízben vagyunk kettesben, mióta utoljára elváltál tőlem a Rue de Rennes sarkánál?

- Lehetséges.

- Lehetséges? – a kérdés nem kevés sértettségről regélt. – Nem is gondoltál rám? A pokolba is, eljegyeztük egymást!

Mischa kétkedve pislantott az ismerős arcba. Szép volt, de már nem ugyanaz. – Mire jó ez?

- Micsoda?

- Felszaggatnod a régi sebeket.

- Sebeket? Vagyis egy kicsit, legalább egy kicsit neked is fáj?

- Őszintén? Már nem, elmúlt. És gyanúsan gyorsan.

- Ezt a megjegyzést megtarthattad volna.

Mischa megvonta a vállát. – Nem kenyerem a hazudozás.

Egy darabig hallgattak.

- Sose mondtad, de egy nő miatt hagytál el?

Mischa tűnődve játszott a sáljával. Bár a felvetés ilyen megvilágításban nem takarta az igazságot, okosabbnak látta nem feszegetni a kérdést. Még akkor sem, ha ettől Chantal még elítélőbben fog megemlékezni róla és bizonyosan sokkal rosszabbul érzi majd magát a bőrében. – Igen, chérie, egy nő miatt.

A feltételezhető hatás nem maradt el. Hallotta a visszafojtott lélegzetet és érezte, amikor a lány görcsösen összerándult, mintha arcul ütötték volna. Ő azonban makacsul a tűzbe bámult, hogy ezekről a kis jelekről tudomást se kelljen vennie.

- És van képed beismerni?

- Ugyan, ne add elő ezt a drámát! Tíz év telt el, te pedig látható gyorsasággal találtál mást helyettem.

A felhangzó nevetés közel állt a hisztériához. – Hogyne! Szerinted az ember bárkivel képes ilyen szerelemre?

- Halvány fogalmam sincs, az ilyen dolgok csakis a nőket foglalkoztatják.

- Ó, igen? – pattant fel Chantal ültéből és mélyen kabátja zsebébe süllyesztett kezekkel járkálni kezdett.

Csizmája sarka mindannyiszor keményen dörrent a padló fadeszkáin. – Annyit azonban te is megtettél, hogy hanyatt-homlok Oroszországig iramodsz, sőt, ha az emlékezetem nem csal, négy évig a hölgy karjában rekedtél, nem? Mischát meglepte, hogy az emlékei milyen gyorsan felélednek. Jól ismerte a lány hangulatait, és gyanította, hogy a parádés kezdés nyomában újabb dührohamba képes belehajszolni magát, ha nem ad neki igazat. Tanulva a múltból, nem is szállt vele vitába és az sem nagyon érdekelte, hogy Chantal a legrosszabbat gondolja-e felőle. Nem kért egy sírós-rívós jelenetből, aminek azután se vége, se hossza.

- Hihetetlen, hogy ez te vagy – jelentette ki a lány szilárdan lecövekelve előtte.
- Pedig ez a helyzet. Még örülhetsz is, amiért megszabadultál tőlem.
- Szerinted tehát örülnöm kellene?
- Hm?
- És te is örülsz?
- Mindenesetre nem vagyok már a dolog betege, ez az igazság. Különben meg te is pokolian megváltoztál.
- Úgy látod?
Mischa szárazon felnevetett. – Remélem, nem azért kell itt fagyoskodnunk, hogy senki ne hallja, amint egymás torkának ugrunk?
- Miért, talán lenne egyéb okunk is?
Mischa a háta mögött két oldalt támaszkodva nézett fel Chantalra. Továbbra is kísértésbe ejtően kívánatosnak találta, az pedig annyival gyorsan rájátszott a hatásra, hogy nyelvét érzékien végighúzta alsó ajka pirosán. – Nem tudom, mit szeretnél, ha te tudod egyáltalán.
- Fogalmazzunk úgy: egy kis elégtételt… kárpótlást.
- Kárpótlást? Tartozom én ilyesmivel?

Chantal kihívóan a matracra térdelt mellette és fölébe hajolt. – De még mennyire, hogy tartozol! Ez nem is lehet kérdéses.

- És behajtod rajtam?

A végtelenségig meredtek egymásra, mintha megállt volna az idő körülöttük. Mischa akár meg is érinthette volna a lányt, sejtette, hogy erre vár, mégis szívesebben játszott vele. Azt akarta, hogy az tegye meg az első lépést. Kezdeményezzen, ha már mindkettejüket felcsigázta és bizony nem is kellett sokáig várnia. Az első csók dühödt volt és bosszúálló, durva és kegyetlen, mintha ellenségek lennének. Azután Chantal ráfeküdt és hanyatt döntötte a matracra. Elsöprően érzéki, a régi szenvedélyt izzó vággyá érlelő csókok következtek. Chantal kétszer is megharapta, mire ő hajlandó volt ismét elmélyíteni a csókokat, melyek előtte szelíd puszikká olvadtak. A matracon odébb gurulva maga alá fordította a lányt, hogy szájával bekalandozza az állát, szemét és fülét. Chantal felkiáltott a borzongató érintésektől, melyek egyszerre ígértek sokat, és tagadtak meg mindent. – Ugyan, ne kéresd már magad, érints meg, Mischa!

- Egy hölgy nem káromkodik, te ezt nem tudod? – ingerkedett vele Mischa azért engedelmeskedve. Ujjai feltűrték a gyapjúszoknyát és Chantal karcsú bokájától felfelé szaladtak egyenesen a vádlijára. A vastag harisnya dacára felismerte gyönyörű lábszárait, formás térdét. Valamikor nagyon csiklandós volt a térdhajlatában, a simogatásokra most mégis gyönyörteljes sóhaj szakadt ki belőle. Türelmetlenül széttárta combjait, hogy ő közelebb férkőzhessen. Eszeveszetten csókolóztak, a pulóvere alatt érezte a finom ujjakat, ahogy pajkosan meg-megkarmolják a mellét.

- Tüdőgyulladást kapok – panaszkodott a játék kedvéért.

- Nem érdekel.

- Boszorkány.

Halk, elégedett kacaj. – Az lehet, de te ugyanúgy megveszel értem, igaz?

Chantal feljebb vezette a kezét a combjára. A harisnya szárai fölött már csupasz bőrét simogatta, egyedül a fehérnemű akadályozta meg abban, hogy elvegye, amit felkínáltak neki. Megakadályozta és egyben magához is térítette. A teljes kielégülés határán gondolta meg magát. Még soha nem álltak ilyen közel ahhoz, hogy a vágy legyűrje őket és ő akarta is, csak éppen a leselkedő következmények meghátrálásra késztették. Tétován felült, hogy visszahúzza a szoknyát Chantal szétvetett lábaira.

- Mischa! Mi ütött beléd? – nem válaszolt. – Nem hagyhatsz itt így – Chantal szinte még magához sem tért az iménti kábulatból, hitetlenkedő arckifejezése elárulta.

- Pont ellenkezőleg. Már nem vagyunk jegyesek, és én nem akarok semmilyen kockázatot vállalni.

- Az isten szerelmére, miről beszélsz?

Mischa ellépve a matractól megigazította szétzilálódott ruházatát és belegereblyézett a hajába. – Természetesen egy rám kényszerített házasságról, de gondolhatsz akár nem kívánt terhességre is, ha jobb úgy neked.

- Ha jobb úgy nekem? – makogta Chantal megdöbbenéssel.

- Ne nézz így rám, nem hibbantam meg. Pusztán csak nem fekszem le olyan nővel, aki utána számon kéri rajtam.

Chantal ezen a ponton dühbe gurult. – Ahogy hallom, te senkivel se fekszel le – ezzel felpattant, hogy rendbe szedje magát.

- Ebben is van némi igazság. De mondok neked valamit, bármi is történjék köztünk, soha nem házasodunk már össze. Ez olyan biztos, mint ahogy most itt állok.

- Ki az ördög emlegetett házasságot? Persze rajtad kívül? – vágta oda Chantal durván. Ezzel összefogta a kabátját és egyetlen további szó nélkül kivágtatott a kunyhóból. Mischa ellentétes érzések között hánykolódva álldogált a becsapódó ajtó előtt bemasírozó téli fuvallatban. Nem is tudta, hogy a történtek kedvére vannak-e, vagy sem. Ezen viszont késő volt merengeni, a matracon összegyűrődött takarók is csak az elröppent varázst idézték. Elillant, mielőtt utat lelt volna a beteljesüléshez. Végül odalépett a kis kályhához, egy bottal benyúlt a szájába és meglökdösve a fadarabokat gondoskodott arról, hogy a tűz hamar kialudjon. Ezután begombolkozva kisétált a szabadba, hogy kövesse Chantalt a ház felé kanyargó ösvényen.

A délelőtti kellemetlen közjátékot követően Chantal lenyűgöző színjátékot rögtönzött ebédnél, ami csak megerősítette abban, hogy már nem ugyanazt a nőt látja az asztal túloldalán, akivel egykoron a jövőjét tervezgette. Ő a maga részéről életre szóló leckét vett női szerepjátékból és még a gondolatától is irtózott, hogy ilyesmibe valaha újra belegabalyodjon. A többiek szerencsére semmit nem érzékeltek a kettejük közti feszültségből, figyelmüket maradéktalanul a jegyeseknek szentelték. Volt is miért csodálni őket, hiszen látható boldogságuk betöltötte az egész házat. Aurore a maga csendes és szűkszavú egyszerűségével újságolta el, hogy a februári esketési szertartáshoz megnyerték a falusi papot, aki annak idején Hughes és Francoise frigye felett is bábáskodott. Mischát nem lepte meg, amiért a nagy eseményt a Stévenine-házba tervezték, a családi fészeknél bensőségesebb helyet keresve se találhattak volna. Gérard látható otthonossággal mozgott a völgyben, így nem csoda, hogy semmiféle panasszal nem élt a tervek ellen.

- Már csak az apám meg az apai nagyanyám él – árulta el, amikor másnap délelőtt kettesben sétálni indultak a dombok felé.

- Egyke vagy?

Gérard megfontolta a választ, ahogyan háta mögött összefűzött karjaival bandukolt tovább. – Már igen. A bátyám 1936-ban halt meg Spanyolországban.

- Sajnálom.

- Tudod, Michel, én nem fogok harcolni. Lehet rólam bárki lesújtó véleménnyel, nem érdekel. Meg akarok nősülni, szeretném, ha Rory szülne nekem két-három apróságot és ennyivel be is érem. De nem fogok puskával a kezemben rohangálni és egy olyan őrült miatt embereket gyilkolászni, akinek a lételeme a halál meg az elnyomás. Az az osztrák felőlem lángba boríthatja az egész világot, csak engem felejtsen el.

- Rory helyében mélységesen egyetértenék veled.

Gérard mosolygott. – Februárban egybekelünk, azután elutazunk Egyiptomba. Kaptam egy csábító ajánlatot és az angolok még mindig remekül fizetnek. Ha bármi történne, továbbutazhatunk anélkül, hogy bárkitől engedélyt kellene kérnem – a fejét ingatta, ahogy felfelé kaptattak az egyik domboldalon. A vékony rétegben leesett hó csillogóan összefagyva ropogott a lábuk alatt, egyszer-egyszer meg is csúsztak rajta.

- Csodálkozom, amiért nem hívtak be. A mérnökökre mindjárt első körben lecsapott a hadsereg. Mégis, hogy úsztad meg?

- Az lehet az oka, hogy Oxfordban diplomáztam és itthon még egy munkahelyem se volt. Sokáig kóboroltam Amerikában, a Fordnál jártam Detroitban. Szerettem az autóipart, nagyszerű tanulólecke volt, de azután elegem lett belőle és hazajöttem. Marseille-ben véletlenül belebotlottam Chantalba – halkan, nevetve füttyentett. – Mondhatom, leigázott. Úuuh, elképesztően érzéki volt, csak úgy sistergett körülötte a levegő. Én viszont féltékeny típus vagyok, érted,

ugye? – újabb nevetés. – Némi lemondással gondoltam arra, hogy ebben a csábító testben el tudnék képzelni egy szelídebb kiscicát is, és akkor jött Rory. Igazán szerencsés alak vagyok, nem?
- Nagyon is.
- Rory sem elveszett ember, az Úr is ilyennek teremthette Évát, szelíd és kedves, miközben vasakaratú. De mit bánom én, amíg nem az az önző és öntelt nő, mint a nővé.... Ó, bocsáss meg, Michel, nem akartam... Hallottam, hogy valamikor te és Chantal...
Mischa elhárítóan intett. – Ne szabadkozz, Chantalt ma már én is önzőnek és önteltnek tartom, de akkoriban hályog ült a szememen.
Felérve az emelkedőn nem kis meglepetésre, Gastonba botlottak. A Bentley jobb első kerekét szerelte és bár már a munkálatok vége felé járt, a félretett eredeti gumi elárulta, hogy csúnya defektet kapott. Időközben ismét havazni kezdett és a mélán szállingózó pelyhekhez feltámadt a fagyos szél.
Gaston kezét vörösre csípte a hideg, mire visszabújhatott a kesztyűjébe.
- Délután Stévenine-ék Avignonba készülnek, azért kell a kocsi – magyarázta Mischának. – Te is bizonyára velük tartasz.
- Augusta nagyi születésnapjára? Persze, ezer éve nem láttam!
Gérard fázósan dörgölte a két kezét. – Nem biztos, hogy szívesen lennék kilencvenöt.
Amikor Gaston defektet kapott, a kocsi menthetetlenül felszaladt az út menti dimbes-dombos füves sávra, ahonnan az új kerékkel sem tudott letolatni. Ezért Gérard és Mischa kézi erővel, keményen nekirugaszkodva a vasnak próbálták kiszabadítani a csapdába esett futóművet. Sokadik kísérletre Gérard aztán átment a másik oldalra és a padka felől, míg Mischa továbbra is az úton maradva

veselkedett a feladatnak. Vastag télikabátban, egyre
sűrűbb havazásban nem volt kellemes erőpróba a
súlyos Bentley-t jobb belátásra bírni.
- Nagy gáz!
Gérard utasítására Gaston felbőgette a motort. A
kerék valamelyest a kívánt irányba fordult ugyan,
maga a kocsi is ringatózni kezdett, ám mozdulni nem
tudott. A következő kísérletek már több sikerrel
kecsegtettek, mígnem a jármű egyszer csak
kiszámíthatatlanul megugrott és a síkos fűről az útra
robbanva feltaszította Mischát, hogy mielőtt
elmenekülhetett volna a nagy tömeg elől, áthajtson a
térdén.
- Ó, te jó ég!
Gaston és Gérard egyszerre rohantak oda hozzá.
- Micsoda egy balek vagyok!
- Ugyan, Gaston, nem a te hibád – Mischa pokoli
erőfeszítés és egy torz fintor árán behajlította a térdét.
– Valószínűleg nem tört el.
- Állj fel, segítünk.
- Itt amúgy is hideg lenne ücsörögni.
A két férfi a hóna alá nyúlva feltámogatta.
Leveregette magáról a koszt és próbaképpen tett
néhány bátortalan lépést. – Pocsék érzés, de legalább
működik.
- Hála isten, nagyon röstellem, pajtás.
Mischa megjátszott vidámsággal meglapogatta Gaston
vállát. – Az ingyen fuvarért csináltam.
A mindhármukból kiszakadó, megkönnyebbült
nevetés megtörte a feszültséget. A megeredő havazás
fehér függönyt borított a tájra, ami valamelyest
feledtette a napszakhoz méltatlan szürkeséget. Gaston
megfontoltan kezelte a Bentley pedáljait, míg a
csúszós úton a ház felé kanyargott. Mischa
kinyújtóztatott lábbal terpeszkedett a hátsó ülésen,
unottan és némi önsajnálattal nézegetve elszakadt
nadrágszárát, noha így is hálát rebeghetett a

szerencséjéért. Egy-két nap kímélet és alighanem el is felejtheti ezt a kellemetlenséget ahelyett, hogy több hetet mozgásképtelenül töltsön.

A házba Gastonra támaszkodva botorkált be, ahol Baptiste fogadta őket. – Istenem, gróf úr! Mi történt önnel?

Mischa mindig megmosolyogta Baptiste szertartásosságát, amivel gyerekkora óta kitüntette, holott az édesapja szomorú haláláig nem is illette meg a titulus. A nyilalló fájdalom azonban ezúttal elrabolta jókedvét. – Kis baleset.

– Asszonyom aggódni fog.

És így is lett. Alig rogyott le a szobájában, átöltözni se maradt ideje, Francoise már ott is termett. – Gérardtól hallom, mi történt. Ó, Mischa, ez rettenetes! Az asszony éber tekintete a sérült nadrágra siklott, ami csúnyábban festett a valóságnál. – Túlélem, mamman. Azonban ha lenne valami fájdalomcsillapító, azt megköszönném.

– Természetesen, drágám.

Akárcsak gyerekkorában a hosszú vendégeskedések idején, vagy amikor kamaszfejjel a szünidőket töltötte itt, ismét megérezte az arcán Francoise anyai simogatását. Az asszony szemében ugyanúgy nem változott semmi azóta az éjszaka óta, hogy először ölelte magához, mert ő annyira sírt a Péterváron maradt édesanyja után, jóformán aludni se tudott. Hiába lett közben harminchét éves, Francoise ugyanúgy megvigasztalta a szeretetével.

– Nyomban kihívom Dr. Saugrint.

– Felesleges, mamman, hidd el. Nem tört el, hiszen rá tudok állni.

– Biztos vagy benne?

– Tökéletesen.

Mischa elkapta az asszony finom kezét és hálásan megcsókolta. – Elég lesz a pirula és hamarosan kutya bajom.

- Ezek után jobb, ha nem jössz velünk, hanem lefekszel és alszol egyet.
- Nos, a táncban valószínűleg semmi hasznomat nem vennétek – ismerte el Mischa kelletlenül. Csalódott volt, mert nem mehetett. – Pedig Augustát mióta nem láttam már.

Francoise ismét megérintette az arcát. – Lesz még alkalom, de ma pihenned kell. Kimentelek nála és meg fogja érteni. Baptiste éjszaka is itt lesz a házban, ha szükséged lenne valamire.

Így történt, hogy nem tarthatott a családdal, ahogyan mindannyian tervezték. Sőt, már ebédnél búcsút vett az utazóktól és kihasználva a délután nyújtotta nyugalmat, lepihent a szobájában. Baptiste megígérte neki, hogy a szakácsnéval hagynak vacsorát számára, mielőtt hazalátogatnak a faluba. – Éjszakára feltétlenül visszajövünk, gróf úr, pusztán csak csengetnie kell.
- Köszönöm, Baptiste.

Az első észrevétel, ami elhatolt ébredező tudatáig, a csend volt. Odakint besötétedett és gyanította, hogy nemcsak a rövidebb téli napok jóvoltából, hanem mert az egész délutánt átaludta. Jóllehet nem volt a lustálkodás híve, ma mégis elégtétellel állapította meg, hogy az ágy nem akarja kidobni. Feje alá hajlítva egyik karját a mélyszürke plafonra bámult. Kellemesen nyújtózkodva legszívesebben fel se kelt volna. A meleg paplan oltalmában óvatosan mozgatva a lábát az egy bizsergető emlékeztetőt leszámítva engedelmeskedett az akaratának. Egy komolyabb sérülés hiányzott a legkevésbé.

Néhány percnyi merengést követően komótosan és vigyázva a heves mozdulatokkal mégiscsak kikászálódott az ágyból, hogy három fadarabot ejtsen a kihunyó félbe került tűzre. Hosszú árnyékot vetve a falra a kandallóban fokozatosan új életre keltek a lángnyelvek. Odaballagott az ablakhoz. Tagadhatatlanul ereszkedett az este, a hóesés pedig egy nappal karácsony előtt fehérbe vonta a vidéket. Ő maga nem szerette az ünnepeket, meghitt emlékei sem igen fűződtek hozzá, vagy ha mégis, régen elfojtotta őket, az összes többi emlékkel együtt, amit az édesanyjával Oroszországban hagyott. Életének egyik legszívbemarkolóbb eseménye így is éppen 1935 karácsonyán történt, amikor arra a hírre tért vissza Párizsba, hogy az édesapja időközben meghalt. Csapongó gondolatai sodrából öreg házakra jellemző hangok ragadták ki. A folyosó parkettája megmegreccsent a közeledő léptek súlya alatt. A következő percben megmozdult a kilincs, megnyikordult az ajtó felfüggesztése és Chantal jelent meg az odakintről beömlő fénypászma közepén. A felvillanó csóva azután ugyanazzal a hirtelenséggel szerte is foszlott, amint betette maga után az ajtót. Testén történeteket susogott a hálóköntös anyaga, miközben megkerülve az ágyat közelebb sétált. Járása afrikai vadmacskákat idézett. Kecses és nesztelen volt. Haja kibontva, arca természetes színeiben megmutatkozva, a köntös alatt pedig gyaníthatóan semmit nem viselve állt meg előtte. Nem kellett megmagyaráznia, miért jött, az pedig, miként játszotta ki a szüleit, őt fikarcnyit sem érdekelte.

- Felmérted, mire készülsz? – tudakolta szemrehányások helyett és hosszú ujjaival beletúrt a lány hajába. – Amennyiben velem töltöd az éjszakát, az sem változtat köztünk semmin.

- Tudom, hogy már nem szeretsz. Ezt mondanod se kell.

- Már tényleg nem, chérie, ez viszont messze nem jelenti azt, hogy ne bánnám, amiért nem alakult minden az álmaink szerint.

- Örülök, hogy ezt mondod. És hidd el, feltételek nélkül vagyok itt, amit holnap reggel se tagadok le.

Mischa felsóhajtott. – Tudnod kell, hogy cseppet sem tetszik, ahogyan viselkedsz. Nem szeretem az erőszakos nőket.

– Nem számít, amíg akarsz engem.

Mischa nem kevés csalódottsággal döbbent rá, hogy ez a válasz fájóan egybecseng azzal, amire számított. Ezért nem maradt más hátra, minthogy egy utolsó kérdéssel kielégítse saját kíváncsiságát. – Ugye, nem én leszek az első?

- Micsoda kérdés! – még a sötétben is látni vélte Chantal felizzó tekintetét. – Ha te lennél, kidobsz, ha meg nem, megvetsz érte.

- Hmm, igazad van, tartsd csak meg magadnak a választ, még egy ideig.

Hat óra után ébredt fel. Az éjjeliszekrényről közelebb emelte a karóráját, mert a szobában még éjszaka volt, egyelőre semmi nem jövendölte a közelgő reggelt. Chantal mélyen aludt mellette, noha legalább egy méterrel elhúzódva, alaposan begubózva és összegömbölyödve. Ez a testhelyzet ékesszólóan regélt mindarról, amit együtt átéltek. Szokása ellenére majd egy órát áztatta magát a forró zuhany alatt, folyatta magára a vizet, mintha ezzel a módszerrel elhessegethetné az éjszaka rémálmát. Már nem volt visszaút, mire tudatosult benne, hogy valójában nem fűlik a foga ehhez az együttléthez. Csak akkor ismerte be magának, hogy olyan csábító karmaiba került, akiről inkább jobb lett volna soha se tudni. Ennek a kiábrándító tanulságnak a birtokában Chantal minden erőfeszítése lepergett róla, semmiféle valós szenvedélyt nem tudott kicsikarni belőle. Szeretett volna legalább annak örülni, hogy a lányban tapasztalt szeretőre talált, így az ő válláról lehullt a teher. Közben ugyanakkor elátkozta magát, amiért gyengesége révén belesodródott ebbe a képtelen helyzetbe. Nehéz lett volna megállapítani, hol romlott el minden, az azonban sokadszorra is bebizonyosodott, hogy az ő Chantalja végképp a homályba vesző, bizonytalan múlté lett. Borotválkozás közben egy idegent fedezett fel a párás tükörben. Olyasvalakit, aki azt hitte, már minden álma elveszett, ma éjszaka mégis tovább gyarapodott a lista. Szerette volna legalább a saját szemében igazolni magát, azt, miért vallott kudarcot, holott Avignonba érkezése óta ott lógott a levegőben ennek az aktusnak a lehetősége. És vágyott is rá, hogy megkóstolja azt a szerelmet, amit a lány felajánlott neki. Ehelyett a gyönyörű pillanatok helyébe megalázóan gyötrelmes szeretkezés tolakodott, ami mindkettejüknek testi és lelki fájdalmat okozott. Nem említve a megrázó csalódást. Amióta hazatért Oroszországból, céltalanul kallódott a világban, nem volt családja, ahova tartozhatott volna, ezért igyekezett megelégedni a barátaival; és persze nő sem volt az életében, akit szerethetett volna. A lehangoló jelenből szívesebben menekült a múltba, hogy a letűnt érzések valamiféle vigaszt nyújtsanak neki. Eddig talán így volt, de hogyan lesz ezután?

Kimelegedve és még nyomorultabbul szenvedve otthagyta a fürdőszobát. Ám amint kilépett az ajtón, Chantal zord tekintetével találta magát szemközt.

- Jó, hogy felébredtél – erőltetett magára nyugalmat és büszkén hallotta, hogy a hangja nem is remeg. Inkább meghalt volna, mintsem elárulja sebezhetőségét. – Mindjárt hét, úgyhogy ideje lenne visszamenned a szobádba. Se Baptiste, se a családod előtt nem szeretnék magyarázkodni.

Elfordult a lánytól, hogy lehetőséget adjon neki a méltóságteljes távozásra. Hallotta, hogy felkel az ágyból és neszezik a szobában, azután viszont csend támadt. Chantal összefont karral, szúrós pillantással méricskélte, szinte megalázó ridegség áradt belőle. –

Mielőtt távoznék, szeretném közölni veled, gróf úr, micsoda egy rongy alak vagy.

Mischának felszaladt a szemöldöke. – Ó! És vajon miért?

– Ne áltasd magad azzal, hogy beveszem ezt az átlátszó marhaságot! A nőknek szokott elmenni a kedve, meg fájni a fejük és mondanak csődöt, nem a férfiak. Egész egyszerűen meg akartál leckéztetni, igaz? Megmutatni, hogy van férfi, aki ellenáll nekem. Elismerem, remekül pókereztél és nyertél. Még soha senki nem gázolt át rajtam ilyen alattomosan és lelkiismeretlenül! Büszke lehetsz magadra.

Chantal nem volt az a fajta, aki apró-cseprő dolgokért könnyeket ont, most mégis úgy látszott, közel áll a síráshoz. – Micsoda képtelen eszmefuttatás ez, chérie! Nem gondolod, hogy egy ilyen ostoba kísérlettel magamat is keresztre feszíteném? Valamikor szerettük egymást, és ha rám hallgatsz, ezt az éjszakát nagyon gyorsan elfelejtjük.

– Milyen fölényes vagy.

– Fölényes? Sokkal inkább mélységesen csalódott. Az a lány, akit szerettem, sérülékeny, ártatlan és őszinte volt. Vagy az is színjáték volt? Most már nem tudom. De ha már tegnap egyetértesz velem, megspórolhattuk volna magunknak ezt a csalódást és legalább a szép emlékek megmaradhattak volna.

Chantalban felizzott a harag. – Éppenséggel te se vagy már álmaim lovagja!

– Nem is kétséges, amivel viszont gyanúsítasz, az egyszerűen nevetséges.

– Nem az. Számító vagy és bosszúálló, holott régen egyik se voltál.

Mischa megadóan égnek emelte a kezeit. – Gondold akár ezt, nincs jelentősége.

– Van egyáltalán valaminek? – vetette oda a lány élesen.

– Igen, felejts el engem egy életre.

- Persze elvárások nélkül.

A gonoszkodásra Mischa gúnyosan vigyorgott. – Ezt te magad ajánlottad. Különben is, akárhogy volt velem, mindenesetre mások megtanítottak egy s másra, mielőtt odébbálltak volna, ugye? – Chantal lendülő kezét könnyűszerrel foglyul ejtette és belenézett falfehér arcába. – Miért vájkálsz örökké a múltban, ha a visszavágásaimat már nem bírod elviselni?

Chantal összeszorított szájjal, harciasan viszonozta a pillantását, majd kitépve csuklóját a szorításból elhátrált. – Micsoda ragyogó elégtétel lenne, ha reggelinél elújságolnám a szüleimnek, mi történt az éjszaka. Beletaposnék a becsületedbe, grófom, lejárathatnálak a szemükben és esetleg még a nyakadba is varrhatnám magamat.

Mischa lekezelő higgadtsággal állta a fenyegetőzést. – Ne vágd magad alatt a fát. Csakis a családodnak okozhatsz fájdalmat ezzel az őrültséggel. Még két nap és én eltűnök innen, ellenben te itt maradsz. Most pedig ideje lenne felöltöznöd, bár így is nagyon izgalmasan festesz.

Elfordulva, lefoglalta magát azzal, hogy a fiókok valamelyikében megkeresse az arcszeszét.

- Van egy meglepetésem, Mischa, nehogy elmulaszd a reggelit.

- Hátralesve a válla felett Chantalt az ajtóban pillantotta meg. – Csak semmi köze ne legyen hozzám.

- Máskülönben?

- Már nős vagyok, chérie, ehhez tartsd magad, au revoir!

Chantal elkerekedett szeme volt az utolsó, amit látott, mielőtt visszavonult a fürdőszobába és betette maga után az ajtót.

Csak azt követően ment le a földszintre, hogy látta Gastont a Bentley-vel a főbejárathoz kanyarodni. Attól kezdve kivárt negyedórát, hogy a család behurcolkodhasson és üdvözölje Chantalt, addig nem akart alkalmatlankodni. Amúgy is képtelen lett volna még gyengélkedő térdével felelőtlenül lemasírozni a lépcsőkön. Ahogy végül mégis lefelé sántikált, az örömteli hangok minden fokkal felerősödtek és a forduló után már meg is látta a kisebb nyüzsgölődést a pazarul tágas hallban, mely a ház egyik legfőbb éke lehetett volna, ha nem pusztán haszonhelyiség.

- Mischa fiam – jött elé Hughes, hogy a többiek után vezesse a szalonba. Ott már várt rájuk az ínycsiklandó reggeli és a megterített asztal. Csodás meglepetés egy ilyen zord, téli reggelen. –, örülök, hogy talpon vagy. Francoise-nak egész este háborgott a lelkiismerete, amiért magadra hagyott. Augusta pedig azt üzeni, hamarosan be kell pótolnod az elmaradt látogatást.

- Köszönöm, Hughes, most már kutya bajom. Baptiste remekül gondomat viselte.

- És Chantal?

Mischa nem tudta, pontosan mire vonatkozik a kérdés, ezért inkább adta az ostobát. – Chantal?

- Ó, sejtettem! Ez a lány semmire se jó, ha beteg van a háznál.

A félreértést Mischa nem is feszegette tovább, hanem Hughes oldalán belépett a kivilágított szalonba. A reggeli óra ellenére villanyt kellett oltani, hogy ellensúlyozza a komor, napfény nélküli időt. A társaság az asztal körül verődött össze és az élénk hangokból ítélve szokás szerint egyszerre beszéltek. Ekkor tűnt fel neki az ismeretlen férfi a kör közepén, akinek feltérképezése csak első pillantásra tűnt nehéz feladatnak. Az erősen kopaszodó jövevény azonban minden sztereotípiának megfelelt, ami csak eszébe jutott a sikeres, ötvenes köztisztviselőkről. Lassan pocakosodni kezdett, orrán szemüveg billegett és az öltönyéhez tökéletesen illett volna a könyökvédő. Méltóságteljes megjelenése mögött azonban humortalan, karót nyelt alaknak látszott. Amint Hughes-val a család nyomába szegődtek, Chantal tüntetően az illetőbe karolt, még egy bizalmas mosolyt is megeresztett feléje. – Ha már ilyen szerencsésen együtt vagyunk – kezdte nem is emlékeztetve többé a hálószobai hisztérikára. – és amúgy is itt a szeretet ünnepe... tehát tegnap este felhívtam Alaint és elfogadtam a házassági ajánlatát. Az általános lelkesedésből és gratulációkból Mischa azt a kézenfekvő következtetést vonta le, hogy a kapcsolat aligha új keletű. Alain Chabert-t még Gérard is jól ismerte, ezt gesztusaik sokatmondóan tanúsították. Ő azonban inkább azt latolgatta, vajon Chantal hány kiábrándító meglepetéssel fog még szolgálni, mire ő minden illúzióját elveszíti vele kapcsolatban? Miféle nő az, aki este a telefonban a kezét ígéri valakinek, az éjszakát viszont mással tölti? Megbotránkozása ott ült a szemében és nem is leplezte megvetését, amikor a lány odafurakodott hozzá.

- Te nem is gratulálsz?
- De igen, magamnak, amiért nem vettelek el.
- Ne próbálj meg sértegetni!
- Semmi valótlant nem mondtam. Sőt, talán nem is velem volt a baj az éjszaka, hanem azzal, hogy erre a ficsúrra koncentráltál helyettem?

Chantal szeme összeszűkült a gyűlölettől és szikrázó pillantással annyit sziszegett: – Szerencséd, hogy nem karistolhatom össze a képedet mindenki szeme láttára!

- Ezek szerint azt se akarod bejelenteni, mi történt köztünk? – ugratta Mischa kíméletlenül.
- Bajba kerülnél, ha megtenném. Engem ugyan hidegen hagy, ha nősnek adod ki magadat, de az apám a fülednél fogva rángatna az oltárhoz. Micsoda vesszőfutás, szegény drágám!

Mischa derűsen felnevetett. – Ezt gondolod? Nos, tévedsz. Bármikor bemutathatom neked a házasságlevelet, amin az én nevem áll. Most már ugyan neked is lesz egy – tekintete Alain Chabert-re villant a lány válla felett. –, bár ahogy így elnézem ezt a szerencsétlent, én jobb vásárt csináltam a hitvesemmel.

- Gyertek, kedveseim, ne sugdolózzatok ott – mosolygott feléjük Francoise. – Üljünk asztalhoz, ha már egyszer ennyi ünnepelnivalónk van! Chantal egy utolsó megvető pillantást vetett rá, majd sarkon fordulva faképnél hagyta.

Fettisov nyitott ajtót. – Nahát, Mischa! Előbb jöttél, mint ígérted.

Amint belépett a hidegből, Fettisov ki is zárta a telet a házból. Letette a bőröndjét, sálját pedig a tükör előtt kínálkozó XIV. Lajos korabeli székre hajította. – Minden rendben?

- Tökéletesen. Ja, mielőtt kimegy a fejemből, jött egy leveled Angliából. Betettem az íróasztalodra.

A hír felvillanyozta. – Jean-Michel? Na, végre, épp ideje volt.

- Nem ő, hanem Lathea.

- Lathea?

Megfeledkezve sáros cipőjéről, kabátjáról, minden egyébről, egyenesen a dolgozószobába iramodott, mint akit az ördög hajt. A vonatút Párizsig elegendő időt engedett neki, hogy meggyőzze magát arról, a Chantallal elkövetett ballépés akkor se jelenthetne kevesebbet, ha még agglegény lenne. Önmagában azzal érvelt, hogy bár Lathea kimondta az igent, az viszont olyan tartalom nélküli, akár termőföld télidőben, és éppen ezért nem is tekinthető igazi kapocsnak kettejük között. Azután azt az emléket is sikeresen elhárította magától, amikor a lány a barátjának nevezte, mert saját tapasztalatból tudta, hogy a megkönnyebbülés milyen veszélyesen torzíthatja az ember értékítéletét. Nem kétséges, hogy abban a percben talán tényleg táplálhatott valami ilyesmit iránta és azt is kívánhatta, bárcsak jobban ismernék egymást, máskülönben viszont hónapok teltek el azóta és nem is hallatott magáról. Még csak Jean-Michellel sem igen tartotta a kapcsolatot, ami az ő szemében ékesen bizonyította azon törekvését, hogy megszakítson vele minden érintkezést. Lathea feltehetően már ki is törölt a gondolataiból minden foszlányt, aminek hozzá vagy az együtt átéltekhez bármi köze lehetett.

Ennyi jól hangzó érv felvonultatásával végre elszállt belőle a bűntudat, mert akármilyen semmitmondó az az eskü, mégiscsak megszegte, amikor engedett Chantalnak. Tehát megnyugodva tért haza, de erre itt ez a levél, hogy szétzúzza nehezen meglelt lelki békéjét. Az asztal közepén hevert. Ránézésre látszott rajta, hogy olcsó papírból készült, nem abból a divatos fajtából, amit a legdrágább szállodák és legelőkelőbb családok használnak. A szürkésfehér borítékon gyöngybetűkkel állt a neve, alatta pedig bizonytalanul dőlő sorokban a francia címzés. Feladóként bár Lathea szerepelt, a pecsét elárulta, hogy sorait a követségi posta továbbította. Röpke habozást követően türelmetlenül tépte fel a ragasztást, hogy kihalássza mögüle a rövid levelet.


Mischa döbbenten, hevesen dobogó szívvel meredt a levélre, mígnem sorai menthetetlenül összefolytak a szeme előtt. Becsület és hűség, ez a két szó zakatolt a fejében, mielőtt összegyűrte és az asztal melletti kosárba hajította. Dühödten rúgott utána, hogy a kosár messze a sarok felé szállt.
- Az isten verje meg! – kiáltotta, mielőtt a repülő papírnehezéktől ripityára tört a velencei falitükör.

London,

1939. december 10.

Kedves Mischa,

bár ezt a pár sort karácsonyi üdvözletnek szánom,

Mr. Chiari figyelmeztetett, hogy bizony időbe telik,

mire Párizsba ér.

Talán meglep, amiért jelentkezem, erre

azonban a nyaklánc bátorított fel, amit küldtél.

Megkaptam és természetesen viselni fogom, ha

ez a kívánságod. Nagyon tetszik, mégis

megfogadtam, hogy amint lehet, visszaadom,

mert ez annyit jelentene, hogy biztosan

találkozunk még. Azt is remélem, hogy nem

értékes darab, mert a szívem szakadna meg, ha

valami baj érné. Majd nagyon óvatos leszek.

A karácsonyt a barátaimmal töltöm Stepney-

ben és a te nevedben is gyújtok egy szál gyertyát

a templomban, hogy Isten a következő évben is

vigyázza lépteid. Karácsonyi ajándékként fogadd

el ezt az áldást, amit elképzelhető, hogy te magad

is ismersz, mert úgy tudom, orosz eredetű. Én is

az apámtól tanultam.

Legyen vitorlád a becsület és hűség, s

meglásd: hajód a jó kikötőbe ér.

*Rád gondolva:*

*Lathea*